第四世紀

LE QUATRIÈME SIÈCLE

Édouard GLISSANT

エドゥアール・グリッサン

管啓次郎＝訳

インスクリプト

INSCRIPT Inc.

LE QUATRIÈME SIÈCLE

この本をアルベール・ベヴィル（一九一七－一九六二年）の思い出にささげる

私たちはよく〈奴隷の家〉について話したものだ。絵を刻まれた木々のことも語った、それは逃亡奴隷《マロン》の行方をつきとめる手がかりとなるのだった。奴隷たちの踝につけられた鉄球を、彼は私に見せてくれた。だが彼は未来を見つめてもいたのだ——それなのに現在が、彼には永遠に禁じられてしまった。彼の名と彼がしめしてくれたお手本は、私にとって、いま私たちがこうして試みている探究と、切り離すことができない。

目次

第四世紀

〈砂岬〉

1章

――この一面の風に、とパパ・ロングエはいった、これから立ち上り吹きわたるこの風に、おまえができることなど何もない、ただ風がおまえの両手に、それから口、目、顔へと吹き上がってくるのを待つだけだ。まるでひとりの男にはただ風を待つことしか、溺れることしかできないとでもいうように、そうだよ、わかるか、この果てしない海のように吹きわたる風に一度は溺れてみるんだな……

「だがいえないぞ」と彼はまだ（少年のまえにうずくまったまま）考えていた、「人生に義務がないなどとはいえない、おれは頼れる物もない老いぼれでしかないが、すでになされ定まった物事、はるかな昔からのあれこれの歴史をもっている土地を掻き回してやることだってできるだろう、そうだこうしておれの目のまえにこの坊主がいる以上は、だって見てみろよロングエ、ただの餓鬼じゃないかとおまえはいうが、見ろよこの目はベリューズだ、顔もベリューズだ、死に絶えることを望まない一族だ、その終わりなき先っぽがここにいるんだ、よく考えてみろ。まだ子供でしかないよ――だがすでに力があるし、明日には他の者とはちがうことをやってくれるだろう、こいつはベリューズの人間だがロングエらしいところもあるぞ、何かをしでかしてくれる、そうだよロングエ、何かをやってくれる、何かはわからんがいずれにせよベリューズの人間というのも時とともに変わっているからな。そうでなければなぜこの子は来たんだ、なぜこうしてここに来て黙りこくっているんだ、いいかパパ・ロングエよ、この子は口もきかない、それがなぜこうしておまえと二人きりでいるんだ、空を飛び人の運命をあやつるというあの鳥マルフィニのごとく義務があやつり糸を引くのでなければ、どうだロングエ、糸を引くのでなければ、おまえはくどくどとおなじことばかりくりかえしているよ、「真実は稲妻のように過ぎ去った」だと、おまえはただの老いぼれだよロングエ、もはや記憶しか残っていない、だったらさっさとおまえのパイプをひっこめて、これ以上は深入りしないほうがいいぞ、そうでなければなぜだ、おい、くたばり損ないよ、なぜ？……」

小屋の屋根では一本の麦わらすら動かなかった。小屋というのは平らな土地のまんなかにぽつんと立つ泥と草の塊で——この場所では流れる水に削られ地表は刃が並んだようにぎざぎざして、細い水流がその縁に泥をもりあげついで乾燥がそのてっぺんをがちがちに硬くしているその地面は避けるにこしたことがなかった——そう、それは焼けた泥の塊だったが、熱がもたらす奇蹟のおかげで朝の空気の中で暗い樹木のようにかすかに音を立てていた。周囲では（その場にいる二人の人間のひとりが空き地をとりかこむ羊歯と竹のほうを向き風を吸いこんで、半ば腐りつつ、半ばは焼けた、熱い樹液による以上に植物たちを繁茂させてもいるこのゆたかな匂いの秘密をつきとめようとしていたとき）ぱちぱちと音を立てる小屋から本当にほとばしり出るように思える熱く執拗な香りの炸裂を嗅ぐことができた、まるでこの香りが小屋を荒々しく脈打つ心臓として燃えさかる火災から噴き出してくるものでもあるかのように。とはいうものの二人の男、老人と少年は、空き地をとりまく樹木のカーテンにはただ一瞥を投げかけただけで、それはかれらが久しい以前から慣れ親しんでいた光景を確認する（暗く沈黙した竹の隊列のうしろに無数の破れ目のある羊歯の明るい深み、そのさらにむこうには葉叢のたくさんの穴から姿を見せている平野の悲劇的な明瞭さ）というよりも、重苦しい黙想を中断する時間を得るため、かれらが分ち合う沈黙の対話に一息入れるため、そしてまたおそらくは二人のどちらかが道程の新たな段階をしるす一語、一文、一言《ひとこと》を「声に出して考え」（たとえばパパ・ロングエが内心の動揺を隠しながらしずかにこう話を切り出す、「いや、本当にちがうんだ、そのときはロングエの者とはいっても呪われた人間ではなかった。」）なくてはならない時を遅らせるために。つまりはさらにもうひとつの打ち明け話にとりかかる必要を遅らせるということだった、なぜなら言葉は言葉を呼ばずにはいないのだから。

そしてかれらはただちに地面を見やったが、そこには木箱を壊した木を使って作った扉にむかって風が規則的に波打たせる平行した刃の線条がついていて、かれらがただじっと赤土を見つめていたのは、おそらくあたりの混乱をきわめた植物群によって自分たちの主題から気が逸れるのを恐れていたせいだった。自分たちがそう認めていいと思う以上に、無言の探究に専念していたかれらは、声に出していわれた言葉のとりかえしのつかない強さを何よりも怖がった――そしてそれからまた、過去の濃密で暗い物事をめぐる二人の共同の反芻に戻るのだった。

かれらは目のまえの火を見つめていた、三つの黒ずんだ石、灰に埋もれた木炭、赤熱した燠、ごくかすかで感じられないほどの風が竹やぶのすきまからついに届くたび、ときおり突然に煙が立ちのぼった。そしてただすべて――このぽっかりひらけた空き地、耕されてはいるものの焼けるように熱く乾いた地面、小屋、小屋のまえの焚き火、火のそばにうずくまる彫像のような二人――の不動だけが、その対照ぶりによって、空中にものうくただよう煙に対して見せかけのすばやさを与えていた。炭のぱちぱちと爆ぜる音さえ、この時間にはすでに空高く燃えさかっている太陽の大いなる叫びの弱められた反響、親密で震える反映のようにしか思えないのだった。

マチウ・ベリューズは、よくそうしていたように、この朝もとても早く来ていた――けれどもこうして来るからといって何か意図があるのだとも人に近づくための手順があるのだとも結論づけることはできなかった。来ればいつもそうするように、彼は当然のごとく夜までいるだろう、老人とむきあい、老人がついに先祖たちの荒々しくまた平穏な物語を語りつぐ稀な瞬間を、一種野蛮な無関心をもって待ちながら。黒い鍋は緑色の料理用バナナ、水、粗塩をいっぱいに入れて、すでに火の上に置かれていた。空と、大地と、つつましい物たちの、苛烈な輝き。

――この子が生まれつき利口じゃないとはいえないな、こうして何気なく「何も知りませんよ」という顔をしてはいるが、だがな坊主、パパ・ロングエのほうがもっと利口だぞ。おまえはすでに知っている物語を知りたがっている、そうだろう、さもなければおれのような老いぼれのところにわざわざ来るはずがないよ、金ももたず相談ごともなく、病気でもなければ敵がいるわけでもなく、恋愛沙汰や心配ごとのせいでもない、おまえが知りたがっているのはベリューズの人間といいロングエの人間といっても結局はひとつであるかどうかということだ、けれども主よ、こんな小僧に事の目的や発端を知ることができるもんでしょうか、昨日が消えてなくなったのは大昔のことなのだから、もはや誰も昨日なんか思い出しはしない、だって大昔のことですよ、〈夜の主人〉よ、長い時が経ったんです、ところがここに苗木が一本はえて、昨日にむかって伸びてゆく、夜の跡を追いたがっている、だったら語らねばならないなロングエ、語らぬわけにはいかないよ、おまえはじきに耄碌し、くたばっちまうぞ、疥癬《かいせん》病みの野良犬どもだっておまえにはそっぽを向くようになるよ……

老人は自分のまえにある火を掻きまわし、燠炭のひとかけらに息を吹きかけ、それをすばやい動作で陶器のパイプの火皿に投げこむと、またパイプをふかしはじめた。彼の黒い肌はところどころ、やせて骨が浮いているせいで紫色に染まって見えた。白髪まじりで灰そのものの色になった髪はまだふさふさしていた。裾のほうがぼろぼろになったズボンをはき長年着つづけてきたために皮膚にはりついてしまった汚れたセーターを着た彼は、まるで包帯を半分ほどかれた黒いミイラのようだった。そうだ。けれども現在の数々の策略と過去の数々の重い謎を同時に見出してきたその視線は、見つめ返すことができないほど強かった。未来はというと、呪医《ケンボワズール》［薬草の知識や千里眼の能力をもち人々の治療や相談にあたる］であるというその身分が、未来こそパパ・ロングエの領分であることをよくしめしていた。そして言葉は、彼はほとんど使わなかった。

「見わたすかぎりのこの土地に、知識を与えてくれるような叫び声が、ただひとつでもあるもんだろうか?」

——だがもしすべてがはじまりとして到来するのだとしたら? おい、ロングエよ! おまえの人生の終わりに、子供時代がある。わかるか、この子がそれだ。若さだよ。愛想はないかもしれんが、この子は目がいい。そうだ、目に力がある。この子は物事をなしとげることができる。目がこの子の代わりに語っているよ、おれにはわかる。この子はベリューズの人間だがロングエみたいなところがあるんだ、うん。たっぷり二時間、こうしてじっとしている。忍耐がある。だったらロングエ、おまえは話してやるべきじゃないか?

まるで沈黙の重みが、この稲妻の堆積が、二人の男の緩慢な力というか二人の忍耐強い不動の対決によって熱そのもののうちに積み重ねられた熱の塊が、パパ・ロングエをついに急きたて(この点では老人は若い連れよりも弱い)さっさとかたづけてしまいたいという気持ちにさせたようだった。そうすればマチウはとりかかった仕事、つまり老人に話をさせる(大仰でくりかえしの多いあの何ともいえない言葉遣いで、とはいえそれは語を超越したある知識、ただパパ・ロングエだけに見抜くことのできる知識にむかってたしかな歩みで進んでゆく、というのもパパは何も明瞭に予見しているわけではなく、じつは言葉の気まぐれな連なりにみちびかれるがままになっていたからだ。そう、昼の厚み、熱の重み、緩慢な記憶にはとてもよく合う、この独特な言葉によって）という目論見を達成できる。過去を明るみに出し、彼マチウにとってはあまりにも説明しがたいものである過去のこの激しい熱さをおそらく解き明かしてくれるのではないか。だったらロングエは自分でも気づかぬうちに、少しずつ譲歩していたということではないだろうか。じつは少年の法にしたがっているのに反対に自分が少年（年寄りの言葉に耳を傾け、目には輝きを宿している、才能のある少年）を少しずつ、少年がみずからの力で出来事の魔法的な推移を理解し把握する瞬間へといざないつつあると信じているのだ。けれどもパパ・ロングエはその若い友人のうちに昏い世界での才能以外の可能性を見抜いてもいた。そしてマチウのほうは論理や明晰が呪医《ケンボワズール》には気に入らないだろうということを心得ていた。それで二人は言葉を恐れ、互いをよく知るためにはともかく用心深く進むしかなかった。けれども二人はまた、一方がベリューズで一方がロングエだとはいっても、遅かれ早かれ出会うことになるとは予感していた（とロングエは考えた）。こうして老人は少年に譲歩し、言葉の準備を、自分自身の論を追いそれを整理し展開してゆくことを、はじめた。

——過去を語っておくれよ、パパ・ロングエ！　過去って、いったい何だい？

こんどは呪医《ケンボワズール》はうわべにだまされなかった。こんな子供らしい言い方の下で、その問いが彼を完全にとらえることになるのが彼にはよくわかった。少年はただ簡単に「過去の何がいま残っているのだろう」とか「なぜ過去のことを問題にしなくてはならないのだろう」とか、あるいはまたまったく別の率直で、明確で、迂回のない問いを投げかけることもできた以上、そんな言い方こそマチウが彼に対してしてもいいと考えた最後の譲歩だということも。いや、たしかにマチウはどう話を切り出すべきかを考えていたにちがいないのだ。ロングエははじめて、自分と対面している相手がもはや見かけほど幼くはないのだということを思った。彼はマチウの目を見つめてさらに測り、その目の中にひとつの証拠あるいはひとつの否認を見出したいと思った。けれども彼はその気持ちにさからった、おそらくそこに自分をひどく不安にさせるものを見つけてしまうのではないかと怖れて。熱い信頼以外の熱意、批判や判断のはじまりを。老人は賢明にも問いには答えず、燃える空にむかってまるで助けを求めるかのように顔を上げた。黒と赤のパイプが彼の掌中で煙を立ち上らせていた。熱はいたるところでひどく巨大でひどく甘美だった。

彼は突然、ほとんど絶望にかられたような動きで土鍋を火にかけた。けれどもそうしながらもこの唐突な動作がマチウを跳び上がらせることを期待して、そちらをうかがっているのだった。少年は動かなかった。緑のバナナと、鍋の表面に浮かぶ灰色の泡を、じっとしずかに見つめながら……。「こいつはもう子供じゃない、一人前の男だ……」ともうひとりのほうはある苦渋とともに考えた。料理はすでに火の上でことことと音を立てている。陽光の中のこの物音、バナナの鼻をつく香り、炭の乾いた匂い、ゆったりと波打つ木々（というのも風が出てきたせい）が、少しずつ心を麻痺させた。マチウとロングエは闘いを忘れて、長いあいだじっと黙りこんだ。けれどもこの休戦、この不在だって、それもひとつの闘いなのだった……。とうとう老人がしずかな口調でこういった。

——やつらはばかだよ、下にいる連中は。やつらはこんなふうにいう、「過ぎたことは過ぎたことだ」と。しかし森で起きるすべてのことは森の奥深くにしまわれている！　それだからおれは下に降りてゆくことなく森を歩いているんだ。それはおれが自分の父親のほうをじっと見つめているせいだよ、ところが息子は行っちまった。「過去」という言葉を口にするということは「とうさん、おはよう」といっているのとおなじだ。ところが人生というやつを見てみな、息子に去られた者は、もう二度とこんな風にはいえないだろう、「おはよう、息子よ」とは。それなのに、おれの息子は行っちまったのさ。

——パパの息子は行ってしまった、とマチウがいった。

けれども死がそれほどに問題だというのではなかった。彼の息子は死んだ、たしかに。海のむこうの大きな戦争でのことだ。ロングエの人間は、もはや森を見はることができない。血筋が途絶えてゆく。始祖の子はメルキオールとリベルテ息子、メルキオールの子はアポストロフとリベルテ娘、アポストロフの子はパパ・ロングエ、パパ・ロングエの子はチ＝ルネ［チは「小さい」の意味］で、この子は不慮の死という子をなした。だがそれでも死がそれほどまでに問題だというのではなかった。ただ選ばれた、とっておきの子を、ひとりだけ作っていけばよかったのだ。それを通じて自分が未来の大地に根をはることのできる、一本の若い苗木を。そうだった。若さの力によって明日にしっかりしがみつくために。しかしチ＝ルネはあまりに早く死んでしまった。残っているのはこのマチウしかいない——ベリューズの。

そうだ。最初のベリューズの子はアンヌ、これはリベルテ息子を殺した男だ。そしてアンヌの子はサン＝ティヴとステファニーズ、この娘は自分の父親が殺した男の兄の息子であるアポストロフと暮らした。そしてサン＝ティヴの子はゼフィラン。ゼフィランの子はマチウでチ＝ルネとおなじときに海のむこうの戦争に行った。だが戻ってきた、このマチウは。そしてその子がマチウ息子で、いまパパ・ロングエのそばにいる（限りなく質問をつづけるために）少年なのだが、もし紐の切れた凧のような放浪者だったパパの息子のチ＝ルネが海のむこうの大きな戦争で死ななかったらパパ自身の孫が（「ああ！　その子も一緒に！」）ここにこうしていたかもしれないのだ。

こういうことはたしかにいえた。いつの時にもベリューズの人間はロングエの者を追ってきたのだ、まるで追いつこうとするように。リベルテ・ロングエを殺すにはアンヌ・ベリューズがいた。この一件がようやく片付いたのは、自分の父親が殺した相手の甥を、ステファニー・ベリューズがいわば償いでもあるかのごとく、夫としたときのことだった。ロングエの人間には、いつもベリューズの誰かがつきまとっていた。まるでベリューズ家の者は、海上での長い苦しみの後の着岸の日以来、ロングエ家の人間の抑えのきかない暴力に、肩を並べることでそれを鎮めたいと望んでいるかのようだった。それでマチウ父はチ＝ルネを追って大戦に行った。二人とも公式に兵士として動員されていったのではあったけれど、だからといってマチウがルネを追っていったわけではないと考える必要はない——ただ政府が命じた行動が運命の必然と一致した、それだけのことだ。しかしマチウはこの戦争から帰ってきた。それでいずれにせよベリューズがロングエにふたたび追いついたのだということになる。それはパパ・ロングエが母親であるアポストロフの妻ステファニーズにより半分はベリューズだというだけではなく、ロングエの血はパパ・ロングエその人で絶えてゆくのに対しマチウ・ベリューズ息子はこれからも生きて、さらに子をなすだろうということにもよるのだった。

「あなたの力はどこにあるのだ、〈夜の主人〉よ、あなたはどこにいるのですか？　この地面を引き裂いてください、フィラオの木々のように言葉を芽吹かせてください！……」

それからパパ・ロングエはしずかに笑った、それぞれに区別がつく名を残してきた始祖以来の歴代のロングエのことを考えていたのだ。たとえば始祖の次男であるリベルテ（自由）がそう名づけられたのは、父親がアカジュー［ラ・ロッシュの屋敷の名、アカジューの樹が目印］のプランテーションで奴隷としてじっとうずくまって生きることを拒絶したからだ。歴代の他の人間についてもおなじことで、どの名前にもつねにいわれがあった。名前たちは夜の中を進んでゆくので、ただそれらを見て、捕まえてやるだけでよかった。例外、そう始祖だけは例外でその名がわからなかった、なぜなら彼は着岸のその日に、それどころかその時間にといっていいくらいだが、ただちに森へと逃げこみそこで自分の息子には名前をつけたものの、自分自身のことは忘れていた（本来の自分を見出しつつ）からだ。したがってこのすぐれてロングエであった最初の蔓といま――ばかげたことだ、ばかげたことだ――系譜の最後にくるパパ・ロングエだけが例外だということになり、こちらはこの二つの単語、パパ・ロングエ以外の名で呼ばれることはけっしてなかった。この二語を並べるのには皮肉なところがあった。「パパ」［年配の男性につける敬称］はやさしさや善良さを意味するが、「ロングエ」は怒りであり暴力なのだから。最後のロングエはこうして姓の匿名性のうちに最初のロングエと一致したが、一方が非の打ちどころのない創造者だったのにひきかえ他方は幻視者《ヴォワイヤン》、せいぜいが良い呪医《ケンボワズール》でしかなかった。こうしてこの血筋は、はじまったときとおなじく、始祖の唯一の名をもって絶えてゆくことになる。ただ最初のロングエにはロングエとして名ざされたときがなく（彼のうちには家系のあらゆる特質があったのに）、最後の者は人々の記憶の中に親しみをこめて誰からもそう呼ばれるパパとして残るだろうというだけのことだ。パパ・ロングエ。それ以外の特質はなく、それ以外の個人的栄誉もなく。ただ、樹木の一部だったとはいえる、力なき枝、ただそれだけ。そしてその枝は地面に落ちている。家系をなしたこの森のすべてが、乾いた風にひどく揺さぶられたこの人間たちの木が、熱と夜の厚みのうちでふるえる野生でたくましい人々の樹脂が、いまや青天にも稲妻にも別れを告げて地中に戻ってゆき、かれらの背後の地表には、やさしさと善良さの刻印をうけた、この滑稽な最後の芽だけが残された、とでもいったところ。

　空き地に風が立ちはじめた。マチウは風が両脚にやさしく吹きつけるのを感じていた、ちょうどあまり丈の高くない草原のように、蔓植物のはびこる平たい原のように。しかしこの風は吹いた、木々をまえにして狭まった通り道でみずからの力でいきなり速度を増して、強く吹いた。まもなく二人の男の胸に支えを見出すだろう、一本の雑草。それは太陽を溺れさせようと望むまでに、熱の桶を湧き上がってくる水だった。

さらにいえることは、これだ。ベリューズ家とロングエ家は、当初はロングエに由来したもののベリューズの信じがたいほどの忍耐にも根づいたある激情、ある力をもって、ある意味でおなじ風の中に結集しているのだ、と。そして（と呪医《ケンボワズール》にしてマチウのうちに未来を確保してゆきたい未来を司る者でもあるパパ・ロングエは考えた）最後の枝は、ロングエに由来するものなど何ももたない、ただのベリューズなのではないか？……「そうでなければ、なぜ誰もがパパ・ロングエなどと呼ぶんだ？　それはおれが甘すぎるから、そうだよ！」あるいはおそらく母親のステファニーズが本当には数々の力をうけつがなかったのではないか？　うけついだものだと彼はずっと信じていたのだが、おそらく彼女は最後までベリューズの人間にとどまり、息子にやさしさと弱さという欠点を伝えてしまったのだ。

けれどもロングエは笑っていた、彼は笑っていた。二つの家族の歴史にあって知られている唯一の公式の暴力行為はひとりのベリューズ、ステファニーズの父親だったアンヌ・ベリューズ、したがって彼自身の祖父、がやったことにまちがいないのだと考えて。いったい何をやった、アンヌは？　リベルテ・ロングエを殺したのだ。愛のため、嫉妬のために。このとき以来、どうやら暴力は地下に潜った、血の中で眠っていたようだ。それが、いろんな勉強や教えにもかかわらず、マチウにおいてふたたび現われたのだといえないだろうか？

それに、ベリューズ家に生まれたステファニーズは、ロングエの者としてこの世を去って行った。それについてはたくさんの証拠がある。彼女には変わるだけの時間があったということだ。パパ・ロングエひとりのみに（「おれ、ロングエ、他人からはパパと呼ばれ」）時間がなかったのだ。彼が生まれて五年後に死んだ父親のことは、ほとんど知らずじまいだった。それに加えて、彼は自分の息子チ＝ルネのこともよく知っているとはいえなかった。それはこの子がいつもあちらこちらとうろつきまわっていたからであり、そして何より（というのもかつて呪医《ケンボワズール》は息子がいずれは森に戻ってくることを期待していたから）、そう、何より海のむこうのあの大戦のせいだった。こうしてパパ・ロングエ（「おれ、ロングエ、時間がなかった男」）はただひとり立ちつくし、父親にも息子にも、したがって過去にも未来にも、まるで何にもむすびつくことができずにいた。彼は事物を撫でて吹きすぎる風の表面ではあったが、彼の奥底でぶつかりあう力にかけて、木々の根元から立ち上がり太陽まで吹き上げてゆく風そのものではなかった。

——聞こえたでしょう、とマチウが叫んだ。ふりをしているんだよ！

——そう急かすなよ、坊主。おまえは急かしすぎるよ。

——どこをどう急かしてる？　何いってるんだろう、急かしてるだって？　どういうことですか、パパ？

本当に風が吹き上げてきた。焚き火の燠はリズムをもって吹きつける風により炎をかきたてられたが、それはじきにこの空気の暴力のせいで燃えつき消えてしまうだろう。鍋は三つの黒ずんだ石の上でゆれているように見えた。地面そのものが動いていた。重なる粘土の刃が小屋にむかって打ち寄せてくるようだった。風はまだ人の背丈に達していなかったが、着実に高まっていた。

——この風だ、とロングエがいった。そうだ！　この風だ！　おまえが求めているのはこれだよ！

彼はさらに大声でつづけた——お手上げだとでもいうように。

——山《モルヌ》へと吹き上がってくるこの大風の力を測ることなどできるものだろうか？……

というのも今日、地上のこの片隅で、かれらは這いつくばるばかりで、見ていないのだ！　風はどこにある？　どこを吹き抜ける？　どの風が？

——やつらには船さえ見えていない！

——ここにやってきた船のこと？

――やってきた船のことだよ、とパパ・ロングエはいった。
何百も何百も船はやってきたんだ。――わかるか？　かれらにはなぜ、かれらの記憶の霧の中に、手のない腕のように船体から黴くさい板をぶら下げたあの船が通過するのが見えたのだろうか？　まさにあの船が。七月のある朝、狂ったようにふりしきる雨の下、錨泊のための湾に入ってくるのが？

岬の沼沢地のむこうにかすかに見えるのは、砦《フォール》の灰色の壁と遠い断崖で、その上には青みがかった煙が立ち上っているが、それはすぐに雨の幕のうちに消えてゆく。海沿いの一帯に見えるのは何とも知れない植物群の崩れかかった塊ばかりで、まばらに資材置場や保税倉庫がぼろぼろの傷口のように見えている。船上では水が甲板を洗い、船倉へと流れこみ、うずくまる積荷どもを溺れさせていた。船長は甲板のハッチを開けさせ、水が流れ出るよう貨物昇降口を開けさせた。九時半で、雨の中に太陽が輝いていた。
（ローズ＝マリ号だ。船はいまかいまかと待たれていた。この邦では労働力が足りなかったので。積みこんだ奴隷たちの三分の二を無事に港まで到着させようと思うなら、船長はあらゆる知識を駆使しなくてはならなかった。病気、蚤やシラミ、自殺、反乱、処刑が、この屍たちの航海に句読点を打った。三分の二が残れば非常にいい数字だといえた。それに船長はイギリス船の攻撃から逃れおおせたのだ。大した船乗りだ。）

雨は木を、帆布を、ロープを、洗っていた。雨のせいで鉄板の位置をしめす黒い染みがいっそうくろぐろと見えた。炉のそば、熱した鉄板が立てかけてあった場所には、水を吸ってふくらんだ、黒ずんだ木の縞模様が見えた。そして鉄板のまわりには、分厚い血痕をまだ見ることができた。この鉄板は、甲板での三十分間の衛生時間のあいだ歩くことに反抗して拒否した者たちを、火のリズムで踊らせるためのものだったのだ。鉄板そのものも歪み、でこぼこになり、黒ずみ、血の跡を残しながらそこにあり、快活に弾む音をたてながら打ちつける雨水も、鉄板に積み重なっていった重い血の煤と焼けた錆を洗い流すことはできなかった。

船首には、獲物を呑みこんだままとぐろを巻いている蛇のように、ロープが横たわっている。それは見せしめとして選ばれた反逆者を排水とともに流してしまうために使われた。反逆者はそのまま海中に吊るされたのだ。まるで海底をさらうように、あるいは位置を標定し水深を測るかのように。そしてロープは、船倉にいたみじめな者たちの誰もが、目がくらむような明るみに出てきたとき、ぎらぎらと輝く空や燃える夜に目を射られたあとで、ときには意志的な、重苦しい集中力をもって、じっと見つめないわけにはいかないものだった。鉄板以上にこのロープが大洋の広大さを測ってきたのだ、使われるたびごとにまず、黒い肉の錘を深淵の底へと投げ捨てながら……

「もっと急いでおくれよ、パパ、もっと速く、そんなことは知ってるんだ、ぼくはさんざん本を読んだんだから！」

けれどもすべてが雨に打たれるがままになっていた。鉛玉のついた鞭、固い革ひも、絞首刑のための台（これはじつのところ主マストよりも立派だった）、舌を噛んで死のうとする者ののどに押しこむための鉤つきの棒、船倉の深みで息をつまらせて上がってきた連中の頭を水夫が力づくで沈める海水入りの大桶、かびたパンや潮水につかったビスケットを拒絶する者に焼きごてとしてあてられる容赦ないフォーク、月に一度奴隷たちを海につけて体を洗わせるための網、この網は鮫や自殺の誘惑からかれらを守った。

雨は洗い、競売会にむけて準備させ、罪を忘れさせた。しかし船倉には臭いがいっそうこもった。水は腐敗物、糞便、ねずみの死体を押し流した。嘔吐物を洗われたローズ＝マリ号は本当に薔薇のように美しかったが、それは精気を、生きた堆肥から汲み上げているのだった。下まで済んだところで船長が船の清掃終了の指令を出したのはそのとき。十時だった。

（というのはそれをもって新しい生活がはじまるこの着岸の儀式では時間が重要だったからだよ。おっと、生活とはいえないな！　死だ、希望を欠いた。とはいえ希望がついに訪れたのでもあった。というのはこの日には、行事の順番を細心綿密に決めておかなくてはならないので。そして時間がゆっくりと告げられてゆくことだけが、夜になり逃亡し森に身を隠すまでの唯一の頼みで、そのときには叫び声を上げて犬たちをけしかける青いまなざしの主人が率いる猛犬の群れと執拗な狩人たちが後を追い、一方、その主人のごく親密な敵であるせせら笑うような声のせむしがただその場に居合わせることで相手をあざけってやろうと、狩人と断固おなじ速度を保とうとして必死に息をつくことだろう。というのは時間とは、船倉でのあれほどまでに長い夜のあとでは一種の装飾であり、波の不分明な満ち干きの底で終わりなく死を呼吸してきた者たちにとっては信じがたいほどの贅沢だったから。というのは時間が、燃える空をただ通過することによっておそらく何かにむかって、船倉の低く腐食した梁ではないもの、もはやただそれがすべてではない別の何かにむかって、ひとつの突破口を開いてくれると思われたからだ。

「そんなふうにぐずぐず話していると、ついにはその雨の中で道に迷っちまうよ！　訳がわからなくなる……」

そのとき雑役係が大桶をいくつか並べたんだ。奴隷たちを数える作業がはじまるのだ。やつらは船倉の奥底から上げられることになった。ひとりずつ前の者と鎖でつながれて、よろめきながら甲板に上がってくると、奴隷たちは大きなバケツで頭から水を浴びせられた。ひとりの水夫が長い柄のついたたわしで体をこすり、傷をかきむしり、もはや汚れた布のきれはしでしかないぼろぼろの衣服を剝ぎとった。雨が降りしきる中、ばしゃりと浴びせられる水は、新しい生のための洗礼のようだった。船員たちは海の水と空の水で二重にずぶぬれになったこの黒くて呆けた間抜けどもをからかった。ローズ＝マリ号はかかえこんでいた汚物を厄介払いした。

まもなく甲板には、まちがいなくそれが旅の終わりを意味するというのに、海岸のほうを見ようともしないこの沈黙する群れがひしめきあった。牡たち、牝たち、そして子供らが、ぎっしりとそこに立ちつくしながらうなだれて甲板を見つめていた。そうだ、まるでこの甲板が乾いた、けれども恵まれた大地でもあったかのように、二週間に一度ここを走らされてこの長い木の横板のことならよく知り抜いているかれらが。まるで船長室の前のこの板が、めくれ上がり水と風に研ぎすまされた土の刃でもあったかのように。

——いい航海だったな、ラポワント君。いい航海だった。

——はい、船長、と副船長が答えた。まったく、万事順調でした！

人の好い船長は、積荷をじっと見た。たしかに、よく航海に耐えてくれたもんだ。慣習になっている四日間の肥育を省略して、このまま市場に出してもいいかもしれん。この黒い群れからは、あえぎ声すらほとんど聞こえてこなかった。

——わからんな、とデュシェーヌ船長がつぶやいた。どうしてやつらがこう急におとなしくなるのかがわからん。この仕事をはじめて十年になるが、いざ船を下りるというときにやつらが叫んだり、悲しんだりしているところや、陸や海岸や何かをじっと見つめるところすら、一度も見たことがないんだ。どうも旅の終わりが、やつらにとってはいちばん恐ろしいことのようだな。

副船長はぎこちなく笑った。彼は謎には興味がなく、興味があるのは数字だけだった。ときどき船長にはうんざりしていたのだが、それをあえて自分に認めようとはしなかった。彼はそこに金《かね》を見ていた、それだけだ。そのうち彼は自分の船をもつだろうし、そうなったら腕の見せどころだ。

こうして過ぎていったんだ。十一時には、すべての準備が整った。完了。鉄板は片づけられ、ロープはどうにでも使える子羊のように無邪気な顔をし、処刑台は腕木も鉤もない小マストとして取るに足らない姿に戻った。鞭は武器庫にあり、焼きごても同様、網はあいかわらずおなじ場所に置かれて、気晴らしの漁のための備品にしか見えなかった。こうして船は地獄の刻印を解かれた。あたりまえの商船のような顔をしている。

——いい競りになるぞ、ラポワント君、着岸のときに雨が降っているとは！……洗ったり磨いたりの手間が半分ですむ！　いい日だよ。船員たちも満足しているし、ローズ号はぴかぴかだ！……船倉にいる雑役係を下船させろ……ああ！　お客さんが来たぞ！……

雨にもすぐには消せない嘔吐物と血と死の臭いがまだしていた。だが清掃をちゃんとすませたのだから臭気は消えるだろう。また次の航海までは。湾に次回の死の重苦しさが錨をおろすまでは。

（だがおれにはわかる、とパパ・ロングエは考えた。はるかな昔からだ。この商売がまだ冒険にすぎずしかるべき利益が上がるかどうか誰にもわからなかったころから、それが儲かる事業となったローズ＝マリ号の時代まで、そうだ、おれにとっての真の歴史である歴史をはじめるためにローズ＝マリ号から二人の先祖が下りてきたその朝まで。おれは感じる、その臭いを。おれの母親ステファニーズがそれを教えてくれた、彼女はそれを夫アポストロフからうけついだ。アポストロフはメルキオールから、メルキオールは奴隷船の甲板に立った最初のロングエその人から……）

（絶対的に最初の人だというのではないがともかくベリューズとの関係においては最初であり、船にいた人間で重要なただ二人のうちのひとりであるロングエが、前衛に位置する創始者、新しい邦の発見者だということになる。二人はいずれもこのときには船が発散しているむっとする悪臭に気づいていなかった、船倉の息づまる腐臭のせいだ。けれども港の係官と二人の白人を乗せたボートが船に横付けになったとき、白人のひとりがハンカチで口と鼻をおさえているので、かれらはどんな臭いがしているのかを知った。二人めの白人は青い目をしていたが、連れの繊細さを軽蔑し、船長にむかって元気に声をかけると甲板の黒んぼたちの最前列のすぐそばに、怯えも嫌悪も顔に出さぬまま跳びうつった。青い目のこの男のこの挑発的な動作——それはみじめな者たちにしてみればたしかに挑発だった——は、それでかえってせむしのハンカチとおなじくらい臭気の強さをあらわにしめすことになった。ずっと後になって、先祖ロングエは船のこの気にもとめていなかった悪臭が、たしかに船倉のおそろしい黴の臭いとおなじくらいひどいことを知った。そして回想の中から、航海中の腐敗物やうごめく虫の分厚くつみ重なった彼方に、せむしの男を狼狽させた、雨によって掃き出されたあのかすかな死の匂いを思い出した。その匂いは木々の下、根の下にもあった。そしてその匂いを彼は代々の子孫たちにも感じさせることができて、それがパパ・ロングエまでつづいているのだった。）

「ああ！　忍耐強き神よ、お守りください！　誓いを立てますから、どうかわたしをお守りください！」

男は甲板へと跳び移った。船長は愛情と尊敬をこめてその手をにぎった。この植民地経営者《コロン》と、あまりにも型にはまったやり方で迎えられたその連れは、いかんともしがたい敵同士だった。そのせいで、互いに離れていることができないのだ。

——哀れなサングリよ、とラ・ロッシュは笑いながらいった——そして彼の青い目は光った——この男が黒人の臭いに慣れることはないだろうね。そのくせ、私ひとりにあなた方のところに来させようという決心はつかないんだからな。

船長はおだやかにほほえんだ。彼はサングリのこともそのたおやかなハンカチのことも心得ていた。

——これは、しかし、見事な積荷じゃないか！　いちばんいいやつを私のためにとっておいてくれただろうね？

デュシェーヌは首をふった。到着のたびごとに、彼はこの儀礼をうけいれた。二人の隣人同士が、いちばんの掘り出し物を手に入れようと競い合うのだ。いつもラ・ロッシュが勝った。それはわかりきっていた。見る目があるし、黒人を恐れていない。この人は甲板の上で間近から黒人たちに手をふれてみようとした。いつかそのうちのひとりが船員たちも手出しできないうちに彼の首をしめたり殴り殺したりするかもしれない、この絶望した人間どものあいだで、命を危険にさらすことをいとわず。サングリはいつも買えずにいた。

——待ってくださいよ、旦那方！　市場に出品するまでは取引をするわけにはいかんのですよ。

それで係官たちが検査の仕事にとりかかった。本当のところ、これは形式的なものにすぎない。ラ・ロッシュがその場にいることで、「当局」が何に気づこうとも、むだになる。抜け目のない船長はそれも心得ていた。

——そんな言い草が私に通用すると思うのか、デュシェーヌ！　私がうまくやるさ。港湾の諸君、さあさっさと片づけてくれ。

こうして（正午だった）二人の旦那と二人の船乗りと港湾の係官たちが、無事に着岸できたことを祝って一杯やろうという船長に誘われて船長室にむかったまさにそのとき、騒ぎが起きたのだ。それは奴隷たちの群れに起きた信じがたいほどの大混乱で、はじめは反乱かと思われたが（それでサングリはただちにピストルをふりかざし副船長は武器室に急いだ）すぐにそれは、こんな時点ではありそうにないがあっておかしくもない反乱のはじまりなどではなく、唖然とさせられることかもしれないが、黒人同士のけんか、いわばこれまでの決着をつけようとする争いなのだった。

とりわけフォール・ロワイヤル［砦の名、転じてフォール＝ド＝フランスの古名］の頼もしい銃眼が目のまえにあるこの湾では、反乱など別に恐れるにもあたらなかったのだが、ただのけんかだと知るとかえって船長は石のように固まってしまった。奴隷二人が闘っているというのだ、仲間たちにとり囲まれて、転げ回り、とっくみあって。この仲間たちというのは間をあけようともせず、ときどき二人のいずれかがぶつかってくると転び、つぶやきも叫び声もなくまた立ち上がるのだった。まるでかれらはその二人によって転ばされたのではなく、まともにとってても仕方がない偶然の事故にやられたのだ、あるいは非常に危険であるため説明を試みるよりは、ましてや逆らうよりは、じっと甘んじたほうがいい——しかもいっそう安心できるようにするためにはほんのわずかも気にかけていないふりをしたほうがいい——ひとつの力にやられたのだとでも考えているかのようだった。

船長の反応がおくれたのは船員たちには理解できないことだった。ラ・ロッシュが大きな明るい笑い声を立てて、こう怒鳴った。

——サングリよ、ピストルまで持っていたのか！

これで傍観していた船員たちが我に返り、ただちに殺到した。はじめ、驚きのあまり甲板に釘付けになっていたのを恥じて、我先にかけつけたのだ。怒りがかれらをベリューズとロングエに飛びかからせ、二人は自分の黒い体に蛆の二つの群れのようにぶらさがってくる、二つの人間の房に襲われた。とはいえまだベリューズもロングエもいなかったわけだ、少なくともこのまったく新しい二つの名によっては。いるのはただ船の縁から縁へと、ところ狭しと暴れ回る二人の闘士だけだった。奴隷のひとりが相手を手すりにおさえつけ、まるでその濡れた木に相手をぶつけて打ちのめしてやろうとでもしているかのようだった。

二人とも目玉はおなじようにぎょろりと剝かれ、息づかいはおなじように乱れていた。こんな風に力が荒れ狂っているときには、とてもどちらが強いなどといえたものではなかった。優勢だったほうの奴隷は船員たちの一団によって反対側の舷まで運ばれ、そこでも暴れつづけていた。反対側にいる彼の敵もおなじ運命をたどったが、やはり同様のやり方で反抗していた。血まみれになった二人をおさえつけ鎖につなぐには、五分近くかかった。そして船員たちが息をととのえるのにさらに一分。まるで感染によってかれらもまた言葉を忘れてしまったかのように、船員たちは何もいわなかった。かれらは全員がじっと船長を見て命令を待ったが、二人の奴隷の足枷をはずせと命じられるのではないか、この二人が大きな群れの中に戻されてゆくのではないかと、どうも恐れているようだった。

——わからんなあ、とデュシェーヌはつぶやいた。わからん。どうしてああやって闘おうなどという力が残っているんだ？　いったいどうすれば？　そしてそんな気力が？　どういう動機が？　どんな理由が？

——理由などないでしょう、とサングリがささやいた。やつらのことをご存知ない！

このすばやいやりとりを無視して、ラ・ロッシュはどうやら捕えられた黒人のうち相手を叩きのめしていると見えたほうにむかって、大声でいった。そう、彼はこの黒人に直接声をかけたのだ、その言葉をじつは船長にむけていたにせよ。

——私はこいつが欲しいよ、こればかりは何があっても譲らんぞ。いいかいサングリよ、種付け料はたっぷりいただくよ、おまえさんのところの黒人女に子を産ませようというときにはな。

——それならこっちはもうひとりのほうをもらいましょう、とサングリが叫んだ。いいですな、船長！

——二人にそれぞれ鞭打ち三十回、それがすんでも他の者たちから引き離しておくように。大丈夫、二人は旦那方のものになりますよ。

——おっと、それは待った！　それでは傷物になってしまう。そうはさせないぞ、デュシェーヌ、そうはさせない。罰は私が与える。

——いや。私の船ではそうはいきませんよ。お気を悪くされるようなら、すみませんが。鞭打ち三十回。ご安心ください、腕のいい処刑人がおりますから。

——わかった、わかった、あんたを信じるよ、とラ・ロッシュがいった。そして彼は一行からわざと離れて、自分が買う奴隷をそばからよく見ようとした。

よだれを垂らし泡を吹いているその黒人は、二人の落ち着いた船員が紐と鎖で苦労しておさえつけていた。ラ・ロッシュは彼を長いあいだ見つめた。奴隷はその視線から目をそらさなかった。植民地経営者《コロン》は彼の頭をつかみ、ぐいと下をむかせた。見えるのはただ長靴に踏みつけられた血まみれのうなじ、傷だらけの背中だけだった。

農園主は船員二人をじっと見たが、かれらのうつろなまなざしはまるで水平線の彼方の、厚みも現実味もない見世物をぼんやり眺めているようだった。

——そいつを放せ、と彼は命じた。

二人の船員ははっとしたが、あからさまに船長をふりかえることもできず、おなじくらいの権力者である大旦那にしたがうのを拒絶することもできずにいた。二人は足踏みをし、ついで武器を確認したのち、捕えていた男の腕と脚を放した。男は起き上がり、すでに彼の主人となった人にむきあった。あたりを見回し、深呼吸をし、片方の腕を上げてほとんどほほえんだような顔をした。まるで清算はあとまわしにしようとでもいいたげで、歴史のどちら側につくかを決めたらしく、そのあとこんどはすばやく半ば儀礼的な仕草で、植民地経営者《コロン》にむかって空中に脅しの徴を描いてみせた。それから彼は不動で超然と立ちつくしたが、降りしきる七月の雨が彼を濡らすというよりも雨は彼の黒い裸体から秘密の露のようににじみ出てくるもののように見えた。船員たちは、殺せ、あるいは少なくともこの肉塊の一部を切り捨てろという命令を待っていた。この黒人を縛り首にせずにすませるとは考えられないことだった。けれどもラ・ロッシュさんはゆっくり踵をかえして船長たちのところへ戻って行ってしまった。

——そのうち命を落とすよ、とせむしの男が嘲るようにいった。

——あれは荒々しいやつだな、デュシェーヌ船長！　たしかにあいつをあまり傷つけないようにしておいてくれるだろうな？

——ご心配なく、旦那、うちの料理人は称賛すべき外科医でもあるんですよ。それに加えて、彼は料理用の塩や食品保存用の塩水も好きなだけ使える、もう港に入っているわけですから……さあ、と船長はつけ加えた。中に入って乾杯しましょう！　とはいうものの、手持ちのラム酒がもう切れてしまったかもしれないな。

——それなら大丈夫、そんなこともあるかと思っていたよ。いちばん上等なのを届けるようにいいつけてある。さあ、行こうか。

——ああ、旦那、と船長は船長室の扉のまえで道をゆずりながらいった。もう何か月も楽しみも休息もなくすごしてきた不幸な船乗りにとっては、あなたこそが救いの神ですよ。

こうしてローズ＝マリ号には深い平和が訪れた。波瀾にみちた外洋の沈黙ではなく、実直な仕事のしずかなざわめき。こうして最初の闘い、もっとも短かった闘いが、終わったわけだ。立派な木炭のごとく、乾き、また燃え上がるような。最初の沈黙の闘いだ。それについてさらにいっておくことがあるとすれば、午後二時に奴隷たちの大部分が船から下ろされ、ラ・ロッシュとサングリが買った者たちもそこに含まれていたということだ。二人の旦那は船長に大声で別れの挨拶をしたのち、ボートに戻った。雨は時間どおりに任務をはたしたことに満足したかのように、やんでいた。錨泊する湾の緑と黄色の水は、しだいに激しくなる渦にかき乱されていた。ローズ＝マリ号はマストを揺らしながら縦揺れしていた。それがしずけさ、おだやかさの象徴だった。光輝く雨に洗われた船は、波がしだいに荒々しく高まろうとも意に介さなかった。ボートではサングリが荒れる海を不安がっていた。彼はいっそう青ざめ、友人から皮肉を浴びせられていた。

——サングリよ、とラ・ロッシュが小声でいった。隠し持っていたあのピストルで、どうするつもりだった？　おまえさんがピストルをもちだしたなんて、おれが知り合い連中に話していいことじゃないんだろうなあ。え、どうだい？　どうだ？

それから彼は、波が立てるぴちゃぴちゃという音やオールがぶつかる音やオールを留めてある金具のきしみに消されないよう、大きな声でいった。

——おい、誰か、あの黒人が私の目のまえで何を描こうとしたのか、わかる者はいるか？

するとかれらと一緒にボートに乗りこんでいた航海士が、明るい空と錆色の海の上に浮かび上がるローズ＝マリ号の船影のほうをふりかえり（これも奇妙な行動だった、たしかに。というのも何かを知っている以上、彼はむしろ二人の奴隷が連れてゆかれた倉庫のほうを見やるべきだったろうから）ついでしずかに海に唾を吐いた。

——蛇ですよ、と航海士はいった。

2章

——わかるよね、自分でもわかってるんだろう、とマチウはつぶやいた。かれらは何もしていないよ、かれらはただ真似をしていただけだ、はじめから！……

風はいま川のように羊歯の小さな小枝を流し、それを竹の葉にひっかけたが、そこでは竹やぶが明るくぽっかり開いて遠くの平野を見晴らすことができた。そして笹の上での透きとおった小枝のふるえのせいで、開けたところは繊細で光にみちたカーテンに飾られた完璧にゆたかな本物の窓になっており、ある晩、甘美で無益な何ごとかを待ってそこに立ちつくすのは気持ちのいいことにちがいなかった。少なくともそれが、記憶の眩惑から解放されたとき、存在の暗い底のほうでマチウが考えていたことだった。いや、記憶それ自体ではなかったが、たしかにパパ・ロングエの言葉から生まれた目まいではあった。老人の擬音語や、沈黙や、ためらいを通じて、道に迷ったマチウは歴史を先へと進め、さまざまな事件を秩序づけようとした。知りたいという彼の情念は非常に強かったので、彼はときおり苛立ったように姿勢を正し（いや彼ではない、あいかわらず焚き火のそばにうずくまっている彼の肉体ではない、彼の内にある力のことだ）、身をふるわせ、竹やぶにいくつか開いている精妙な窓のひとつに実際に近よろうとし、するとそのとき彼は自分が酔いからさめ、何か未完ではあるがはっきりとした手応えのあるものが待っている（夜はいつも美しいものと決まっている書物の中でのように）のだと思えた――そして彼は火のそばにとどまったままの自分の体の周囲を吹く唯一の風を見ず、彼のこめかみに沿って吹き上げる風の最初の愛撫を感じることもなく、屋根では最初の藁がゆれてその動きによりやがて小屋の幻の匂いを追い払うことも知らずにいた、そしてこうしていくつかの啓示を集めようとする努力とこれらの明かり窓のひとつに肘をつきたいというしずかな欲求のあいだに引き裂かれて、彼にはほとんど、パパ・ロングエがいうことがほとんど聞こえてはいなくて（それでも彼は老人がぶつぶつとつぶやくことをすべて澱をしずませるようにじっくりと考えてもいた、というのは彼の存在の第二の区域では彼は酔いに打ち勝ち、おそらくそうと知らぬままに、その歴史の年代記を本当に作りはじめていたから）そのあいだにも吹き上げる風に見捨てられた燠は少しずつ消えてゆき、ついには呪医《ケンボワズール》はこうはっきりとたずねた。「なぜそんなことをいうんだ、真似をしていただって？

おれには何にもわからないぞ、まるでわからない。」

――だって、と突然に明かり窓を離れ、ずきずきするこめかみと肌にあたる風の脈拍を一致させようと努めながら、また真剣にそして注意深くなったマチウが大声でいった。だって二人は船の甲板で所狭しとぶつかりあったんだよ！　二人の植民地経営者《コロン》がボートを降りた、まさにそのとき。それでその二人の植民地経営者《コロン》というのは何者だった？　死に至るまでの仇同士。この二人が仇同士だったから、そうそれであの二人も、屠畜場に送られる牛みたいに後をついていっただけだよ！

それからマチウは二人の主人たちの代理として闘ったベリューズとロングエのことを考えながら落ち着こうとして明かり窓へとむかったが、その二人の主人というのは諍いにきっぱりと決着をつけるということがどうしてもできない人たちで、それは一方が相手がせむしだということを絶えず指摘しつづけていた

（まるでわざわざいわなければわからないとでもいうように）からだが、それが「もうそれ以上はいう必要がなくなった、だって二人の黒人がかれらに代わって闘ったのだから！」その結果、かれら（二人の奴隷）はそれもまたうけつぐ以外のことはしなかったのだ、この邦ではひきつづき奴隷たち全員がそうすることになるように、しかもそもそものはじまり、最初の日から、悲惨とよろこびをうけとり、誰かへの憎しみや誰かへの愛をうけとり、それぞれの所有者たちの意のままに、自分たちからは何も作り出すことなく。しかもそれがあまりにもそうだったため、この邦ではみんなローズ＝マリ号のことや、その船がわたってきた海、船が寄港して肉体の積荷をつみこんできた邦のことなどは、いまさらいうまでもなく忘れてしまっているのも驚くにはあたらなかった。そうだ。一日がすぎるごとに、かれらにはけっしてその仕草も声も完全には真似することができないだろう他者のあれこれの態度にむけて手をさしのべる一日ごとに、こうしたすべてが忘れられたのだ。だがマチウはまた明かり窓から戻ってきた、パパ・ロングエがモルヌ＝ルージュ［赤い山］の滝の流れよりも速く言葉をくりだしてくるのが聞こえたからだ。そして——

「「ちがう、ちがう」とパパ・ロングエはいった。坊主、おまえが知らないことのほうがおまえよりも大きいよ。おまえは海を知らず昔の邦のことも知らない、昔がどんなだったかを知らない、おまえは行列の最後みたいなもんだ、どんなに首を伸ばしあちこちを見回してみたところでむだだ、十字架が道のはずれにいるのか、それとももう教会に入っていて、それぞれ自慢のろうそくをもって早い者勝ちの信徒席のいちばん前でおし合いへし合いしている婆さん連中に囲まれ紙の風よけのついた大ろうそくをお供えされるところなのか、とても見えたもんじゃない。行列の尻尾にいるやつは何をやってもむだだ、教会の入口の階段のところに残されて、中には入れない。行列っていうのはそういうもんだよ。そしておまえは、ちびすけよ、おまえはローズ＝マリ号に何が積まれていたのか知らない、なぜならローズ＝マリ号には船倉というものがなかったからだ。船倉の上の空間であって、船倉そのものではなかった、というのは船長が人間味も計画性もある男だったからさ。船倉に八百人もつめこんでいざ着いてみたら二百人というのでは、どうにもしようがない。だが上甲板と下甲板のあいだに優に六百人も並べて、うち四百人を無事に渡らせることができたならどうだ？　そこで船長のデュシェーヌ氏は船に手を入れさせた（「そうだ、ブリッグというやつだよ、四角の帆を張るマストが二本、そして帆のない三本目からは吊るしてあった人間を、到着の前々日に下ろしたんだ」）、彼は二つの甲板のあいだにすきまを作り、頭と足のところに棒をわたし、鉄の鎖をつけた。それに船員たちが船倉から上がってきたなどとは、誰がいった？　おれはそうはいってないよ。船員たちはじつは甲板のあいだのこの場所よりも船倉のほうを好んだだろうな、そもそも船倉の臭いはたまらないというほどではなかった。そしてまた、奴隷たちが甲板に上がったとはいってもだ、マチウよ、ずいぶん上まで行ったのだと思ってはいけないぞ。床から甲板まではたったの三段、立ち上がるには体を半分に折ってやっとというような空間なのだ。つまり、デュシェーヌ船長が見通しのきく人間だということはまったく明らかだった、彼は自分の積荷のあまりに大きな部分を失うのを避けたくて、ということはあっちでも、底なしの海の反対側でも、すなわち彼には当然、嵐や病や死を見越す先見の明があったということだ。馴らしのための場所で、彼は黒人を入れておくための囲い場をもっていたんだからな。ローズ＝マリ号には船倉がなかった、その馴らし場というのはわざわざその目的のために作ったところで、つまり彼にはあっちでも秩序と方法があったということになる。ちゃんと見越していたんだな。船長が着いたときには積荷はもう準備されていた、時間をむだにすることはない、フランスのラム酒、つまり砂糖黍で作った本物のラム酒ではない酒が下ろされる、それからその汚らしい囲い場にいた連中を積みこむ。要するに、死を待ってはいるもののまだ死んではいない、すでに死ぬという幸運に恵まれてはいない者たち全員のことさ。いいか、まちがえちゃいけないぞ、ローズ＝マリ号がむこうの海岸に着いたときには、奴隷の囲い場はもう満員だったんだよ。邦中がごっそりさらわれていた、母親は子供を売り、男たちは兄弟を、王は臣民を、友人は友人を、あの砂糖黍なしのラム酒のためにな。こうしてかれらは死の金で死を買ったというわけだ。そうだよ、偽ラム酒の死の中で転げまわることができるように。あるいはただ、自分が船に乗らずにすむように。自分が囲い場の六百分の一にならずにすむように。いいかい、おまえは知らないんだよ、おまえは海のむこうの邦で何があったのかを知らない……」

老人はこの言葉の奔流についてじっと考えこみ、それが本当に彼自身がべらべらと話したことだったのか、それともむしろもうひとりの男、火のそばに陣取って彼とおなじくいちばん手近にある石に陶器のパイプをこんこんと打ちつけている無作法な未知の人間が話したことだったのだろうか、などと思っていた。それほどに長い台詞に、そして自分自身がそれを発話しながら苛立つこともなくじっと耳をかたむけることができたのに、彼は驚いていた。まったくだ、ときどきぽつりぽつりと言葉を発するほうがいいな、そうすれば自分を見失わずにすむ。あまりに理が勝ったこんな言葉の流れよりもずっとよく、自分を見出すことができる。演説を終えた男は、そのときマチウが内心あざ笑っているのではないかとひどく不安になった。彼は心配そうなまなざしを少年のほうにちらりと走らせた。少年はほとんど放心したように、立ち並ぶ竹をじっと見つめていた。夢想しているのだ。

――つまり昔も、と不意に少年はつぶやいた、ひとつの物語があったのだと思わせたいんだね、そういうことをいってるの？

ああ！　若者ってやつは……いつだって、昔には、ひとつの物語があるのに。

かれらは憎しみを主人からうけついだのではない、かれらこそ憎しみをたずさえてやってきたのだ。それはかれらとともにやってきた、海をずっと渡って。食い物と、火と、水を、ちゃんと準備するだろう。火をつけるだろう。風が小屋の屋根の高さまで吹き上げてくるのを待つだろう。風が吹く、すごい熱となって吹きぬける、そして上まで昇りつめたら、それでおしまい、おまえの火は消えて、バナナはちょうどよく煮えている。それとおなじさ。かれらは海を渡ってやってきた、そして新しい土地を見たときにはもう希望もなかった。後戻りは許されなかった。それでかれらは理解した、すべておしまいだ。二人は闘った。土地の食卓につくまえの最後の見せびらかしみたいなもんさ。新しい土地に挨拶し、古い、失われた土地を誉めたたえるための。かれらはおそらく自分たちの物語に終止符を打ちたかったのだろう。互いに相手を殺したいわけではなかったが、ひょっとすると少しばかり相手に傷をつけてやろうと思っていたかもしれない、二人のうちのひとりがこういえるように。「おまえはこの新しい邦を歩くだろうが、おまえは無傷ではないよな！　だが、おれのほうは無傷だ！」そして相手の腕を一本もぎとってやろうとか、目玉をひとつくりぬいてやろうとか考えていたのかもしれない。一方が相手にむかって、これ以後約束されている悲惨に対する古い憎悪の勝利を、大声で叫んでやれるように。まるで海のすべての水が、むこうで最後に見た海岸からこちらの錨泊する湾の埃っぽい植物のところまで、壁のように立ち上がり、ちょうどこの風がバナナの鍋の下の炭にひといきに火をつけ燃え上がらせ消してしまうのとおなじく、かれらをこの闘いにむかって押しやったかのようだったよ。というのは憎しみは二人が二人とも生きることを望んでいたからだ。こちらかあちらかのどちらかが死ぬのではなくて、二人の一方が、もうひとりのほうの勝利を、なすすべもなく助けることを。どんな勝利だ？　ため息ひとつもらすことなく旅を終えること、この未知の土地にありったけの力をもって入ってくること、そしてとりわけ、とりわけ、相手のほうはこの土地に手も足も出ずけっして土地をものにすることもそれを歌うこともできないだろうと知ることだ。それは勝者の仕事なのだと、知ることとの勝利！　そして船長のデュシェーヌ氏はたしかにそんな熱狂を理解することができたが、しかし航海のきびしさを熟知してもいたので、憎しみが航海のすさまじい大波にすら耐えることがあるなどとは、思ってもみなかったわけさ。この黒人どもが、何週間もの緩慢な死のあとで互いに争うだけの力があるのみならず闘おうという気力が残っているとは。船長はその発見にぎょっとした。自分が手がけているのが本当に獣の取引なのだということ、飼い馴らすことのできるおとなしい動物ではなく野獣の貿易なのだということに、はたと思い当たったのだ。

マチウはこめかみに吹いてくる風を払いのけたいと思った。少年はそんな説明には同意しなかった、そんなにも明解できれいな理由をうけいれるつもりもなかった。けれども吹き上げて来る風は追い払うことができない。

――その着岸てやつが気に入らないな、と彼はいった。整いすぎている。単純すぎる。湾が、船が、黒人たちが見える、すべてがはっきりとおだやかに見える。ぼくにはうけいれられないよ！

というのは彼にしてみれば、午後一時におこなわれた鞭打ちの話を聞かせてもらったほうがよかったからだ。水夫長が、効果は上がるが傷を負わせる危険のない道具を選ぶところを見たかった。その材質やたちについて（幅広の革か丸い革か、やわらかいのか硬いのか）料理人と相談するのを聞きたかった。そして舵手がこう口をはさむのを。「気をつけてやれよ、傷物にしたらえらい目にあうぞ。」それから笑い声が起こり、二人の奴隷はひとりが打たれているときの反響をもうひとりがうけとるように背中合わせにマストにしばりつけられ、この二人めは自分の番を待ちながら、鞭がふり下ろされるたびに柱のふるえ、木にぶつかる肉体の衝撃を感じるのだった。革紐は唸り、処刑人は息をはずませ、痛めつけられた体は硬直し、ついでいきなり崩れおち、血が飛び散り、こんな光景には慣れっこの水夫たちは無関心なままその周囲で忙しく立ち働いていて、たぶん小径にはりだす木の枝をひょいと避けるように鞭の軌道をさっと避け、二人の黒人は縛りを解かれ、塩と食品保存用塩水と火薬をすりこまれ、大きなはしけに下ろされ、二人のことなど見ようともしない者たちのかたわらに腹這いに寝かされ、それから沈黙、ただ鞭がふられる音、甲板の足踏みの音と船の左舷にぶつかるボートや大きな筏の鈍い音だけが句読点を打っていた、あの沈黙の深いしずけさがあたりを包んだ。要するに、まもなく上がろうとしていた雨のさびしさに非常にふさわしい汚くよどんだお決まりの活動がこうしてつづき、ときたま船室の外で大声がしたり、むこうの岸辺の泥にぶつかる波の軽いとどろきも聞こえる……

　というのは彼にしてみれば、おお上陸のためのはしけよおれはしけそして彼おれ腹這いになり火薬おれ船そしてぶつかる背中に海流と水それぞれの足おれロープ滑って死んでゆく湾、邦ひどく遠い遠くに何もない何も何も終えるために落ちてゆく塩の塩の塩の水が背中に血と魚と食いものとおお邦よ土地よ（「すべてが終わってしまったことの確実さ、帰ることはできない、なぜならはしけも小舟も船から離れてゆき、閉ざされたただし仮そめの浮かび漂よう世界＝船にしがみついていることはもう許されもしなかったので。いまや動くことなどないあそこの地面を踏みしめなくてはならないのだろう。そしてからっぽな虚無の中にあるのは航海のはじまりの日々の思い出、母なる、よく知っている、安定した海岸が遠ざかり二度と帰ることのできなくなった最初の日々の反復のようだった。そう、甲板にはさまれた地獄にもかかわらずあの船はなつかしかった、なぜならそれを離れなくてはならない時がやってくるまではそれは取り返しのつかない場所だとはたしかに見えなかったので」）そしておれは背中に遠く遠くから彼がしだいに大きな音になる口笛を鳴らし彼が上がってくるおれ力おれ主人（「ほうすごい速さだ、上陸用の舟たちはすでに陸まで半分のあたりを進んでいる、貨物昇降口のひとつから汚水を海へと投げ捨てている手、まるで考えもおよばぬ存在にむかってローズ＝マリ号に別れを告げてしまった者たちに挨拶を送るかのように。そうだ、あのよく知っている仕草、非常に親しく思える仕草は寄港地ごとにこの大型船の掃除をする者たちのそれで、船は洗われた空の中でまったく究極の署名のように見えた、少なくとも、うしろを見つめる力のあった群れの中の二、三人にとっては。清掃の汚水が海に落ちるときのばしゃっという重い音と船体の木に桶がぶつかるこの音——かたんかたんという音——が究極の句読点となり、それからあとはまた沈黙、沈黙、沈黙〕そしておれ空にぶちまけられた泥をもって叫ぶ、おほう！　おう！　太陽老いた太陽群衆の中で死を与えられたおまえここ二百でいい積荷歯はぜんぶある二十二歳処女そのとんでもない母親は何もできない役立たずあまりに老いている母親なしだ畑仕事いい値段ですこっちにこい次はごらんくださいよく見てください手でふれてさあさわってごらんなさい白昼秘密はない無傷健康おとなしい〔「もちろん水夫たちが緑のレモンの果汁で体をみがいてあるから体は輝き、汗と混じった酸の鼻をさす臭いを発散させ、それが飢えた者たちをくらくらさせていた。けれども東風がその臭いを追い払えば残されたのはぴかぴかの真新しい肌の色だけで、それで買い手たち——新たに到着した者の肌を古い奴隷たちに舐めさせた——は骨折り損ということになった、そのレモンの味さえ生ぬるい汗と擦られた垢と海の塩にまぎれて消えていたのだから」〕おれ終わり希望なく顔たち獣の顔たち叫び穴ぼこ毛しかし目がなくまなざしなくおれ風出発だ鞭を浴びてそのとき狂乱狂乱狂乱そして——彼は叫んだ、「そういうけどさ！　二人がいったいどうやって鎖をはずしたのかなんてわかるのかい、そんなふうに船中ところ狭しと闘うために？」

彼はさらに考えた。「そんなことは嘘だよ。鎖をはずせたはずがない！」彼の声は草の上のそよ風のようにしずかだった。

——おまえが何にうんざりしているのかはわかるよ、とパパ・ロングエがいった。おまえは二人が闘ったとは思っていないな。おまえには航海が見えない。あの空間に全員が並べられ、横になることも、すわることも、立つこともできないんだ。絶えまなく、夜と苦痛とつまる息に苛まれている。自殺したいと望んでいるのにそれができない者ばかりだ。そして例の二人は、十人ばかりの体によって隔てられながら、ずっと互いのことをうかがい、相手の苦痛をじっと測っていたのだ。ところで二週めから、この一群には次々に死人が出て、二人を隔てる距離がしだいに小さくなってゆくのがわかった。まずひとり、ついで二人め、ついでもうひとりの死体が、海へと捨てられた。そもそも最初の十人というのが、憎しみと憎しみを隔てるには大した数ではなかった。その数がどんどん減った。それでしまいには二人を隔てるのは二つの体、夜も昼もぜいぜいいっている二人の女だけになった。といっても昼なんかないわけだが。かれらに聞こえるのは、かれらが耳をすますのは、自分たちの息づかいだけになった。相手のそれが止まるのを願いながら。わかるか、航海の終わりには、この二人がもっとも強かったんだ。甲板に上げられるときには、男たちが一方の側に、女たちが反対側に集められる。(「牡たち、牝たち」だな)。それでだ、かれらのそばには二人の女がいたので、二人は男たちの群れへと連れてゆかれるために、隣同士をつなぐ鎖をはずされたというわけさ。そういうことだ。だがおまえがうんざりするのはわかるよ。ベリューズがほとんど負けたというのはわかっただろう。負けたのはベリューズだったのかと、おまえは思っているんだろう?え?

——それはちがうよ、とマチウは小さな声でいった。

甲板のあの手すりに望みもしないのにあんなふうに腰を打ちつけられたのがベリューズだったとしたら?それは彼以外ではありえなかった。なぜなら二人めの黒人は、あのあとラ・ロッシュ氏のところに連れて行かれたのだから。逃亡奴隷《マロン》となった黒人、一晩じゅう犬を使って追いまわされた、ロングエだ。そしてサングリの地所で子孫をなした奴隷が、もうひとりのほう。もうひとり、それがベリューズだった。ベリューズは甲板にくくりつけてある大砲のひとつに叩きつけられたが、すぐに、つまりその大砲の台でロングエに背骨を折られないうちに起き上がり、ロープを一本つかんで（そのロープとは人間の体を海面下でひきずるために使われた蛇そのものだった。そのときの彼には自分がそれに手をふれそれを使おうとしているのだとは想像することも理解することもできなかったが）それを彼は手にとった、ロングエの首にかける紐にするために。けれどもロングエはロープの下をくぐり全体重をかけてベリューズを手すりに押しつけ、それはただまるでその間の抵抗などまったく取るに足らないとでもいうように、大砲の鋳鉄を船体の樫材に換えただけだった。そのとき、人々にはベリューズがロングエとおなじくらい強いのだということがわかった。というのはベリューズは、大砲の口であっさりと倒れる代わりにロングエを他の者たちの足元へと投げつけたからで、それは彼を遠ざけるためでも一息つくためでもなく、相手の腕を折ってやろう脚を折ってやろうとしてのことだったのだ。そしてそれにつづいて二人が互いの首をつかみ背中を折ってやろうとしたのは、殺してやるという欲望のためというよりも相手をゆったりと捕まえておくためだった。抵抗をなくして、おもちゃのように。殺したいという気持ちが芽生えたのはその後だ。

さて、こうしたすべては船員たちが止めに入るまえに起きたんだ。もしロングエにあと――そうだな――十五秒もあったなら、彼はベリューズを殺していたことだろう。それでマチウはこの闘いのことを信じたくなかったのだ。酔いと知ることとの眩惑が支配する彼自身のうちの暗い地帯で、彼はベリューズがそれほどまでに敗北に近くいたのだということを（死ではなく敗北の近く）認めたくなかったし、またこのことに、まだ同意してはいなかった。ロングエが海岸をはるかに離れて山々《モルヌ》の上の森に行ったのに対して、ベリューズはサングリの地所で生まれながらの死者として生きたということ。

――それはちがうよ。それはちがう！

ベリューズが、抱えていた憎しみを忘れ、こうしてサングリの地所の掘立小屋が林立する一画にとどまり（日々が、ついで年々が過ぎ、粗末な掘立小屋が少しはましな小屋になるのを見ながら。しかし本当のことをいえば小屋《カーズ》といっても掘立小屋《ユット》と変わりなく、どんな季節にも木の葉と泥を組み合わせただけのものだった）、そのうちアンヌという息子をもったということだ。そしてその子は殺人者となった。愛のせいで――嫉妬のせいで……。

風よ風よおお風よ。風は平らな地面を離れて小屋の屋根にまで達した。いま風は藁を開花させている。小屋は渇きに突き立てられた一本の松明で、風は同時にその魂でも、目に見えない運び屋でもあった。あるいはむしろおお風よそれは屋根の脇腹を耕す境界なき騎手なのだった。そしてこの松明に光はなかった――ただ風が不確実さによって、忘却によって、もはや希望に応じることのない記憶そのものによって、地面へと追いつめられた二人の男をからかっているように見えただけ――ただ風が空へと強烈に吹き上げながら、すべてをかき乱し、すべてを混乱させようとしているらしかった。けれどもこの松明はほとんどひとつの情熱をかきたててもいるのだった、あざけるような風がしだいに強くなり氾濫することによって、藁屋根の無限のぱちぱちという音によって、パパ・ロングエが若者――ついさっきまではまだ子供だと思っていた――のまえにうずくまり、風からは遠く重々しく執拗に瞑想にふけっている、小屋の足元の、この重い湿気によって。

――どこにおられますか、夜の主人よ？　じっと立ちつくす御主人よ？　小僧が知識を求めてやってきました。けれども、おお御主人よ、誰が呼び求めるのでしょう？　誰が幽霊たちのうしろを走れるものでしょう？　見てみろよ。うしろにむかって体を傾ける者は、南風に焼かれるぞ！　何を探しているんだろうな、この子は。おれはあたりを見まわす。下のほうには緑の区画となった畑、アスファルトの道路、路上の夜が見える。いったい過去のことを限りなく細かく述べるなどということができるものだろうか？死がやってくる。死、それは昨日の砂浜の上を洗ってゆく波だ。砂をかき回すなよ、突然の死を踏みにじるなよ。そしておまえたち、おまえさんたちはしあわせだよ、記憶なき者たちよ！　おまえさんたちは、そのことを知ることなく死んでいるわけだから……

いたるところに竜巻があるのではないか、もはやどこが地面でどこが空かもわからなくなるほど、すべてを破壊してしまう台風のように？

嵐のときには、忘れないでくれよ、もはや商売など問題ではない、生きるか死ぬかだ。もう探すことはしない、闘うだけだ。いいか。乗組員全員が、奴隷たちの面倒を見ている中甲板の雑役係を除いて、舵手の指揮下で帆や索をあやつっている。ロープで体をしばり、かれらは地獄に下りてゆく。そこでは黒人たちが雷雨の純粋な錯乱を待っている、かれらはきれいさっぱり死んでしまうか少なくともこの機会に鎖から解放されたいと願っている、こんなふうに波に翻弄されるならしまいには肉体に食いこむ鉄のやっとこで手首や脚を砕かれてしまうだけだなどとは、考えもせずに。奴隷番の雑役夫たちには、壁で頭を割るか黒い手の万力に挟みつけられるかという危険があったものの、嵐は叫び声を聞こえなくし、荒々しい横揺れをもろにくらっている仲間の船員たちは十分に早く走ることができなかった。そしてたとえ事件の翌日に、首をしめた男を、その十人の隣人たちとともに吊るしたとしても、それは大した慰めだよとでもいうほかない……。嵐は黒人たちの共犯者であって、犠牲者を選ばない。

そのとき舵手が、非常時にはいつもすることだが、けっして悲鳴をあげず自殺しようとも人を殺そうともしないその二人をしばる縄を、たしかめにきた。二人のうちひとりが腕を船体にしばりつけられたまま、やっとの思いで体を起こし、膝のあたりの高さで、すばやい動きで自分のまえの空中に何かの徴を描いた。すると舵手は肩をすくめ、鞭のしたたかな一撃を与えることで満足したが、反逆者のそばにいた者たちがそのとばっちりを食った。舵手はその動作が何を意味するか知っていたのだ。彼はローズ＝マリ号に乗りこむまえにはむこうの海岸の黒人の囲い場で働いていた。奴隷集めにかかわり、内陸の奴隷商人たちと人数やその質をめぐって交渉をしてきた。それで彼はこうした野蛮人どもの習慣を知っていたのだ。

いいか。今日、大洋のまっただ中のちっぽけな陸地に住む連中は、もうこの仕草を知らないんだ！　この若者は、どうやって、来ることができたのだろう！　海のむこうでの古い裏切りを説明するために、いつかある日ひとりのベリューズ（子供）がやってきて、それでついに大洋の両岸が嵐を超えてひとつにむすばれるということは、長い日々の流れをつうじて定められていたことだったのか？　嵐のみならず、忘却という恥すら超えて？

（「ああ！　いいかい。いわせてもらうよ。いわせてもらう。それはちがうよ！」）

なぜまたはじめることがあるだろう、あの最初の叫びを、なぜまた大声でたどたどしくいわなくてはならないだろう、だってすべての歴史が抵抗し、そしてわれわれはここで一日がまるで先に進まぬまま、ぐるぐると回っているばかりなのに？　力をこめる、押してみる、でも言葉は空回りし、屋根の藁の房の中にあり、つむじ風の壁を作るばかりだ。つむじ風でできた壁を押すことのできた人間なんて、いるだろうか？　まもなく十一時になる、いやそれどころか正午が近づいている、これではどうにもならない。

――だけど、かれらが船室で何を議論していたのか知らなくては！　と突然マチウがいった。パパにその力があるなら、あの船室のところからまた話してもらったっていいよね、あっちの二人が鞭で打たれていたそのあいだに！

少年は挑むようにほほえんだ。

——いいとも。パパ・ロングエはすべてを知っているからな。先を急いだところでどうなる、坊主？おまえは本の読みすぎだよ。本に書かれていないことは、おまえは知ることができないんだ。ベリューズがどんなふうに甲板で闘ったか、そしてあいつはもう少しで負けるところだった。

——ああ、それだよ、それ！……

——よし。ならば水のごとく通りすぎるとするか……。こういうことだ！　船室では値引きの交渉をしていたのさ。

——もちろんそうさ。魔術師じゃなくてもわかるよ。

——いや、だがな。おまえはその場を目で見ることも、そこで話されていることを耳で聞くこともできるだろう。なぜだ。そう、なぜならばパパ・ロングエがすべてを知っているからだよ……

マチウは笑った、マチウはからかった。

けれども突然——風はすでに小屋の上の藁を見捨てて雲にむかって上昇しはじめていた——正午ちょうどに最後の小枝がゆれるのをやめ、山《モルヌ》のすべてはどんよりと硬直した熱のうちに沈んで、ただ平野からの叫び声、人間たちの労働の遠い叫び声だけが聞こえ、——この二人の召喚者たちが黙っているあいだ、十一時が打ったと思ったらもう正午（最初の日、最初の闘いのあの正午を隠してしまうようなしずかな正午）になっているという、迅速かつ不動の時間の中でふたたび黙りこんでしまったあいだ、——彼は突然に強い臭いのする狭い船室を見たのだ、それははじめ彼には居心地のよさよりも仕事が優先される農場の会計小屋のように見えた。壁には何丁もの猟銃や拳銃が南京錠をつけてかけられ、金庫には帳簿が入っているがそれはこの船では航海記録の代わりで、航海を耐えるための助けとなったラム酒の瓶はいまではどれもからっぽ、そして積荷の中の死者の数を表わす赤い玉の入った小箱があった。金庫の上にある新しいラム酒と、怪しげな錫製の杯を並べてくっつきあうようにして集っている六人の男たちが彼には見え、また言葉も聞こえたが、それはパパ・ロングエが彼のためにいい直してくれたことなのか、それとも往年に人間がしでかした事ごとがあげる叫びの中で肉体の値段を交渉している風の音なのかすら、わからなくなっていた。というのは、過去のさまざまな名前や秘密をめぐる闘いにおいて、マチウははじめて自分が、真実を検討するだけの暇もないまま、呪医《ケンボワズール》の力によって直接すっかり包囲されていることに気づいたのだ。老人が、そんな対話のことを知っていたのだとしたら（でもどうやって？）、あるいは老人が、自分で考案したモデルにしたがってそうした言葉を見抜いたのだったとしたら？　そしてマチウは、平野からの声のこだまを超えて、こうした言葉をたしかに耳にしたのだった。

——さあ、旦那方、と船長がいった。そろそろ片付けてしまいましょうか。

二つのしゃっくりのあいだで、彼は取引をもっともいい値段で、ただし農園主たちの機嫌をそこなうという危険を冒すことなく、成立させようと試みた。

——いつもの値ですよ、とサングリがいった。

——いつもの値ですって！　この小箱を見てくださいよ。もうあふれそうに赤い玉が入っているんですよ。いいえ、すみませんが、一頭を五百でどうぞなどというわけにはいきませんな。ラム酒はすばらしいが、それで帳消しにはできませんよ！

——だが船から下ろしたやつに鞭を三十発くらわせたじゃありませんか、とサングリがいった。その分、負けなさいよ！　え、船長？

——私は売物に傷をつけることはしませんよ、旦那、可能なかぎりはね。やつらには何の問題もないと私がいうときには、信じていただいてよろしい。

——そのとおりだ、とラ・ロッシュがいった。

それでもただちに船長は、この機を逃すものかと、すでにほろ酔い加減ながら、こう提案した。

——六百五十でいかが？

——まあ待ってくださいよ、ラ・ロッシュ！　とサングリがいった。あんたが自分の商談をするのはいいが、わたしはあんたの企みに自分の金を賭ける気にはならないよ。

船室の雰囲気は重くなり、空気中には混じりけのないタフィア［熟成前の砂糖黍酒］の香りが立ちこめた。その場にいた誰かが息をつまらせて、辛そうにあえいだ。甲板から響いてくる音が軽い薫の幕のようなかすかな音を立てた。

——旦那方！　さて、話をつけてしまいますか？　と船長がいった。

——五百五十、と金庫のそばで小さくなっているサングリがいった。

——私は物乞いをしているわけではないんですよ！　自分の仕事を良心的にきちんとこなしているんです。哀れな連中を藪から出たとこ勝負で買ってくるわけじゃない。むかしからの決まったお客もたくさんいます。確実な品物ばかりだ。むこうでは私は実費をあれこれ遣います。輸送人がいるし、監視人がいるし、会計係も雇わなくてはならない。選びぬいています。それにですよ、旦那方、イギリスのフリゲート艦が襲ってきたとき、私が積荷を海の底へと投げ捨てるところなど、ごらんになったことがありますか？　いや、私はそんなことはせず危険をひきうけるんです。なんとか船を操ってみる。すると何日も何週間も、余計にかかりますよ。それに私はぎゅうぎゅう詰めこんだりもしない。私の船では伝染病が発生しません。まったくないとまではいいませんがね。こうしたことには金がかかるんですよ、旦那方。まったくのところね。

――わかった、わかった、船長、とラ・ロッシュがいった。あんたの仕事ぶりは尊敬してるよ。偶然まかせは何もないよな。すべてデュシェーヌさんの考えどおりだ！

――六百五十。

――わたしのことをご存知でしょう。値切ったりする人間ではありませんよ。それでもここでの商売に関して、わたしはいささかの力がある。そうじゃないですか？

――ああ！　旦那、と船長は自信を失った哀れな声でいった。

――五百五十ですな、とサングリがいった。

――サングリよ、おまえさんはばかだね。船長にはやることがたくさんあるんだ。六百だ、それで決定、だが牝のほうはわれわれが必要なだけの数を、五百で予約させてもらう。

――死にたくなりますね。

――いやいや、死なれては困る。今夜はぜひ一緒に食事をしよう、ここの諸君も一緒に。お客に来てもらえるなら、こんなにうれしいことはない。

――まさにお客ですな！　と船長は大声でいった。

――やれやれ、痛いことをいうじゃないか！

――やれやれ……まったく……。時間はわかるか？

するとこの口論におびえながらもラム酒をがぶ飲みするのに忙しい事務員のひとりが、ばかみたいにくりかえした。「時間ですか、船長？」

「しかし、ぼくのことを行列の最後の者だなどと呼んでもむだだったね、それが正午と二時のあいだだということは、ぼくにだってわかるさ、つまり闘いと下船のあいだだよ！」

——魔術師《ソルシエ》じゃなくてもわかるな、と笑いながら呪医《ケンボワズール》はいった。それにおまえはもう焦れていないようだな、え?

——焦れたって仕方ない、とマチウが大きな声でいった。すべてはすんだことなんだから!……

老人は微笑した。彼は立ち上がり、「いよいよ、おまえは真実との競走をしようという気になってるな」、それから空き地を横切って竹やぶのそばにゆき、マチウも彼のそばに行った。

高みから平野を見わたしているこの二人の男にとって、もはやそれは天井の明かり窓というよりは、葉叢の中に大きくひらけた太陽のさしこむ窓だった。枝が作る枠の中に二人ははるか下方の赤土を見たが、石を並べて境界線にしたそれは耕されたいくつもの大きな区画となって、山すその森がはじまるところまで舐めるように進んできているのだった。土の海と暗い木々の岸辺のあいだで、ほとんど闘いがおこなわれているかのようだった。ところどころ、耕された土地と森の境界に、黄土色をした泥の浜辺のように、低い林の地帯が無雑作におかれている。しかし錆びた難破船にも似た灌木のしげみが点在するこのわずかな地帯は、畑のあざやかな赤の縁にごくまばらに、青白い稲妻の痕を残してゆくにすぎなかった。それで平野は大波の一撃で、山《モルヌ》をさらい、森の岩を流し、木々でできた崖の全体をずたずたにしてやろうと思っているようだった。まさにそこなのだった。

そうだ。逃げ出した者が山《モルヌ》にたどりつきさえすれば助かるということを悟ったのは、そこだった。彼は走ることをやめぬまま、犬たちの声を聞いた。その音により追手とのあいだの距離を測ろうと努めながら。反響する音が背後の田園とおなじくらい前方のこの林からも来るように彼には聞こえた。自分の計算に自信がなかった、唯一確実だったのは、犬たちがじりじりと追いついていることだった。空気はあまりにも自由で、夜はあまりにも明るかった。水は十分にない。小径がいくつもある。草の丈の高いところのほうが、ちゃんとした道よりもいい。横切ろう。

　彼は目のまえに木々の最初の一列を見た。太い幹から出ている葉は境目なく混じりあっている。彼は、あん！　という声をあげて、すべての中に跳びこんだ。夜の、森の、枝々の、重苦しい深みの中に、それぞれの要素を見分けることもできず、頭の中ではおなじ狂ったような速度だけが回転をつづけていた。傾斜はとてもきつく、木々の根元どうしはひどくくっつきあっているので、彼はときにはある木にたどりつくよりも早く、その次の幹から出ている枝にひっかかるのだった。ひとつの梢からひとつの根へ、彼は力強く、たった一歩で跳び移った。一本のアカシアの木が彼の皮膚をえぐった。立ち止まることなく彼は腕をひきよせて、息をはずませながら、半ば息をつまらせながら、傷口を吸った。混じりあった血と汗が彼の唇を冷やし、同時に彼は遠い痛みを感じ（まるで以前の世界でこの傷の痛みを知っていたかのように）、そしてその上にかぶさるように、傷口を汗が刺すのを感じた。だが彼は、木々と地形の配置によって、すでに知っていたのだ、自分が犬たちに勝ったことを。あとは一晩じゅうかけて、この森を上ってゆけばそれでいい。

　彼は奴隷たちの囲い場のことを考えた、そこにあいつが入れられてくるのを見て彼は大よろこびしたのだった。それを眠りと呼べるとしてのことだが二人ともそれにまみれて眠った泥のことを考え、これから焼き殺されるか食われるにちがいないと信じこんでいる鎖につながれた者たちのことを考え、赤熱した鉄にむかって躍りかかったり海に身を投げたりした者たちのことを考え、シロアリに食われた木のように叩き折ってやれなかったあいつのことを考え、彼はあいつの肩に杭を打ちこむ（死なないように気をつけて）時間を刻々と楽しみ、空をかけていたりじっと待ち伏せしたりしている犬たちをうかがい、やがて自分が作って泥の頭のわきの地面に埋めるだろう蛇を想像し、足で自分のうなじを踏みつけた男のことを考え、その長靴の跡がついた背中の部分はいまも火傷のように燃えていて、彼は考えた、いや、稲妻と疲労と血と犬の吠え声に酔った、犬たちが目のまえの森のはるかむこうのほうを駆け抜けてゆくのすら見えていた、まるで木々が透明で、もろく光り輝くものとなってしまったかのように、そしてまた太陽がライオンたちとともに大きな船の船倉へと落ちてゆくのも見えた、あえぎ、叫びをあげる鎖につながれた太陽が木製の船体を燃やし、燃やすとただちにそれは無限に修復されつづけ（炸裂する牢獄を永久に閉ざしてしまうために）、そして嵐が天地を転覆させているあいだ、ライオンや犬たちは炎のように跳躍するのだ。（八時だ。群れは夕方の六時から追跡をつづけ、興奮していた。アカシアの山《モルヌ》の手前の低木の地帯でふたたび跡を見出していた。）

それから彼は風を感じた。自分の周囲にではなく漠然と体全体にというわけでもなく、鞭の打撃がつけた畝を川のようにたどってゆく風だ。この風はあたかもありったけの息を借りながら、血を流す通路のひとつひとつ、肌にひらかれた経路のひとつひとつをたどって、彼の背中を横切る道を上ってゆくかのようだった。彼は崩れ落ちた、死にもの狂いのまま。犬たちの必死の吠え声を遠く聞きながら、山《モルヌ》のやわらかい厚みの中で、彼はもはや怒りと弱さの入り混じったただひとつの叫びでしかなかった。風が渦を巻くのではなく、うむことなく打ち寄せる波としてやってくることを、彼はすぐ理解した。うつぶせに横たわった。肉がのぞいている傷口を熱い風が焼く苦しみを味わわずにすむよう、彼は横たわった。こうして風は、この人間の株から咲き出す見えない花となった。そしてこの最初の夜、一晩じゅう、このずたずたの肉体から風は立ち上り、燃え上がり、それから突然に平野へと落ち、また勝ち誇ったような上昇を再開して、新たに斜面のふもとまでやってくるのだった。

（九時だ。黒い壁のまえで、人間たち犬たちが輪になっている。なすべきことは何もない。あの逃亡奴隷《マロン》はまるでずっと以前からアカシアの山《モルヌ》を知りつくしていて、犬たちがけっして狩り出すことのできない唯一の場所にちゃんとたどりつくことができたかのようなのだ。最初の日の逃亡奴隷《マロン》だ。それどころか、最初の時間の逃亡奴隷《マロン》。

――あいつはあんたにくれなかったようだね、あんたがあいつに小屋を見つけてやるだけの時間さえ。

サングリがにやにや笑った。驚異的なエネルギーをもって、彼は狩りについてくることができたのだ。いま、彼はこの見世物を存分に味わっていた。黒い崖のうちに、この疲労困憊の一日の苦しみのみならず、憎しみと嫉妬の人生全体の苦しみの、終わりを見ながら。彼はこうしたなぐさめに満足することができ、彼がうけてきた侮辱の行進の中にときおり現われる、これほどまでに貧弱な復讐さえ、彼には長いあいだにわたって、力と勇気を与え直してくれるのだった。

――おれは行くぞ！　とラ・ロッシュが叫んだ。

それから彼はもう六時間まえから手元においていた小さな樽をつかんだが、それについてはあの奴隷の逃亡を知るとただちに指令を出していた。この樽は追手に加わった他の者たちの興味を引いていたが、中でも副船長たちともども夕食に招かれていたデュシェーヌ船長はそれがラム酒の樽だったらいいなあと願っていた。この男は大胆にもそれを手にとり重みをたしかめてみることまでしたのだが、重さがそれだけの量の酒とはどうにも釣り合わないことがわかって大いに落胆しただけだった。ラ・ロッシュ氏はこう怒鳴った。「デュシェーヌ、この樽に手をふれようなどという気を起こすなよ、火傷するぞ！」追跡者たちはアカジューの主人がそれに入れて持ち歩いているのは黒んぼの尻をふっとばしてやるためのちょっとばかりの火薬なのだと思うほかなかった。この推測は彼が犬や人をせきたてるときの、わざと抑えた、けれども野蛮なまでの熱意を見ると、いっそう当たっているように思われた。

男たちは（犬たちは伏せ、泥に汚れ、はあはあと息をしていた）ラ・ロッシュ氏の前に進み出て、アカシアの中をさらに進んでゆこうなどとは狂気の沙汰だと身振りでしめそうとした。そしておそらく彼は男たちのいうことを聞きはしなかっただろう、せむしの隣人がせせら笑いながらこういわなかったとしたら。「おいおい、ほっといてやれよ、旦那にはこの黒んぼを捕まえたいという理由があるんだ」、そしてこの台詞はいわば追手の酔いをさました――そこで彼はしばし樹々の幹が作る断崖のまえにたたずみ、彼の頭上で空の赤い肩をよじのぼってゆく影の深みに沈みつつ、いまや彼は待ちかねて焦れている他の者たちのまえにただひとりいて、ついには踵を返し単純な動作で、帰路につくことを命じたのだった。

そうだ、そこだった。

「そんなわけで」とマチウがつぶやいた。「彼はまずうなじに長靴を感じたんだ」打撃と塩水と火薬を新たに味わうよりずっと早く、この逃走が彼の血を鞭打ち痛みを呼びさました、まさにそのときに。「なぜなら彼はすでにひとりのロングエだったからだよ」と老人が誇らしげにいった。彼はあっちの邦を忘れていなかった。だが、渡らねばならなかった海が、背中に加えられた鞭打ちが、そして海の上の牢獄を彼とともにしたあのもうひとりの男が、すでに彼をひとりのロングエとしていたのだ。

――ああ、もうひとりのほうも！

――だったら、とマチウがたずねた。なぜ彼はもうひとりもロングエにしなかったんだろう？　この点で彼は負けたわけだよね。でないとすれば、海のむこうの邦で何があったのかを説明してほしいよ。

パパ・ロングエは両手を平野にむかってさしのべた。

彼が見たのは古い緑、まだ人間の手が加えられたことのない原初の狂気、波のようにうねりそのまま丈の高い草にまでつらなってゆくアカシアの混沌で、そこまで行ってやっとまばらになった森は、鮮明にタイルを貼ったように見える平野にいたるまでずっと舐めてゆくのだった。この土地では歴史のすべてが明るみに出ているのだ。時の経過に沿った、変遷する土地の外見にしたがって。パパ・ロングエはそのことを知っていた。彼はかすかに身ぶるいをしてこう考えた。マチウは少なくとも篩《ふるい》のような耕作地にむかって流れてゆく森の突端を見つめることをひとりで学ばなくてはならない、そして古い狂気の身ぶるいを感じることをたったひとりで学ばなくてはならない、人間たちの狂気がその厳格で執拗な強欲ぶりをいま発揮しているその場所を。このような力が彼を重い熱でみたし、太陽を浴びている彼をふるえさせたのだ。彼は両手を平野へとさしのべた、ここの土地と過去の山《モルヌ》のあいだに出現するもうひとつの大洋にむかって。マチウが自分を打ち負かしたことをまだ知らぬままに、というのも若者が彼に「もっとも論理的な」小径をゆくことを強いたからだが、それで彼はいまque〔関係代名詞〕とかdonc〔それゆえ〕とかaprès〔それから〕とかavant〔それ以前に〕とかを使って考えていたのであり、頭の中にはpourquoi〔なぜ〕のむすびめがたくさんあって、それらむすびめはparce que〔なぜなら〕の嵐に溺れていた。

——なぜならな、マチウよ、はじまりに戻らなくてはならんのだ、と彼はいった。「そんなふうに彼はいちばん最初の時から逃げ出したわけだね……それがここだったんだ、山《モルヌ》の壁の裏側だ。そして彼にはおそらくわかっていた、いつかあなた、パパがここにやってきて、ぼくにあたり一帯をしめしてくれると。彼はそれを知っていた。でなければなぜ、彼は追手の群れのこれほどそばで待たなくてはならなかっただろう、竹やぶの中、あなたが隠れていたにちがいないまさにその場所で？」マチウはうなじを踏みつける長靴も鞭の打撃も狩人の青い目も忘れたくなかった。そしてまた彼の知らない言葉で、けれども確固として明らかに響く名前も。ラ・ロッシュ！

だが歴史は単純にしずかに流れていた。そこに熱を感じ夢中になるのは今日から見てのことにすぎない。

ひとりの男の歴史だ、とパパ・ロングエは考えた。航海のあいだ、その旅を航海と呼べるとしてのことだが、ずっと憎しみを育んでいた男の。そしてその男は考えようなどとは思いもせず、物事を秩序立てようともしなかった。秩序だの考えだというのは、今日の話にすぎない。

「腰をおろすか」と老人はいった。「そしてその先をたどろう……」

ラ・ロッシュは犬たちの前を走り、逃亡奴隷《マロン》の後を追ったときとおなじだけ、帰り道でも急いでいるように見えた。サングリがそれにぴったりとくっついていったのは、究極の冗談だった。船長と二人の士官は、地元の人間たちの興奮ぶりに驚きながら、もっとゆっくりついていった。数人の奴隷たちがしんがりを務めたが、老いた指導者はときどきふりかえってかれらに考え深いまなざしを投げかけ、かれらの黒い仮面の下に恨みか歓びかを見抜こうとした。だが奴隷たちは、この狩りの結果には無関心だった。かれらは話をしなかった、話すことは禁じられていたのだ。

十時にかれらは全員が、その向こう岸から地所がはじまる川のほとりに出た。犬たちは水を飲みたがったが犬師は怒鳴り、紐を引いてそれを妨げた。人間も犬も蔓植物がおおいかぶさる下、河床の岩のあいだにわたされた三枚の板をわたった。ついでかれらは小径を進んでゆき、その先には家が平凡な影のように浮かび上がっていた。

それは裏の小径で、樹々の不揃いな線のあいまにやっとそれと分かる程度のものだった。やがて一行はバラックの宿舎に沿って歩き、そこには農作業をしていた黒人たちが一日の仕事からやっと帰ってきたところだった。二つの集団は一瞬交錯したが、陰に溶けこんだ影のような遠ざかってゆく男女をラ・ロッシュは見向きもしなかった。かれらは粗末な食事の重い匂いにつられて台所から屋敷に入り、すぐに広間に陣取るとそこでは若い黒人娘が、支度のできた食卓のそばでほとんど微笑を浮かべて、じっと動かずに立っていた。

デュシェーヌ、ラポワントと航海士は食卓のそばに集まり、一方、二人の旦那方は両手に水を注がせていた。ローズ＝マリ号から上陸するたびにラ・ロッシュのところで夕食をとっていた水夫たちは、この異様な見世物を横目でうかがわないわけにはゆかなかった。アカジューの主人は大笑いし、若い女奴隷を自分の膝にすわらせた。

——私は、と船長がいった。どこをむいても反乱の話ばかりを耳にします。本当のところ、どうなっているのでしょうね。

——ああ、それならサングリに訊いてもらったほうがいいね。たしか自警団か何かの団長だから。

——笑ってくださいよ、思う存分……。南部では三千人の反乱、そして山地にも同じだけの数がいます。

——おやおや、ここらは静かなものだ。

——サン・ドマング（サント・ドミンゴ）からの報せについてはどう思いますか？

——あんなものはねサングリ、何でもないことに大騒ぎしているだけだ！　そもそもあんたは他の者たちをおとなしくさせておこうと、ずいぶん銃殺にしてきただろう。それにこうしたすべてはデュシェーヌから来ている。

——私から！

——知らなかったなどとはいわせないよ。反乱が起きれば、それには報復がつづく。あなたの商売の秘密はそこにある。三百頭を用意してわれわれの財産をいつもかすめとるあなたのことを、みんな救世主《メシア》を待つように待つんだからな……。

——それに船長はあんたに逃亡奴隷《マロン》を売りつけるんですからな。

――やめてくれよ。うちの逃亡奴隷《マロン》なんかより、おまえさんが新しく手に入れた奴隷のほうが気がかりだ。

――まあまあ、お二人とも、と船長が哀願するようにいった。

――よし、デュシェーヌ、嘆きなさんな。さあ、今夜はこの娘をやろう！

ラ・ロッシュは女奴隷を船長にむかって押し出した。

――おお！　私はもう歳ですからな！

みんなは食卓のまわりで陽気に体をゆらしながら楽しくやっていたが、ただ気むずかしそうな顔をしたラポワントだけが、怒りとともにどうして自分にはけっしてそんな提案をしてくれないのかと恨みに思っていた。船長ほど重んじられていないのだ。

奴隷娘は並ではない美しさで、家にあった鞄のひとつで見つけた黄ばんだレース編みの古い戦利品をほとんど体をあらわにしながら身にまとい、その上から一枚の布をむすび、この布は両肩と乳房をあらわにして踵まで垂れていた。たしかに二十歳近かったが、まだ十四歳のように見えた。肌がランプの光に輝いた。自分でそうと認めている唯一の主人に対しては微笑だけで答えることを、誇り高い習慣にしていた。他の人間たちは、何の期待もできなかった。その身分にもかかわらず、ラ・ロッシュ氏が視線でそれを禁じないかぎり、彼女は平気でかれらに背をむけるのだった。

一行が食事をしているあいだ（地鶏のソース煮、マニオクの粉、糖蜜、ヤマノイモ、そして木になってパンの実と呼ばれる新しい野菜）会話はいっそう頻繁になっている反乱という問題をめぐって盛り上がり、ついでこの日に逃げ出したあの奴隷の話に戻った。まるで会食者たちがこれら事実の二つの次元に当然のむすびつきを見出しているか、あるいはそうとも気づかぬうちにこの逃亡者を現在および未来の反乱者たちの首領として選んだかのようだった。

――船の上でもその気配があります、と航海士が説明した。航海ごとにやつらはいうことを聞かなくなる。このごろは乗組員がやつらを恐れています。そしてやつらの中に、泣きついてくるような者はもうひとりもいない。囲い場に集められたとき、やつらはすでに自分たちの運命も行き先も心得ているのです。

――それで、着岸するとすぐに逃げ出そうとするわけだ。

――そうはいうがね、どうしてそんなことになったんだ？

――私にはわかるんですよ、と航海士がさらにつづけた。あいつが逃げるだろうということは私にはわかっていました。こうしたことに関しては一種の勘が働くようになるものです。

――だったらぜひ、私の買物のためにきみを雇いたいものだ。おとなしいのがどれか、教えてくれよ。

――あいつらは二人ともおとなしいふりをしていましたよ。あいつは威厳があって、他の連中はあいつのまえでは黙っていました。中甲板の奥でけんかがあったときなど、足に鎖をつけられたままでそれを収めました。われわれが検査のために降りてゆくと、あいつはぜいぜいいっている者にむかって、空中で例の徴を切っていました。

――ああ、蛇か。

――蛇です。じつに奇妙な航海だったんですよ。乗組員たちは、あの黒人の力に捉えられていたようでした。フォール・ロワイヤルの湾が、これほどにうれしく万歳の拍手をもって迎えられたことはいまだかつてありませんでした。

――だが、脱走とは？　しっかりと足鎖がつけられたままだったんだろう。

――あの徴の力ですよ！　あなたの奴隷の中の誰かがやつを放したのだということは確実だと私は思っています。思い出してごらんなさい。まずわれわれはサングリさんが買った分を護送しましたね。あのもうひとりのほうを、サングリさんの農場の宿舎に連れてゆこうというとき、やつらがまだ抵抗しようとしていたのは、たぶん覚えていらっしゃるでしょう。

——三時だったな。

——ここに着いたのは四時でした。やつら全員を最初の囲いに押しこんでから、われわれはひと休みしようと中に入りました。その一時間後には、あいつが姿を消していたのです。他の連中はそれぞれの場所にいて、全員がつながれたまま、怯えてもいなかった。

——まさか！　うちの奴隷たちの多くはこっちで生まれているんだ、あのアフリカ人と話が通じたなどということはないだろう。いいかね、おれは十七の時に父を亡くした。おれが最初に決断したのは、生殖可能な奴隷同士を交配することだった。これで十五名ほどが得られた、他の費用をかけずに。ルイーズを見ろよ、この娘は誰が親なのかを知らない。生まれてすぐに家に入れたからな。だが、女たちのひとりが毎日こっちに目を光らせていることも、この娘の母親が誰なのかを私は知っているといっても、わかってもらえるだろう。いやいや！　どの母親にだって、特別ににっこり笑いかけたりはしないよ！　われわれは新しい邦にいるんじゃないのか。ちがう、ちがう、やつらは元の邦を忘れてしまった、あの徴だって、もうやつらには力を及ぼさない！　ただおれだけが、ここでは力をもっているんだ、そうおれひとりが。ちがうか、ルイーズ？

若い黒人女は頷きながらほほえんだ。

——この娘はルイーズと呼んでいるんだよ、理由は特にないんだが。おれの趣味だな。

——そんなふうには考えないほうがいいですよ。やつらはいつも、元の邦の何らかの思い出を互いに伝え合っています。

――まあ明日にしておこうや！　鞭をたっぷりくらわせてやれば口を割るさ。今夜は飲もうじゃないか、なあみんな、国王の健康を祈って！

――そして三部会の死を！

――サングリ、政治の話は抜きだよ！　いいか。損をしたのはおれだけなんだから、嘆くのはこの私。みなさんは、夜を大いに楽しんでくれ！

うすくらがりの中、煙がたちこめた室内は、しだいに叫びとか歌とかソースの濃厚な匂いとかにみたされていった。ワニスが光る長椅子は少しずつ動かされた。いくつもの大きな食器戸棚がふるえた。すでに虫に食われた天井はところどころでたわんでいた。黄色いゴキブリが光のあたる場所から遠くへと走り散っていった。肉の最後の数切れが皿の上で乾き、夜はランプの光に対して勝利を収めた。夜に注意を払っている唯一の人間は若い黒人女で、彼女はついに灯心を吹き消し、ついで酔った男たちには目もくれずに、半ばひらいた扉のそばに袋を敷いて横になった……

――よし、坊主、おまえさんはおれの客人だ、とパパ・ロングエがいった。

マチウと呪医《ケンボワズール》はおごそかなようすで炉のそばに戻った。

この場所ではもはや何も動いていなかった。熱は不動で、竹は光を失い、開けたところも暗闇になった。小屋はもう音を立てず、灰は生気なく眠っていた。けれども頭を上げた若者が雲をまとったはるかな上空の風をじっと見つめると、風は旋回し、唯一の噴火口の周囲で空のこの透明な厚みを踊らせているのだった。灰色の雲が白い雲のまわりに目が眩むほどにからみつき、回転木馬の中央には太陽の輝きが火の鏡のような刻印を記していた。

――そうだ、とだけパパ・ロングエは、煮えたバナナを取るために身をかがめながらいった。

——ああ、どうやらそこだね！　ルイーズだ。家だ。水溜のそばの大樽だ。並木道の二本のアカジューの樹にむかって開かれている扉……。

——だがな、いいか、おまえは降りてゆく、降りてゆけると信じている、やがて突然に今日の道に出会うそのときまで、そしてそのときには、おまえはまるで他所者としてご挨拶するというわけだ。

——それでもさ！……ああ、ぼくはあなたよりも強いよ、パパ！　あなたにいうことを聞かせたもんね！……すっかり済んでしまった過去を、あなたはぼくに見せてくれた！

——だが台所に入るまえに、あいつが例の樽を入口のそばに置いていたことを忘れるなよ。

マチウはあからさまに無頓着な態度を見せた。二人はゆっくり食べた。

ロングエ家の最後の男は微笑した、自分たちのほうこそ強いのだと信じていたかれらのことを思いながら。だがかれらにしても、ひとつの物語から離れたところにいることはできない。かれらにとっては一方に事件があって、一方は高見の見物というわけにはいかない。かれらにとっては、正午にも、真夜中にも、ただおなじ風の乱闘がつづくだけなのだ。見物人はそこ、小屋の近くにいて、空の高みを吹く風のことなどけっして探りもしない。「おれは見物人だ」と老人はいった。

マチウはこのおなじ場所で、かつて、昨日、あの逃亡者が横になり、自分の縛めをほどいてくれた女のことを考えていたなどとは知らなかった。おれはあの女を自分のものにする、一緒に連れてゆく、と考えながら、深夜の月を凝視していたのだ。風の狂気のただ中にあって苛まれながら、月はまるで甘美な沼のように整った雲のまんなかに浮かぶ、空という黒い耕作地の、淡い黄色の穴にほかならなかった。

3章

I

彼が目を覚ましたのはその月が空でうすらぎ、そのため突然に森の暗さが夜露によって重くなったときだった。影が木々の葉と見えない地面に夜露をおいてゆくのがわかった。姿を消した月が湿り気となって無数の木々の根元にひろがっていったのだと思えた。陽の光が大地の吐く息のように根から発散されるのが少しずつ見えて、それがついにはずっと上の樹木の頂を照らした。そのとき自分が眠っていたあたりが、このほとばしるような森の中で唯一の平らな場所だったこと、山《モルヌ》の巨大な幹に一本の平らな枝としていつまでもしがみついている唯一の踏み固められた地面だということを、彼は理解した。腹ばいになったまま、のけぞるようにして仰ぐと自分の上にものすごい葉叢がひろがっているのがわかった。たしかに夜明けで、ひんやりとして快適で、これからやってくる太陽の暑さがすでに重く感じられた。彼はそっと動きついで一気に体を起こしてすわり、背中で痛む幾筋もの傷のことも気にせず、ただ固くなった手脚をほぐすことだけを考えた。

体を伸ばすと、彼は蔓の切れはしや小枝を熱心に集めはじめ自分のまえに山のように積み上げた。それから自分の手首のまわりにある二本の紐に気づいたが、それはまるで絡みついたように肉そのものにむすばれていて、二本を互いにむすびつけている部分を断ち切るだけの時間しか奴隷にはなかった。彼はこんな腕輪などものともせず、前腕を強くこすり、しゃがみこんで念入りな組み立ての作業にとりかかった。蔓を使って木の切れはしを一種のごつごつした爬虫類の体へと仕上げてゆくことがそれでその一端を細く作ったのち反対の端には簡単な頭部をつけた。この作業に彼はすっかり夢中になっていたので、自分の左手、山《モルヌ》の山腹に突然太陽が輝きはじめたのも目に入らなかったが、太陽は黒い木々にかつぎあげられるようにして上り、木々のもっとも高い枝々は炎の中に見えなくなっているのだった。そして彼がその奇妙な仕事を終えたとき、木々のてっぺんと太陽のあいだの帯のような空はすでに青みがかった水の広大なひろがりのようで、ところどころに軽く白い小舟が浮かんでいた。だが彼は地面の二本の紐の切れはしをじっと見つめ、パレードのコスチュームの戦士のように長い服を身にまとったあの女のことを思い出した。彼は立ち上がり地面がひらけて見晴らしのあるところまで進んだ。というのも彼はすでにこの空間をあの屋敷まで燃やし、暗緑にまばゆい赤の縞模様が入っているはるか下の深い草原を荒らし、彼のために地平を与えてくれたこの新しい植生を燃やしつくして、あの女戦士のところまで行きたいと自分の存在を賭けて望んでいたから。胸の上で編み飾りになっている彼女の黄色いうすい布、くるぶしを隠す彼女の赤と黒の引き裾、囲いのうすくらがりの中で獰猛に輝いた彼女の目。

狂ったように彼は仕事に戻った。夜露を吸った土塊を地面からむしりとるためで彼はそれをこねて巨大でひどくごつごつとした、あちこちに平面があり大きな切り傷のできた頭部を作り、それに親指で口をひとつ、ぽっかりと空いた目を二つ、潰れた鼻をひとつ刻んでいった。二つの根のあいだの奥まった地点を念入りに選んで、彼はそこにその頭を置き、口と口を寄せ合うかたちで木と蔓で作った蛇を対峙させ、ついで蛇をその泥の頭のまわりに巻きつかせた。それを上手にやったので、赤い頭の息そのものからこの首が生まれたのか、それとも動く髪の毛が自分を生んだ者に対して生んだことについて復讐しようとしているのか、もはやわからないほどだった。

ついで彼はそれを離れ、一日は彼のまえに空白のままにあって、でも彼がこれからよく知るつもりのこの土地で、すでにずっしりと重かった。左足をつねに木の根元で支えるようにして山腹を歩きながら、彼は森を横断し、また大きく迂回してみた。海への斜面を発見した。横たわる砂丘の曲線は唯一のおなじ実質を身にまとい縁取られている。あちらではすべては波、こちらでは沖からの風によって酸味をおびた緑の茂みがうねっている。砂の岬の周囲はすっかり海で、岬は、みずからの排泄物の中に投げ槍のように打ちこまれた、泥の沼、吐き気のする吹出物として、よどんだ水の池をつらぬいており、池のまわりでは塩を含んだ砂が黄金に輝いていた。広大なしずけさだ、それが海のざわめきと出会うために航海してゆくのだ。まるで波の縁飾りの上で、これら生命の二つの秩序のあいだにある貫入の区域にふれることができるかのようだった。すなわち、海岸の沈黙の開花と、海の生命の無声のうねりのあいだの。

目覚めの熱は、彼方の波のそばに投げ捨てられた巨大な白い剣のもと、押し殺されたかのようにおさまっていた。彼は海岸に沿って高みを歩き、どこに行っても岬が彼にむかってみずからをさしだすかのように目に入るのに気づいた。ということは彼はここでは囲まれているのであり、彼自身も歩みによって砂の秘密の領域を囲んでいるのだった。彼は空のむこうに反対側の岸辺をふたたび見た、まるでこの海がただの水路にすぎなかったかのようにはっきりと、両手をぶっきらぼうな木々の根のひろがりにむかって、ただ一度だけ、初めて、そして決定的に越えてきた泡立つ海にむかって、さしのべた。彼は終わりなき線を見た、海の青の上に青黒くつづくそれはほんの少しも曲がることなく先端をもたず、帰ってくることもない。そして待機だ、彼は待機の不安をふたたび感じた、航海のはじめのころ船がまだ海岸をつかず離れずで進み鎖をつけたまま甲板に運動にひきだされるごとに陸はまだあるのだろうかと考えていたころとおなじように。ついである日、海の無限がはじまったのだ。

ある日、海の無限がはじまり、やがてこの湾曲する径と、数々の迂回と、入江と、狭い湾口をもつ邦へと到着したのだ。彼はたしかにこの土地をひとめで把握しその重みを計った、甲板に出て染みついた汚れで縞がはっきりした木の床をほんの二歩も踏まないうちに。それで両目を船の幅の狭い板へと伏せたまま、彼は傍目には海岸のパノラマに興味を失ったようだった。だがそれは策略にすぎなかった。彼はデュシェーヌ船長に対して、怯えてあたりをきょろきょろと見回す、自分のために準備された囲いの入口で必死にもがく獣の見世物を演じてみせなかった。かれらの誰も、この一群のみならず過去の、そして未来の群れの誰も、かれらを動揺でみたす敗北とあきらめと恐怖の入り混じった感情を、表に出すことはなかった。それは反逆のせいではない、なぜならこのような積荷たちには反逆の力などすでに残されてはいなかったからで、それは隠さなくてはならないという本能、つつしみ、考えたわけではない必要のせいだった。そしておそらくは弱さのせいでもあった。おそらく彼はすでに二つの海岸のあいだの差異を計っていたからであり（一方は無限、もう一方はこれら数々の曲線にまとめあげられた）、彼がすでにあちらとこちらの陸地のあいだに押しこめられた海という巨大な塊を測っていたからだ。おそらくすでに海岸線をひそかにうかがうような時はすぎ、生きるための準備をすべき時になっていたのだ！

奴隷市場ではそれで彼は一種の夢を見ているかのように、ただ動いているだけだった。雨はまた断続的に降っていた。女たち、白く薔薇色を帯びた。男たち、もったいぶった。ずるがしこい者、頑固な者、けちな者。黄金でできた何かが、少年ひとりと交換される。泥の上をひきずられる衣裳がこすれあう音。商人たちの叫び声、おおげさな身振り、何百という声のかん高い轟き、そして決定を待ちながら彼のことをまだじっと見ている者たちの空虚な、何もいわない顔。だが彼は二人の男および三人の女と一緒につながれていた。彼のそばでは、あのもうひとりの男が、やはり二人の女につながれているようだった。売り物の全体のうちで、つながれ別にされているのはかれらだけで、すでに売約済みになっているこの九頭の獣の目のまえを群衆は立ち止まることなく進み、掘出物に、値切り交渉に、獲得に、むかって急いでいた。彼は群衆が通りすぎてゆくのを見た。

ついで荷車のうしろについてかれらは長いあいだ単純な道を歩いていった、幅広く平坦で規則的な土の道でただ二本の轍だけがつづき荷車の車輪はそこを揺れることもなく進んでいった。道の両側にある葉叢、木々と陰の深さに彼が気づいたのはそのときで、そこにたしかに〈生と死の葉〉が見つかるにちがいないという印象をうけた。十字路のひとつにさしかかったとき、彼はもうひとりの男が右のほうにむかう小径へと連れてゆかれるのだということがわかった。そしてその男が自由になろうともがいたのが、逃げるためではなくさらに闘おうとしてのことだというのが、他人にはわからなかった。かれらは二人とも決着をつける時を待っていたのだ。だが二人は容赦なくせきたてられ、水夫たちがもうひとりの男を赤土の道にひっくり返し、ひきずり、男がふたたび起き上がったときにはその体はすっかり泥で汚れて黒い肌の上ではそれが黄色く見えたのだった。そうだ。

ここでかれらが永久にひき離されるのだということを彼は理解していて、それから二本の巨大なアカジューの樹の幹のうしろに潰れたように身を縮めている平らな屋敷のまえに着いたとき、ついに自分と連れたちのために準備された最後の囲いにこれから入れられるのだということを彼は知っていた。そこに押しこめられるまえに彼はただひとつの動作によってその場にいる三、四人の見物人（その中におそらくひとりの女がいたのだ）、大きな屋敷の壁に寄りかかって麻痺したようになった愚鈍な影たちにむかって、両手がしばられているとはいっても彼はそれを囲いへとむけて掲げ、そこに留まるつもりなどないのだということをしめした。そして女はおそらくその仕草を見て、彼を逃がしにゆくことをそのときから決めていたのだった。

——だがおまえは海のむこうの邦で何があったのかなんて知らないじゃないか！　ずっと昔のことだ、ずっと昔のことだぞ、坊主……

「ぼくたちは知らないさ」とマチウは考えた。「ぼくたちは。われわれは！　ここらでいちばん歳をとっているあなたでさえ知らない、家よりも学校よりも教会よりもクロワ＝ミッシオン広場よりも古いあなたですら、だってあなたはかれらが二人とも甲板に上がった日に、かれらが終わりを始まりを、牢獄を陸地を、かれらを待っていた砂漠を豊饒を、見た日に生まれたのだっていえるし、その日のかれらはいま足を切るような赤土にむかってぼくらが頭を傾けているように甲板にむかって両目を伏せたままでいた。だって今日にいたるまでほんの少しも空白の時間などなかったのに、われわれ全員がそろって忘れてしまったんだ。ロングエ家とベリューズ家、つまり拒絶した者たちと受け入れた者たちだけでなく他の者たち、つまりロングエおよびベリューズとともにつながれて荷車の後を追い、あの二人がなぜいつまでも一緒にいたがる兄弟のように争うのかもさっぱりわからないままで、それどころか狩りに加わっていたものの逃げた黒人を捕えられるかどうか（今回は老いたデュシェーヌ氏は見たところ何もまちがえなかった）にはまるで無関心だった者たちのことはいうに及ばず、さらにはなぜロングエの人間がベリューズの人間と闘わなければならないのかを知らない他のすべての者、なぜこうして海をわたって来なくてはならなかったのかを自問することなく連れて来られたすべての者、そしてどんな労役とどんな生活のために自分たちは海を生き延びてしまったのだろうなどと思いもしないすべての者たちのこともだ、それは人間というものがその力を集めるために他の人間たちとの出会いを求めてゆくという考えられない方式を選んだせいなのか、かれらは今日までこの不在の中、つまりベリューズ家の人間とロングエ家の人間を不在において転がしつつ、大洋における船の航跡を少しずつ消しながら生きてきたのだ。やがてぼくのような餓鬼が本なんかを読んであまりに早く、そうさあまりに早く成長し、ついには海の表面の泡を見つめ、青くふくれあがった死体をいくつも紐がひきずってきたあたりを探しはじめるまで。やがてぼく、何も忘れていない者、なぜならばこの物語のことなど何も知らなかったから、そのぼくがひとりでやってきてここらでもっとも年老いた人間であるパパ・ロングエつまりあなたに問うまで、あなた、つまり忘れることなく忘れてしまった者、なぜならあなたは道路から遠く離れた山《モルヌ》の上に住んでいるからであなたは事実を論理によって追ってはいけないという、そうではなくて過ぎたことを予見するのだと。ちがうのだ、今日では頭上にのしかかる太陽の重さにも負けずにさまざまな日付を、動機を、はっきりさせようとしているあなたでさえ、そうしてはいけないのだと！　それはわれわれ、あなたとぼくが太陽の道をさかのぼりたいと思っているからだ、ぼくらが過去の日をひきよせようとしているからだ、その重みの下でぼくらはあまりに軽いと感じているからだ、そしてぼくらの只今のありようを埋めるためにはぼくらはこの不在、この忘却において、あまりに空っぽだからだ。そう、世界におけるわれわれのありよう、こいつはあなたにとっても、ぼくにとっても、ぼくらの弱さと無知にとっても、あまりにも大きな言葉だよね、でもまるで梶棒のついていない荷車のように自分のまえを押してゆかなくてはならない言葉でもある、なぜなら世界はそこにありそれは開かれていてぼくらはいずれにせよいつかわれわれの山《モルヌ》からそこまで転げ落ちてゆくしかないからだ。なぜならぼくらは自力でそれを知りたいと思っているからだ、自分は知っているくせにぼくがこんな風に声に出して語っても何も理解しないだろうあなたと、何も知らないけれど平野からの大きな音響の中で語ることもなく休息をとるあなたをすでに理解することができるぼくとでね。なぜなら、そうさ、ぼくらは内側から発見したいんだ、すべてが暗く消えかかっているのではなかった時、砂岬の上の太陽を見つめ、アカシアの森で腰をおろしてその光の重さを量り光が自分の中にあることを知ることができた、あの最後の時からたどり直して!……あなたはどれだけの言葉から遠ざかるつもりなんだろう、でも十六歳で何も知らないままあちらこちらで幽霊たちを動かさなくてはならないとしたら、言葉だって大げさな台詞だっていいじゃないか、そしてぼくはこの広い台地の端で立ち止まり、日が暮れ、まもなく暮れようとし、自分が何を叫んでいるのかも知れないままに大声で叫ぶ。あなたはあなたの沈黙を知っていますか? 非難するつもりじゃないんだ、あの平らな屋敷のまえで火薬に火をつけたやつと、炸裂し肉と血となって飛び散った黒人のあいだの区別なんか追求するつもりはない。あるいはまた、あの娘を膝にのせていた男と、「なんてこった、やってくれるじゃないか、おれたちの目のまえで黒人女を膝にすわらせるとはな、いくら隣人同士、友人同士のあいだだとはいっても」と叫んでいた男のあいだの線を強調するつもりもない。というのも、せむしだっておなじことをしたがっていたからで(それはわかっているよ)ただあえてそうはしなかっただけだから。そうではなくてね、わかるかい、パパ、なんていうのかな、もしもぼくらが自分たちで自分たちのために取引の明細をつけておかなければ地上全体の光から光が奪われてしまうような気がするんだよ、だって一日に満足している商人ではなく(だってそれはすでに見たようにはっきりした絵が思い描ける）陳列された商品のほうが通りすぎる群衆を見ているわけだから。空にも光にも声が欠けてしまうということになるだろう、それでぼくは話すこともなくここであなたのそばにいるんだ。声のために。非難、苦痛、死のためではなく。そしてぼくらの誰も、海のむこうの邦で何があったのかを知らない、海はぼくら全員の上を洗い流し過ぎていった、歴史とその担い手が見えているあなたでさえ。そうだよ。ぼくらはそれを過去と呼んでいるわけだ。ぼくらの空虚のうちで、ときおり無の稲妻がきらめく、底なしの、どこまでも続く忘却。うちのばあちゃんが戸口のまえにうずくまり、若い者たちにむかってこんなふうに叫ぶ。「なんだって！　おまえたちはわしの歳もわからんのか、いったい学校で何を習っているのかねえ、わしは六月十五日の大火事の年に生まれたといっておるのに！」そしてぼくらはそれを過去と呼んでいる、そこから記憶を汲んでこなくてはならない、死のつむじ風のことをね。ところであなたにとってはぼくは子供で、ただの餓鬼で、初めてぼくにむかって、姉のところにいってあなたが家に入れるよう食卓の上のある場所にテーブルクロスを置き直すようにと命令したときから、ぼくが成長していることが見えてないよね、あれは赤ん坊を治すかあるいは少なくとも何で苦しんでいるのかを発見するためだったけれど。そしてそこでぼくのまえにすわりながら、あなたは身じろぎもせずにぼくに部屋の中の聖母マリアの像をうしろにむけろともいったよね、神の母を怒らせないようにと。それからあなたは赤ん坊を見ることもなく治してしまった。過去、そうだ、だってぼくはそのころから成長したけれどあなたにはそれが見えていない、この必要自体のことを過去というんだ、ある物語が始まりもしないうちからそれが意味していることを理解しそれを下から説明するんだ。なぜならもしあなたにかれらが下の土地でどんな風に生きているかがはっきりとわかったなら、いつかぼくが話してあげるつもりだけど、日ごとにより緩慢になり、より陰鬱になり、より苦くなり、輝きがなく、山《モルヌ》がなく、峡谷もない生活だとわかったなら、そのときあなたはかれらのそばに過去が立っているのを見るだろうけれどかれらはそれを見ない。ぼくはこまごまとしたことまで語るつもりはないんだ、退屈なんて描写しても仕方ないからね、でもそれこそが過去なんだ、海のむこうのあっちの邦が見つからないということが、そして何と重要なことだろう、だってかれらは二人ともむこうからやってきたのでありかれらは邦を携えてきたんじゃないか、その邦はかれらとともに根づきかれらとともに過去の中で忘却とアカシアとサングリ農園の奴隷小屋を育てた。なぜならこの邦はロングエのものであるとおなじくベリューズのものでもありぼくらはベリューズのことはけっして話さないが彼は、ベリューズは、知っていた、海のむこうで何があったのかを、それであの邦は彼とともにあり、彼とロングエのあいだで分ち持たれたままあなたとぼくが時の表面に浮かんだ泡を見つめたその日に至り、ぼくはあなたがまだまだ子供だと思っている若者であなたはひとつの残骸、樹皮の切れ端にすぎないけれどもぼくにとっては知識であり認識であり、そうさ、たとえ本がいくらあっても、あなたこそが知っている人でありまた知識を整えてくれる人なんだ。ところが見てごらん、あなたはいまひとりですでに歩みを終え、あなたはロングエ家のベリューズで、海と時のすべての泡があなたの口をついて出てくるんだ、おお、パパ……」

——だがベリューズを追わなくては、と呪医《ケンボワズール》がいった。あまりにも早く彼から離れてしまったぞ！あいつは結局はおまえのじいさんなんだからな、マチウよ！……」

II

彼が最初に目をとめたのは、他の者たちからは離れたところでイグサのかごを編んでいた老人だった。小さな集団が中庭に入ってきたとき頭を上げた、唯一の人だ。ものしずかでゆっくりした動きの男で、じっと見ていた。噴水の水がほとばしり落ちるように草が老人の両手から落ちた。

彼はついで立ち並ぶ小屋を見たが、四角い小屋は三方が壁、四つめの面が上のほうにあがってゆく小径にむかって開かれており、その突き当たりに大きな屋敷が見えた。たしかにこの屋敷は、小屋たちの村の上にそびえる守りの堅い城のように見えた。

太陽が泥だらけの中庭をさんさんと照らし、いくつもの水たまりが蒸発し、泥がしだいに固くなるのがほとんど目に見えるほどだった。彼を驚かせたのは、市場のあのむさぼるようなざわめきの後で出会った、無関心とあきらめにみちた、かすかにしゅうしゅうというようなかすれた音を立てる、絹の沈黙だった。

こうして、船がゆきついたのはそんな場所なのだった。

かれら、すなわち二人の女と彼は、小屋のひとつの裏手にあるバラックに投げ込まれた。麦わらの屋根から水のしずくがしたたり、乾いた木の葉の篩《ふるい》を通して陽光の川からあふれ出た小さな太陽のように輝いた。この陰、この湿気の中に横たわって、彼は中庭の一部分を見やった。老人はまだ手仕事を再開しておらず、あいかわらずその先の光の中でじっと忍耐強くしている到着した三人を見つめていた。自分のそばにいる女たちのことは無視したまま、男は湿った地面の上に身を起こしながらこの奇妙な老人を注視した。

かれらのまなざしは二つの小屋のあいだの狭い回廊を、竹やぶに張られた一本の糸のようにまっすぐに通っていった。どちらの視線が先にくじけるか、わからなかった。けれども老人は両目を伏せることなく立ち上がり、中庭を横切り、通り道にまで出てきて、その頭が立ちはだかり小屋の合間から噴き出しているかのように見える巨大な屋敷の一部分をさえぎり、その両目はしだいに視線がさだまり、大きく見開かれ、目やにの出た眼窩の中でいきいきとしていた。彼はバラックの中に入ってきて、しずかに腰をおろした。

――おまえはわしを嫌っている、と老人はいった、だがそれは当然だ。いま、このときには、おまえはすべての人間を嫌っている。

二人の女はすっかり怯えてしまった。船がむこう側の岸辺で錨を上げて以来、二人とも口を開いて言葉を発することがなかった。苦しみは無言であり、憎しみもそうだった。無言だった、死も。無言だった、中甲板の錯乱の中で生まれ、〈もうひとりの男〉がひとことも発することなく決着をつけたあの劇も。こちらの湾内に船が錨を下ろしてからも、彼に理解できる言葉はひとことも聞いたことがなかった。すべての声、怒声、悲鳴が、かれらを恐るべき言語剝奪の中に閉じこめていたのだ。

――おいおい、わしは言葉まで忘れるほど歳をとってはおらんぞ。幽霊を見るような目で見なさんな！

――だがね、おやじさん、と男はいった、こんなことがありうるなんて信じられんよ。遠くで、こんなに遠くで。

――ああ、そういうこともあるよ。二つの道があるのだ。プランテーションですべてがうまくいっているときには、新しい奴隷もおなじ地方から買う。そうだ。そうすれば仕事もやりやすい、つまりどんどん速く働けるようになる。問題があるときにはそんなことはしない。新入りは悪い霊をもちこむので、前からいる者たちと話をさせてはいけない、こっちの言葉を覚えようとしているあいだは反抗することも忘れているだろうというんだ。そして言葉を覚えてしまえばもう遅すぎる、すっかり屈服している。そういう連中はむこうの反対側の隅に置いている、目が届くようにな。どうやらわしらにとっては運がよかったようだ、おまえたちが来たというのは。ちがうか？　つまりおまえは明日から仕事に出ることになるし、おそらくわしにおまえと一緒に行って仕事を教えてやれということになるだろう。どうやらまた若い者のように畑をかけまわらなくてはならないようだな、この歳で！

この老人はハイエナのようで、自分に降りかかる不幸のことばかり考えていた。あまりに早口でしゃべるので、虜の身の三人は、老人の話のほんの一部分を夜の嵐がもたらすときおりの稲妻のようにとびとびに理解しただけだった。老人は言葉に、自分の生地の言語の思い出が薄らぐたび、あるいはその言語が新しい状況をいい表すことのできる言い回しを許してくれるたびに、まったく知らない表現をまじえて話すのだった。

自分が嘆くばかりで、何か手助けはいらないかとか、のどが乾いていないかと聞いてもくれないこの恥知らずな弱虫の老人を見て、男はいかんともしがたい嫌悪感を覚えた。それで身をふるわせていた。

——どうしたんだ、と老人がたずねた。旅に耐えられなかったのか？

——背中が、と彼は早口でいった。

——ああ、鞭をくらったな。あいつらには生意気なところを見せないほうがいい、手が早いからな！

そしてたしかに男は節々がすっかり固くなった背中に痛みを感じていたのだ。彼はあえて動こうとしなかったが、それは傷口がまた開くのを恐れたわけではなく、どれほどかすかなものであってもひとつの動きを見せることがいやだったからで、動けばそのまま老人の汚れた目を殴りつけることになるとわかっているからだ。彼は泥の中で背中のうずきに身を硬くしながらも、もはや鞭も傷も意に介さず、こんなときに可能なかぎり最高の正確さをもって「生意気なところを見せる」というのはどういうことなのかと考えていたので、老人がただちに台詞を続けていることにももはや気がつかなかった。

その台詞が語りはじめているのはひとりの娘のことで、茶目っ気のある、人の心によろこびを与える少女だった。全員が主人も奴隷も、彼女の中ではじける思いがけない美しさのせいで彼女をかわいがった。ごく幼いころからみなしごとして育ったけれども、この不幸のせいで苦しんだとは見えなかった、というのも住民、動物たち、あらゆる事物、大地と太陽が、彼女の父親母親の代わりになっていたからだ。自分の人生のすべてをその子のためにささげていた祖母はいうまでもなく。彼女はシダリーズ・マリ・エレオノール・ナタリーといったが、自分でマリ＝ナタリーと名乗ることに決めていた。こうして老人の台詞のはじまりのところで彼女は朝の太陽をいっぱいに浴びた青い池のように開花した。ついで彼女は美をいささかも減じることなく輝きを失った。一語ごとに、ほとんど何の変化があるとも見えないのに、彼女は不透明に、手で触れることのできないものになっていった。もはや周囲の人間との共通の尺度をもたない者に。ほどなく彼女がその子分たちである、口をぽかんとあけた黒人の子供たちの一群を率いて歩く姿はもう見られなくなった。ついで長い時間、姿を消した。彼女についての報せは家の住み込みの奴隷たちによってもたらされた。学校にやられ、読み書きを教わっているということだった。ふたたび彼女が姿を現したときには、隔たりはいっそう大きくなった。すでに女になっていて、若いながらも堂々として近寄りがたかった。指はいつも何か足りないものを指摘していた。視線は遠くをさまよっていた、目のまえの人々も物事も存在しないかのように。声はかぼそくかすれていた、たぶん祖母にあまりに多くの物語を読んでやったせいで。そして誰もが彼女には距離をおいた、彼女を憎んでもいいと思いつつ。でも彼女は敵意などものともせず頑なに自分のやり方をつらぬいた。老人の話は彼女を離れ、また彼女へと戻った。彼女がはじめて世に出てきた誕生の日に、教会に入り若く傲慢な娘として長椅子に腰かけた結婚の日に。水の花、白墨の仮面、海の火、世間との交わりを死人のように断って。話は年月を超え、ひとつのイメージから別のイメージへと大きくゆれながら進んでいった。この女がどこで、なぜ、こんなにも変わったのか、誰にもわからなかった。そして測りがたい彼女は、休みなく、いろいろな姿で現われ、この陰険な老人の言葉の波から、かたちの定まらぬままに逃れてゆくのだった。

なぜ彼女が平らな屋敷の主人と結婚しなかったかはわからない、という事実（と彼はいったか？）のせいで。いろいろな話がある。過ぎ去った日々の話だ。年寄りたちは、女戦士の格好をした彼女が徒歩で、でも乗馬用の鞭を手にし、道の両側の木々を鞭打ちながら、どんなふうに邦を巡っていたかを語った。そして彼女ははるかな上方、三つのアビタシオン［プランテーション経営者の住居と周辺の生活空間］をむすぶ小径が地球の中心までも転げ落ちていきそうになっているところに姿を現わし、道が交わる点でためらっていた。二本のアカジューの樹が死の番人のように守っている平らな屋敷にむかって走ってゆくべきか、それとも奴隷小屋の上に尖峰のように位置する砦のような家へと心安らかに歩んでゆくべきか。そしておそらく彼女は、こんなふうに空と底なしの大地のあいだに姿を現わしながら、自分にはいまこのときルイーズ、あの裏切り女が、注文している料理を知ることはけっして許されていないのだということを見抜いていた。

（自分が避けつづけなくてはならないものそのものを一生愛さなくてはならないのだということを。そして彼女は木々を鞭打ち、垣根をずたずたにし、突然、輸送中の奴隷たちの一団をまえにして立ち止まり、げんこつを握り、唇をかみ、ただひとり、よるべなく、すっくと立ち、叫び声ひとつあげずにいるのだ、木々と鳥たちの錯乱のただ中で。）

まるで木々と空にむすびつけられていた力が、突如として彼女に対して解き放たれたかのようだった。

そして彼女は人を意に介さない太陽の喧噪の中で、ひきさかれた彫像となって、長いあいだ不動のままでいた。けれども憎しみにしても愛にしても、おなじ青い目のご主人以外にはむかわなかったのだ。彼女が彼に会いたくないということ、会うことなどできないということは、誰もが知っていた。偶然あるいは生活上の義務のせいで二人がどうしても顔を合わせなくてはならないときには、そのたびに彼女はじっと黙りこむあまり、ほとんど気を失ってしまいそうになった。彼女が豪奢も満足もなくせむしと結婚したとき、そして「六か月後に赤ん坊を死産したこと」にみんなが気づかないわけにはいかなかった時さえもやはりそうで、その死産した子の髪（少なくとも、そのひとつまみ）は老いたひとりの黒人女によって家の敷居のところで燃やされた。

こうしたすべてを、奴隷たちは知っていた。われわれは、それを知っていたのだ。かれらは断片を丹念につなぎあわせて、ほとんどそうとも知らずに、歴史を再構成していたのだ。というのも、あれほどに異なり、あれほどに遠く、なんとも驚いたことにあのせむしと結婚した彼女には、全員が機会があるごとに敵意を見せたからだ。肉体の果実であり魂の魂である赤ん坊を、たったひとりで育てられる女などいるはずがないとでもいうように！

雨はもうバラックの藁の上で音を立ててはいなかった。老人は自分の夢のつづきに迷いこんだまま、息を切らしていた。彼は到着したばかりの者たちのためというよりも自分自身のために、この奇妙で非現実的な歴史を再構成しているのだった。男は苦しんでいた（火のように燃える何本かの線に縮こまった背中で仰向けに横たわったまま）、長くつづくお説教をまるで、あるいはほとんど、聞いていないようで、一方すっかり怯えきった二人の女たちは突然にぐったりしてしまい、地面に崩れ落ちた。

（そして竹やぶのはるか上方では木々の梢が円舞を踊り、銀色の羊歯の中では風がゆれていたのだ、せむしが彼女にむかってこういったあの日には、「マリ＝ナタリー、運命がそう望んでいるんですよ、あなたを愛しています！」彼女は笑った、二人が会うのはまだ二度めだったのに。そしておだてられ、気分がよくなった彼女は、あいかわらずよそよそしく、ハイビスカスのひどく繊細な花を彼女の鞭の端でそっと撫でていた。）

それから、彼女はラ・ロッシュに出会ったのだ。おれたちはそれを知っていた、おれたちはちゃんと。彼女がおれたちのことを、自分が乗ってもいない馬ほどにも実在しないものであるかのように無視して通り過ぎてもむだだった、彼女がラ・ロッシュに会ったことはわれわれにはよくわかっていた。あの男は狂人だ、しかも青い目をしているくせに、頭の中は半ば黒人だった。彼はじつに狂った話を作った。怒りっぽく、子供時代が不幸だったからという理由で、みずからを傷つけていた。彼はその娘を楽しませるやり方を発見した。おそらくかれら二人の狂気が陽光の中でひとつに溶けあったのだ。おれたちはそれを知っていたよ、おれたちはちゃんと。かれらはみんなおれたちを見ることなく見つめていたが、おれたちはその恋愛を知っていたのだ。神を手なずけ神がその手を孫娘の頭にさしのべてくれることを願う、老いた祖母が終わりなく祈りつづける家を離れて、彼女がどんなふうに朝から彼に会いに行ったかを。そして彼女がどんなふうに畑の下の道を、ようすをうかがう奴隷たちのことなどまったく意にも介さずに走っていったかを。奴隷たちは頭をあげず目は地面すれすれの高さから走って行く彼女を追っていた。ときおりどんなふうに、彼女が迎えに来たラ・ロッシュの御者に連れられていったかを。彼女は御者のうなじを軽くたたき、すっかり固くなった御者はぎこちなく哀れな笑みを浮かべて、その娘をうしろに乗せてしゃちこばって馬車を走らせる彼をおれたちはさんざんからかった（だがもちろんわれわれがからかっていることに気づくのは彼だけだった、なぜならわれわれのほうも彼とおなじく固くなり不動でいたから）。そしてあの男と娘がどんなふうに砂の上に、いや砂の中に、倒れこんだかを。二人ともおなじ塩の味に酔って。そして彼女がどんなふうにきよらかに、繊細に、黄昏の無垢のすべてをもって帰ってきたかを。彼女はまだ十六歳にもなっていなかった。そしてどんなふうに、そしてどんなふうに、そしてどんなふうに……。というのもかれらがわれわれを見なくても、それはむだだったからだ、かれらの頭上を吹くどんな微風だってわれわれは知っていたし、手のごくわずかなこわばりも「ええ」というひとことが両目のまわりを色づかせるのも知っていたが、すでにかれらの唇に打ち寄せていたほとんどわからないほどにかすかな絶望の皺も、かれらは感じていなかった。予想がつくように、ある日彼女がラ・ロッシュに会うのに耐えられなくなったとしても、それもあたりまえ。そして姿なきわれわれは、日々かれらの顔の上をすぎゆく時の刻印と進行する痛みをひそかに見とっていた。われわれのことをけっして見ないかれら自身は、その痛みを感じてもいないのだ。そしてその痛みがかれらの選ばれた顔の上で成長してゆくのをわれわれが観察しているなどとは、かれらは思ってもみなかった……。

だが老人はすでにしばらくまえから黙っていた。彼は呆けたように、女たちのひとりが男に近づき身を寄せて丸くなるのを見た。男は動かなかった、身をまかせる女をうけいれるようだった。二人とも身じろぎしなかった。

そして不動のまま二人は夜まですごした、男の巨大な体にくっついて、女は体をまるめて。苦しい航海のあいだかたわらにいたのに自分のすぐそばでうめいているその肉体を彼がただの一度も意識したことがなかった彼女だ、ほっそりした首の上の三角形の顔も、よく張った腰も、汚れしらみが湧き海の塩がついて硬くかたまった髪も、彼はただの一度も見つめたことがなかった。一方、彼女のほうはあれほど長いあいだ男の視線をひきとめようとし、男がじっと見返してくれることを望んでいたのだが、そのたびに出会うのは二つのうつろな目で、ただまるで彼女などすでに死んでいるかのように彼女の体ごしに男が〈もうひとりの男〉をうかがい見るときにだけ、そこに憎悪の炎が燃えた。そしていま彼女は中甲板での隣人だった女のことを考えた、そう、いったいどこに連れてこられたのかと漠然といぶかりながら彼女は、この隣人だった女が〈もうひとりの男〉とアカジューの地所の囲い場で一緒だったことも、〈もうひとりの男〉が木の柵のすきまからようすをうかがいあの若い女が短刀をもって囲い場に入ってきたときただ両手をさしのべたのも、知らなかった。そして隣人だった女が〈もうひとりの男〉が外へとかけ出してゆくのを聞き、一方若い女が囚われの身の五人をじっと見つめたあと、ためらい、ついでため息をつきながら帰ってゆくのを見ていたことを知らなかった（なぜため息をついたのか。かれらを逃がしたって何にもならない、なぜならどっちみちかれらはどうすればいいか、どの道を逃げてゆけばいいかがわからないのだから。あるいは新しくやってきた者たちの中ではただひとりだけが自由にふさわしい、彼はそれをあんなにも誇らかに直ちに要求したのだから。あるいはまた、すぐに彼が他の者たちを解放するために戻ってくるだろう）。彼女、女のほうは、このとき以来、少しばかりの熱を求めて体を寄せていた男へと運命づけられていたのであり、男のほうはそのときには彼女を見ることなく、ただしじめじめしたバラックの中で自分のそばにいるやわらかく生温いこの存在をすでに認め、うけいれていたのだった。

　夜になるまでは。動けなくなった二人の女のうちのひとりはこんなふうにして思い出そうとしており、もうひとりのほうは生身の人間ですらなくむしろかたちのない未完成の拍動であって、何かを思い起こすということ自体絶えてなかった（船での隣人とは正反対だ、と漠然と彼女は考えていた、ずっと自分と調子をそろえてうめき声をあげてくれたあの連れとは正反対だ——歌のように儀礼的でもあればつまらない獣の牝を思わせもする、呪文めいたおなじリズムで）。そして老人のほうは、沈んでゆく夕陽の中で、自分が知っていることをすっかり吐き出して黙りこんでしまった――彼の知識はというとひとりの白人女をめぐる非現実的な物語だけになってしまったが、この白人女というのは本当はこの一帯の主人であり、彼女に関して老人は真実をいい伝えることのできる言葉をもっていなかったのだ。まるで炉にかけられるまえのマニオクのように白いこの女性がこの土地の存在のすべてをみたしており、この貧弱な老人を、脱出することのできない錯綜した言葉の密林にまきこむにいたったかのように。

　不動のままでいること、それは他の奴隷たちもおなじで、男がすでに気づいたにちがいないのはこの奴隷たちの大部分は建物でのこまかい作業をしたり、付属している部分（囲い場、バラック、小屋、馬小屋）の修理に従事している老人たち、あるいは畑仕事をする女たち子供たちばかりだということで、ただ女たちのうちのわずかな者がみんなにうらやまれながらお屋敷で働いており、彼女らはそれほど恵まれていない仲間たちとすれちがったり話をしなくてはならないときには尊大な態度を見せたり気むずかしかったりするということだった。どの小屋にも大人の男はほとんどいなくて、そこから一種の浮ついた放埒さの雰囲気が生まれていた。女たちは女たちだけで生活することに慣れていて、拘束といえば恐ろしく機械的な作業だけ、そして面倒といえば（ここで暮すかぎり）日替りで誰かがプランテーションの二人の管理人《ジェルール》と四人の作業監督《コマンドゥール》を満足させてやらなくてはならないというお務めだけだった。農園の主人たちが家畜の数をふやしたいと思うときには近くの地所から牡の奴隷を借りてくるのだが、この異常な慣習はけっして明るみに出ることのない陰の葛藤をひきおこさないことがなかった、というのも管理人や作業監督《コマンドゥール》たちはしばしば嫉妬のあまり、自分たちが支配している黒人女たちに畑で彼女たちが強いられた妊娠のための不貞の代価を（侮辱したり鞭で叩いたりして）払わせたからだ。主人たちはこうして牡の奴隷たちを畑仕事のもっともきつい部分をさせたり種牡として使うという目的のために借りてくるのだが、なされるべき交配の組み合わせを決めるのが奥様であることはみんな知っていたし、奥様はそれによっておまけとしておそらく自分のところの管理人や作業監督《コマンドゥール》たちのひそかな愛をじゃますることに漠然としたよろこびを感じていたのだった。そして男はその晩からすでにこの地所への自分の到着が特別な事件であり、いつもの秩序を乱すにちがいないものだということを感じていた。ひとりの白人（管理人）がぶつぶついいながら彼を点検しにやってきて、彼および彼にいつもくっついている女に居場所を与え（それはつまりこの二人をつがいにしたということであり、ただ主人だけに決められることを勝手に決めてしまうという大きな危険を冒すことにもなった）ついで老人にむかって今夜はこの二人を寝かせてやり明日どうやって自分たちの小屋を建てるかを教えてやれといってから、意識を失ったかのようにぐったりとしているもうひとりの女を連れていってしまった。

けれども翌朝、明るくなってきたころ、かれらが（前後不覚に眠りこけていた）地面に土埃を立てはじめたばかりのときに、ひとりの女が老人の小屋に入ってきて二人を外へと押し出し、そこには奥様と昨日の管理人が二人を待っていた、すると男の目に入ったのは小屋をとりまいている興奮した女たちで、彼女らは大騒ぎしながら大きな半円形に並んでいて、そのまんなかに、不安そうな管理人をじろりとにらみつけながら、平然とした奥様がすっくと立っていた。男はそのとき老人が話した物語をぼんやりと思い出し、奥様をじっと見て、ほとんど黄ばんでしまったためにその布地を通して太陽が見えるようにさえ思える（太陽が出ていたならばの話だが）モスリンの大きな帽子に魅惑された。男はこれほどまでにいろいろな布地をまとっている人間をまえにして身じろぎもできずにいた。リボンで飾られた襟、古いサテンの襞飾りの下につきだした胸、ゆったりとしたスカート、紐つきの長靴から、握りのついた鞭まで。とはいえもちろんそれは驚きであり無関心でもあった、男はサテンもこんな帽子もモスリンも知らなかったし、長靴を紐でとめているのも見たことがなかった、——頭の中で言葉が鳴り響いた、マリナタリ、マリナタリと。だが彼はそれがはたして何を意味するのかを知らず自分の中で晴天の雷鳴のように響きわたるこの言葉を怖れ、その間にも背中の傷が焼けるように痛むのを感じていた。

——サングリさんは私に知らせるべきだったわね、と女はいった。

——お楽しみに使うんですか、マダム、と管理人がにやにや笑いながらいった。

彼女は管理人を、考えごとでもしているような表情でじっと見た。それから奴隷のほうをむいて、管理人にこういった。

——北の組に入れなさい。

——私が連れていこうと思っていたんですよ、道作りの仕事をさせるのに、と管理人がいった。

——いいえ、北の組に。

彼女は立ち去った。それもくるりと向きを変えたかと思うと、ただちに姿を消してしまった。まだ歩いている、まだ上の屋敷にむかう小道に姿が見えている、それなのに不在。まるで彼女をそこに存在させるのは何よりも彼女のまなざし、表情、その言葉がおびる重みなのだとでもいうように。男は（とパパ・ロングエはいった）こうして最初の日から、主人というものはおまえを見つめているときにしか本当は存在しないのだということを学んだのだ。絶えまなくつづく恐怖と、おまえを泥の中へと抑えつけているかのように思える鉛の手にもかかわらず。主人がおまえに背をむけるとただちに、うしろをむいてしまえばただちに枯れ果てる流れを押しつけることによってでなければ命令することもできないかのように、力を失ってしまうことを。それが奥様との出会いだった。男は彼女が上の屋敷へと上がってゆくのを見て、雷鳴が響きわたる空っぽの頭の中で自分はいったいこんなところで何をしているのだろうとさえ自問していた。

ほんの一瞬だけ、出荷待ちの囲い場も、奴隷小屋も、乗船も、航海も、鞭も忘れて。〈もうひとりの男〉との闘いも忘れて。

不動だった。まだ太陽が地平線から姿を現わすまえの朝、奥様がこのような視察を行なったときから、完全な夜、男と女がこれから小屋を建てるように決められた場所で地面を突き固めたそのときまで。そのときには老人は松脂を塗った木の枝の松明をかれらのために高く掲げてやったのだが、それは連帯のためではなくかれらと一緒にいて心ゆくまで不平をいう相手が欲しかったからで、というのもこの老人はけっして眠らないといっていいくらいで、それは彼が畑仕事に出なくなって以来ずっとそうだった。そしてかれらがほとんど作業を終えることになって、かれらは馬がかけてくる音を聞きついで夜の中から馬そのものが現われ、拍車をかけているのはサングリだった。サングリはまたがっている馬をかれらのすぐ脇でうしろ脚で立たせ、一瞬かれらを見つめたあと上の屋敷につづく小道を走っていった。そうだ、淀んだ時の中で、白い不動の死に閉じこめられて、全員が不動のままだった。この最初の朝、夜明けよりもずっと早く起き出していた女たちは奥様が新入りの男を見にくることをまちがいなく見抜いていたのであり、それで姿なく、沈黙のうちに、小屋のまわりに集まったまま奥様がやってくるのを待っていて（奥様はその前日、一行の到着をうかがっていて、夜明け前に管理人たちが住んでいる区画に出かけてゆきかれらに説明を求め、怒ってみせ、叱りつけた、——このすべてを声を荒げることなく彼女のいつもの頑固で高慢なようすで）そこでは奥様は、ぴちくりぱちくりうるさく大げさな身ぶりでおしゃべりする彼女たちを自分のまわりに半円形に集合させたのだが、彼女たちは木々の枝の下に残る薄闇の中から、まるでただ奥様の存在のみによって夜からひきちぎられてきた夜の切れ端のように突然出てきたので、それはまだ点灯されていない太陽がすでに木々の下に光と活気にみちた世界を現出させているのとおなじだった。女たちには一方に敵意が——というのも新たにやってきた者は脅威でもある、つまり何かしらのつまらない特権を奪いとられる可能性もあるから。彼が反抗し集団の破局の引き金をひいたりあるいは逆にあまりによく適応しすぎてそれによってより運がよい者たちの位置を簒奪してしまうといったかたちで、かれらのあいだの存在の秩序をかき乱すかもしれないので——そして他方では牝ばかりのこの宇宙にこの牡が突如として投げこまれたことがもたらす、魅惑と動揺があった。興奮し、はっきりそうとは知らないままにおそらくその男になんとなくしたがわなくてはならないことにすでに身ぶるいしながら、奥様の暗黙の指令のもとに辛い生活にも甘んじている彼女たちは、自分たちのうしろに小屋でずっと暮らす何人かの男たちのみならず白人の管理人や作業監督《コマンドゥール》たちをひきつれていたが、それはこの白人男たちが彼女らに強いて、彼女らが男たちの権力への無意識の賛辞としてあきらめとともにうけいれている虐待にもかかわらずそうしているのであって、それはサングリ夫人の冷淡な支配力に服従しそのためアビタシオン全体を牛耳っている女性の法をまぬかれることのできないせむしの主人にいたるまでがそうなのだった。彼女らが身につけているのは異様な寄せ集めの袋や布や無数の端切れで、その信じがたいごちゃまぜぶりは彼女たちをまるで巨大で分割不可能なひとつの裸体にしていた。そしてまた彼女たちはこれらの小屋に住む何人かの男たちを実際にいいなりにしてもいて、この男たちは奴隷でありそこにいないも同然であるという二重の意味においておとしめられており、社会的有用性によって決まるような人間としての価値をもたず、のみならず動物においてなら牡と牝を区別するような基本的な力も奪われていた。自由にはらませ生殖するという動物としての役目をもはやはたすことができず、支配する牝たちのうしろを歩くことに慣れてしまったのだ。さらには子供たちがいて、男たちには何の敬意も払わず、ただ女たちの集合体のみに注意し（自分の母親かもしれないひとりにではなく、きわめて強力な、子を産む女たちの全体に）その幽霊じみた集団は飢えのため凶暴になり、土や青い果実や腐った果物や動植物のあらゆる残骸を食べてきたために、黒い肌の下で青ざめていた。生涯にわたって軛につながれたまま二つの権力、ひとつは公式ひとつは暗黙の権力に、したがうほかないのだということをすでによく知っている、老人のような子供たちだ。不動だった。夜の底からじっとりとした汗のように立ち上ってくるのがわかる熱にひたひたと浸かった朝のもっとも早い時刻から、それ自身、執拗な熱にふるえている朝まで。口をぱっくりと開けた二つの穴のあいだのただひとつの死、ただその間にも頭上から慈悲深く重く降りそそぐ平静な陽光と、忘却と、怯えと、茫然自失の重みだけがつづいて。

そうだ。男がやっと小屋のまえで腰をおろすことができたそのときまで。暑い夜が苦痛にゆがんだ彼の体の上で転げまわり、夜は戻ってゆくべき先などどこにもないのだと叫んでいた、彼がもうひとりの男にむかって立ち上がった開けた地面も、追跡された彼が逃げこんだ森も、ひそかな接近も、値段の交渉も、裏切りにつぐ裏切りの終わりのない連鎖も、出航待ちの奴隷を入れておく小屋の石の独房も、舗石を貼った斜面も波に洗われるボートも、船も。船。それでも夜は嵐を超えて、無限よりも遠い彼方の邦へと連れ去っていた、だが彼には女が小屋の中で横になり、中甲板で何か月もすごしたあとではほどくのが非常にむずかしいあの奇妙な体位で、おそらくはうめき声をあげていることがわかっていた。それはまるでかれらが航海をつづけているかのようで、この小屋があのおなじ死の船の異様な延長でもあるかのようだった。まるでかれらが目的地に到着することなどけっしてないかのようだったのだ（新しい風景、山《モルヌ》に馬乗りになった一面の砂糖黍畑、信じがたい乾燥と塩を含んだ風、知恵も休息も甘美な湿り気も知らないように見える赤く起伏の多い大地にもかかわらず。鎖が刻むリズムと彼がすでに感じとっていた収穫の熱狂にもかかわらず。物音や混乱や、この老人の声によって運ばれてくる、主人たちが口にするすべてのたわごとにもかかわらず。ときには突然の裂け目として現われるごく小さな小川、ほんのひとすじの流れなのに千の海にも匹敵する音を立てて流れ、一個の岩から流れ落ちる単純な水が巨大な滝のように聞こえるにもかかわらず）。まるで航海にはけっして終わりがなく、永遠に彼は自分のそばでこの女が嘆き悲しむのをじっと聞いていなくてはならなくて、物陰にはまるで二つの切り株の間から進んでくる蛇の頭のごとく〈もうひとりの男〉の両目を見なくてはならないかのようだった。

それは暗がりを手探りしながら彼が熱い土埃に描いた蛇だった。不器用に描かれた、固まり動かない蛇だが、彼はそれを丹念に踏みつけた。二日めの夜明けが、大地の中で、すでに大きくふくらみはじめていた。

III

呪医《ケンボワズール》はいまマチウをよろこばせてやろうと考えているのだった。若者を安心させ、仲直りをしようと思っていた。彼は立ち上がり小屋に近づいたが、ほとんど一歩ごとに立ち止まって平野を眺めやった。マチウは両膝をかかえこんだ。高く立ちのぼる黒い煙が彼のまわりで回った。太陽が大地を焼いた。ロングエは小屋に入りすぐにまた出てきた。まるで蒸発し、ついで一秒後に、暗い穴のような扉のまえでふたたび物質化したかのようだった。少なくとも熱と赤い大地の上の反射光でぼうっとしているマチウは（おそらくまた焚火からやってきて彼のまわりをめぐっている暗い煙に眩惑されたせいもあって）老人が小屋の中に姿を消していた時間に気がつかなかった。彼が見たのは小さな樽だけで、ロングエは恐ろしい光の中で両目を閉じて、両腕を伸ばしてそれをもっていた。

——まるでミサのときの聖体《ホスチア》みたいな持ち方だね！　とマチウが声をかけた。

老人は荘厳な面もちで戻ってきた。マチウのことを見もせずに、マチウのそばに樽をおいた。するとマチウがいった。

——あの老いぼれ犬！　あのじいさんはかれらがすっかり弱って、たぶん血まみれになって、少なくとも彼ベリューズはいずれにせよ病気で、ほとんど死にそうになって体をひきずりながら歩いているのを見ている。それがパパにいわせれば、彼は何を話してるって？　ありえないよ、あなたはいまさっきでっちあげたんだ。あの鞭をもった娘のことを！

パパ・ロングエはマチウも樽も見なかった。するとマチウ。

——まるですべてが魔術で動いていたみたいだ！　だってあなたがいうのはこういうことでしょう。かれらは船を降りた、かれらは二人の植民地経営者《コロン》に出くわした、で、この二人がどこから来たのかはさっぱりわからない、かれらがフランスとか呼んでいる土地の城からか、富にさらに利益を与えるだけの金持ちだ、あるいは変わり者、盗賊みたいなところがある、盗人そのものだ、破滅した人間だ、人殺しだ、かれらは母親から逃げてきた。そして他の二人、あなたが教えてくれないあっちでのいきさつがある二人は、ローズ＝マリ号に載せられて、よりによってどんぴしゃりとかれらに出くわしたわけだ、あんなに昔から敵同士だった二人の植民地経営者《コロン》にね、かれらの過去があったからあの老人はただちに何だか知らないけれどあの娘と山々《モルヌ》と鞭がなんだかんだという話を彼に（ベリューズに）話しはじめたんだ。だって要するに、あの娘が、娘というよりは女だけど、こうして点検のためにやってきたのはなぜかということをあなたはぼくに話してくれるわけだ、それで彼女はマニオクのように白かったとか、なぜ彼女が新入り奴隷を、入荷を待っていた家畜みたいに確認したりするのかとか……実際、家畜なんだけどね。それにしても朝あんなに早く、女たちに囲まれて、そして牝の群れの半円から力を得るみたいにして。興奮した牝たちの、っていってたよね。

——それはひとつの仮説であっておまえが論理的なつながりを求めていただけだ、ひとつの出来事から次の出来事へと、とパパ・ロングエがいった。

——そうだよ、この二つの風景みたいに、とあなたはいったよね。一方は無限につづく、おそらくすでに記憶の中に失われた、とても広く、とても平坦な、それは人がふたたび渡り直してゆく過去の果てしない平野だ、そうだな、失われた大地といってもいい。そしてもう一方がここ、ひとまとまりに集められ、輪をなし、迂回し、とても小さくて、すぐにつきてしまう、なぜならここは労働と不幸に支配されているから。労働ではなくて、朝から晩までの務めか。労働ではなくて務めだな。今日でも、生き延びてきた者たちのために務めがある、知っている者にも忘れた者にも務めが。労働ではなくてね。そしてかれらの頭の中の土地は小さくて、限られていて、砂岬のまわりの畑みたいなもんだ。そして不動だった、とあなたはいったよね。だが人が感じることのない風でさえ、不動だなんてことはないんだ!

そして頭を上げることなくかれらは空の畑を耕す上空の風を感じ、その耕作はまたかれらのうちにも何かを開墾した、かれらが迷いこんでいた回想のやぶを。けれども風は突然にやみ、雲は太陽の輝きの中で凝固するように見えた。いきなり固まった液状の大理石のように。三時だ。平野はぱちぱちと音を立て、吹き上げる風の衣裳が運んでくる平野の乾いた音が聞こえた。月が、太陽とおなじくらい円く白い月が太陽の反対側に現われ、太陽とは雲のテーブルによって隔てられていた。

——かれらは真似をしたのではないぞ、とパパ・ロングエはいった。それはかれらとともに海を渡ってきたのだ。

彼は小さな樽のふたをとり、黄色くなったり茶色いしみができたりした葉や花を地面にぶちまけ、また葉脈や小枝をつまんだままじっと点検しようとした。ページをぱらぱらとめくった。注意深くだが超然と(きびしい非難をしめすために、こうして若者が樽とその内容物に対して見せる無関心を批判しようとして。マチウはもちろん呪医《ケンボワズール》が指につまんだ葉を見たし、たぶん、そのかさかさという音を聞き、たぶん、自分自身の指の先端につけた粉の匂いをかぎもしただろうが彼の両目はうつろなままだった)そして、動物のような忍耐強さによって一枚ずつ葉をとりあげてはそれをよりよく知ろうとし、またよりこまかく砕いていった。

かれらは真似したんじゃない、一七八八年七月に先祖がこのおなじ仕草をおなじ場所でしたからといって。ずっとあとでドラムを作るのに使うのとおなじ木で作った小屋を隠すことになるアカシアの林の中の尖鋒、一日中探し求めた木の葉を指ですりつぶしながらまるで死の番人のようなアカジューの樹に守られた平らな屋敷の方角を彼がじっと見つめていたその場所で。そして彼がそこで立ち止まったというのは、マチウよ、いつかおれがおなじ場所でバナナを火にかけおまえがそこに(ここに)来て何がどうしたなぜそうなったなどと訊くことになるのを彼が予見していたからではなく、すでに夜の中をアカジューにむかって戻ってゆきたいと考えていたからで、その理由はというと彼は歴史つまりおれにとっての歴史をはじめたがっていたからであの娘をさらい娘に土の味を教え背中にアカシアの枝の跡をつけてやろうとしたから、なぜなら彼は抵抗することも許さずに娘を地面に寝かしてやるつもりだったんだ。それが最初の日、第二日といってもいいが、のことであってそれは一七八八年七月のある朝などと呼べるものではなかった、なぜなら誰が七月を一七八八年を知っていただろう、彼にとってもおれにとってもそれは最初の日最初の叫び太陽最初の月この邦の最初の世紀だったんだ。というのももはや無限の海に囲まれたちっぽけな土地しかなくてそこに居続けるしかなかったのだから。そして彼の背中に加えられた鞭打ちを思うと奇妙だともいえた、なぜなら彼はまだ痛みに苦しんでいて何も思い出させてもらう必要などなく、アカシアとアカシアの棘が彼に復讐と満足をもたらすことを彼は夢見、すでにあの娘が抵抗することもなく夜の中に横たわっているのを見ていたからだ。まだロングエではなかったけれどもこの一日のうちに邦を訪問した(という以外に言葉がない)彼、もっとも熱いすみずみまで森を入念に点検し、〈生と死の葉〉を見つけて、このときにはそれに手でふれて丁寧に確認していた彼は。

——ちょうどこの太陽とこの月が同時に頭上にあるようなものだ、とロングエはいった。それはおなじひとつの火おなじひとつの輝きだと思えるほどで、おまえにはどちらがどちらを照らしているのかわからない。おまえに過去を理解させるのは魔術なのか、おまえの目のまえで輝く雲の上を流れる記憶、ひとつながりの論理なのか?

——彼にとって、といったよね。初めは彼のことを追ってゆく、それは理解できるし賛成だよ、彼はロングエの中のロングエ、われわれがつねに彼にむかってさかのぼってゆくのはわかる(彼は森の中へと逃げこんだんだ)だって彼はあなたの曾祖父であり彼はいまあなたがいるまさにここに逃げてきたのだし、ベリューズは十分に強くない、われわれはいつも彼から離れてしまう、彼はわれわれがそばに留まることを強要しないということも理解できる、彼はわれわれに言葉を与えてくれない、彼がやったことについて語ろうと思うと言葉が重くなるということだってわかる。そしてあなたはいうよね、彼ロングエにとっては待機があったのだと、この第二の夜に彼が何をするのかは知らない、ぼくが期待するのは——ベリューズにとってはすんだ話で彼はサングリの地所にゆきひとりの女とつがいにされ、家に入り、奥様がしばしば彼のことを見て、日々は流れ、ベリューズは腰をおちつけ、すべてはうまくいった、ああそれもわかるよ。でもあの逃亡奴隷《マロン》がわれわれのことを待っているのだとしたら、なぜただちに最初の日だったのか、葉っぱの入った樽なんかの話でそらさないでほしいのだけれどいったいなぜあのシダリーズ、マリ＝ナタリーのことをあんなにわめきたてたのか、そして彼女がラ・ロッシュを愛していたのにサングリと結婚したのだとして（そういうことだろう）、それがぼくらにとっては何だというんだ？　かれらは真似したのではない、とあなたはいった。

――わかった、とパパ・ロングエはいった。おまえさんはかれらが恐いのか？　つまり、ラ・ロッシュとサングリとあの娘のことだが？　かれらはあそこにいる、かれらは命令する。おれのような老いぼれには、かれらがどんなふうに話すかも、なぜそんなことをいうのかも、わからないと思うのか？　われわれにはわかるよ、ちゃんとわかる。かれらがわれわれの頭ごしに話をしていたそのころ以来、われわれは網を張ってかれらの声を捕まえてきたんだが、かれらはそれを知らない。かれらは知らない、われわれにだって、あの人たちはこれこれこれなんだといえることを。おまえはおれの樽をよく見ようとしないが、まちがっているよ。おれと一緒に戻ろうじゃないか、若い衆よ、おまえはかれらの頭上を流れる砂を見るだろう……

かれらは二人ともかれら自身とさまざまな事件のあいだにある巨大な隔たり、かれらがその底へと潜ってゆこうとするこの大洋を忘却していた（物事には他の経過の仕方だってありえた、かつての仕草や言葉には他の意味合いだってありえたのだなどとは考えもせず）、かれらは今日の下のほうの平野と重い労役のことも忘れていた、まるで自分たちが再生させている人物たちのほうがかれらにとってはより現実的で重要な働き手だったとでもいうように。それ以後に歩まれた道が、かれらには見えていなかったのだ。かれらはいま無頓着な慌ただしさをもって、互いにぶつかりあうことにもおかまいなしで、話していた。ぱちぱちと音を立てる熱の中でかれらは「声に出して」話していた。魔術も論理的なつながりも、もはや口実でしかなかった。かれら（二人の召喚者）の円舞には他の真実があるのだった。この風、午後三時に突然にやみ、そのせいでまるではるかに高い雲が凝固してしまったように見えるこの風は、かれらの上に突然落ちてきた過去を模倣しているだけだとは、かれらは思ってもみないようだった。この過去の風がいまや迂回なくかれらを掃き去ってしまうなどとは。（そこからマチウがかつてないほどに脅かされ、かつてないほどにもろい者として出現するとは。現在、すなわちこの風のもうひとつの面を征服してやろうと決意して。そしてそこでパパ・ロングエが呪医《ケンボワズール》としての最後の力を使い果たしてしまうことになるとは！）

かれらは忘れた。それはかれらがすでにサングリの馬の、この疾走によって、連れ去られていたからだ。

サングリ、すなわち百五十七年前にアカジューの屋敷と奴隷小屋の上に尖きだすようにおかれた自分の屋敷のあいだを夜、馬でゆく彼にしてもやはり、彼の周囲そしてもっとも遠い未来にいたるまでひとつの無視され隠された世界が熟しつつあることなど思ってもみなかったのだ、その世界はまだためらっていたがついには震える夜の上に、無音の不在と秘密の血の後に、波打つ大地から姿を現わすだろうということなど。黒こげになった土地からにじみ出す世界、それがひとりの老いた幻視者とひとりのあまりにも注意深い少年をその緩慢なやりとりのうちに雲にまで連れてゆくのだ。そのときそれは、明らかな空と無限の熱の中で、苦しまれたすべての総和、燃えた粘土の上に散らばって生えた草、少しずつ見えてくる海岸線、黒土のちっぽけな土地への根づき、そして逃亡と戦闘のあとで可能になった夢だった。サングリはかれらのそばで馬を止め松脂をつけた木の枝の松明を高く掲げる老人をじっと見たが、仕事に忙しい女奴隷はあえて手元から視線をあげようとせず（彼女は蔓を編んでいた）、たくましい牡は突き固められた地面に杭をうちこんでいて（腕を上げ、杭をふりかざし、その動作と物が明るみの中で止まって見えた）、サングリはこれら彼の所有物である奴隷たちなどじつは見てはいなくて、かれらは彼の森の下生えにすぎず彼の目には妻や管理人たちとの口論の材料としてしか存在しなかった。そして馬に乗って夜をひらきながらサングリはひとりニュアンスも疑念もない彼自身の独自の世界を進んでゆき、気にかかることといえば妻であるマドモワゼルに何といおうかということだけで――彼は彼女をいまもこう呼んでいておそらくそれは彼がまだ彼女のことを娼婦だと考えるのをやめていないということを意味していた、――過去二日間の出来事をローズ＝マリ号での闘いから笞打ちにいたるまで早くこまごまと聞かせてやりたい、そして彼女が見せる興奮や不安や、それよりいっそう確実には、いまいましく思うといった反応を、じっと観察してみたいと考えていたのだ。その意欲、そのよろこびへの期待のせいで彼は馬上で身を躍らせ、啞然とするラ・ロッシュのまえで土埃の中をのろのろと歩いてゆく娘を目にしたことで酔ったようになり、それから狂った風のように、ありったけの思いをこめて馬を駆りたてて道を急ぎ、突如としていつもの不安や気がかりをすっかり捨てて寝室へと飛びこんだのだった。

「ルイーズ」、「黒人女」、彼にはこの二つの語以外もはや頭になく、おそらく彼はつむじ風のようにこの寝室にかけこみながらそれらの言葉を大声で口にしていた、サングリ夫人の高くあげられた眉にも、尊大なようすにも、奇妙な落ちつきにも気がつかないままに。そして彼はただちに理解不能な言葉の洪水を放出しはじめたがその間、女王のように落ちつきはらった彼女はいかにも細心にそうであるというふりをしていた貴婦人らしさを脱ぎ捨て（実際のところもう何時間ものあいだ彼を待っていたのだ、沸き立つような夜を探しまわり、彼の顔に投げつけてやる文を準備しながら）そして子供の気まぐれの味方をすることに決めた人々のような我慢強い雰囲気をもって、投げやりな感じで肘をついていた。すると彼がいった。

――見せてやりたかったな、あなたに！　見せてあげたかった！　本当の戦闘だよ、想像できるかい。ラ・ロッシュは一方をとったのでわたしとしてはもう一方をとらないわけにはゆかなかった、いつもならそんなことはするべきじゃないとわかっているんだがね、……ともかくそれからわれわれがこの呪われたボートから降りたとき、やつらを祝福した司祭が、ほらあのいつもの司祭さんさ、たぶん色事の約束でもあって急いでいたんだろうな、傑作なお笑いだったよ、まるであの黒人の仕草をそっくりくりかえしているみたいだったんだ、おなじ腕の動きをね、唯一のちがいは人さし指で、彼が自分のお務めをさっさと済ませようとしているのはよくわかった……だが他の者たちは、ともかく他の二人、黒人たちは、あいつらのばかげた物真似をわたしがはじめて見たときには信じられなかったよ、まるであいつらは司祭さんに一種の同業者でも見出したみたいだったのさ、司祭があいつらを続けて洗礼するあいだ、高く持ち上げられた手をあいつらはじっと見ていた、そしてもうひとりのほう、ラ・ロッシュに買われたやつは、そこで敵を発見したとでもいうように自分の独特の仕草をまたはじめた、ほら例の蛇さ、われらが親愛なるレスティーニュ司祭が右手を上げるたびにね、そしてあいつらは二人ともおなじ囲い場に入れられて、一方がもう一方の猿真似をし、最後の一言を握るつもりの司祭は、いやはやまったくあの不出来な剣をもっているところなど滑稽至極、そしてもうひとりも自分の永遠に大げさな身ぶりをくりかえしていたってわけさ……

――でもあなたは私に知らせてくださるべきでしたわね、とサングリ夫人はしずかにいった。

――うん、それをちゃんと説明するところなんだよ……。見せてやりたかったよ。ルイーズなんだな、まったく疑いの余地なく、一晩じゅう彼女は彼にむかってにっこりとほほえみかけていた、そうだよルイーズが、そして彼女は彼の膝に腰かけ、彼は……

だがサングリ夫人は立ち上がり、窓へとむかい、巨大な裾を熱にふるわせながら歌う夜に、耳を傾けていた。

――どのルイーズ、と彼女はいった。

――知ってるだろう（そして彼は身ぶるいした、彼女が知っているということを知っていたので）あそこの屋敷のあれこれをとりしきることになっている黒人女さ……

――そうですか、と彼女はいった。

彼女はそっけなく彼のほうをむいて人を魅了するほほえみを浮かべそれから突然に窓へと身を傾けベチベルが生える沼に住むひきがえるに合わせて（トゥ・トゥ・トゥー・トゥ）と口ずさんだ。

――マリ＝ナタリー、聞いてくれよ。

――聞いていますわよ、あなた。話して、さあ、話して。

彼女は二本のろうそくの明かりに無邪気な顔をさしだすのだが、この対決に勝利したことをよくわかっていた。彼は動揺し、「だってね、うけあってもいいがあいつはローズ＝マリ号の甲板での闘いにこだわっていて、ラ・ロッシュはピストルなどとばかにし……」、だが一種の酔いにとらわれて興奮してしまった彼はすぐに落ち着きをとりもどし自分の言葉の深淵に足をとられて「ああ、自嘲しなければならないのはわたしだな、彼は自分が強いほうを買うといったがそんなのはとんでもない話でね、四つ辻のところであいつらがやろうとした二度めの闘いのことを思えば相手に飛びかかっていったのはまさにうちで買ったほうのやつだったんだ、私にいわせればあの二人を闘技場で戦わせればいい見世物になると思うよ、いずれにせよさっきうちのが小屋を建てているところを見てきたが、あっちのはね、ああ！　荷揚げから六時間もたたないうちに囲い場の裏でざわめきが起こりみんな大騒ぎしながら知らせにきたんだ、いや、まだたぶん五時にもなっていなかったんだけれども待たなくてはならなかった、ラ・ロッシュが頭がおかしいのは知っているだろう、われわれはあの男が追跡されているあいだもずっと手放そうとしなかったあの樽を取りにいくのを待っていなくてはならなくてね、それから犬たちと一緒に伏せていたんだがわたしには最初から男の逃げた跡がアカシアの山《モルヌ》に向かっていることがわかっていてラ・ロッシュにとってはみんなをさんざん興奮させるのにもってこいだったが、わたしにはあのデュシェーヌのやつが陰で笑っているみたいに見えたよ、われらが友人がこんな災難に合うのがたぶんうれしかったんだろうね、そしてラポワントはあいかわらず不機嫌な顔をしていつか自分が船長になろうという船の夢ばかり見ていた、そうさ、だから自嘲しなくてはならないのはわたしだ、われわれはあのアカシアの山《モルヌ》のふもとにいたわけだが、してやったりというほほえみを浮かべていたのは、はたしてどっちだったのかねえ、そしてわたしはというと、われわれは馬をそこに残していかなくてはならなかったといってもそんなことはなんでもなかった、だってわたしは（するとサングリ夫人が突然に彼をさえぎっていった、「だけど私たちは大人の黒人はけっして買わないと決めていたじゃありませんか、そういう経営方針でしたよ」、すると彼は、狂人のように）そうさわたしは見せてやりたかったし実際はっきりしたんだよどちらが不具なのかがね、そして彼の不具それは樽、あの樽であいつはまあいいさついにはわれわれは帰ってきてわたしは知るつもりだった、いや知っていた、いや最初から予感していたあのルイーズがね説明しようか（「どのルイーズ」と彼女はいった）それは名前、洗礼名だが早い話がわたしには一目でわかった彼女は、わたしは長椅子で眠ったふりをしていたのさある晩ある晩のことだがいびきがねわかるかいわたしはあえて断言しようとは思わないがはっきりいえそうなのはわれらがラ・ロッシュが傑作なことに水夫のようにいびきをかいていてわたしはつまりあの娘を監視していたわけだ（すると彼女は笑った、女がいびきのせいで男から離れてしまうと考えるなんてあまりに初心《うぶ》だと）あの娘が屋敷に入ってからずいぶんになるがいいかいあれは彼がわたしたちとのつきあいを避けはじめたころだ、ああ！　あの娘はラム酒か何かにいろんな薬草を入れて彼に飲ませたにちがいない、やつらの汚いやり方は知っているだろう（「ぜんぜん」と妻は答えた、「彼は自由でしょう」）彼女は彼にやつらが秘密にしている何か汚らしいものを食わせたあれはたしかわたしたちの結婚の少しまえだった（「いいえ、後よ」）いやちがうよあれはわたしたちの不幸な結婚のまえだったこんなことは終わりにしなくてはならない女奴隷をまるで妻みたいにして家に入れるなんてことはしないものだそれ以来彼女たちはすっかり慣れてしまって毒とか薬草とか媚薬とか自分たちの小屋の裏で作っている恐ろしい植物を使ってねでもあの娘はたしかにそんな技を知っていた覚えているだろうラ・ロッシュはいつもくどくどとわたしたちにいっていたよね私の理論私の植民私の家畜暦とところがあの娘が生まれたとき彼はやつらの欠陥と野蛮があの娘の血管にいかなる程度まで入っているかを知らなかった（「そうはいってもたしかに私たちは彼の真似をしたわけよね、そもそもうちでは大人の黒人は買わなかった、その計算は簡単、牡を借りてきてうちの女たちをはらませついで子供が育つのを見ていくほうが安上がりだからよだって子供も四歳になったらもう役に立つことをさせられるんだからところがあなたはラ・ロッシュさんに協力していきなりあのアフリカ人にいくらだか知らないけれど出さずにはいられなかったのねラ・ロッシュさんは船が着くたびに黒人男を買うことに情熱をもっているから」）いいかいいったい誰に作れただろうと思うようなみごとな娘だよそれに彼はルイーズという名まで与えたルイーズはごく若いころからその体に毒が育っていることは誰でもわかった子供のときいやこの獣たちには子供時代も何もないがあの娘が興味をもつものというと草取りのあとで燃やさなくてはならない草ばかりでねもちろんわれらが友人こそあの娘の最初のそして幸運にも唯一の犠牲者となったわけだ大体あの娘を屋敷におくというばかげた偏愛ぶりを見たらどうやって説明がつく（「彼は自由なんだといっているじゃありませんかどんな薬草を使っても彼にいうことを聞かせるなんてできませんよ」）彼は自由ではないよ死ぬほど動揺した死がこの罪に対する唯一の判決なのだそれでも彼がたしかに相当に気がきいたものを見つけたということには同意しなくてはならないなあの仕掛けのことは説明しなくては彼が発明した一種の十字架みたいなものでね四角く切った木材二本を対角線に組み合わせてそれが前傾させられている、それで頭が地面にむかって傾くので姿勢を維持し血が頭に上るのを防ぐために必要な努力は信じられないほどだ革紐にかけた脚をつっぱるんだそうさもちろんわれわれは他のいろんな機械も知っているわけだがラ・ロッシュが血の巡りをよくするじつに優雅なやり方を見つけたことは認めなくてはならないなロープが皮膚を破る両足のところでも頭のところでも、彼はとても小さな声であの娘にむかってつぶやいたので聞こえたのはわたしだけだったろう。「おまえには手をふれないよ」彼と彼の屋敷に対する魔法がわかるだろう彼が出し抜けに隣人たちを認めることを拒むようになりこの邦にはひと月しか滞在しない素性の知れない水夫たちとのつきあいだけを楽しみにするようになったあの日以来、あれは七年前のことわたしたちの不幸な結婚の直前だったな（「いいえ、後だっていってるじゃありませんか」）そうだ（「ちがうわ」）あの娘はまだ十歳くらいで恐ろしくないか十歳であの娘がすでにあんなことができたあんなことを知っていたなんてそしてそれが彼の目のまえに七年か八年のあいだ無限の断崖としてあって彼は友人たちの呼びかけも忠告も悲鳴も聞かずにそれをよじ登ろうとするんだ、このあいだの晩にアカシアの山《モルヌ》でやったようにね黒い岸壁を前にした彼を見せてやりたかったよ「おれはいくぞ」と大声でいって男たちが引き留めなくてはならなかったそれがあのどんな恐ろしいものがいっぱいに入っているともわからない樽からただの一度も視線をはずすことがないんだ、まるであいつらの悪魔じみた技が彼の体にしみわたっているか彼の精神をすっかり動転させてしまったようだ、そしてあの娘があの十字架みたいな仕掛けにしばりつけられたときにすら彼は長いあいだじっと娘を見つめていたんだたぶんやっと彼女のことをいかんともしがたい断崖絶壁だとわかったんだろう彼女が彼に属したことなど一度もなく彼女を飼い馴らすことはけっしてできず（「けれどもそのお楽しみのあいだ私は管理人たちのそばでやきもきしていなくてはならなかったのよ、どうしてこの三人の奴隷がここにいるのかをただ知るために」）（すると彼は人がある日突然本能的に身につけていることに気づく古い貫頭衣《チュニック》でも身にまとったかのように突然に高貴な感じになって）あなたはね、マダム、うちの管理人たちに説明を求めるようなことはなさるべきではありませんでしたよ（そしてチュニックを脱ぎ捨てるとただちに自分のせむしの現実にひき戻されトンネルの中をまた闇雲に走りはじめた）まあいい狩りだったし素敵な晩飯だった出発のときから失われていた跡を見つけようとして犬たちがくたくたになっているそのあいだにすべてを仕切っていたのはあの娘で、おそらく彼女はもともと祝宴を張るつもりでついでわれわれに失敗を祝わせようとしたのだ自分自身が仕組んだ失敗をね、で、われわれの友人だがあなたもよくご存知のようにあらゆる状況に対応できる彼の驚くべき性向のせいで彼はじつに優雅にふるまいわれわれのことを王侯のごとく扱ってくれたのだ、何という過剰なまでの気前のよさだろう何だってまったく何人かの辛い仕事の割に実入りの少ない水夫たちのためだけに浪費しなくてはならないのかわたしは（彼は突然笑った）彼の狂気さほかに動機などない毒そして狂気そうさそれだけ次の日、それは昨日だが、彼はやつら全員を二本のアカジューのまえに整列させた家に残っているあの娘を除いて、それは音も輝きもない儀式のようでただ鞭があり彼は管理人たちの誰かがそれをひきうけることを望まなかった、狂気なんだよ、彼はこの野獣たちひとりずつに愚にもつかない問いをくりかえしていった誰だ誰だそして鞭がくるくると回った最初はかれらにふれもせずついで大勢にびしびしと、畑の奴隷たちはおそらく鞭をくらっても満足していた働かずにすむからまったく信じがたいことだ屋敷の奴隷たちは疑われるということ自体に腹を立てているようだった小屋の女たちはあの娘を除いて全員（こんどは彼女が笑った、ベッドのそばから鞭をとりあげ、大きく振っては空気をかき回しそれからいきなりやめて大笑いしこう叫んだ。「お楽しみ《ベル・ユサージュ》のためですね奥様、だって！本当にあの管理人は気が利いた人間ね。お楽しみ《ベル・ユサージュ》のためですね！」）だがこんなふうに彼が一団の全員を罰しているあいだに屋敷から出てきたルイーズがまっすぐ彼のところにゆきひざまずきしずかにひれ伏しとり乱すこともなくあいかわらずしずかな口調でこういった。「私です、私です」するとそれを聞いた彼は誓ってもいいがその告白にもリズムをゆるめることなく反対に狂乱し激怒しさらに誰だ誰だと叫びながらあたりを鞭打ちそのあいだも娘は私です私ですといいつづけて彼女がくりかえせばくりかえすほど彼は他の者たちも罰しつづけた……」——そしてかれら二人、夫と妻は、いまやとどめることもできずに笑いころげ、マリ＝ナタリーは寝室の端から端までかけまわりつづけるのだった、この希望のない夜の重くてじとじとした空気を打ちながら、彼女の笑いの下で熟しつつある引っ掻き音のようなものがヒステリーの豪奢な花束となって炸裂するかどうか何ともわからぬまま、一方、寄木貼りの床の真ん中で四つん這いになり、妻がひとつの物陰から別の物陰へと跳び移るにつれて彼女のほうへと狂った独楽のようにむきを変えながら、沈黙のうちにリズムを刻む跳躍にゆさぶられたこぶにほとんど打ちひしがれて、まるで嗚咽に似た笑いにも聞こえるように（夫と妻の二人がついにろうそくの煤っぽい光の中でおなじひとつの非現実的な興奮にむすばれ）、ギュスターヴ・アナトール・ブルボン・ド・サングリは倦むことを知らないしゃがれ声でこうくりかえしていた（頭を両腕でかかえこみ、ときにはうまくはまっていない床板によだれの糸を引きながら、鞭の稲妻に歪んだ背中をかすめられながら）、私《セ・ムワン》です、私《セ・ムワン》です、私《セ・ムワン》です、私《セ・ムワン》です。

4章

I

もはや祖先をもたず渡りという打ち寄せる唯一の大波の中で転げまわってきたこの男（それでももうひとりの男に対抗し、また中甲板では寄生虫と病と飢えにぼろぼろになり骸骨のように痩せている一群の者たちの力を圧するのに十分なだけの威厳と力をもち――けれども腐った水の悪臭がする一様な垢にべったりと覆われてすべてを、自分の名前さえも失った）はまだロングエではなかったが、すでにこの新しい邦のどんなに取るに足らない葉も取るに足らない資源も知っていて、そしてすでに森の周囲、既知の生活の限界線のむこうに彼自身の理解不能で根絶不可能な存在を記してゆく――それは思いがけない素材として大地と木々をとりかこみ、それらから忘れられた秘密をひきだし、またひとつの余剰あるいは、よりうまくいうなら、より自由になった日々のために少しずつ貯えられてゆく存在の実質によってそれらを身ぶるいさせながら――彼はついで小さいながらも変化に富んだ海岸にむかって下ってゆき、あの目もくらむような衣裳を身にまとった女戦士を求めて、服従した家畜たちとあまりに透明な主人たちの世界との最後の接触をし、彼の跡を追って犬たちが走った逃走路を逆にたどり、じつをいうと、彼がアカシアのカーテンに身を投じたそのとき以来（ついで背中の痛みと彼の頭上で木々の梢と太陽のあいだを航海する青空の小舟とともに目を覚まし、それから恐ろしい蛇につけるための泥をこねた頭を作り、ついで絶えず海にむかって船出をつづける丸木舟のような黄金の潮風に吹かれる砂岬を発見し、ふたたび眠り、森の下草の甘美な湿り気の中で腹を空かせてふたたび目覚め、〈生と死の葉〉を見つけそれを抱きしめるように大切にし、この邦のすみずみまでを調べ、吟味し、この邦は彼を無限の空虚でみたしてくれた、なぜなら彼はそこに重圧の、危険の不在、まったく新しい安全のしるしを見出したからで、のみならず存在の減少、浮遊、まったく無意味で居心地のいい非現実感の刻印をも見たからだ――そして時々彼は落ちてしまった筋肉にさわり、これほど明るい世界で自分がかくも軽くなってしまったことに驚いたようだった）、彼はこのもうひとつの時を待ちかまえていたのだ。みずからの足跡に立ち帰り、光の穴へと身を投ずるときを。そこには身を縮め生気を欠いた畑がよどんだようにひろがり、アカジューの屋敷がこれもまた二本の番人のような大樹の背後でひしゃげているように見えた。

アカシアの森におおわれた山地をゆきながら目の片隅でじっと捉えてきたとおりの海岸の映像を心にたずさえて、かすかに淀んだけれども刺すような、そして空中いっぱいにひろがる塩の匂いをかぐことにおそらく驚きながら、あんなにも長い時間重くて臭い中甲板の空気を吸ってきた彼は、この森のはずれへと確実な知識に立ってむかい、そこがアカジューのプランテーションがはじまるところでそこであの黒い短刀をもった娘――おそらく彼を待っている――に会えることも知っていた。けれども本当のことをいうと彼は海岸のこともこの待機のことも考えていたわけではなくて、事物のこの新しい透明性にささえられて本能にしたがうかのように行動していたので、彼のいろいろな能力は彼の中にあり彼を行動させ、歩かせ、彼自身知らないなんらかの動物的な富にむかわせる唯一の未分化な力へとまとめあげられていて、そしてすでに強制力のあるその力を彼が忘れることがあるとしたら、それは背中のうずきに怒りとともに苦しむときだけだった。

彼は背の高い草地のへりで立ち止まり、耕作地の上にひろがる霧を見、さらにそのむこうに熱の厚みの中で幽霊じみて見える、ぼんやりと浮かぶ屋敷を観察したが、そこからはときおり落ち着いた叫び声がグラスが割れる音のように走った。彼は大胆にも太陽の不動の密度と無音にみたされた沈黙に守られているかのようにして草地に沿って進んだ。まるで押しつぶされた葉叢が彼と平野の上にのしかかっているようだった。彼はまだやっと切り拓かれたやぶの中から姿を現したばかりの、以前の森の頑固で黒く焦げた断片をところどころに（ちょうど見事な獣が水から飛び出してきてすでに体は乾き太陽を浴びて輝いているのに腹からはまだ水がしたたっていて歩みにつれてあたりにそれを撥ねかけてゆくように）もっている平野を見た。半ばは帆を片付けてしまった小舟としての平野、ただしその桟橋には何抱えもの緑色の帯がまだひきずられていて、それもまもなく火と鍬の下に消えてゆくことだろう。彼は元来の緑の、頑固に残る腐植土の匂いをかいだが、それはいまではすっかりばらばらになってもろくて赤い土くれに混じっていた。腐植土のそばへと投げ出された獣である彼はその古い匂いを、かき回された粘土よりも強く、労働の不透明さよりも現実感をもって、いまや彼の右手に見えるアカジューの引き延ばされた陰よりも生々しいものとして感じていた。そしてこれらの木陰の端のところ、容赦ない一日と一夜が終わりなき対立をつづける場所で、彼は地面にむかって傾いている仕掛けを見たのだが、それは荘厳な二本の大木のまえで、あるいは少なくともそれらの木々が昼と熱に対して投じることのできる夜をまえにして、ひれ伏しているようだった。けれども陰がもっとも近づいたときですらその仕掛けには届かないことがはっきりとわかっていて、アカジューの木の頂きが一種の泡立った、あるいはレース編みのような灰色の光を投げかけているだけの、その羽先でかすかにかすめるだけだった。それから陰はすばやく動きその尖端では幅はせいぜい雄鶏のとさかと尾羽飾りのあいだほどしかなかった。その物は一日中太陽を浴びていて陰がゆっくりと流れるにつれてその残酷さは微妙にやわらぐのだが、日にさらされた人間が陰を追ってうめき声をあげてもむだで、ついには自分をおおってくれることもなく過ぎてしまった陰が自分を午後の灼熱の宇宙へと決定的に投げこんでしまったのに気づくだけだった。

その人間というのがあの短刀の女だということに気づいても彼は驚かなかった。何かこのようなことが起こりそうだと思っていたのだ。彼女が頭をゆっくりと地面にむけ、ついでやはりおなじようにゆっくりと顔を上げるのを見て、彼はただ嘲るような笑い声を立てただけだった。まるで彼女が自分の体という円形競技場での血液の必死の競走と恐ろしい血流停止を埋め合わせようとでもするかのような、奇妙なリズムのある天秤の動きだった。彼にはすぐに行動しなければという気持ちはまったく起きなかった。草のへりのところに身を隠して、ようすをうかがっていた。

彼はこうしてきわめて濃密な陰がアカジューの幹をまわり、その繊細な尖端部で物にふれ（ずっとまえから娘は動かなくなっていて、彼女のほうへと回転してきてくれる夜のふくらんだ柱へと頭をむけることさえしなくなっていた）そしてついには黒い厚みを啖《くら》う茶色い緩慢な彩色によってその縁へとたどりつき木に溶けこんでゆくように見えるのを追ったが、それはまるで時計の長針が地面の上で熱せられそれにつれて形が歪んだもののようだった。突然、その針がほとんど円くなってアカジューの根元とふたたびひとつになったとき、針は赤く輝き星のようにきらめいた。夕方のしつこい熱の中で（あまりに熟しすぎたせいで）破裂したとでもいう、まさにそのように。

微妙でもあれば同時にとめどなく流れてくるようでもあるこの光にすべてが照らし出され輝いていた。アカジューの樹、平らな屋敷、十字架、関節がはずれたような肢をゆったりとおおっているスカート。いま男は平静で、五感を研ぎすます静けさにみたされて、十字架とそこにかけられた人をじっと見つめていた。そして十字架のつまらない陰は、まるで虚弱な子馬が囲いの中で二頭の力強い牝馬を追って走るかのように、アカジューが投げかける二つの巨大な陰の柱を追っていたのだが、この時間になると、娘の足元の大地の土埃の上に茶色や赤っぽい無意味な殴り描きの線を描きながらその陰もまたみずからの起源にたどりついたのだということに、たどりついてみてやっと気づくのだった。

けれども男のこの時点における休息は、彼自身が入念に準備したものだったのだ。一日じゅう彼はプランテーションの活動を追っていた（バケツの水を捨てに出てくる屋敷の女中たち、仕事から帰ってくる午後の組、アカジューが標す境界まで思い切って来てみる小さな子供たち。全員黙りこくって、十字架へとためらいながら視線をむけたり、土埃の中でまったく足音を立てず、その物をじっと見る勇気があるか否かによって顔を伏せるか目を大きく見開いて十字架のまえを通りすぎたりした――そして一度、ヴェランダのまえで身じろぎせず立ちつくしている長靴姿の男が動作のいかなる錯乱よりも激しい態度で、まるでその物と、プランテーションと、アカジューと、草の中に隠れている逃亡奴隷《マロン》のすべてを同時に罵るようにして――ついで男は屋敷に入ってゆきもはや出てこなかった）、それから彼は雑木林すれすれのところを走ってゆき、犬たちを見つけ、その板囲いにうしろから近づき、やさしく声をかけて土埃の中にうずくまる自分を犬たちがじっとのろまなばかみたいに見つめるようになるまで馴らした。それからただ彼だけが知っている徴を、彼の追跡に使われそうないくつかの小径につけていった。ある道を禁じるために木の枝を交叉させて置き、別の小径をゆく者には迷わせるための足跡をわざとつけ、三つめの交差点には危険を招く目に見えない結び目を。こうしながらも、草地の反対側で、耕作地で働く者たちの声が聞こえているのだ。忘却の曖昧な一形式、そしておそらくは用心と、運命をめぐる知恵が、かれらを仕事にしばりつけているのだということ、また彼にとってあまりに自然でまたたやすいものになった企てが、かれらにとっては考えられない理解もできないさらに悪いことには実現不可能なものであることを、彼は知らなかった。

いま彼はじっとしずかにしていて、あいかわらず十字架とその積荷を見つめながらも頭はただひとつの考えでいっぱいでそれは紐を切るための短刀を見つけるということで、なぜなら女の膨れ上がった体に紐が食いこんでいるのはまちがいがなかったからだ。そこでその目的のために、大きな屋敷に忍びこむという突拍子もない計画を彼はふと思いつき、よく考え、実行に移したのだった。

彼は台所からそれを実行した、扉の近くに置かれた小さな樽のそばを通りそれにつまずきそうになった、もちろんそれはもう夜になっていたからだ。彼は落ち着いて実行した。長い時間、食物の匂いを嗅ぎながら、彼のまえでは火のまわりの黒ずんだ石が薄暗がりの中ではっきりと浮かび上がっていた。庖丁はすぐに見つかって、まだ夜に守られた夜の訪問者として、そのまま家を横切ってゆこうという気持ちをおさえることができなかった。物音を立てずに彼は巨大な食器棚のあいだ、傷のついた板張りの床の上を進んでいった。大きな寝室でぐったりと伸びている長靴姿の男を見たが、男はベッドなど無視して、昼間の服のまま、ほとんど挑発するような眠りをねむっていた。庖丁を手にし、頭はからっぽで燃えるようで、彼は自分が徴をつけた相手であるこの男を殺すことさえ考えなかった。それはおそらく彼が抱いた唯一の感情が、あれほどの数の奴隷を支配していながら家のあちこちの扉を開けっ放しにしておくとはこの男はなんともうかつなやつだとあきれた気持ちであり（その思慮のなさ、その狂気にはどこか無邪気なところがあってそれが知恵もしくは豪胆の土台ともなっているので、そこにつけこむべきではない）、あるいはおそらくその男が、徴が男に初めてそして取り返しのつかないかたちで刻まれたその場所以外では死ぬべきではないということを、彼がすでに知っていたからでもあった。

外に出て十字架にむかったが、自分の姿が見られてしまうかもしれない、ぼんやりと明るい一帯を彼は避けようともしなかった。まっすぐに女へとむかった。その顔は蒼白で、目は裏返り、スカートは交差する二本の梁にひっかかり、両足はむくんでいた。彼はまず、まるで無雑作に、親指で肉をおさえつけながら紐と責めさいなまれた皮膚のあいだに庖丁をさしこんで、両脚をむすびつけている紐を断ち切った。女はうめき声を上げ、目を開いた。彼女にはただちに彼がわかり、彼が彼女のいましめを解いてくれるあいだじっと動かずに彼を見ていた。それからもがき大声を出そうとした。だが力を使い果たしていたし、口は腫れていた。彼女はほとんどあきらめきったような様子でぶつぶついった。まるで侵入者を自分の意志にしたがわせることに絶望したようで、そのとき以来、自分のいうことを聞いてくれない体を軽蔑した。それからうめき、男の顔に唾を吐きかけようとした。こわばった唇を閉ざすと、自分でもどうにもならないどろどろした泡が糸を引き、あごから土埃に汚れた首へとしたたって跡をつけた。男は女の意図を理解し、あざ笑い、手加減もせずにまっすぐ立たせ、まだ抵抗しようとする彼女をひょいと肩にかつぎ、そのまま連れ去った。

ずっとまえに夕方の組が畑から帰っていた。馴らされてしまった犬たちは吠えず道はどこにも邪魔者がいなかった。けれども彼は自分のうしろに残してしまうかもしれない跡のことなど気にせず、彼の土地、彼の住まいとなったアカシアの山《モルヌ》へと向かった。ごくわずかな身ぶるいから、女が抵抗しようという気持ちをすっかり捨てたわけではないことを感じていた。おそらく彼女がそれをあきらめてしまうことはけっしてないのだろう。いまのところは彼は彼女を、すっかり肩に載せてしまうというより、ともかくも腕でかかえこむことに満足していた。ときどき、彼は小さく笑った。自分の周囲の変化に気づくにつれて勝利の感覚が彼をみたした。まず耕された沈黙の土のやわらかい塊、そこではときには半ば埋もれた石につまづき、また乾いた風が体を吹きぬけていくような気がし、ついで突然に腰までの高さのある密集した低木、そこでは娘の頭と両脚が粗い、たぶん棘のある枝に軽く打たれることになるので彼はときどきそれを避けるようにして（でも彼女はうめき声をあげなかった）、そしてついにはアカシアの下、森のやさしい声がする夜にやってきて、そこではどんな風にも脅かされることがなかった。彼はけれどもこの丸天井を離れ、到着以来三度め、海をめざして折れて行った。砂岬はひとつの茶色いひろがりでそこにいくつか淀んだ水面が光っていた。海鳴りが激しい、ずっしりと重く動じない生命をもって岬をみたしていた。彼は女を最初の波のところまで運んでゆき水に落とした。それから彼女を汚い泡の中で転がし、紐が肉に食いこんでいたあたりをそっと洗ってやった。ぐったりした彼女は気を失っているようで、たぶんまもなく死ぬのかもしれなかった。けれども彼が物思いにふけりながら彼女の布の下の腹をさすってやったとき、彼女が自分を見つめていることに彼は気づいた。もはや逃げようともせず戦おうという気力もなく、彼女はただ彼を見つめていた。だが自分が彼女を負かしたわけではないことが彼にはわかった。

二人が戻ってきて山《モルヌ》までやってくると、彼女は彼にもたれかかった。愛想よく身をまかせるのではなく、また信頼と（この場合は）感謝を流れのままに承認するというのでもなく、なんというか、距離をおいて。ただ片手を彼の脇腹におき、木の根元につまづいたときには、彼につかまらないわけにはゆかなかった。ときおり自分と彼女とをつなぐ唯一の絆となる手を通じて、彼女がただアカシアの木陰の夜があまりに暗いので対決を遅らせているだけだということを彼は見抜いていた。彼女は力を回復しつつあった。彼が刑罰から救ってくれたのだということが受け入れられない彼女は忍耐強く待っていた、十字架の仕掛けにかけられてすごしたこの恐ろしい一日のあとでは抵抗してみるのもむだだと、いまのところは納得して。逃げ場はなかった。プランテーションに帰るわけにはいかない、彼を逃がしたという騒ぎだけで彼女はすでに有罪なのだから。ましてや山《モルヌ》の高みへと逃げてゆく《マロネする》わけにもいかない、この男がおそらく跡を追ってきて、おそらくまた捕まるだろう。彼女は彼を恐れてはいなかった。恐れるということを知らなかったのだ。

　奴隷小屋の夜の中で怯えている子供たちのうちただひとり彼女だけが、畑で働いてきた者たちが動物的な眠りに落ちてゆくまえに不安で、苛立ち、絶えまなく挑発され、勝ち誇った力をふりしぼってかれらが夜毎にみずからくりかえす物語のいくつかを語るとき、それはまるでくたくたに疲れたかれらが疲労に打ち勝つための興奮剤かまもなく新たに生まれようとしている一日から身を守ってくれるものを物語に見出しているかのようだったのだが（そして彼女はひとりでやってきてはまたひとりで大きな屋敷へと帰ってゆくのだった）、彼女だけが恐がらなかった。まず彼女と同年代の子供たち、ついで大人たちも、彼女のやり方を発見し（彼女は小屋に影のように入ってきていつまでも絶えることのない声を聞きながら子供たちの一群のそばで横になるのだった）、彼女の勇気に、こんな怖いお話を聞いたあとで小屋の外にそっと出てアカジューの樹の下を通りまた屋敷まで戻ってゆけることに、すっかり恐れをなすのだった。こんな物語を聞いたあとで彼女が割り当てられている小さな納戸部屋の藁ぶとんの上でひとりで寝られるというのはいっそう信じられないことだった。かれらは「こんな小さな娘が」と思いながらゆっくりと首を振り、あるいはお屋敷に住んでいるというただそれだけでこれほどの勇気がこの娘にはついているのかと考えるのだった。そして主人が何ごとかを見抜いたときにはけっして欠かすはずがない報復をそれ以上に恐がっているかれらが彼女をきびしく追い立て、夜こうして来るのはもう止めろといっても、彼女はやはり毎晩やってきて小屋の板か木の枝でできた壁に耳をくっつけるようにしてひとりうずくまり、かろうじて聞こえてくるささやき声から、語られているお話のすじをなんとか知ろうとすることを、やめようとはしなかった。

自分が逃してやり、狂ったことにも自分を探しに戻ってきたこの男を、彼女は恐れてはいなかった。明日まで待てばいい。いつも彼女のうちには翌日が花開いていた。この待機がやがて正しいものだとわかり、ある日この翌日と呼ばれるものが彼女が漠然と待っていたそのものになるのだという不屈の希望が、彼女には住みついていたからだ。男の力を恐れてはいなかった。彼の上にはあれほどの海がうねり通りすぎていったとしても、彼女は男にどれだけの力があろうがそれを免れることができると固く信じていた。そもそも彼女はこの新しい邦で生まれたのではないか。

おそらく男のほうはこうしたすべてを彼女の手の感触だけから感じとっていたのかもしれない。いずれにせよ彼には彼女がひるまないこと、彼と戦う準備をしているのだということがわかっていた。そのせいでたぶんこの短い嘲笑、声を立てない笑い、ときおりの唐突な停止が生じたのだろう。前の晩にこの逃亡奴隷《マロン》が眠った付近まで二人がやってきたとき、木々の葉のいちばん高いあたりが白んでいた。それは未来の子孫のための隠れ処としてこの地点を選んだというのではなく、このごく若い娘がいましめを解いてくれたときの自分の肌のふるえがまだ彼の中に残っていてそのせいで立ち止まった場所だった。

かれらは木々の根のあいまに倒れこんだ。するとほとんどただちに女は激しい発作を起こした。まったく何の前触れもなく、彼女は燃えるような熱を出した。それはまったく思いがけない発作で、始まったときとおなじように急激に良くなるか、あるいはそのまま死ぬかといったものだった。彼のまえで身をよじり、女はすすり泣き、ときおり吠え声をあげた。不動のまま、彼はどんな助けを試みることもなく、朝まで彼女を見ていた。彼女はついには憔悴し、何度もびくっとしては中断される眠りに落ちていった。

でも女は目を覚ましたときにはすっかり普通になっていて、おびただしい水のような光に彼女をつつむ葉叢越しの太陽の中で温められているようだった。彼は彼女をじっと見つめ、低い声で話しかけた。彼女にはその話がまるでわからなかった。それでも理解できない言葉に対して自分が抱いた興味に驚きつつ、彼女は彼のいうことに耳をかたむけた。たぶん彼は彼女が徴の力をうけとめたこと、したがって彼が何者なのか、あるいは少なくとも事物の秩序の中で彼が何を表しているのか、そして生命の連鎖の中で彼がどんな位置にいるのかもわかったはずだ、ということを話しているのだった。たぶん彼はなぜ彼女を連れ去るために戻ってくるという狂った考えを抱いたかを話しているのだった。それが森に一緒に行ってくれる女が欲しかったからか（というのはおそらく彼は奴隷市場での取引のときに山《モルヌ》へと逃亡《マロネ》することは脚や腕を一本失う覚悟があるなら可能だということを学んでいたのだ）あるいは彼をこんなところへと移植した主人たちに対する純然たる挑戦だったのかを話しているのだった。山《モルヌ》での暮らしという運命をいま彼は彼女に強いるつもりなのか、厚かましくも？　彼は自分のことを主人たちにとっての神、主人たちがひどく恐れているくせにそれに対してあまりにぞんざいな扱いをする相手と、おなじくらい力があるものと考えているのか？　この神こそが新しい土地における唯一の支配者で、たとえ本当に服従はしないまでも服従をしめすことになるすべてのかたちを少なくとも採用しなくてはならないのが彼にはわからないのか、わかる時間がなかったのか？　彼女はまじめな顔でおとなしく彼の話を聞いていたが、怒りの重い夜が彼女のうちで育ちつつあった。それから彼女はきわめて落ち着いた声で彼に応答しようとした、自分がいうことをこんどは彼のほうがひとことでも理解できるのかどうか、よくわからないままに。

――見てごらん、自分をよく見てごらん！　あんたはすごく痩せてて岬の風があんたのことを砂の中の一粒の砂にしてしまうかもしれないと思えるくらいだわ。あんたはすごく汚れているからアカシアの木々はあんたの臭いをかがなくてすむように立ち上がって逃げていっちゃうよ。あんたは私ルイーズつまりラ・ロッシュさんの唯一の肉親に、だって私が旦那さんの唯一の肉親だということを私は知っているんだけど、あんたと一緒に森で暮らして一生あんたみたいな屑の臭いをかいでいろというの！　いいかい、あんたがその庖丁をうちの台所から盗んできたことはよくわかってる。私の台所に入る厚かましさがよくあったもんだね、といわないわけにはいかないね。でも私はそれを取り戻すよ、いいかい、そしてあんたの喉に突き立ててやる、豚みたいにね、あんたが眠ってるあいだに、このけだもの！　わかったかい……

彼は自分の顔のまえにカーテンあるいは天蓋のように垂れ下がっている枝の下でじっとしたまま、ふたたび話しはじめた。まるで疲れなど知らないようだった。彼の声は木々の幹や枝にぶつかり、はねかえってきて、この地面をとりかこむ葉叢の洞窟をみたした。女が気づいたことはそれだった。少しずつ、彼女の怒りは文字通り変わっていった。不確実な希望がついに彼女の中に、あまりにみちてきた。彼女はまわりの木々にむかって異様な仕草をした。そんなことは思ってもみないままに（そしておそらく彼が話をつづけているあいだにかれらの上には何時間もの時が流れすぎていた）彼女は新しい感情にみたされ、それが彼女を解放した。いずれにせよ、彼女が彼に答えたときには夕陽のきらめく赤がすでに木々でできた洞窟を熱く照らし出していた。この新しくまた彼には様子のわからない邦で人々がもごもごと話す、歌うようでまたざらざらとした言葉を、彼はこの森のしずけさと暢気さにむすびつけた。それからやっと彼は自分の言葉を彼女が理解していないことに気づき驚いた。女が自分の言葉を知らないなどとは思ってもみなかったのだ。彼女はたったひとつの仕草にしたがって、彼を解放したではないか？　けれども彼女は怒りをあらわにした。

――いいかい。あんたは捕まったらどんな目に遭うか、わかってないよ！　まず太陽にさらされる、何日も。それがどんなことか私は知っている、太陽がいちど私の上を歩いていっただけで十分。それから腕か脚を一本切り落とされる。あきれるのは、それでも死ねないってことよ。死ぬのを邪魔するためにかれらが何を発明するか、あんたはわかってない！　黴だって、何の黴？　私があんたに支えを求めて二人合わせても二本しか脚がなくなりしかも足並みはそろわないなんてことになったらどうするつもり？　いいかい（彼女は立ち止まり、夜の影が彼女を大きく荘厳に引き延ばした）、海があるのよ！　海があるんだよ！

　彼女は彼に、無駄ではあったが、壮大な計画を話した。どうしていつも内陸にむかって逃げるの？　岬のいちばん先に立つと、ときどき水平線に陸地が見えることがある。噂ではここともおなじようなところだって。陸は海に潜りあっちのほうでまた海から出現する、それからまた潜りもっと先でまた出る、ずっとそんなふうにつづくの。若い女は断定した。彼女は他の陸地の名前も聞いたことがあって、そこに着けるのは確実だと思っていた。なぜ海を忘れる？　カヌーを一隻盗むだけ、それすら避けたいなら（警戒に戻らせないため、あるいは盗んだ一隻のためにあちこち追いまわされないために）森で作ればいい。どう作ればいいかわからないなら、彼女が教える。海は美しく、熱く、とてもやさしい。そしてそのいちばん先まで行ったなら、こことおなじような土地がある、海に囲まれているけれど、もっと大きい。あっちでは逃亡奴隷《マロン》たちが団結し、指導者がいて、組織されている。旦那さんたちはよくサン＝ドマングのことを話している。あっちに行ったほうがいい！　海を信用するのよ！

　この森の奥で、十字架のことを忘れ、この日何も食べていない彼女は、しずかにふたたび錯乱へと落ちていった。体をゆらし、落とし穴をばかにし、吹きつけてくる風を警戒し、朝の蚊を追い払い、太陽から身を守るといって海水を浴び、するといっそう体が灼けることを発見するけれど後の祭り、ひとつの海岸から次の海岸へと航海し、土地の全体を踏破し、稲妻を横切り、山刀をもってあちこち歩きまわり、ひとつの岸辺を隣の岸辺へと開き、ひとつの島をその姉妹とつなぎ、ついには組織された逃亡奴隷《マロン》たちがみずからの法律を布告している至高のアジール［逃げこむことのできる聖域］を発見するというのだ！

この長い錯乱を男はやめさせなかった。夜もたっぷり暮れてから、彼は立ち上がり、食べられる根を女に与えた。茫然としながらも彼女は自分の演説がむだだったことを悟ったが、こうしてさしだされたものを拒絶するにはあまりに腹を空かせていたので、彼の両手からひったくるように奪うと彼がもってきたものをよく見もせずにむさぼった。彼女は自分自身の怒りに、滑稽な希望に、怒った。怒りは彼女の衰弱をいっそうひどくした。

朝、彼女は突然に斜面を跳ねるように駆け出した。けれども男は眠っていなくて、彼女の後を追って駆け下り、すみやかにその道をふさいだ。そのまま走りながら彼女は向きを変え上にむかった。男は彼女を追った。午前中ずっと、彼は彼女を高みのほうへと追いかけていった。ついに彼女は彼に追いつかれるがままになってひとこともしゃべらずに崩れ落ちた。三度、彼女はこんなふうに逃げようとした。三度、彼は彼女を捕まえた。この追いかけっこのあいだは互いにまったく口をきかなかった。男は彼女に食べものを与えた。ここの森にどんなものがあるかについては彼女のほうが彼よりもよく知っていたが、彼女は食物を探そうという努力はまったくしなかった。獣のように、彼がさしだすものをむさぼり食った。四日め、彼が彼女をまたもや山《モルヌ》の頂上へと追い返していったとき、彼は彼女にむかって進み、意識を集中して、こんな単語を口にした。ラン・メ、ラ・テ、ゼクレ。あっけにとられて彼女は彼をじっと見た。男はこれらの単語がわかったのだ。海、大地、稲妻。彼女自身が発音したこれらの単語が、男の口の中で、突然に奇異で、重いものだと思えてきた。こんなふうにして二人は言葉を通わせはじめたのだった。彼はつつみこむようにして彼女を抱きしめ、彼女がとても若いことに初めて気づいた。彼女のことをずっと一人前の女だと考えていたのだが、じつはまだごく若い娘なのだ。奇妙なことに、彼女は彼には理解できないままこういった。「私は私の母親を知っている。そのことを彼は知らずにいるけど、私には母親がわかっている。」

そして三年後に二人のあいだに息子が生まれたとき、彼女はこの最初の夜の錯乱を忘れていた。彼女は海のことも忘れていた。かれらは森の所有者なのだった。全員が逃亡奴隷《マロン》である男たち女たちが、人目を避けつつも信頼し切ったようすで「相談に」来た。男はかれらの中心、かれらの避難所なのだった。みんなはさんざん回りくどい言い方で、平野に戻ってゆく可能性について話した。だが彼はまるで動じることなく首を振るだけだった。かれらが持ちこたえることのできる場所は山《モルヌ》だけなのだと彼は説明した。それでも彼は海岸に惹きつけられ海岸沿いを長いあいださまよってみることがあった。ただひとり彼は海の輪郭をたどって岬までゆき、そこで砂丘のそばに腰をおろして夢想にふけった。星々は彼に話しかけなかった。水平線上に別の陸地を見たことはいちどもなかった。だが空っぽになり力もつきた彼は、波のつきるところでさまようのだった。ときおり、水に入ってじっとしていることがあった。

嵐が二人のそばに吹きつけてきたのは、男がやってきて一年後のことだった。かれらはみな山《モルヌ》から下りて、蜂起した平野の人間たちに加勢しようと、いくつかのプランテーションを焼いた。血まみれの反乱に男も数週間にわたって関わっていた。だが平野への侵入は短かった。彼は火をつけてはすぐに引き下がった。そうして自分の力を節約していたのだ。やがてすべてが終わったことをかれらが悟ったとき、あまりにも多くの男たち女たちが殺されたとき、彼はこう結論を出した。「また今度にするしかないな。」おそらく彼は奴隷たちのことを自分が支援するには価しない者たちだと考えていた。下のほうとの接触を保つ気かれらの闘争と苦しみが何の役に立つのか彼には理解できなかった。あれほどの人数がみんな山《モルヌ》に来ることなど無理だということが彼にはわからなかった。森はかれらを匿うには狭すぎるのだ、ましてや養うには。こうしてかれらがその境遇に甘んじていることすら、彼を守ることにつながっているのだということがわからなかった。彼は外にいた。最初の日から彼は拒絶していたのだ。あるとき、二人で暮らしはじめてまもないころ、彼女は彼にこういっていた。「あんたはドングレ〔小麦粉に水と塩を加えて練った団子〕みたいに不細工だね」。彼はおだやかにくりかえした。「ロングエ、ロングエ。」彼女は笑い自分たちを順番に指さしながらいった。「ルイーズ、ルイーズ、ロングエ、ロングエ。」

二人に息子が生まれたとき、彼女はこう主張した。「私がこの子に名前をつける！　この日を待っていたんだ。この先には、もうどんな日もいらない！……こういうことよ。下のほうでは生まれた神さまを拝むために出かけてゆく方々の話をみんながくりかえしていた。三博士よ。お話の中で聞く、この宝物に埋もれた王様たちがどんなにすてきか、あんたにわかったらね！　旦那さまたちが話しているのを聞いたの。ところで王たちのひとりは本物の黒人で、メルキオールだったかバルタザールだったかしら？　そのどちらか。」そして彼のほうは折れて（はじめは平野から来た名前などつけたくないと思っていた）それならメルキオールにしようといった。こちらの名のほうが本当らしい。メルキオールだ。

生まれるとき、隣人たちはびくびくしながらも、すみやかに駆けつけてくれた。捕まることなく生きてきた逃亡奴隷《マロン》たちだ。かれらは夜の中で歌い、盗んだラム酒を飲んだ。少し離れたところに立って、ロングエは赤い畑が森に文字通り噛みついているのを見ていた。

彼は自分がルイーズを打ち負かしたわけではないということについて思いをめぐらした。彼はやさしさを、弱さを、見せざるをえなくなっていた、まるで自分と対等の人間に対するように。それどころかたぶん、自分より上の。彼が彼女を捕まえたのではなかった。彼女が彼をうけいれたのだ。ときおり彼は古い恨みを自分の中に感じることがあり、それを彼女の中にも見抜いていた。そんなときには二人はじっと動かず互いに見つめあうのだった。さいわい、彼がルイーズの言葉を学ぶ機会もたくさんあった。他の逃亡奴隷《マロン》たちと意思を通じさせようと思うなら、そうしないわけにはいかなかったから。反対に、彼女のほうが彼の使う単語を学ぶ必要はなかった。彼はアフリカ人としての威信を主張してよろこぶことは胸にとどめておき、海の彼方の邦の知を見せることは極力ひかえていた。こうして彼女が自分に何かをもたらしてくれることを彼はうけいれた。新しい言葉を。いたるところで二人が即興的におこなうこんなレッスンの時間には、やさしさが戻ってきた。二人はこうして、それぞれが古い怒りを押し殺しながら、平衡を保って生きていた。下のほうからの脅威が二人をいっそう近づけた。

ある日のこと、彼は彼女に、木の根の陰にあったため驚くほどよく残っている泥の頭と蛇を見せた。土が乾いて全体にひびが入り、その頬や額には皺が刻まれ、こぶができた頭に短くて縮れた髪が生えているようだった。ルイーズはひるんだ。

——蛇ね！　と大声でいった。内側から男を食べている。

——いや。心を盗み、無用のものとして生かしているんだ。

——何のためにこれを？

——あいつのためだ。

彼はアカジューのプランテーションの作業場に行って盗んできた金具を彼女に見せた。短い棒によってむすびつけられた二つの鉄輪だった。これをくるぶしにつけるのだ。あらゆる大きさのものがあり、おもちゃのようにごく小さなものまであって、それは子供用。彼はいちばん大きなやつを選んでいた。

――あんたって頭がおかしいんだわ！　またアカジューに行ったの！

――あいつのためだ、と彼はいった。もうひとりの男のためさ。

――もう私には何も見せないで！　真昼間からこんなふうにふるえるくらいなら何も知らないほうがいい！……


〈もうひとりの男〉のためだった、自分たち自身もすでに売りに出されているのだと知りつつ、奴隷市場で買い手が通りすぎるのを見ているあいだ彼のかたわらに立っていたあの男。船の甲板上で彼が闘いそのときには負かすことができた相手、というのもそれは引き離されていた航海のあいだこの二人がずっと続けていた闘いの仮そめの姿にすぎなかったので。彼はそいつとともに終わりのない海をわたったのだ、二人のあいだでは肉体が消滅するのを見、互いに敵の上に緩慢に訪れる死の痕跡を読みとりながら。そいつとともに（彼はそのことをルイーズにいった）彼は向こう側の岸辺で奴隷の家に投げこまれたのだ。その家では、と彼はいった、石だたみになった長い廊下が見え、そのつきあたりには光の穴がありそこからは大きな波音が流れこむように聞こえていた。廊下の両側には狭い牢が並んでおり、ここがかれらの二番めの囲いとなった。二人がおなじ牢に入れられたのだ、と彼はルイーズにいった。もう長いこと二人は分離不能になっていた。おなじ夜の穴、潮騒にみたされ、まるで牢ははるか下のほうに掘られているかのようで、牢は直接海につかりこうして船の中甲板、すなわち波間にあって船倉とおなじく音が響きわたる中甲板を、あらかじめ先取りしているようだった。船に積みこまれるときにはこの廊下のつきあたりから石だたみの坂を降りてゆくと眩しい海の眩惑の中へと出てゆくことになり、そこでは海の泡にゆられながら乗船用のボートがかれらを待っていたのだ、と彼はいった。この小舟が石だたみの坂にぶつかる音がまだ彼の頭の中には聞こえていた。彼は奴隷の家について、長くことこまかに語って聞かせ、毎晩堤灯をもって牢を見回りにくる水夫たちのことまで話した。そのランプの中に閉じこめられている黄色い光が奇異に見えたともいった。この奴隷たちの家が、船とおなじくそして市場よりもよく、蛇と金具のことを説明するかもしれないと述べた。

（彼はロングエではなかった。近所の人々はいつも海岸を散歩している彼のことをただ「岬の親父《ラ＝ポワント》さん」と呼んでいた。ルイーズは彼をロングエと呼んでいたがそのことを知っているのはかれら二人だけだった。まるでみずからに与えた特権を独占したいとでもいうように、他の人間がいるところでは彼女はけっしてその名を口にしなかった。こうして彼は生涯にわたって、はっきりそうと名ざされることなく最初のロングエだったのであり、彼のところにやってくるすべての人間にとっては岬の親父《ラ＝ポワント》なのだった。）

もうひとりの男は、と彼はいった、勇敢だった。勇者にとっては死は罰ではない。勇気が終わることが罰なのだ。相手を威圧して、生きる理由もなく人生をうけいれる無力な屍にしてしまうことが必要だったのだ。

――あんたは頭がおかしいわ、と彼女はいった。

だが彼は固く信じていた。「おれは自分が誰なのかを知っている」と彼はいった。彼はサングリのプランテーションの上のほうで暮らすことを決めたが、あいつのほうはまさにそのプランテーションで植物のように生きているのだった。

そして実際そのプランテーションでは、ある病が生活のリズムを落とし、収穫高さえもはなはだ低下させているようだった。サングリとその妻は実務をすっかり管理人たちにまかせていた。二人とも家にひきこもっていた、彼のほうは日毎にいっそうこぶの下で身をかがめ、彼女のほうはおしろいを塗りたくった死んだ人形、衰退の凝固した像そのものとして。新しくやってきた奴隷を家に入れるというのは驚くべき気まぐれだった。もっとも利益のあがる論理にしたがうなら畑で働かせたほうがよかったからだ。だが彼女はもうひとつの法外な特権として、この奴隷が一緒に暮らしていた女を連れてくることにも同意した。小屋はまだ立っていたが、かれらはしばしば屋敷で寝た。マリ＝ナタリーは何かというとこの男を使い、男がいるときには自分はあいかわらずおしろいを塗りながらただしずかに、ときには注意深く、男をじっと見ていた。不安になった男はおそらくその不安を忘れるために、あちこちで何かすることはないかと探し、むりやりその仕事に集中した。女のほうは台所で働いた。この場所があまりに奇異なのでひどく驚いていた。

サングリ夫人は夫にむかってすばらしい「種牡」が手に入った、もう近所から牡を借りてくる必要などまったくない、と宣言していた。彼女にその啓示が訪れたのは、ギュスターヴ・アナトール（ブルボン）がアカジューでのできごとを物語った（そして真似てみせた）夜が明けたときだった。けれども通常なら先に起きて他を可能にすべきものである最初の妊娠、つまり男自身の妻のそれは、なかなか起こらなかった。少しずつ事態は劇的な様相をおびてきた。それがサングリの嘲笑には欠かせない点となった。「あいつがあなたの群れをどうやって増やせるものかわからないね、台所女さえ孕ませられないやつが。」来る日も来る日も彼はこの話を蒸し返した。そしておそらく夫人が鏡のまえで異様な化粧をするふりをしながら、あんなふうに考えこむようにして男をじっと観察しているのは、なぜこれほど見事な機械が子を作れないかを見抜くためだったのではないか。女主人はこうして狂気としかいいようのないものぎりぎりのところまで行きついてしまった。自分の目のまえで男に食事をさせ、きつい仕事を禁じ、薬草や生殖に役立つ媚薬を研究してはそれを飲めと男に命じた。女のほうが不妊なのかもしれないとは、彼女は一瞬たりとも思いもしなかった。かつて自分がプランテーションに強いたリズムを取り戻すことを、彼女は一瞬たりとも許さなかった。どうしても得なくてはならないのはこの夫婦の営みから生まれた子供で、彼女はそれに夢中になった。それは彼女にとってひとつの法、至高の目的、瞬間ごとの苦しみとなった。この種牡が、まさに彼のために与えられた女と、その生殖の仕事を始めないということは、物事のあるべき秩序にも宇宙の調和にも反することだと彼女には思われた。それでは運命に対する不当な愚弄だ。この狂気の執着の中で起きた小さなできごとは、彼女自身が息子を生んだことだった。彼女はそれに何の重要性も認めなかった。この思いがけないできごとは、不毛で説明のつかない不注意のひととき、自分たちの行為に責任をもたない夫妻を一晩の興奮が（あるいはおそらくふだん以上に強い無関心と無気力が）接近させたことで生じたのだった。この夜には、いかなる満足も嫌悪感もつづかなかった。子供はとても丈夫でとても美しく生まれた。それでもサングリ夫人はほんの一分たりとも自分の大いなる計画から目を離さなかった。自分の息子のことは屋敷の女中たちに預けると、彼女はすぐに忘れてしまった。夫のほうはときどき自分の跡取りを見にゆき、背中を撫でては（乳母たちに悟られないように）小さなこぶがないかと探し、それがないことに強く満足した。マリ＝ナタリーはときどき赤ん坊の泣き声を聞き、動作を一瞬止め、片腕をあげたまま、指でおしろいの筆をもてあそぶようにして、それからまたゆっくりと化粧を再開するのだった。彼女が四十歳なのか百歳なのかは誰にもわからなかっただろうが、じつは彼女はまだ二十七歳なのだった。こうして彼女はみずからをこの墓に幽閉し、そこから出てくるのはただ、あの増産計画をずっと変わらぬままの数字から再開するためだけだった。すなわち、ゼロから。

——ベリューズ、と彼女はとてもゆっくりいった。私はおまえをベリューズと名付け、牝を一頭あてがってやった。いえいえ、女だったわね。女ということにしましょう。それでおまえはまずはおまえの家庭の殿であり主人だということになった。プランテーションはいったいどうなることでしょう、もしおまえが子をなさないなら？

驚いたベリューズはときどき自分の小屋まで走って帰り、するとそこではあの老人の皮肉に耐えなくてはならないのだった。この老人はもはや生活の中で（生活と呼べるとしてのことだが）小屋のそばにすわり帽子を編み主人たちのいちばんのお気に入りの男を待つ以外に何もすることがなかった。ベリューズにしてみれば老人の親切めかした醜悪な微笑のほうが、女主人の死んだ声よりはまだ耐えられるものだった。集団の気まぐれのせいで、奴隷たちからは憎まれて当然の彼は、みんなの尊敬を集めていた。老人を除けば、サングリ夫人の次第にひどくなる狂気がベリューズに指定した役割にも、彼に与えられる配慮のむなしさにも、こだわる人間はいなかった。彼自身はそうしたことをまったく気にせず、それは自分の連れ合いとの関係にも影響しなかった。女たちはたぶん彼に対して、ごくわずかながらも哀れむような態度を見せた。管理人たちは新しい権力を与えられたことにひそかに気を良くし、彼には良くしてくれた。そのうちのひとりで、彼に小屋を建てるべき場所を指示してくれた者は日が経つにつれて大胆になってゆき、ついにはあの日彼が一緒に連れてきたもうひとりの女と同棲するようになった。あいかわらず無気力な女だった。彼は女に激しい暴力をふるい、それに劣らぬほど激しく彼女に執着した。

ある日、ベリューズがこうして自分の小屋へと走って帰るとき、入口のまえに鉄環が置かれているのが見えた。それが自分にむけられたものだということが彼にはすぐにわかった。

――あいつを見たぞ、と背後で老人がつぶやいた。

ベリューズは跳び上がった。声は小屋の中から聞こえたのだ。

――わしは見たぞ、あれは逃亡奴隷《マロン》だ！　やつらはひとめ見ただけでわかる！　身を隠そうともせずにやってきた。見た。まったくなんてこった、ベリューズよ、わしが入ってきたらな。すると次にはやつがここに来たんだ、わしはフィラオの木のように震えたよ。すると次にはやつが立ち止まり、耳をそばだて、よく見て、すると次にはあれを戸口のまえに置いたのだ！

――あいつはおれが恐がっていると思ってるんだ、とベリューズがいった、おれが恐がっていると思ってるんだ！

――おまえは怖がっている、と老人がいった。

――おれはぴんぴんしているよ、とベリューズはいった。

彼は鉄環を遠くに投げた、老人の嘲笑を聞きながら。

II

サングリの地所はそんな場所だった。他のいたるところで利益と富を求めて行なわれている森と藪に対する激しい掠奪とは無縁な、衰退する一方の隠れ家。ここでは血まみれの野蛮な態度が少しずつ、それよりいっそう動物的な存在へと場をゆずり、精神の支配はその緩慢な消耗へとゆきつくのだった。サングリとその妻は永遠にろうそくの炎にいぶされる寝室にただいることによって地所を思いのままにし、それはかれらが鞭と首枷をもっていたるところ動きまわるよりも確実な方法だった。とはいえかれらは、腐敗とゆるやかな衰弱の支配者にすぎなかった。プランテーションは有害な他の土地に囲まれた無気力な潰瘍みたいなものだった。そこでは女たちは少しずつそのおしゃべりの速度を落としていった。管理人たちは腰をすえて、大胆な同業者たちを真似していた。かれらは説教をするが、上辺だけのことだった。かれらもまた物事の緩慢なリズムにまきこまれるがままになった。おそらくかれら自身気づいてもいないことだが、陵辱するのではなくこうして愛撫する土地に対する、よりしずかでより深い愛着がかれらに生じていたのだ。森や茨の藪、腐植土とおおいしげる植生は、たしかにもはやサングリの土地に戻ってくることがなかったが、それでも地所の境界での戦いもすでに激しくはなく、勝利を収めているわけでもなかった。そこには潮の流れにまかせて身をただよわせる昆布や泥の線のような、つねに前進をつづけるあの煙にいぶされた、たとえばアカジューのプランテーションの周囲における元来の密林の中での耕作可能な土地の進展を意味する、あの長い傷がなかった。

　あの逃亡奴隷《マロン》の逃亡以来、ラ・ロッシュは以前をはるかに上回る活動を見せていたのだ。誰も気を惹かれないような未開拓の土地（百五十年前からここの人間たちは躍起になって手に入れようとしてきた、土地を、奴隷を、倉庫を、ラム酒を）に彼はいくつもの部隊を放った。山《モルヌ》のもっともきつい斜面に攻撃をしかけた。利潤第一の人間たちのすぐ隣にいながらもこの土地は百五十年のあいだ眠っていたのだが、いまやその中のひとりが新たに喉に食いついてきたのだ。すぐに彼はいうだろう、私の所有地だ、と。そしてそれは新しい歴史のはじまりのようなものだ。このプランテーションは植民地経営者《コロン》たちからお手本だと見なされるようになった。主人は以前より人づきあいがよくなったわけではなかったが、少なくともまともな人間（かれらのいう意味での）だと思われるようにはなった。原野を耕作のために回収することが彼の唯一の関心事だった。こうして、のんびりしたサングリの地所とは正反対に、アカジューは蜜蜂の巣箱であり、その結果として奴隷たちにとっては地獄の責め苦の場所となった。それは肉体の恐ろしい責め苦だが、一方のサングリのところでは、すべてが勝手気ままだといいたいほどに堕落と恥辱のうちに解体されていった。

二つの農園がこんな状況にあった時期に、いたるところで反乱が勃発したのだった。それについていうべきことがあるとしたら、ただ、それこそ奴隷制だったというしかない。奴隷が山刀、鍬、棒を手に入れたなら、反乱は当然のことだった。奴隷という状態を完全に記述することなどできないのとおなじく（どのような記述もどのような分析もけっして含むにいたらない、ささやかながらもけっして無くなることのない現実の与件。弱々しい心が苦痛とともに目覚め、ときには月日とともに激しい怒りをおぼえ、それなのにふたたび日常とあきらめの中に落ちてゆく、これは責苦の発作よりもさらにひどい）、このような反乱に関していえることがあるとすればそれは苦しみの回転木馬《シュヴァル・ド・ボワ》だということだけ。奴隷の反乱は希望によるものではない、それはどんな希望からも栄養を得ない、そしてそれは復讐（それは希望の高らかな叫びでもあるのだが）を軽蔑する場合がある。奴隷の反乱が予兆するもの、創始するものは、もっとも響きを欠いた、もっとも骨の折れる行為（作業）だ。つまり、根づくこと。反乱者の中に、時代思潮とか陳情とか集会の夜とか宴会などといった、よそでなら長いあいだにわたって反乱の爆発に先立ってあったようなことを、気にかける者は誰もいなかった。あるいはまた、この社会の恐るべき軛から半ば解放されたムラート〔混血階級〕が反乱に参加するかどうかについても。もっともムラートたちが参加するとしてもそれはただ利害関係に立ってのことであり、必要とあれば犬の味方だってすることをためらわなかっただろう。唯一の関心は足元で燃えているこの土地の帯だけで、そこに赤く輝く炎となって人々が立ち上がったときに身を守り、殴りつけるために使えるものを見つけておかなくてはならないのだ。町でも村でも集落でも、主人たちの土地にしばりつけられている人間は、かれらの興奮を理解しようとしなかった。その行為は言葉の熱とは無縁だった。

混乱が起きたとき、ベリューズはこっそり逃げだした。少なくとも二週間にわたって、彼は邦じゅうをかけめぐる群れのひとつに加わっていた。こうした群れは偶然に形成されたもので、あちこちのプランテーションの、互いに初めて会った者たちが集まっていた。だがかれらはおなじ言葉を話していた。それぞれのプランテーションを一個の避けがたい牢獄としている障壁を、かれらは打ち砕いた。かれらは自由な土地にゆき、兵士たちに対して迅速な戦闘をしかけ、村々を恐怖におとしいれた。当初かれらは山の山腹《モルヌ》を拠点とし、ある地区から別の地区へと進んでいった。ついでかれらは大胆になり平野へと降りてゆき、そこでみな殺しにされた。それでもかれらは大変に長くもちこたえたので、殺戮をまぬかれてもともとの縛めの生活へと戻った者たちは、ずっと後々まで黒人たちの小屋で語られる話をたくさん増やすことができたし、死んだ友人たちや某プランテーション、某地区にいまも生きる（おそらく待機している）者たちのことを話に出すことができた。なぜなら一度こわされた壁は、もはや完全に再建されることがないから。それ以後、田園にはつねに風が流れるようになった。それがこの事件がもたらしたもっとも貴重な結果だった。これらの戦闘の日々、夕方、薔薇色の月をまえにして、ベリューズも他の者たちとともに叫んだのだ。——そして彼女が望むもの、それはおれの血だ！　そこでおれはいう。いやだ！　いやだ！　そこで、質問！　なぜ彼女は自分で来ない？　さて？

かれらは笑い、雄叫びをあげる、サングリの妻の狂気に興奮して。かれらは上の屋敷のほうを見つめるのだが、そこはアカジューとおなじく、反乱の波からも奇妙に尊重されていた。逃亡奴隷《マロン》のことを信用しない奴隷たちは、逃亡奴隷《マロン》らが二つのプランテーションに手を出さなかったことに驚いた。ふつう逃亡奴隷（マロン）たちは選ぶことをせず、ただ下りていって火をつける。ところが今回、かれらの行動はラ・ロッシュとサングリの土地をどうやら迂回していったのだ。反乱を畑の労働者たちのそれとして総体として見るとき、それが二つの農園におそいかかるのを遅らせる理由はまったくなかった。サングリのところに男はほとんどいなかった。ラ・ロッシュのところでは、所有地は凶暴なまでに守られていた。主人は、違反したならばただちに解雇するといって、どのようなかたちであれ追跡や制圧に加わることを管理人や作業《コマン》監督《ドゥール》に禁じていた。反乱などという話には、まるで興味がないとでもいうように。その上で彼は、自分の土地に招かれることなく入ってきたすべての黒人を殺した。そのことはかれら全員が知っていた、ただ道に迷ったりうっかりしていた何人かを除いて、そしてその中でももっとも大胆な者(誰もなぜそこにやってきたのかを知らず、おそらく家具をくべた焚火のまえで勝ち誇る兄弟たちが踊っているところが見られるのではないかと思っていた)を、ラ・ロッシュは二本のアカジューの樹のあいだで大砲の火薬で木っ端みじんにしたのだった。サングリのほうは自警団か何かよく知らないが、その大将になっていたのだけれど、その役目上の責務を果たすにあたってまるでやる気がなかった。それで彼は何人かの黒人の腹をやる気なさそうに裂かせたのち、その役目を解かれた。このやる気のなさはきびしく批判された。けれどもサングリは自分自身のうちにひきこもり、もはや反応することもなかった。それでもあるとき、いらいらした彼は植民地経営者《コロン》たちの審議会のことを「これらの諸事件をわたしが予告していたころにはわたしを嘲笑することしかしなかった」と批判し、毒づいた。それから彼は自分の屋敷、奥方であるマドモワゼルのところに帰っていった。

彼はベリューズに先んじていた。ベリューズは反乱が完全に鎮圧されるよりもずっとまえに、平野に下ってゆくことを拒絶していた。本能によってか、あるいは恐怖ではない一種の臆病さによってのことだった。おそらくそこにひとつの致命的な誤りがあることが彼にはわかっていた。こうして身をひきはなすという考えに、おそらく彼は眩惑されていたのだ。彼は戻り、サングリ夫人は本当の満足感をもって、まるでただ遅刻しただけだとでもいうように、彼をうけいれた。用心のために身を隠していたのだということにしようと話が決まった。管理人たちも同意した。戦闘の激しさが、農園の見えない壁にぶつかったということだった。

一方、山では、やはり孤立したルイーズは、彼女が「戦《いくさ》」と呼ぶものに興味を抱いていることをみずから認めようとしなかった。ロングエが戻ってくると（彼が二日を超えて家を空けることはけっしてなかった）彼女は椀に食べ物をよそってやり、「私はあんたには絶対に何も聞かない、なぜならこうした混乱のすべてが気晴らしにすぎないことをすでにわかっているから」という態度をあらわにし、それで彼のほうからさまざまな事実や結果をことこまかに話すことになった。アカジューの運命を自分が心配していると いうことを彼女は認めたがらなかった。だがある日、ロングエは、このおれロングエがアカジューとサングリの家を守っているのだと彼女に告げた。「なぜサングリの家を？」と彼女は思わずたずねたが、アカジューに手をつけずにおくという理由が特にないことにあまりに遅ればせに気づき口をつぐんだ。だがロングエは笑い、こういった。「それはあいつがサングリの地所にいて、おれはあいつにあそこにいてほしいからだよ。」それ以来、彼女が心配するのはただロングエのことばかりになった。戦闘や火付けには彼女は関心をもたず、ついには彼女はそうしたことに順応したのだといってよかった。ロングエがこんなふうにつぶやくのを耳にしたとき、彼女の気持ちは少しも軽くならなかった。「またこんどにしておくか。」生活の心配が彼女を急激に消耗させた。男が、彼女の男が、生きてゆくのに不可欠のものを持ち帰ってくるとはいっても（袋の布、針、糸——さらにはくるみの木でできた大きな指貫、これは土間の小屋にはいかにも不似合いでルイーズはそれを粗末な寝床のそばにおごそかに置いていた——からマニオク、小麦粉、塩の塊まで）それ以外のものは彼女が確保しなくてはならなかった。パンの実、ヤマノイモ、固めてろうそくを作る獣脂、炭を焼きにゆく窯。ロングエに相談にくる客があるときには彼女は小屋のまえの広場でやってくる者たちとおしゃべりをすることに努め、それを彼のほうはひとりずつ中に招き入れるのだった。こうして彼女は愛想のいい目尻の皺を手に入れ、それがよく似合った。ときおり稲妻が走った。住民たちは誰もがこの肉体に住みついている力と豪胆さを知っていた。二人めの息子が生まれたあと、彼女は太りはじめ、隣人たちが最初の日から彼女を呼んでいた名にふさわしい姿に少しずつなっていった。マン・ルイーズだ［マンは年配の女性に対する尊称］。

山《モルヌ》の上の森は酷暑の盛りを迎えていた。本当に、そこには生きることの甘美さが支配していて、それは下のほうの重い湿気を経験したあとでは不意をつくものだった。乾きふるえる空気が体に巻きついたが、それは雲のようなもので、どんな得体の知れない存在がそこに待ち伏せしているわけでもなかった。突然、遠くでひと群れの木々が踊り出すのが見えた。それはほんの間近に感じられた。どこまでも緑色の舗石のようにつづく山《モルヌ》に切れ目が見えた。そこまで声が届きそうだった。もはや根をもたない男がそれでもこの軽みに根づき、他によい名もないので〈岬の親父《ラ＝ポワント》〉となり（それで彼の長男は長いあいだチ＝ラポワント［チは「小さい」、すなわち「岬のチビ」］と呼ばれたのち自分もロングエを名乗りその名をさらに重々しくした、メルキオール・ロングエだ）、周囲の山々を海の波のように眺めるのだった。海をすっかり忘れていた彼だが。けれども、地下の存在たちがいなくても、飢えと病は待ち伏せしていた。生活の甘美さは空気の中にしかなく、どんな果実ももたらさなかった。すでにひそかにロングエは、いくつもの山《モルヌ》をかけまわってきたロングエは、すべての根とすべての枝を知っていた。狂気へと、いましも沈もうとする男が、自分自身の精神を知りそれを手探りしていた。

そして森のこの玉虫色の輝きにも親切さにもまだ慣れていなかったころ、彼はラ・ロッシュに出会ったのだった。小屋でメルキオールが誕生の叫びをあげてから八年か九年経ったころのことだった。体はあいかわらず焦れていて、どんな条件からなっているのかを心が知らずにいる安全に、満足することがなかった。ロングエは動きまわり、じっとしていることができなかった。彼自身の体が安定を拒絶するせいだ。この絶えざる移動にルイーズは重々しい理解をしめしたが、本当のことをいうと、とまどってもいた。すべてのざわめきが止むようなある午後のことだった。木々の無限の枝々だ、空気の鉄っぽい濃密さを透かして、生々しい光の中に、地面の草や幼木におおいかぶさる平らな陰として投影されていた。森の曲り角はひとつひとつが世界でただひとつのものだった。ロングエは突然にうなじに予感のようなものを感じ、それは古い痛みが目を覚ましたものであり、すると十歩も離れていないところにラ・ロッシュがいるのを彼は見た。どちらも立ち止まった。不動のまま二人は慎重に顔を見合ったが、この審問が恐怖による興奮で乱されることはなかった。ラ・ロッシュはそれまで背負っていた包みを自分のまえに下ろしてから木の切り株にゆっくり腰かけた。それに劣らずゆっくりと、ロングエは山刀を両腿にわたすようにして、しゃがみこんだ。ラ・ロッシュはベルトにあからさまにピストルを身につけていたが、ロングエがあっというまに姿を消してしまうことのできる錯綜した植生の中ではそれはごく限られた優位でしかないことは、二人ともよくわかっていた。この出会いが偶然のもたらしたものではないことは二人とも感じていた、なぜなら一方がもう一方のまえを歩いていたからだ。やがて十年にもなろうという昔から、そのころからかれらの人生を支配していたある非常に古い物語に終止符を打つことになるこの瞬間を二人とも待っていたのだということを、かれらは見抜いていた。いまここですべてが寄せ集められ、ひとつの教えが明らかになるのだ、かれらによって、かれらのあいだで、かれらに対して。それで二人は警戒し、それはまたもっともな慎重さのためでもあったが、だしぬけに動かないようにした。二人はしずかに互いを探った、おそらくラ・ロッシュのほうがより身なり正しく、背筋を伸ばし、元気で、青い両目の視線をじっと強くたもち、相手からそらさなかった。ロングエのほうは平然とし、下のほうから何も語らない視線を注ぐ、注意深い、けれどもまたある程度の潜在的な善良さがないわけでもない、塊としてそこにいた。それからラ・ロッシュが不意に話しかけた、彼自身の言語の単語を使って（ロングエには土地のクレオル語がわかる、したがって二人はそれで話を通じさせることができると彼は知っていたのに）、それもおまけに突拍子もない速度で話したので、まるで逃亡奴隷《マロン》に対して極度の注意の集中を要請しそれによってロングエのほうはラ・ロッシュの言葉の表面にいくつかの断片的な思念をかすめ取ればそれでよいとでもいうかのようだった。だがラ・ロッシュはロングエが理解に努めようという素振りをまったく見せないのみならず、おそらくこの十年間で初めて使っただろう自分のアフリカの言語で答えてきたので大変に驚いた。すばやいやりとりを何度か交わしたのち、二人は対話ともいえない対話に落ち着いた。それぞれが自分の側の、互いに近寄ることさえできない存在に閉じこもっているのだ、まるで打ち明け話のつつしみのなさに本能的にヴェールをかけるように、あるいはどうしても互いに打ち明けあうしかないのであればそれでも自分の自由意志、あるいはより人間的に、自分の我関せずという態度を、保持しようとでもいうかのように。

——そして、とラ・ロッシュはいった、彼女はそのすべての年月のあいだ、彼女がやったことをおれが非難していると思いこんできたわけだ。悔しまぎれにせむしと寝たことをな。その証拠に、彼女とおれが別れた晩のことだが、彼女はまずそういって脅しをかけてきたんだ。彼女はそう叫んだ、いや、そうつぶやいた、ヴェランダの柵のあいだから頭を出して、おれが彼女のまえでにやにやし、ついで声を立てて笑っていたあいだ。それで彼女はあんな真似をしたんだ。だが彼女が知らなかったのは、そんなことをするという考え自体が、おれの内面に打撃を与え突然に心を乾かせたということだ、彼女がそんなことをいいつづけたあいだ、実際にそれをするまえから。だからおれはその晩、彼女をひきとめなかったんだ。なぜなら彼女とおれが転げ回っているこの砂地、おれはそれを無限につづく白だと見ているのに対して、彼女は黒と見ていたからだ。それは彼女の中では黒であり、おれはそれを知らずにいた。そのときおれはおれの人生の重みを見積もり、それがまるでつまらないものだとわかった、というところだ！ あれほどの追跡、血、おれの血の中の貪欲は、そしてこの欲望は何の役に立ったんだ、いったい何の役に立った？ そして彼女は以後の何年ものあいだ、彼女があんな真似をしたのをおれが非難しているのだと思っているのだが、おれを以前いたところから追放することになったのは、そもそもが彼女に到来したあの考えだったのさ。そして彼女の祖母はたしかに満足した、その過ちが告白されその償いとして何が必要かが、きっぱりと決められたのを聞いたとき。というのもこのばあさんはおれを恐れていたからだ。おれという人間そのものに対してでも、彼女の娘の娘をおれが連れこんでゆく快楽に対してでもなく、ばあさんがおれの中に見抜くことのできた、おそらくは砂漠と荒涼のために。だがそれはわれわれの中にあるんだ。みんな、この砂漠を聴診でつきとめることはない、でもそこにある、なぜだ？ 何がこの、こういってよければ、離婚の原因だったのだ？ それをおれが忘れたとは自分でも信じられないよ。さて、いったい誰がその理由をいってくれる？ そして彼女がわれわれ二人の男を天秤にかけていたのだとして、たぶんそれはあのばあさんの影響だったと思えば理解もできるんだろうか。あの人が彼女にむかって、反対側の男の利点とか、堅実さとか、安定とか、いうことを聞かないわけにはいかない弱い存在を支配する機会などについて、ことあるごとに話して聞かせたのだ。だがおれは彼女が誰かを服従させたと思ったときに見せる、両目にこびりついて離れない、軽蔑の色を知っている。彼女は泣くのをこらえているが、こんなふうにして勝利を収めるたびに泣いていることを、おれは知っている。彼女を負かしたのはおれだけなんだよ。そしてもしも彼女が彼を、あいつを、選んだのであれば、おれはそれに同意していた。だが彼女があんな情事を思いついたのが、おれが彼女を負かしたせいだったのであれば、そこで汚れた砂が生じてくるわけだ、岬にあるような砂が。そもそもおれは何において彼女を負かしたというのだろうな？　もうわからんよ！　そしてこの年月、彼女はたぶんおれが自分から彼女を迎えにゆきアカジューに連れ戻すと想像していたんだ（さらいにゆくとでもいうのか、中世の騎士みたいに）、彼女があんな真似をしたにもかかわらず。そしておれはいまだに想像する、彼女があのこぶにつかまりその間、彼のほうは彼女を自分の小人の体重で押しつぶし、そしておそらく彼女は泣いている。おれはおれで、彼女が死ぬ日にはこんどはおれが悲嘆にくれるという、究極の愚弄に身をまかせるだろう。というのも彼女だっていつかは死ぬ、それはたしかだから！　彼女だって永遠ではない。ギュスターヴ・ブルボン相手に身を売るのが、われわれの互いの頑固さに対する最良の返答になるなどということを思いついてしまった日以来、彼女はすでに死にはじめていたのだ。いまや彼女は、自分がその男を相手に姦淫を冒す大胆さをこれまで持たずおそらくこれからも持たないであろう黒人をまえにして（まるで悟りをひらいた男たちがそれを許しても妻たちはそのつど自粛するとでもいうように）その若さのうちにも死の苦しみを味わっており、体のどんな汚れを隠すつもりなのかおしろいを塗りたくって、それが何層にも積み重なってはその死のうちでミイラ化してゆく。彼女はおれが来るのを待っているのさ、おれをめちゃくちゃにしたものの力を彼女は過小評価している、不器用でごんごんぶつかっては他人を傷つける男がまた自分自身も傷つけている、いや、みずから死んでもおさまらないほどにずたずたになる、そしてもはや軽蔑と体についた汚れた砂の味しか残されていないという状態になっているのが、わからないんだ。おれが、おれもまた、あの晩死んだのだということを彼女は知らずにいる。ここにあれ以来の、われわれの唯一の距離があるわけだ。つまり、彼女は死の苦しみを味わいつづけ、おれのほうはすでに死んで腐りきってしまったのさ。こうして彼女は、おれがただあの行為を非難しあの行為にもかかわらずおれが彼女の望んでやまない承諾を彼女からとりつけるためにやってくると考えているんだ。彼女ほどよくおれのことを知っているなら陥ってはならなかった、二重の思い違いだよ。

ラ・ロッシュは礼儀をわきまえた男として、話し相手が何かをいうのを待つかのように黙りこんだ。というのも二人は、このしずかな熱い午後、暗黙のうちに交互に話すという合意に達していたからだ。それぞれが相手の知らない言葉で、自分に都合のいいやり方で。鳥たちが、おそらく身を隠していた遠い葉叢から、ふたたび鋭い鳴き声をあげはじめた。ときおり風がかすめ、熱とともに爆発し飛び散り、ひそかに匍匐し、長い唸り声を立てて、木々をゆらした。一本一本の枝の下から太陽が生まれた。ロングエは緩慢で精神を集中した動作により、片手をうなじにあてた。

——船ではない。奴隷の家でもない。船では、あんなことにも平然としていられるように慣れなくてはならない。家は、肥溜めみたいに混乱していた。海では、なんというか、混乱に支えられる。船ではあいつを見ていても、平然と息をしていられた。そこにひとりの男がおれの頭を足で踏みつけた、それは本当だ。だがその男はそのうち定めどおりに死ぬことになるだろう、それまではどうにもならない。囲い場だよ。あの奴隷の囲い場だ。水びたしのびちゃびちゃの地面に寝かされたところだ。鉄の鎖をつけられているので仰向けに寝るしかない。三晩と二日、雨が降った。だが特に夜だな。横たわっていて雨が降りやまないときには目をあけることもできないんだ。あの囲い場だ。すべてが高いところから落ちてくる、皮を剝がれたように。体を内側から動揺させる、あの白いものが落ちてきては。夜だってぼんやりと青白くなるほどだ、そして心をくじく。おれは皮を剝がれて白くなったみたいにふるえる。希望がない。そういうところだ、あの囲い場は。実際おれはもうくたばろうかと思っていた、とても耐えがたかったので。二日と三晩にわたって腐りきった場所に入れられ。こうなったら死ぬしかない。だが死はおれを訪れなかった、なぜなら三日めにあいつが連れてこられ、息を吹き返したおれのそばにあいつが投げこまれたからだ。それでおれは死を忘れ、もはや死のことなど考えることもしなくなった。留まるしかない、あいつがいるのだから。おれはあいつのまえを歩いてやる。おれが行くところに、あいつも行く。次の晩、おれたちは舗石のある家［奴隷積み出しのための海岸の建物］に連れてゆかれた。だがそこで、おれはいきいきとしていた。あの奴隷の家、そして船。おれは耐えた。囲い場、そうだ、そこではおれは悲鳴をあげ、青ざめていた。それから、あいつがおれのそばに投げこまれたとき、すべてが再開されたのだ。あの囲い場だよ。――するとラ・ロッシュはすっかりくつろいだ様子で

――いいだろう。おれはあの娘を家に連れこんだ。こちら側からも視界が開けてくるようだな。おれはあの娘に夢中になり、サングリは早速、おれが自宅に少しばかりのお楽しみをもったのだと信じこんだ。誰でもやっていることだから。だがおれには他のもくろみがあったのさ。いいかい、近所ではおれのことを狂人だと思っていない男はひとりもいない。おまえたちのほう、おまえたちのどうしようもない土地にも、おれがご挨拶できるような相手がいるかどうか知りたいものだ。そこでルイーズだ、あの娘に向かっておれが企てていることはすべて、それを知るためだったんだ。おれ自身の肉がおれから離れてしまうことははっきりしていたので、それなら別の肉を養なってやろうというわけさ。砂の夜明けから松明のない夜へと、ひとっ跳びだ。自分と同人種の連中に会うのに嫌悪感を覚えるようになった、やつらに触れると皮膚がちぢみあがる。ところがルイーズに触れると、いいかい、そのちぢみあがった肌がほぐれて、すっかり

ゆったりできるんだ。そして彼女、彼女、彼女！　彼女に会うたびごとに、おれは息をするのもやっとになるのだということをわかってくれるか？　おれは地獄に落ちているよ、おれは呪いを甘受するだけ！　だがここで権力をもっているのはおれだけなんだ！　しかしどこに過ちがあったんだろうな。何かしらの秘密の過誤の中で熟していったにちがいない、その企てが失敗しルイーズが出ていってしまったということは？……

——はじめ、おれはあいつをあいつの目的のない生の中に放置しておくつもりだった！　それから頭を作り、蛇を口に押しこんでやった。女が何をいってもむだで、あいつはひとりでいた。そしてあいつはそれが自分の意志だと信じていたのだ。あいつは叫ぶ、「いやだ！　そんなことはしたくない！」あいつは自分が拒絶しているのだと思いこんでいる。そう信じるふりをしている、なぜならあいつが「いやだ！絶対いやだ！」と叫んでいるあいだにも、体がぶるぶるふるえているのだから。それでおれはこう考える。これであいつは力もなく屋敷に留まることになるだろう。その子孫だってそうならないということがあるだろうか？　ひとつの家系がすっかり力を失って倒れていくだろう。それでおれは蛇のところまで出かけてゆき、頭をこなごなに壊してやった。すると一年後、あいつに息子ができた。自分がそう望んだからだとあいつは思ってる。そう信じるふりをしている、なぜならあいつはそこにいて、これはめでたいと大声でいいながらも、体はずっとぶるぶるとふるえているんだ。あいつにふさわしい子孫だ。全員が屋敷にいて、抜けだすこともできない。これからも未来永劫、奴隷だ。おれは蛇を壊してやったが、そいつが自分に刃向かってくることがあっても仕方ないと思ってるよ。あいつは奴隷の息子をもった。よく聞いてくれよ、それが真実だ。

一方から他方へと沈黙が大きくひろがり、それとは反対に森はつづく微妙な熱に身をふるわせた。下のほうでは夕暮れが進み、二人には夕暮れが遠い山々《モルヌ》から自分たちにむかって走ってくるのが見えた。ラ・ロッシュは袋の中を探り、何かをとりだして、それをロングエの足元にそっと放り投げた。じっと考えこむような沈黙。それからロングエはその物を拾いあげた。

——黒檀の樹皮だよ、幹からひと息に剝いだものだ！　月が二巡するあいだ水に浸けておくんだ。海水のほうがいい。それから丸二日、日に干す。それから内側の面をきれいにしてよく磨く。下絵を描いて、彫ってやる。それはおまえさんの顔だよ。そっくりだ。もちろん、人の似顔絵をふだん刻んでいる連中は、おまえさんのことを知らない。顔をじっくり見るだけの暇をおまえさんは与えなかったしな。それでおれが下絵を描かなくてはならなかった、それとサングリで。ちょっとした出来映えだろう。ところでおれがなぜおまえを追跡しつづけようとはしなかったと思う？　気まぐれだよ。おまえを追跡する一隊を組織しようかとは思った、だっておまえはまだ手が届かないところまで行ってしまったわけではないのだから。だがおれは突然、ここらの土地を開墾することで頭がいっぱいになってしまったんだ。そうすればおまえをもっと確実に狩りだすことができると思えたからね。それに、時が経つにつれて、おまえさんのことが大切に思えてきたんだよ。おまえはおれの土地から遠いところに、境界を決めているのではないかい？　おれはおまえさんにこだわっている、やつらがラ・ポワント（岬）という名をつけているだけに、なおさら。ラ・ポワント、たしかにそれは正確な呼び名だよな？

ラ・ロッシュはこういってしずかに笑い、ロングエは灰色がかった樹皮をよく調べた。そこには木から暗い赤色で浮かびあがるようにして、彼の肖像が刻まれていた。ラ・ロッシュは楽しんでいた。

——それだけじゃないぞ、これももってきてやった！　おれが一晩中おまえさんを追ったのは、これを返してやるためだったんだ。おまえさんもそれを楽しめた。そうじゃないか？

彼は袋からとりだした小さな樽をロングエにむかって投げつけた。ロングエはそれを受け、樹皮のそばにそっと置いた。周囲には、このものしずかな二人の男が互いにむきあって腰をおろしているのを見て、茫然自失というか生のはりつめた停止とでもいった雰囲気が立ちこめていた。逃亡奴隷《マロン》を見かけるが早いか、それこそ自分の権利なのだから、打ち倒してしかるべきだったラ・ロッシュ。不安げもなく、まるで憎みすらないかのような様子で、山刀を両腿の上にわたしているロングエ。いまこのときにおいては、二人は共犯なのだった、ひとつの深淵に隔てられているかれらは。二人とも同程度に狂人なのだ。

——そうだよ、樽だ。そいつはもう危険ではなくなってずいぶん経つよ。おれはおまえさんにそれを持っていてほしいんだ、これからどこに行くにしてもね。おまえの甥どもがたぶん興味をもつだろう。そんなこと、どうでもいいじゃないか。われわれのばかげた子孫たちが、この話の噂を聞くことがあるのだろうか？　土地がすっかり開墾されてしまった後でも、やつらは土地の奥深くにうずくまっている蛇を狩りだすことさえできないさ。われわれは一緒に地獄への階段を下りてゆこう、おまえさんのほうの子孫はしだいに白くなってゆき、おれの側は白痴の呆然とした頭蓋骨の中で溺れる。こうして本日この日、おれはおまえさんにおまえの不吉な徴をお返しする。そうだよ、こいつはお返しする。まったくなあ、おれたちは二人とも大変な人生を送ったということになるだろう！

二人は頬笑んだ。木々の幹のはるかな上方で夜が二人に訪れようとしていたが、夜は二人の驚くべき独白に覆いをかぶせてしまうことをためらっていた。二人の男は夕暮れの火の中でのんびりしている。おそらく自分たちの中で沸騰しているものからあまりにも少なくしか上澄みをすくいとることができないせいで不満を感じ、でもこの平和を、そしてついには、かれらが連帯感を見出している相互無理解を、尊重しつつ。ラ・ロッシュが立ち上がり気づかれぬうちに（それともひと跳びだったのか）木陰へと姿を消した。

ロングエは樽と樹皮を拾いあげ、ロングエは結局白人たちが彼に譲りわたした高地の、主人となった。正々堂々と戦いを交わしたあとで、譲られたというよりは認められたのだ。そこは海だった、星々が沈黙する。そこは岸辺だった、そこからは対岸の土地が見えない。彼はもともとのアフリカの言葉で叫んだ。「おれはおまえの命を両手でつかんでいた。おれはずっとおまえを守っていたんだ。またこんどということだ！」甘美に、やすらかに、切り株や茨や捉えどころのない竹や空とのあいだの、調和が訪れた。この森における誕生だ、彼自身が自分の息子メルキオールに新たに生まれた息子でもあったかのように。彼は大股で自分の小屋への小径をまた歩きはじめた。

5章

ベリューズの息子の誕生が、サングリ家の決定的没落の原因となった。分厚いおしろいの下で血の気の失せたマリ＝ナタリーが、彼女が私のお部屋《ブドワール》と呼んでいただろう部屋の奥にろうそくを灯してからすでに六回の収穫がおこなわれていて、この六年がどれほど箱の中に湿気を蓄積させあるいは斧の刃の切れ味を失わせるかは彼女にはとてもいえることではなかった。時間には無感覚に、そして不動のまま夢見るような固定性の中で死んだようになって、彼女はあれほど執着していたこの誕生を、日々悼んでいるのだった。サングリ夫人の流儀に慣れているベリューズは死んだまなざしにも、クリームの下に何本もの固い皺がわかる陰気な仮面にももはや怯えることなく、やさしく歌うような声でこの幽霊に話しかけ、家の中を散歩させ、彼が小さなサングリと遊ばせてやると、抑えのきかない情熱に身を焼かれているこの幽霊は突然いきいきとしてこんなことを訊ねてきた。「ベリューズ、私たちはうちの土地に人を殖やすのを、いつから始めるのかしらね。」すると彼は黒い子供たちの潮が横切る、濃密な植生と瀑布をなす水流がひしめく豊穣の歴史で彼女をやさしくゆすってやっていたのだが、ある日、哀れみにとらわれた彼はおだやかに彼女にこう告げた。「できましたよ、奥様、生まれますよ、男の子が。」そして彼女が陽の光をいっぱいに浴びたかのように輝くのを見ても彼は驚かず、彼女は陽気とはいえなくとも恐ろしいほどの幸福感にみたされていた。やがて借物の母親になろうとしている女を連れてきてそれがひとり閉じこもっている女主人の気まぐれな言葉に(「回って――こっちに来てさわらせて――歩きなさい――もう一度!」)したがいながら朗らかに笑うのにも、分娩に先立つ月日がゆっくりと過ぎるのを見ながらその間ついに女主人の注意から自分が解放されるのにも、彼は満足しているようだった。伴侶の腹が目に見えるようになるときその父親が自分だということを誰もが知ることのできた時代にあって、他人からの嘲笑を初めてうけることになって(「ああ! もしおれだったら六年前に産ませていたよ」あるいは「女たちを全員並ばせなくてはならないな!」)まるでこの待望の結末がついに彼を他からひきはなし、賤民たちもこれ以来、彼に割り当てられている特権を意識するようになったことに、彼は驚いた。なぜなら彼は、彼が「積荷」と呼んでいる者たちのあいだに生じる損害について考えることなど、ほとんどなかったからだ。彼はみずから、ただし過剰にならない程度に、畑仕事にも従事したが、良い働き手になったもののこうした希望のない作業が人々にもたらす悲嘆は思ってもみなかった(見ないですませるようにしていた)。子供たちの飢えという日常的光景(彼は毎日、サングリ夫人のつつましい夕食から奇跡的に残された物を子供たちのためにくすねてきた)にも、大人たちがあきらめとともに受けいれる手のほどこしようのない病気(命ぜられたなら彼は獣医を呼びにいった)にも、彼は慣れてしまっていた。自分が恵まれている自由を使ってかくも多くの苦しみに注意をうながそうとはしなかったが、それはそんな苦しみを来る日も来る日も見ていたので、ついにはそれこそ人生のあたりまえの状態なのだ、ただそれだけのことだと納得してしまったからだった(そうした光景そのものにしたがいつつそれについて考える暇もない者たちの場合とおなじように)。いまでは自分をとりまいている漠然とした敵意を気にしている彼は、アビタシオンの空間に隣り合って存在する、あるいは重なっている、異なった世界を区別しようと試みた。だが彼はただ自分の精神の初歩的機構にしたがい、そこここに誰も意に介さない苔のように勝手に生える閉じた宇宙を、場所ごとに分けてみただけだった。とりわけよく観察したのは人を不安にさせる、管理人と作業監督《コマンドゥール》たちからなる「勤勉」で権威ある代理統治というべきもので、彼はかれらとの接点がほとんどなかったもののそれが事物も人々も支配していることを見ていて、その重い脅威をいたるところで感じていた。まったくなんのためらいも知らない人間たちで、かれらにとっては血を流させることも不具にすることも地所に秩序を維持するためにはつねに欠かすわけにいかない治安維持行為のひとつの現われ（本当のところ究極のそれ）にすぎないのだった。その下の、離れた場所には、労働者たちの不毛なゾーンがあったが、彼はかれらを労働者だと考えていたのではなく自分にむかってこういっていた。「積荷、ここに集められているのは船の積荷だ。」小屋から畑へ、畑から小屋へと、のろのろと歩いてゆく、ただそれだけの者たち。彼はそれ以上に遠くにゆくことはなく、少しまえまで自分が反乱に加わっていた理由を問い直してみることもしなかった。それは彼のうちに多くの権利剝奪がもたらした遺恨のせいではなかったのか。ついで屋敷というしずかな禁区、ここでは使用人たちが外との関わりのない位置へともちあげられ、（痩せても汚れてもぼろをまとってもいなく安穏としてもいなくて）その職務から掠めとってきたえらぶったようすを崩さなかった。薄暗がりに満足する周縁の人々で、そこで動物的に持続し、ついには主人たちに愛着を覚えるにいたり（特権というものはこれほどまでに、長いあいだに魂をむしばみ魂にもっとも陰険な依存へと道を踏み外させることができる）、それは小さなサングリ坊やの歓心を買おうと争う、あふれんばかりの母性をもつ二人の女によく表れていた。ついで荒れすさんだ領域である山《モルヌ》では、ギュスターヴ＝アナトールが、みずから開発する数々の小さな倒錯に、よりいっそうふけりつつ澱み腐ってゆくのだった。自分の奴隷たちを、虚弱な人間ならではの悪意ある憎しみをもって憎むのだ。彼は気に食わない者がいると、たとえば腋の下から抜いた毛を呑ませてみたり（すると屋敷の使用人たちは笑った、そんな真似をさせられる不幸な人間に「ほら、さっさと食いな」と声をかけて）サングリ坊やの大便を顔に塗らせたりするのだった。だがそれが弱い、破滅した男の遊びでしかないことは誰もがわかっていた。そして屋敷のもっとも暗い部分にはマリ＝ナタリーの墓、彼女の青春の悲劇的な霊廟がある。そしてたぶん、それ以上には考えずにすませるために、彼がこんなふうに曖昧に境界設定した区域を掘り下げずにすませるために、彼は女主人の狂気に対して自分ではそうとは思わぬままに執着していた。それで彼には新しい地位が生じていた。保護者としてのそれだ。自分がこの狂気と無縁であることを彼はよくわかっていた、それは彼を対象として捉えるものでしかなかった。そして青い眼をしたあの旦那は、あの老人が二人の女と彼を言葉によって茫然とさせた日以来、彼の記憶につきまとっていた。それでも彼はマリ＝ナタリーの無垢なよろこびを楽しんでいた。彼女が怯えた母親をなだめ、出産をまじめにとりしきり、周囲のみんなにあれこれと強い勧告を浴びせかけ、（赤ん坊が生まれると）長い時間をかけてそれにふさわしい名前を考えるのを彼は見ていた。サングリは、こんな突拍子もない言動をおもしろがっていた。妻が「この子はアンヌという名前にするわ！」と彼に告げると、彼は「アンヌだって？　どうしてアンヌなんだ？　それは女の子の名前でしょう」とたずね、彼女は「ちがいますよ、モンモランシー大元帥の名前です、私がアンヌ・ド・モンモランシーに対してどれほどの敬意を抱いているかご存知でしょう、あの方は不幸な英雄でした」と訂正し、彼は「おやおや、この奴隷にフランスの大元帥の名をつけるとは珍妙な話ではありませんか？」と反論した――すると彼女は落ち着きはらって、こう宣告するのだった。「ねえ、あなた、私はちっとも変だなんて思いませんよ。あなただってどんな権利があってのことか存じませんけれどギュスターヴ・アナトール・ブルボンと名乗っていらっしゃるでしょう。」ブルボンは肩をすくめ黙った。それでその子はアンヌと名付けられたのだった。

だがこの子の誕生は破滅の原因であり、ほとんどその口火を切ったものでもあった。というのはあれほどまでに熱烈に望まれていた成功は、サングリ夫人のエネルギーをかき立てるのではなく反対にあまりのよろこびによって彼女を打ちのめしてしまい、それからというもの彼女は流されるがままになってしまったのだ。あれほど長いあいだ期待することすらできなかった結果に興奮した彼女は、あまりの激情に捉えられそのせいですっかり気持ちが挫けてしまった。それでベリューズはもう「確実に殖やす」こと、こうして企てられた仕事をつづけることを、しなくてよくなった。彼が通りかかるところに声をかけて卑猥な言葉で言い寄ってくる女たちにからかわれても、彼はおだやかに頬笑み、ときには気がむけばその遊びにつきあってやり、追いかけるまねをすると恥知らずな女たちは悲鳴をあげ助けを求めながら逃げまどうふりをした。サングリ夫人は彼女の奇妙な計画をたちまち忘れてしまったようだった。自分の名付け子であるアンヌのことも、もう気にもかけなかった。彼女はきわめてすみやかに衰え、ベリューズが漠然と理解したのはアビタシオンがこれまで彼女の狂気の陰で生きてきたということであり、その狂気だけが感染や催眠の超自然的な力によって（そしてサングリとその妻がじつに奇妙なことにそれから解放されているように思える、植民地経営者《コロン》独特の富の誘惑の不在によって）彼が画定している、というよりは見抜いているこの宇宙のさまざまな区画を、まとめあげているのだということだった。この強迫観念の消滅が、均衡と集合を危うくし、それで衰亡がやってきたのだ。

勝ち誇る土地が、この領土を包囲していた。植民地経営の末端にいる者たちには当然のことながら、管理人たちはつかのまの悦楽にもっぱらふけり、かれらの権威好きはしだいに悪化してゆく無策・無能力を埋め合わせることができなかった。地所のすでに危うい経営状況は、取引一般の中にあらわになりはじめていた変化により、いっそうの打撃をうけた。サングリは砂糖黍工場の経営をあきらめねばならず、やがて土地と設備を買おうかという婉曲な申し出をいくつかうけるようになった。それはごまかしようのない合図だった。だがサングリはすでに末期を生きており、それはほどなくマリ＝ナタリーの命を奪うことになる。

勝ち誇った土地、未開墾で、空いていて、ふてぶてしい熱をおびた土地。狂った帯域、しなやかで執拗な草やつるがカカオの木々をとりまき、その木陰に尖端を伸ばし、カカオの枯れ葉でおおわれた下生えに垂れ下がり、ついで突然幹たちのあいまで炸裂し、飼い慣らされた木を窒息させる。この狂った植生の帯域は雨季《イベルナージュ》を待って攻撃をしかける、まるで策略を弄する騎兵隊のように、倒木が朽ちている谷に水があふれるのを先ぶれのようにして。乾期《カレーム》の時期になるとこの帯域はパチパチと音を立て、枯れはてて積み重なり、それでも力を捨てて降参するのではなく、ただ空気の酔ったような輝きの中でじっと耐えている。ついでまた獲物に襲いかかるのだ。マリ＝ナタリーは自分の周囲にこの襲撃を感じていた。錯乱の中で彼女は赤土や黒い腐植土に反乱する岸辺がその砂をもって襲いかかるのを見、そして砂は肥沃だった。彼女の抵抗が極限に達したときには（それはアンヌ・ベリューズが生まれて一年のことだったが）、彼女は寝台を飾る重いズック布に一晩じゅうしがみつき、敵をしりぞけ、こんなふうに罵りつづけていた。「来られるものなら来てみな！　目につばをはきかけてやるよ！　薄汚い悪者め、おまえの体はあの岬よりも荒れはてている、おまえの手足に慣れることなんて金輪際ありゃしない、おまえの血の匂いには顔がひきつるよ、まったくだ、悲鳴をあげるべきだったたね、おまえには胸がむかむかする……」そうしていつまでものたうちまわりながら悲鳴をあげているのでサングリはこうつぶやくのだった。「いったいわたしがあなたに何をしたというんだい？　マリ＝ナタリーよ？　こんな仕打ちをうけなくてはならないのか？」すると溺死の混沌の中から身を起こして、彼女のほうがそう怒鳴ってしかるべきだった悪口を彼自身が先んじて発してしまったのを理解した彼女は、その言葉に漠然と動揺しながらも、おだやかにこういうのだった。「いいえ、あなたのことじゃなくてよ。」そういってしまうともはや後につづくひとこともなく彼女は息をひきとった、その最後の孤独な騒動においてさえ、心を打ち明けず、つつしみを保ったまま。

勝ち誇る土地、好意にあふれ、身軽な。女主人の死によって途方に暮れたベリューズは、アビタシオンのはずれ、威勢のいい森の地帯に小さな畑を切り拓いた。それはほとんど山《モルヌ》との中程に位置していて、彼がそこに住みつくことを妨げる者は誰もいなかった。サツマイモ、ヤマノイモ、マニオク。食えるものならできるかぎり何でも作った。それ以外には、彼は収穫の時期に借りだされ、タバコ畑の手入れやコーヒーの収穫も頼まれた。こうして彼は屋敷から出て、本当にこの邦を知りはじめたのだった。それから彼は古い憎しみについて、ふたたびじっくりと思いをめぐらしはじめた。この七年間というもの、もうひとりの男のことを自分は忘れようとしてきたのだということに気づいた。自分の周囲の空気の中に、新たにあの男の存在を嗅ぐようになっていた。自力でやってゆくようになった奴隷、かといって何かを要請されればそれに応じないわけにはいかないという立場で、彼は他所にいたいという自分の欲望と、もはや彼やその妻や息子を食わせなくてすむようになった管理人たちの貪欲を、同時に満足させていた。それが状況の進化によって可能になったのだということを彼は知らなかった。木の枝で補強した赤土の小屋にひきこもる権利をみずから勝ちとったのだと、おそらく彼は考えていた。それであの森の高みに閉じこめられているもうひとりの男を恥じることなくまた新たに思い出すことができた。彼は新しい、勝利の土地を見出したのだ。だが小さな谷間の底、頭上に左右から押し寄せてくるような木々のあいだで立ち止まると、彼はこうひとりごとをいった。「うしろに何も感じないぞ。」それはおそらくこんなことを意味していたのだろう。

海のむこうの邦でなら別の土地に人をむかわせるあの背後を押す力、突破口のようなもの、無限の大地にあって自分はまったくちっぽけな存在にすぎないと感じさせるあの力を、ここでは感じないと。ここでは死に至るまでひたすら休みなくまっすぐ前へと歩くことはできないだろうということを、彼は見抜いていた。地平線によって吸いこまれることもなく、大地の広がりに無意識のうちに酔うこともないのだ、海のむこうの祖国であったようには。だが彼はまた自分をとりまくこの多様性に不安にもなった、これほどまでに異なったさまざまな景観がかくも小さな島空間に集中していることに。彼は生来ひらけた土地が好きなので、田舎のゆったりとした生活にはよろこんで戻っていた。それで息子が放浪するのにもまったく反対しなかった。

アンヌはいつも山をかけまわっていた。遊び相手を見つけたのでなおさらだった。わずかに年上の、ロングエの次男だ。この子についてはロングエは自分が名前をつけるといいはり、リベルテという名に決めた。マン＝ルイーズはそれを自然なことだと思った。邦の変貌、戦《いくさ》、森の拡大、ベリューズの特別な地位、これらが、おなじようにうろつき回るのが好きな二人の子供を出会わせたのだった。ある神秘的な絆がこの二人をむすびつけていることは、ただちに明らかになった。二人はそこかしこを駆けまわってはあちこちで落ち合うのだが、二人だけが知っている合流地点や隠れ処を少しずつ用意しているのだった。リベルテ・ロングエはしばしば連れをマン＝ルイーズが炭を焼いたり野菜を作ったりしているあたりに連れていったので、彼女はほとんどかれらの遊びの共犯者となった。だがリベルテは考えのある子で、自分がアンヌと一緒にすごしていることを父親には知られないようにしていた。そしてまたベリューズの小屋にはけっして行かなかった。二人の少年は毎日、猛烈に戦った、この本能的な欲求をほとんど、遊びの外見によって隠そうともせず。アンヌはフランス軍、リベルテはイギリス軍になった。見せかけのところがまったくないこの戦闘が終わると二人とも息を切らしぼろぼろになっていて、マン＝ルイーズは嘆いた。「あの子たちはいつも生きるか死ぬかだ！」二人はそれぞれの家族の縁の部分で、山《モルヌ》という閉ざされた領域で育ち、出会いのはじめから、ずっと後に三本の黒檀の木に囲まれて互いに襲いかかることになる、死の夜を準備していた。こうしてある晩のこと、サングリの地所の作業場の道具倉庫から、アンヌはこっそり山刀を盗み出すことに成功し、連れにそれを知らせることもなく森に隠していた。そして二人が十六歳ばかりになったころ、あるいはもっと若かったかもしれないが、邦を新たに騒がせる反乱の炎が燃え上がったとき、アンヌは植民地経営者《コロン》の側に立って戦ったのだ。それというのもただ、リベルテが逃亡奴隷《マロン》の一団にしたがっていたからだった。二人は対決のために互いを探したのだが、この蜂起がつづいているあいだはその機会を得ることができなかった。そして邦でのすべてがやがて沈静すると、二人はまた森で会い、戦闘の思い出を語り合い、またもや互いに身構えるのだった。二人が作り上げていたこんな秘密の人生を知っているのはマン＝ルイーズ以外に誰もいなかったし、気にするものも誰もいなかったといわなくてはならない。二人は誰にも属さない中立地帯に住み、岬まで出かけていっては魚をとり、かれらの王国を手つかずのままに守っていた。ただ、ひとりの若い女奴隷に二人が出会い（先に彼女に気づいたのが二人のうちどちらだったかは当人たちにもわからなかった）彼女をその王国へと招いた、そのときを除けば。すでに辺りに忍び寄っていた避けられない夜を彼女がかれらの領土へと呼びこんでいることを、二人は知らずにいた。

――ああ！　夜、おまえは恐いのか、夜が。

パパ・ロングエはそんなふうにつぶやいた。沈黙があまりに強烈だったので、マチウは思わず跳び上がった。それからマチウは現在に戻り、そうと意識することもなく、ためらうように不安な微笑を浮かべた。そうだ、彼は夜を恐れていた、生きた影たちが両側にそびえたつ道を下ってゆくことを。ただちに立ち上がり立ち去らないようにするには努力が必要だった。だって「まだ六時にもなっていない」のだ。彼は老人のまえで臆病者になりたくなかった。すると「夜にも恐がらないのは誰だ？」彼はひろがる灰色の覆いの下で木の枝が、地面の波が、粗末な小屋が、狂ったような羊歯が、光を失い、硬くなり、太くすらなってゆくのを見た。パパ・ロングエは葉を掻き混ぜた。「夜には時間がない、夜の中ではおまえは過ぎてゆくものを知らない。星たち。星たちを見るがいい、星たちがどんなふうに生きているかを言い表す一語があるか？」そしておそらくみずからの死の谷間まで休みなくまっすぐ前へと歩いてゆけるのでないならば、老人は空の奥深くへと風のように上ってゆこうとしていた。「人はいつだってずっと上までどこまでも歩いてゆくことができるのだ、たとえ人なんて波に浮かぶ蟻でしかなくとも。」

「樽だ」とマチウがいった。「あれだよ！　だって、いいかい。あなたの父さんの祖父さんということは、逃亡奴隷《マロン》だ。あの樽だよ、もし強く触れすぎたなら、ばらばらに壊れてしまう！　だって、いいかい。あなたたちが生きてきたあいだずっと樽はそこにあったんだ。そしてあなたはあの樹皮をぼくの頭の上にかざしたね、小屋で、あの最初の日……」

——そうだ、と呪医《ケンボワズール》がいった。

「でもどうやって？」とマチウがいった。「ああ！　きっとこんなふうだったんじゃないかな。長い時のあいだ、樽はしょっちゅう修繕されてきたものだから、その時にはもう元々の木はひとかけらも残っていないということになる。つまりラ・ロッシュが直させたあのアカジューの木材は。でもそれはあなたたちの樽なんだよね、あなたたちは考えることもなく、それを宝物としてずっと持ってきた……」

——ちがう、と呪医《ケンボワズール》はいった。

「もちろん、あなたたちはそれについて考えているよ、だってあなたたちだけが、というかぼくらはまるで小さなロバみたいにおなじところをぐるぐる回る以外にどう生きるかも知らないまま、この邦で法螺のひとつも吹けずにいる、それにぼくらには見る力をもつ一族が必要だよ、森で……」

——ああ、やれやれ、と老人はいった。

「それに彼はあの中に何を入れていたんだろう？　だってできるはずがないよね、彼はあなたの〈生と死の葉〉を知らなかったし、あなたがぼくのまえでぶちまけてみせるこんな枝だって知らなかった。植民地経営者《コロン》たちの側の呪医《ケンボワズール》でもなかった、半ば頭がおかしかったとしても。あなたたちは葉っぱを入れた。いいさ、そこが隠し場所だ。そして彼はいったい何を中に押しこんだんだろう、それをラ＝ポワントが開けて……」

——ちがうぞ、と老人はいった。おれが葉を入れたのは息子が死んだときで、それよりまえではない。一家は壊れた部分を修理したが、開けたわけではなかったんだ。本当だ。

「開けはしなかったけれど修理した。ほら、そうだろ？　ということは、あなたはラ・ロッシュがその中に何を閉じこめていたのかも知らないわけだ、だって彼がそれをラ＝ポワントのまえに投げ出してからあなたがそれを開く日までには百十七年が経っていることになるんだからね……」

——知らんよ、と老人はいった。

「でもぼくは知っている。それにもちろん、あなたはその中に封じこめられているものが何かただちにすらすらいえるはずだよ、だってパパ、あなたの顔を見ただけであなたがそれを知っていることはたしかなんだから。でもぼくはまだほんの餓鬼で、だからぼくには忍耐を教えなくてはならない。つまりそれからみんな忘れてしまったんだな、森に住む一家族を除いて……」

——ちがう、と老人はいった。

「ああ！　まあいいさ。何人かはいたかもしれない。全員が、老人に対する尊敬をもてないほど若くはなかったし、体の血が干上がってしまうほど老いぼれてもいなかったし、それに……」

――おまえは腹を立てているな、と老人がいった。さいわい、おまえには目がある。目をもっていない者は、どうしようもないからな。おまえに目がなかったなら、おれはおまえとはうまくやっていけないよ。

啞然としたマチウ・ベリューズは、自分の怒りの跳躍を止めることになった。腕を伸ばして自分のまえに散らばる木の葉におずおずとふれた。「ごめんよ、パパ。ごめん。体が震えるんだ、そのせいだよ。」

――だったらおまえは少なくとも何か用があって来たことになるよ。病気のせいならな。薬をやろう！

「でもぼくに見えるのは、人が反乱について話すところだ。反乱！　反乱というのは本の中にあるものさ、でもぼくらは、燃える畑の中でひとつの赤い血として立ち上がる、ぼくはそんなふうに見ている、大地が沸騰してそれがプランテーションの上に降る、反乱などと呼ぶのはしずかすぎるよ、ああ、もちろん本を読むのはぼくさ、しずけさをもたらすのはぼくだ、でもいまぼくには田舎を吹き抜けてゆく風がないことがわかる、いいや、いつだって牢獄、死だ、そしてひとりを蜥蜴森に追放したところでもう捕まることもなくてすむ、南のいちばん端のジュバルディエールだって捕まることはない、そしてぼくにわかるのはぼくらがいつもこんなふうにいってきたということさ、またこんどというのはいつになってもまたこんどだ、それもこの邦ではすべてがしまいには落ちついたといわれるまで、そうそれがわれわれの物語なんだ、長い列をなす〈むかしむかし〉が死者たちとむすびつき誰も話さないし誰も死者たちのために叫ばない、山《モルヌ》の上に毎日訪れる愛すべき夜を除けば誰も、そしてぼくは動物のゆたかさに話を戻すんだけれどわかるだろう、動物である彼はたったひとつ人間としてのふるまいをした、それは森へと上ってゆくことで、あなたはそれを相当誇りに思ってるよね、ああ！　あなたはこう見事にいってくれたね。中甲板の骸骨みたいにやせさらばえた連中、虫が湧き病にいためつけられた骸骨たち。それが出てこなければまるでそれはゆったり気楽な旅だったとさえ思ってしまうところだったよ……」

――いいだろう、だがおまえにわかっていないこと、それは知るためには冷静でなくてはならないということだ。それなしでは、いけない。おれはおまえにこのことをいっておくよ、マチウよ、さいわいにもおまえには本があって細かい部分など忘れてしまえるが、人が忘れてしまうものを知るためにはどうする。たとえば匂いだ、夜回りの組とか、サングリのアビタシオンに訪れる非常事態とか、いたるところで刻々と変化する状況とか、訓練された犬とか。こうしたすべてがおまえに説明を与えるんだ！　おまえがAからZまで綴ってゆく本の一冊一冊がどんな代価の上にできているのか、おまえにはけっしてわからないだろう。

「ああ、たしかにそうだね、パパ！　たとえここからグラン＝リヴィエールまで行ったとしても、道中ずっと正しいのはあなたのほうさ。でもぼくのいうことも聞いてよ、彼が奴隷市場の話をし、それからさかのぼって船の話をし、さらにさかのぼってむこうの奴隷の家、集荷のための囲い場、それからさらに何だったかは推測するだけだけどいろいろな話をしたことはわかる、でも彼は海のことを忘れていた。いや。忘れていたのではないな。海が、そして海で何が待っているのかが、理解できなかった。ルイーズのいうことも耳に入らず、ただ立ち上がっては食べる葉を与えるだけだった、岬から水平線上に見える土地がことおなじでおなじように苦しんでいることを知らなかった、彼は森の奥に入ってゆき、そのとき以来われわれは全員がねずみ取りの中に捕まったままなんだ。」

――だがどうしておまえは大声でいったんだ、岬《ラ＝ポワント》だって？　だって彼の名前はロングエ、おれが名乗っている名なんだよ。

マチウはぎこちなく笑った。しゃがみこんだまま身ぶるいした。樽をそっと打つリズムに合わせて彼は歌おうとした（だが彼の声はあまり遠くに届かなかった、呪医《ケンボワズール》にむかって言葉をこと細かく語ろうとしていたので）。

「剣をもった司祭だ、見てごらん《ガデ・サ》！

指貫は胡桃でできている、誰が溺れてるって《キ・ノワイエ》？

管理人さんと作業監督《コマンドゥール》だ、よく聞きな《クテ・サ》。

エキュ金貨、ついでルイ金貨、そう《ウエ》、そう《ウエ》、そう《ウエ》。

ルイ金貨、それから大樽。まさか、嘘だろ《サ・パ・ヴレ》」

――それはつまり、よく理解したならよく覚えていられるということだよ！

「それはつまり、ぼくはそうは思わないな。剣をもつ司祭というのは版画の中のことで、現実の土地でのことじゃない！ 着岸した奴隷たちに次々と洗礼をほどこすとなると儀式みたいなもので、よく考えてみるなら剣なんかもってくるわけがない。ついで、われわれは管理人や作業監督《コマンドゥール》それに会計係のことだってよく知っているわけなのに、昔の話をするのになぜ管理人だの作業監督《コマンドゥール》だのを出してくる？ 班長とか雇い人とか、何かそういうのはどう？ それにその当時、指貫というものがさ、胡桃の木でできていたなんてことはありえないよね。奥の部屋にこもって正午からろうそくを灯しているマリ＝ナタリーでさえ、ましてや貧しいマン＝ルイーズは？ そしてそのまえに小屋で六百とか五百五十とか数えていたわけだけれど、それがエキュ金貨だったのかルイ金貨だったのかはわかったもんじゃないし、あるいは砂糖を入れた大樽だったのかもしれない。だったら？」

――やめてくれよ、と重々しく老人がいった。

「最高に傑作なのはね。航海士というのは士官ではありえないんだよ。貴族のラ・ロッシュのところで。

あれは士官のためのものだよ。」
――こいつはすごい！ 見てくれ！ この小僧は頭がおかしいよ！ 胡桃の木を植えたのはおれじゃないし、砂糖はというと、おれは相談一回ごとに半ポンド以上を求めたことはないぞ。だったら？ そりゃ何のことだ、版画だって？ マチウ親方よ、腹を立ててるのか、見苦しいぞ！

だがその怒りは、夕暮れとともに育つ苦悩から来ているのだった。マチウは口調を無愛想にするまえに、わざと怒っているのだった。それでこうしてわずかな時間でこの口論の計算された激しさに二人とも途方に暮れてしまった、というのも口論というものはみずから育つことはできないので小舟のように砂浜にはまりこんでしまったのだ。二人は晴朗さの中で互いにしっかり埋めこまれてしまった。その背景では、湿ったヴェールが森から立ち上っていた。ごくゆっくり立ち上がるそれは緑の布にくっついているように見えた。夕暮れの事物の悲しみが、古の騒擾を消すことなく、熱狂する精神に浸みわたっていった。「海とは」とロングエがつぶやいた、「海とは今日のことだ。おまえはおれに今日まで川を下ってこさせた、おれはおまえに川を見せる、そういうことだ。」「そうだね、樽に馬乗りになって」とマチウがいった。いうと彼は恥ずかしくなり、うなだれた。だがパパ・ロングエはすでに遠く、ステファニーズからしょっちゅう話を聞かされていたお祭り騒ぎのことを考えていた。興奮した男たちが平野を脅かしている、巨体の片腕の男が片手で山刀という勇気の至高の保証をかかげ（「おれが勝利を収めた場所には、そうそう入った者はいない！」）、腕から腕へとほとんど投げわたされた赤ん坊だったロングエは泣いている。「やつらは自由＝平等＝同胞愛《フラテルニテ》を叫んだのだから、おれは自由＝平等＝父性《パテルニテ》を叫ぶぞ！ いいか、みんな、この子の名はリベルテだ」、そしてかれら全員が夜の最後の枝の下までも飛びまわりながら答えた、「わかったよ、岬《ラ＝ポワント》の親父さん」、そして風が起こり松明の煙を薄くひきのばし、ラム酒をついだ椀が回され、焼いたパンの実が切り分けられ、マン＝ルイーズは小屋のまえでまじめな顔をしてじっとすわっている。「なぜ？」とマチウは考えた。「こんなすべての問いは、そもそも答えを求めていない、〈なぜなら〉《パルス・ク》がないんだ。ぼくが何も知らないこと、何もできないというのは事実だ。残りは森の奥深くにしまわれている！」そしてこのとき彼はふたたび起こった風を、くるぶしにあたるひとすじの水のように感じた。六時だった。太陽は木々の樹冠のむこうに傾いていた。火のような赤が突然に黒に転じた。夜がいきなりマチウをとらえ、彼は胸に石のような恐怖をかかえて下りてゆかなくてはならなかった。羊歯のカーテンの中に光がさす天窓はまったくなかった。彼はラバよりもひどく苦労しながら、陽の名残が七時まではぐずぐずとつづく平野へと駆け下りてゆかなくてはならない。そこまで行けば息をつき普通の歩みに戻って、もはやふりかえり山《モルヌ》の夜へとまなざしを向けることもない。問いだって、何が問いなんだ？「この風のことだよ」と目に見えないパパ・ロングエがしずかにいう。「果てしない海のように吹きわたる、このすべての風だ。」

ロッシュ・カレ

6章

　なぜなら彼がありきたりな子ではないこと、冷静沈着で、あちこちで大げさな身ぶりを見せたりはしないことが、すぐに感じられるようになってきたからだ。この子はひとりで歩くか、あるいはマン＝ルイーズを追うにしてもあからさまについてゆくのではなく、遠くから後を追うのだった。悪賢い彼女は何も気がつかないふりをして、彼女自身も落ち着き払ってこう考えていた。「あの子がおなかにいるとき私はあまりに長い時間、夜の中で両目を見開いたままでいた。あの子は夜のようにしずかで夜のようにわからない。」そして彼が跡を見失ったと思ったときには彼女は立ち止まり、薬草を集めたり道端で休むふりをして、こんなふうにかなり大きなうめき声をあげ「ああ！　何てことだろうねえ、もうくたくたよ！」自分の背後に彼の姿の見えない存在がまた感じられるようになるまでそうしているのだった。彼のほうがそんなことは気づいているよと告げたなら彼女はびっくりしたことだろう。彼女がそんなふうにして待っていることを彼が知っているといったなら。──彼が彼女の後を追っていたのは、そうすることが楽しいからだった。こうしてひとりがもうひとりをみちびきながら、彼女は森の奥深くの最初の回り道を彼に手ほどきし、マングローヴの気根の下に隠された小径を教え、カンナとゴムノキのあいだを進んでゆける陽がさしこむ抜け道を教えた。そのうちすぐに彼は海へと下ってゆき、海岸を探索した（この海岸は彼の名からひそかにチ＝ラポワントと呼ばれるのもしかるべきだった）。そこでは彼の本性が彼を思いがけない領域へとむかわせた。彼は白い砂も黒い砂も、風ですぐに平らに均される砂丘も、熱の中にある冷たい淡水の末無し川《マリゴ》も無視した。彼をひきつけるのはマングローヴの泥の地帯で、そこで彼は蟹を罠にかけ、吐き気のするような臭いにひたった。人生、人が人生と呼びそれは根からの跳躍だということを誰もが知っている人生は、海岸を離れ森の中へと分け入り高みをめざした。ベリューズ自身、この力にしたがって、海を見に行ったり波のそばにしずかに立ちつくしたりすることのまったくない彼が、途中にあるアカシアの林の高台まで出ていった。海岸は日を追って衰退し、新しい土地としての外見まで失ってしまった。植生は切り拓かれ、いたるところに道路やラバ用の小径が生まれて砂地の縁を蛇行していった。海岸の気楽さは極貧の人間たちを集めた。邦じゅうに葡萄畑が出現し、マンスニリエ［有毒の樹］の粗いしげみも見られるようになった。少なくとも人は境界を画すかのように整然と植えられたそれに初めて気づいた。その子は、ココ椰子の木に囲まれた浜辺も熱い砂の道も好まなかった。マングローヴのぶくぶくと泡を吹くような混乱を好んでいた。生来孤独を好む彼は、おそらくそこに森の中で彼に力を与えてくれるのとおなじ神秘的な生命のうごめきを探していた。狩人としての彼は狩りの獲物をけっして人に分け与えようとせず、自分だけが知っている秘密の片隅で火を起こし仕留めた小鳥を焼いた。もしもたまたまこうした獲物を人にあげようかといわなくてはならなかったときには（隠すことができるまえに不意に人に見られたときなど）、彼は獲物をすっかりあげてしまうことを選び、マン＝ルイーズとリベルテが焼けこげた小さな骨を吸うのをじっと立ったまま見つめていた。ロングエはいうのだった。「おまえはたしかにたくさん獲るわけではないけれど、食べたくないのならどうして狩りをするんだ？」彼としては、狩りのときに連れがいるのはいやだったのとおなじく戦利品の分け前をあげるのが気に入らないのだと告白することもしたくなかった。でも彼はエゴイストではなかった。そしてリベルテの面倒をとてもよく見た。自分の兄は本性において孤独なのだと気づいたリベルテが、彼もまた放浪をはじめやがてアンヌに出会ったその日まで。

この人生、このひしめき、このうごめきは、彼にとって強力な肥料であり、事実彼は成長するにつれて太り、どんどん巨大に、頑健に、どっしりと、人をよせつけなくなっていった。ただ父親のロングエだけが、近づくことのできる人間だった。だが父が近づくと彼の子供らしい顔からはすっかり生気がなくなった、まるで父親のいうことを聞くためには自分自身の外に投げ出されることが、自分の存在を忘れることが必要だとでもいうように。それで彼は受け身で中立のままただ聞いているのだが、そこにいることが気に入らないのかどうかもわからず、かといってほんのわずかな仕草を見せるわけでもないし、ほんのひとことでも同意の言葉を口にすることもなかった。ロングエはそんなふるまいも普通のことだと思っているようで、その結果として由来する独白に満足し(彼は饒舌、息子は沈黙)、ときおり父としての権威を確立することに成功した、と少なくとも自分では思っていた。こうして彼はこの子には何も隠すことができないとすら意識することがなく、息子のほうは少しずつ父親の知識の受託者、人生の秘密の聞き手、そしてほとんど彼の行為の審判者となった。長広舌の最中に父親は言葉を止め息子を見ることなく、ただし目の片隅からうかがいながら、たとえばこう訊ねるのだ。「それでおまえはどう思う?」すると子供はけっして返事をせず、また動きもしないものの、大人のほうは結論を出すのだった。「うん、うん、おまえが正しいよ。そんなことはしてはいけなかったな。」

なぜならこの土地は、魂を欠いた海岸を放棄して、自分自身の上に折り返されているからだ。海岸と、土地が肥沃になりその驚異的な射程を増幅される山地のあいだにあって、人間たちがなんとか生き延びてゆこうと努力する頽廃の空間を維持している。こうして、彼が――少年が――心配なくはしゃぎまわることのできる場所は、少しずつ定まっていった。逃亡奴隷《マロン》たちはかれらの隠れ場所でしずかにしていた。かれらを狩り出そうとするのはただ原則としてそうするというだけであり、働き手を失わないため、公の法を守るためだけのことで、その法についてじつは植民地の誰も個人的には気にしてもいなかった。アンヌとリベルテの共犯性は、おそらくこの条件の上に立っていた。というのもアンヌが小さなリベルテの放浪を管理人たちに密告しなかったのが、生来の思いやりと正直さのせいだったのか、それともそんな手続きが無益だということを知っていた、あるいは予感していたからだったのかは、なんともいえなかったからだ。いずれにせよ、彼がそんな考えを抱くことはけっしてなく、それは二人の諍いがもっともひどかったときでさえもそうだった。逃亡奴隷《マロン》たちはそのころ一息ついていた。とんでもない例外者であることをほとんどやめ、みんなが暗黙のうちに認可している小集団のようになっていたのだ。もちろんかれらがひきおこす恐怖、奴隷や解放奴隷やとりわけムラートたちに抱かせるそれは、植民地経営者《コロン》たちによって伝承され、減少することがなかった。逃亡奴隷《マロン》にさらわれるよといって子供たちをおどすのは習慣だった。というのも逃亡奴隷《マロン》は人々にとって悪魔の化身だったのだ。拒否する者として。おそらく、逃亡奴隷《マロン》が捕まったときにひどい目に遭わされるのは、その過去によるのではなく、その存在自体が横柄で突拍子もないものだったからだ。でもそんなことはしだいに稀になってゆき、片腕片脚の人間の数は減っていった。

それはまた植民地経営者《コロン》たちがより火急のいくつかの心配事をもっていて、そのもっとも重要な懸案としてはプランテーション相互の統合により資源を共有化しなくてはならないということがあったためでもあった。先の見えない、あるいは鷹揚な植民地経営者《コロン》は、自分の地所がより活気のある他の企業によって吸収されるがままにした。たしかにこの仕事は結婚というまい仕組みにより緩和されはした。それは土地に対する主権を失った者たちが飢餓や不名誉に苦しむことなく、個々の所領がまとめあげられることを許すからだ。かれらは娘婿となり、それで権力基盤をうけついだ。本物のカースト制度が成立し、それはひとりの家父長の権威にしたがった。ラ・ロッシュはこれら王朝の首長たちのうち、もっとも強力な者だった。

マリ＝ナタリーの死後、彼はその死にひそかに泣き暮らしたのだが（サングリと彼はほとんど一か月にもわたって来る日も来る日も会っては互いを苦しめようとし、死んだ女の優美さを果てしなく喚起しては互いを絶望の縁へと誘った）、それからアカジューをさらに巨大化しようという熱狂に捉われた。サングリとは決定的に絶交しもはや「せむしの蕪野郎」としか呼ぶことがなく、他の者など意に介さず自分の事業を組織的に追求した。こうして五年後、彼は相続財産をもつ女性と結婚し毎年ひとりずつ衰えることを知らず子をなし（このことには彼の年齢を考えるとみんなが驚いた、そしてこれは不壊《ふえ》の男としての彼の伝説を流布させるのに役立った）、それ以上はかまうこともしなかった。絶対的な家父長として、とりつかれたように、この老いぼれ野郎《ル・ヴュー・ブーグル》――みんなが彼のことをこう呼びならわすようになっていた――は休むことなく自分の領地をかけまわり、数々の意志を彼の恐るべき腕っぷしで抑えつけた。恐れを知らず公正な彼は大声を出す必要はなかった。すべての馬のトロットとギャロップの中でもそれと聞き分けられるトロットとギャロップをする彼の馬の上から、彼は考えこむようなようすで、彼の怒りを買った者たちをじっと見つめた。息子たち、使用人、奴隷、解放奴隷のすべてを身ぶるいさせる視線。そのうち彼は新しい利益を概算することができた、というのは彼には「適齢期」の三人の息子と四人の娘がいて、理にかなった結婚をさせるなら実りの多い契約を彼にもたらすことになる。ついには老いぼれ野郎《ル・ヴュー・ブーグル》はこの邦のいちばんの土地持ちとして専制君主的に君臨することになった。だが彼はその熱に浮かされたような活動をひとときも停めることがなく、すべての回り道ごとに予測不可能な女騎手が姿を現し木々の枝を鞭で打ち落とすのを見ては、ふるえていた。彼はナタリーの死を受けいれることがいよいよ少なくなって、彼女がもうじき死んでしまうと叫ぶのだった。この狂気が彼の生命力を消費しつくした。

　この邦の土地開発をめぐってイギリス人がフランス人と争い、いずれかの地点に定期的に上陸するようになった。これも植民地経営者《コロン》たちのもうひとつの不安の種だった。だが植民地経営者《コロン》たちは局地戦において立派な戦いぶり、執拗さ、目をみはるべき英雄的行動を見せて、それによって自分たちの財産を守り抜いた。そしてかれらの手持ちの黒人たちの軍勢の働きの上に築かれたこの行動は、かれらにおまけとして、屈することを知らない愛国主義という名声を与えることになった。ラ・ロッシュは息子たちを戦闘に行かせ、そのたびごとにぴんぴんと無傷で帰ってくるのを見た。かれらにとっては新しい栄誉につつまれ、だがじっと見すえる父の目をまえにして、以前にも増してふるえながら。

　このため逃亡奴隷《マロン》たちは森に放置され、少年は邪魔されることもなく森へと分け入ってゆくことができたのだ。孤独を拡大し、いっそう奥深く進み、ゆったりと。こうして彼は将来の職業を準備していたわけだ。彼ははじめアンヌとリベルテの関係を心配していなかった。もう弟のことを見ていなくていいので、よろこんだ。これからは心配ごともなくでかけ、マングローヴの中をうろついたり、巨大なフロマジェの樹によじのぼってみようとすることができた。はじめのころは彼はこの二人の友人の後をつけてもいたのだが、マン＝ルイーズを追った経験から学び、また森の中で姿を隠すことにより巧みだった彼は、自分の居場所がかれらによってはつきとめられないよう気をつけた。二人の猛烈なけんかを興味深げに見物し、どちらが勝つかと自分自身を相手に賭けをし、ついでマン＝ルイーズのあきれはてた顔色を見ておもしろがった。マン＝ルイーズとおなじく二人の腕白小僧の秘密の生活を知っていたが、それを表に出すことはしなかった。

少女を最初に発見したのは彼だった。アカジューへと下ってゆく道に枝をひろげているせいで、またそこからは平野のある部分がすっかり見渡せるせいで（トウモロコシ畑、一面の煙草、赤い小道のあいだにひしめきあう若い砂糖黍のふるえ）彼が森の他の巨人たちよりも好んでいたマホガニーの大樹に隠れて。ある日のこと彼は彼女がアカジューの奥から姿を見せ、地所の縁をなすカカオの木々の下に消えるのを見たのだった。それが反対側でベリューズがそうしているようにこちらの斜面に住みついた奴隷の夫婦の娘だということは知っていた。ラ・ロッシュは通例ならば奴隷たちを屋敷の設備や作業場からすぐのあたりに住まわせておくものの、この新しい地位を容認していた。おそらくその男と女は、ラ＝ポワントとおなじ船でやってきたという事実により、このような寛大な扱いをうけていたのだ。そして老いぼれ野郎《ル・ヴュー・ブーグル》が最初期のあの逃亡《マロン》奴隷に対して、一種の愛情を抱いていたことはわかった。絶えず生命の危険にさらされている逃亡《マロン》奴隷の息子（たとえ追跡の手自体がゆるめられてはいても）と、刈り取られた砂糖黍をゆわえるのでなければ煙草の葉を巻いて働いている奴隷の娘がこんなふうに接し、言葉をかわし、そうと望むなら一緒に暮らすこともできるというのは奇妙なことだった。それ以来、彼は木の枝に腰かけ少女を見守ったが、それは彼女に対する興味ではなく——なぜなら彼女は彼よりずっと若いかあるいは少なくともそう見えた——そのころ下のほうで起きているあらゆることが彼の中に呼び覚ます好奇心のせいだった。警戒心ならびに意識されない自尊心と混じり合った好奇心。別の日には彼はアンヌとリベルテが抜きつ抜かれつ少女の後を追っているのを見た。彼女はそのかけひきに気づき、ただ二人を待っていた。彼は三人が小径を歩き、おごそかに、生まじめに、姿を消してゆくのを見た。何週間かのあいだ、三人が慎み深く、笑い、あるいは気を昂らせているようすを観察して、彼はおもしろがった。ついで彼はこの共同体に背をむけ、それ以来、弟を追うのをやめた。彼が心配するようになったのはずっと後、アンヌとリベルテが少女を賭けて本気で争っているのがはっきり見えるようになったときだった。

こうしてその体の大きさと沈黙のせいで、賢い子だ、それだけでなく「力をもっている」子だという評判を得ながら、彼は成長した。老いてゆくロングエは息子が神秘と未知なるものに関して自分をしのぐことを認めなかった。彼はその子が妻をめとり森の片隅の畑を耕すべきだといった。だが息子のほうは何もいわずに首をふり放浪をつづけた。彼は自分で削った丈夫な棍棒をブトゥと呼ばれる武器として、粗い布の古い袋にこの棒を通して持ち歩いていた。その袋と棒はすでに伝説だった。袋に彼が何をつめこんでいるのかは誰も知らなかったが、森の住民のある者たちは入っているのは死者の魂だ、袋が棍棒《ブトゥ》に吊るされ袋を開けようとする者を棍棒《ブトゥ》でいつでも押し戻してやれるかぎり魂は彼のいうことを聞かざるをえないのだと噂した。つまり、永久に。この若者は、女たちにもタフィアにも興味がないようだった。巨体でものしずかな彼が、ある晩のこと、木々の枝の下の完全な暗闇で、こんなふうに宣言した(けっして口を開こうとしない彼がだ)。「マン＝ルイーズ、これからのおれはチ＝ラポワントじゃないよ。おれの名前はロングエだ。メルキオール・ロングエだ。」それから彼は内に入り寝台代わりの板の上に横になった。「いまのを見たか?」とロングエが訊いた。するとマン＝ルイーズは、長い沈黙のあとで答えた。「私が夜をじっと見ていたせいだね。」

なぜなら彼はおそらく、そう望んだわけではなくとも、親たちの出発を待っていたからだ。彼は異常なほどマン＝ルイーズを愛していた。恥じらいというよりは崇拝のあまりに、この感情を表に出すことはけっしてなかったが。彼はロングエを尊敬していたが、この尊敬は侮りによって打ち消されてもいた。彼にはロングエがあまりに活力があり、熱意があり、要はひきうけるべき「知識」のためには軽すぎると思えたのだ。父親の秘密の知識の唯一の継承者であり、自分自身ほとんど一人前の男である彼は、小屋に留まった。マン＝ルイーズとロングエが老いてゆくにつれて、家の仕事のほとんどはリベルテがこなした。リベルテはメルキオールの性格を理解し、よくこういった。「そっとしといてやろうぜ。」ロングエは挑むようにあざ笑った。自分の長男が自分を乗り越えたがっていると思い、ひどく腹を立てていたのだ。「おれはやつの父親だぞ。」だがそれでもある程度の誇りを感じないわけにはいかなかった。小屋でおこなう「相談《セアンス》」のたびごとに、相談に来た者にむかって彼はささやくのだった。「ああ！　もしメルキオールがいたなら、すぐこういうよ」と。それからぼそぼそと話すのだがそれはまるでメルキオールは大変に強いけれども結局のところ父親に匹敵するとまではとてもいえないし、よく考えてみるなら老年がもたらす緩慢さは若さの厚かましいほどの性急さよりも価値がある、とでもいいたいようだった。けれどもメルキオールは誰とも面談をすることを拒み、そのせいでかえって周囲のすべての住民たちが彼に相談したがった。彼はおそらくいつか彼がひとりになり自分の真価を見せる日がやってくるのを待っていたのだ。たしかに彼はマン＝ルイーズやロングエを助けてやることに懸命だったが、自分の力を使うためにはひとりになり自分が主人になることが必要だった。それでベリューズの死の報せは、彼にとっては最初の合図であるかのように思われたのだった。

ロングエはメルキオールに経緯のすべてを教えていた。リベルテが誰とつきあっているかを知らないままに、老人はときどき出し抜けにこう訊ねた。「おまえたち、奴隷の子がどうしているか聞いているか？」マン＝ルイーズは急いで答えた。「ええ、ええ。サングリの土地の最後の切れ端のところにいますよ。」「ああ、そうか！」とロングエは満足していった。リベルテはアンヌとは、なぜベリューズとロングエが対立しているのかについてはけっして話に出さなかった。暗黙の合意によって二人の息子たちはこの諍い、この憎しみの周囲に暗がりを維持しており、まるで自分たちがそれを引き受けなくてはならなくなることを恐れているかのようだった。こんなふうにして自分たちが激しいけんかをすることが、じつは憎しみを受け継いでいるのだということが、二人にはわかっていなかった。二人はいずれもすでに長いあいだ、それぞれの家を担っていたのだ。だが、すでにいい年齢になっているにもかかわらず、あの少女のまえに姿を見せるときには二人は森の中で鬼ごっこをする少年のようにふるまいつづけた。どちらも、もうひとりと一緒でなければけっして少女に会いにゆこうとせず、二人のどちらかを選ぶようにと彼女に迫り、自分の特質、価値、やれる仕事、集めてきた宝物について、ありったけの言葉を即興で語った。少女は一方をむいて「リベルテさん」といい、ついでもう一方をむいて「アンヌさん」といい、くすくす笑いながら脚にかかる体重を左に右に移動させ、やがて三人で爆笑し、森を横切って終わりのない追いかけっこをはじめるのだった。山刀を他にも手に入れたアンヌ（鍬と鎌もひとつずつもっていた）は、三本の黒檀の木のあいだに隠しておいた山刀のことは忘れてしまった。時は経ったけれど、かれらはかれらの習慣も、こうした子供時代の遊びも、捨てることがなかった。

そしてすべての歴史を知っているメルキオールは、ベリューズの死をひとつの合図だと解釈したのだ。まず、彼はロングエが自分の敵よりも長生きしたいという意志につきまとわれていることを知っていた。ついで、自分が会ったこともないこのベリューズとともに、一時代が過ぎてしまったのだと彼には思われた。かれらに報せをもたらしたのはリベルテで、気がかりなことを口にするとき彼がそうする投げやりな口調でそれを告げたのだった。というのは、アンヌのために、この死はリベルテにとっても悲しいことだったのだ。だがこれでこのライバルが小屋をまるまるひとつ自分のものにできるのだとも思った。ロングエはただこういった。「あいつはここまで、ここまで生きていたんだ。あいつが死ぬことなんてけっしてないだろうと思いこんでいたよ。」それから彼は山《モルヌ》の端まで歩いてゆき、そこからは遠くにサングリのアビタシオンが見え、下の方にはベリューズの小屋が木々の葉叢のあいまにくすんだ薔薇色の土の一片としてうかがえるのだった。そこでロングエは法螺貝を思いきり、三度鳴らした。風がそのうなるような透明で深い音を運び、山々《モルヌ》に反響させ、熱できらめく大地にその死をささげた。それから彼は自分の小屋に戻った。かれらの誰も（ロングエ自身もマン＝ルイーズも二人の息子も）彼がまもなく八十歳になろうとしていることを知らずにいた。彼は小屋の前で腰をおろし、他の者たちは黙って彼をとりかこんだ。「おれはあいつを殺したかったわけじゃない」と彼はいった。この憎しみはほとんど平和なもので、陽光の中でしずかに発芽していた。メルキオールは考えた。「これで、すっかり終わったな。」一輪の紫色の花が彼の手の中で回転した。

そしてそのときから、彼がこれからやってゆくこと以外の何かを本気でやるなどとは、もう問題にもならなかった。ロングエはやがて訪れる死に、しずかに横たわりながら、もう小屋から動かなかった。だが死の想念ばかりに囚われているのでもなかった。生活は単調につづき、みんなそれぞれの仕事に専心していた。かれらは老いた家長のまえを彼のことを見ることなく、そのありのままの姿を見ることなく通りすぎ、早口で彼に冗談をいった。死について考える時間はなかったので、考えなかった。それでもロングエがひとつの仕草をする日はやってきて、それは呼びかけの合図のような手の仕草だった。全員がただちに彼のまわりに集まった。まるで扉のうしろに身をひそめて様子をうかがい、この日、この瞬間、この仕草を見張る以外のことは、ずっとしていなかったかのようだった。マン＝ルイーズは少し離れたところにいて、リベルテは寝台の足元に、そしてメルキオールだけがロングエに近づいた。「頭のうしろが」と死にゆく男がいった。「頭のうしろが、焼けるようだ！　おれがいうことをよく聞けよ。ラ・ロッシュ、あいつは男だ。ああ！　そうだ、あいつは男だ。」彼は似顔絵が刻まれた樹皮を胸に抱きしめ、左手は地面を探り樽を求めた。小さなしゃっくりをした。メルキオールは他の二人のほうをむいた、終わったと告げるために。それから夜の中へと帰っていった老いた夜の親方のそばに、しゃがみこんだ。長い時がたってから彼は立ち上がったが、リベルテはその場に立ったままで、マン＝ルイーズは外に出ていた。彼は彼女が小屋のまえの空き地の、いつも彼女がいたあたりに腰をおろしているのを見た。元気を出すようにというために歩み寄った。彼女は胸に一本の古い黒い小刀を握りしめていて、それはあまりに使いこまれていたため刃が鉄の糸のように細くなっており小刀というよりも千枚通しのように見えた。大きなマンゴーの木にもたれかかり、その動かない目は彼女のまえにひろがる土地と土地の上の空間をさまよっていた。彼女がただちにロングエの後を追ったことは、これ以上近づかなくても明らかだった。彼女は彼とともに山《モルヌ》の、ふたたび人がそこから上がってくることのない斜面を下っていったのであり、その道中で彼に合流するのに、たったの一日も待つことができなかったのだ。それはおそらく彼女がこれらの新しい森で道に迷うのを恐れていたためであり、ロングエが彼のうちに、彼女が深く愛し、彼女の道を照らしてくれる光を携えていたからでもあった。このところ彼女がその瞬間を待ちかまえ、いざそのときがやってくると、もはやみずからを引き留めようともしなかったのだということは明らかだった。メルキオールとリベルテは涙も流さず、うめき声をあげることもなかった。かれらはただ周囲の人間たちにその報せを伝え、小屋のそばに、何によっても、古い怒りによっても光のない日々によっても、引き離されることのなかった二人のための墓穴を掘った。

巨体でものしずかなメルキオールは、彼にとっては父親という以上に師匠だった、あの頑固おやじロングエの後を継いだ。それ以外の道などあっただろうか？　それは彼の本性であり、彼の運命だった。人々がつめかけるようになった、山《モルヌ》の人間のみならず、じきにプランテーションの者たちも。彼の力は非常に強力であったため、彼は耕された土地をもふたたび征服することになったのだ、まるで彼がたったひとりでも畑を包囲することのできる、巨大な森でもあるかのように。プランテーションの人間たちは、怯えながら、あるいは疑いながら、こうして山《モルヌ》に来た。それぞれに問題を、病を、悲惨を、抱えながら。ものしずかで何も表に出さない彼は、何の不快も表すことなく人々を迎え、樹皮をかれらの頭にかざしてこういうのだった、「待っていたぞ、やっと来たな」と。傷を治し、熱を下げた。善良な男で、その善良さは孤独によって鍛えられた強さのすべてをもっていた。アンヌとリベルテについて不安を感じたとき、彼はリベルテはアンヌと少女に対して演じている役割を捨てるべきだと主張した。しぶしぶとではあったが、自分と組んで仕事を手伝ってくれないかと申し出ることすらした。「兄ちゃんの袋を運ぶのか?」とリベルテは子供のような笑みを浮かべていった。「おまえは彼に似ているよ」とメルキオールはくりかえした。「足のほうが頭よりも速い。」この「彼」が父親ロングエをさしていることは、リベルテにはよくわかっていた。二人とも成年に達し、一人前の男になっていたが、いまでもまだ子供のころ森の中をうろつきまわっていたときとおなじような口の聞き方をしていた。リベルテはずっと小屋に住み、野菜を作り、狩りをし、二人分の食事を作った。だがそれを生まじめにではなく、あまりに身軽に、持ち前の気楽さでこなすため、兄に仕えているのだとはまったく見えなかった。彼はそこにいることを、日々の雑事を果たすことをうけいれていた。メルキオールはそれがあの娘のせいだとわかっていたが、おそらく少し無邪気すぎる彼女は、まだアンヌとリベルテのいずれかを選んでいなかった。リベルテは自分自身の運命をうけいれ、挑発しながら進んでいた。メルキオールが彼の運命をうけいれ飼い馴らしていたのとおなじように。

そうでないとしたら、何ができただろう? マングローヴと海岸について知るべきすべてを学んでから海岸地帯を離れたのだから、森の巨大な波の中へと溶けこんだのだから、まばらに拓かれた土地、苦しみに苛まれた現実の人生、半ば死んだような黒人たちが彼のところにやってくるのだから、——彼は根づいている、彼自身の血統の最初の者となったのだと、いえるのではないか？　最初のころ森の静寂に大いに苦しんだ父親以上に？　人生をもっぱら洞察に頼り、たしかなことは何ひとつ知ることがなかったマン＝ルイーズ以上に？　彼は老ロングエのような動揺は捨て（憎しみだけでなく戦闘の熱、動くことへの好み、いちばん強い者でありたいという子供じみた執着を捨て）、長いあいだ森を奥深くまでたどり、ロングエの名を名乗りそれを強化したのだ。（「というのはな、マチウ親方よ、おまえさんがその質問をするのは、彼がいくつかの道をまえにしていたと思っているからだろう。だが、それはちがうよ。それにおまえさんにとっては呪医《ケンボワズール》などというものが狂った、愚かな者だと思えるのもわかっているさ。だが、それもちがうよ。われわれはすべてを知っているわけではないが、やはり何事かを知ってはいるんだ。」）そして彼メルキオールもやはり何事かを知っていて、終わりなき熱の中で忍耐強く、どっしりとしている。ああ、それは知識ではなかったかもしれない。われわれはひどく無知だった、自分自身について無知だったというのがなんといっても恐ろしいが、彼にとって無知とは知らずにいることの拒絶であって、それはすでに大いなる知識に等しいといってよかった。だから彼に関して、こんな疑問を抱いたって仕方がない。なぜ彼は森の呪医だったのか？　なぜなら父親が道をつけたのであれば、息子はその道をたどる以外のことはせず、彼は立ち止まった、立ち止まって両側を見つめるだけの時間をとった、彼は夜の中へと入ってゆきそこで沈黙する幹の歌を知った。その歌とは長いあいだ不動で立ちつくし、そのままやがて足元に木の根の塊を感じるにいたったときに初めて聞こえる歌なのだ。すっかり新しく、動機なく、そうと知らぬまましずかに、その塊がおまえを地面に植えるときに。

7章

なぜなら彼は反対に自分が所有していない物によって苦しんでいたからだ。そしてそれはフランス大元帥の名を名乗ることで彼に与えられるような物ではなかった。子供時代を通じて彼は「マンゼル・ナタリー」［マンゼルはマドモワゼルのクレオル語］についての決まり文句を耐え忍んできて（ベリューズが「マドモワゼルわが奥方」というサングリの呼び方に倣っているのだということはもちろん知らずに）、それがあまりにひどかったため彼女は彼にとってひとりの幽霊、脂肪の回廊をさまよう白いゾンビとなって、そのうしろに止むことなく泣き騒ぐ死体のごときベリューズをひきずっているといった存在になっていた。この子はいうまでもなく幽霊に怯えるというよりその名が果てしなく召喚されることに、より多くとりつかれていた。彼は神経質で乱暴で、小川の岩、犬、おなじくらいの歳の子供など、何を相手にしてもつっかかっていった。そのため彼は、たとえけんかのいちばん激しいときでもさえもリベルテが失なわないゆとり、人をからかうような軽み、微笑に、魅了されてもいた。そこに、自分自身の暴力に対する意図なき補完物ないしは解毒剤のようなものを見出していたのだ。そして彼は子供時代、何を見てきただろう。仕事にかかれば何の不平もいうことのないベリューズは、来る日も来る日も超人的な仕事（自家用であれサングリの農園でのことであれ）をこなすために美徳と幸福をつぎこむように見えるのだ、まるで上の屋敷で過ごした時を取り戻そうとでもしているかのように。妻のほうはいつも何かに、ベリューズではない何か――しばしば不在の――に対して、いやベリューズがそこにいるという観念に対して、自分は体を寄せ丸くなっているかのようだった。夜明け前に起き、夜がやってきてから寝る。でもいつも目に見えない支えに、まるであまりにも長すぎる蔓植物みたいに巻きついているように見えるのだ。管理人タルジャンは、ときどき小屋のまえに姿を現し、馬にまたがったままいつもこう叫ぶのだった。「ここに住んでいるからといっておまえは自分が自由になったとでも思っているのか？」そしてつけ加えた。「明日の朝、大きなモンベン［果樹の名前］の植わっているところに来い」あるいは「あとで忘れずにマニオクをやっておけよ！」それでもなお、稲妻が彼をよぎり心臓が喉から飛び出しそうになるのだった、ベリューズが突然に動作をやめて山の高みへと顔をむけるのを見るたびに！　そしてベリューズがこうしてじっと考えこむようにして見上げているあいだ、彼の子供の心臓は太鼓のように打ち、それが他人には聴こえないことに彼は驚いた。彼は口から泡を吹いて倒れる発作がときどき起こるのに苦しんでいたが、この発作は恒常的な飢えと彼が酷使する体の衰弱のせいでより起こりやすくなっており、しばしば長時間の失神で終わった。子供時代こうしてずっと、彼は治療法がわからぬままなかなか治らないいくつもの病に苦しんでいた。こうして彼は十五歳になるまで、いわば体のすべての穴から出てくる虫とともに生きているようなものだった。この間、彼が呑まされた煎じ薬はなかなか効かなかった。口の中にはねっとりとした草の苦い味がずっと残った。だが彼の神経過敏は彼の役にも立って、体を丈夫にし、衰弱に抵抗することを許した。脚には踝といわず、ふくらはぎといわず、膝といわず、膿みのたまった傷にいつも薬草の膏薬が貼られていたが、それでも彼は生き延び、成長した。リベルテの闊達さが彼にもたらす魅惑が（森から無傷で出てくる、けっして怪我をしない、何にでも微笑で答える、炭袋を担いでいるときでさえ身軽、といった能力）が、彼にとっては薬そのものあるいはその補助剤となったのだ。優美さという点で負けている部分を、彼は暴力と騒々しさをそのぶん激しくすることで補おうと必死だった。彼はリベルテとベリューズについての話をしなかったが、それは二つのグループ（ベリューズ家とロングエ家、あるいはむしろベリューズ家と岬の家と呼ぶべきか）に重くのしかかっている禁忌を意識していたからだったが、彼の上にその権威がほとんど働いていないベリューズに対しては彼はまったく興味を抱かなかった。彼がはっきりといっていた（ほとんどあからさまな軽蔑の色を浮かべつつ）この意見は、以前の何度かの反乱のときに彼が植民地経営者《コロン》が結成したグループに参加していたことをベリューズが知るまでは変わらなかった。その日、彼は棒でめった打ちにされ、さらに（血まみれになって地面に伸びているところを）棘だらけの木の枝で笞打たれて、そのまま何日か死んだようになって放置されていた。遊びのつもりでやっただけなんだ、ともだち（その名はいわなかった、いえばこんどはベリューズにきっぱり殺されるにちがいないと見抜いて）に対抗するために、と叫んでもむだで、それまでは生気もなく価値もない奴隷だと見なしていた者の暗い目と残忍な力に迎えられるだけだった。それで彼はその場で意見を変え、ほとんど命を落とすところだった制裁が、結局は彼にとってはいいことになった。「わかるか」と後になって彼はリベルテにいった、「この時期のおれの最高の戦いはね、ベリューズに踏みつけられて死んだりしないことだったんだよ！」そういって彼はベリューズと自分自身について胸を張るように口笛を吹くのだった。だがこの問題が残っていた。おやじたちが父親でありたがっていたということだ。「おれはあいつの父親だ」、若い連中のほうはまるで自分は息子だなどと思ってもいないのに。こうした対立は、リベルテにおいてはその親切な性向とつねによそにいられる能力のせいでやわらげられていたものの、アンヌにおいては長いあいだ悲劇をくすぶらせることになった。つねに警戒状態にある、そしてみずから機会を作り出すようなこの暴力を、リベルテは心から賞讃していた。「火山だな」と彼は笑いながらいった、「火山が煙を吐くのは止められっこないよ。」彼は友人がおこす爆発をいつまでも恨みに思うことはけっしてなくて、それで二人のあいだの憎悪は遊びや競争といった限界の中にとどめられていたのだ。

このことが、アカジューとアカシアの山《モルヌ》のあいだの空間に自由に放たれていた気まぐれで野生の少女に二人がともに夢中になったのみならず、あまりに単純というか日々の仕事がもたらすそうとも感じられない摩滅によりただぼんやりしている若い女にそろって求愛するこんな芝居を、二人が楽しんでいるように見えた理由だ。そして彼はこの恋をびくびくしながら進めようとしていたが、娘は目をそらしながらごくしずかに「アンヌさん！」というだけで、それで彼はそれ以上に進めることができなかった。彼は突然にベリューズを真似て黙々と働きはじめた。最近では彼はひとりで三人分の食糧を確保していた。そしてベリューズが死んだとき（ごくすみやかに、何の物語もなく、勇気をもって、彼の生き方とおなじく）、アンヌはそのまま小屋の主人となり、ただちに新たな支えに身を絡ませることになった老女（彼の母親）とともに暮らした。こうなると彼の焦燥も暴力ももはや抑えがきかず——というのも彼がそうと思ってもみないままにベリューズはうまい調停役だったから——彼はあの娘をさらってくることにした。この決意が熟するのに必要だった時間に、彼とリベルテとの関係はどんどん悪くなった。メルキオールが心配したのはこの時期だった。ある日ついに彼は森を横切り、娘を待ちかまえて、きっぱりと告げた。彼女が気に入っているということ、誰にも負けず働けること、真新しい道具類をたくさん持っていること、マン＝ベリューズに食わせるものはいくらもいらないということ、自分は頑丈で四時間つづけて走るのも何でもないこと、だから彼女はただそんなふうにもじもじしているのをやめさえすればいいのだということ、彼女のことを思うあまりに夜中に目が覚めてしまうこと、そのせいで仕事も手につかないこと（これはとんでもない大嘘）、どこかの奥様のように幸せになれること（むりに決まっている）、肉を手に入れるために野生の山羊を狩ってくるということ。こうも具体的な計画をあげられると、少女の想像力にも訴えるものがあったようだ。これで話は決まったようなもので、初めて彼女は葉のない切株のように立ちつくすことをせず、はじらうようにうつむいた――顔をそむけるのではなく。これは彼女においては心がかき乱されているしるしなのだった。アンヌはびっくりした。そして彼女の手をとったとき、彼女がおとなしく後をついてくるのに彼は動揺した。「ああ！」と彼は怒りにかられつつ思った。「これがリベルテでも彼女はおとなしくついていったんだろうな！」

なぜなら彼は自分が所有していないもののせいで苦しんでいたからだ。おそらく彼は娘をさらうことがその欠けているものを自分にもたらすと考えていた。こうしてその日以来、闘いは避けられないものとなった。この展開をリベルテが知ったとき、彼はまず微笑した。ついでいつものような軽みで立ち去った。メルキオールは彼が立ち去るのを見ていたがすでについで何が起きるのかをわかっていて、けれどもそれを邪魔しようとはしなかった。というのもメルキオールの勇気と力はすべて彼の落ち着きのうちにあったからだ。リベルテはただちにベリューズの小屋に行くことはせず、数日のあいだ沈思黙考しつつ森で暮らした。おそらく愛することも苦しむこともできないまま、彼は事実についてではなく（アンヌがあの女と暮らしているということ）、三人のあいだにあった取り決めが破られたことについての説明を求めにゆこうというところに落ち着いたのだった。そして事実、彼は苦しまなかった、不幸でもなければ気を悪くしているのでもなかった。ただあのやり方には重大な違反があると彼は考え、彼が非難するのはその違反だった。だが彼が発見したのは見捨てられた小屋で、他の何よりもそれに彼は感動したのだ！　アンヌが森のいっそう深い上の方へと逃げていったことは明白だった。そもそもそれ以外の道などなかっただろう。娘はラ・ロッシュの所有物であり、自分で自分を好きにできるわけではなかった。アンヌはサングリのものだった。この二家族の特別な地位（家族の話をしてよいのであれば）は、娘が男に強いられるまでもなく勝手にうろつきながら成長することを許したけれど、こんなかたちで所帯をもつことまで認めるのではなかった。ラ・ロッシュとサングリのあいだの同意をとりつけることについては、まるで当てにできなかった。二人のプランテーション経営者のあいだにはいかなる交渉もなかったからだ。サングリは返事をしないだろうし、ラ・ロッシュは罪を犯した女を閉じ込めることだろう。こうして、とリベルテは思った、奴隷制の息子が森で生きる逃亡奴隷《マロン》となったわけだ。「ロングエは満足しているはずがないな」と彼はさらに考え、それは自分のせいだと彼には思えた。このあまりに漠然とした感情のせいで、彼はアンヌを探し話をつけることを自分に誓ったのだ。しかし彼は急いではいなかった。それでメルキオールのそばに戻ってきた。じっと待っていた。

苦しむアンヌ・ベリューズが彼の大胆さから、どんな本質的利益も得なかったことを知らぬままに。なぜならアンヌは、女は闘うことができないという不均衡のせいで苦しんでいたのだ。森の逃亡奴隷《マロン》である彼は、下に対して、つまり平野とそこに属する者たちに対して、けっして警戒を怠らずそれによって生き延びるための力を見出すという逃亡奴隷《マロン》の使命に、取り憑かれていなかったから。その力は彼のうちにはなく、忍耐もなかった。彼は木々の濃密さにいらいらし、どうしても行かざるをえない危険な遠征のため平野に出ていくときには——彼の新しい境遇では身の回りのあらゆる必要品が欠けていたので——ぽかりと開けた空間の明るさを懐かしく思った。アンヌは偶然の逃亡奴隷《マロン》だった。彼は逃亡奴隷《マロン》の仲間たちとつきあうことはせず、それに彼がこうしたすべてを意識していたということはありえない。だが彼が山の上のほうに定着することにはならないだろうということ、いずれ彼の父親が暮らしたあたりに帰ってくるであろうことは、予想がついた。ラ・ロッシュが死んだとき、実際、彼はそうした。そのとき彼は、のちにロッシュ・カレ［「四角い岩」の意］と呼ばれるようになった細い帯状の土地に定住することになり（そう呼ばれるのはおそらくすぐそばの山《モルヌ》のかたちのせいであり、おそらくはラ・ロッシュが自分の所有する四角く区画された土地を山《モルヌ》のすぐ際まで拡大していたからかもしれない）、そしてせむしの息子へと代替わりしていたサングリのアビタシオンに働きに戻ったのだった。こうして、逃亡奴隷《マロン》になろうという彼の試みは、義務がもたらしたもの、抗いがたい傾向、全身の逆上のいずれでもなく、いずれになることもなく、気分の動きというか、女の欲望とでもいえるものの結果にとどまっていた。そして彼はサングリのところに日雇いの農業労働者として戻ったのだ（それ以外の何ができただろう）。もはや奴隷ではなく。だがこれは、結局はおなじことだった。唯一のちがいというと、奴隷制が廃止されたその時期、ときおり彼はメルキオールが住んでいると信じるあたりを見上げるのだが、それでももう胸に稲妻が走ることはなく、苦悩が心に重くのしかかることもなくなっていた、という点だった。

ロッシュ・カレの小屋が開けた空間に臨み、またその周囲に何種類かの作物を生やして——作るというほどでもない——おり、またおんどりを一羽とめんどりを二羽飼っておくことができるからといって（そしてすべてが日常生活のぬかるみの単色の絵へと沈んでゆくこの悲惨な暮しの光の中で、その小屋をひとつの対象、ひとつの全体として捉えることが、見ることができなかったからといって）、小屋がまたはっきりと森に属してもいること、森の縁に身をひたしていることは認めなくてはならなかった。森は小屋からはじまって山《モルヌ》にむかって延びてゆくのであり、したがって小屋は二つの悩みに分割されるアンヌとおなじく、同時に平野の使用人でもあれば森の姉妹でもあるものとして、二つの世界の不分明な境界上でバランスをとっているのだった。それならアンヌはある日、小屋を生かしているしずかな矛盾を愛することになるかもしれない。だがまだそこまでは行っていなくて、森に逃げ出した彼は、さしあたっては彼の怒りを養っていた。闘いは避けられないものであるのみならず、暴力が優美さを殺すことも避けえなかった。すべてを笑っていた男、自分の中に老いたロングエの頑固さから超然としているのに十分な煙、飛び散る水しぶき、募る風をもっていた男は、まだ決定的な行為のための準備ができていなかったのだ。彼は闘うことはできるだろう、だが殺すことはできないだろう。一撃を受けとめることはできるだろう、だがおなじような殺しのための一撃を加えるのに必要な火を自分の中に見出すことはできないだろう。こうして、闘いは避けられないという合意ができたならば、暴力が優美さを殺すことをもまた受け入れなくてはならなかったのだ。それこそ、少年時代を通じて三本の黒檀の木をめざしつづけたアンヌが、一撃のもとにリベルテを殺した理由なのだった。

　二人は朝のうちから互いをうかがいはじめた（娘の誘拐としか呼びようのない事件からはほとんど一年が経っていた）が、その日はそれぞれが「よし。あまりにも長引き過ぎだ」と考えつつ目を覚ました日で、二人は森を横切り接近しあっていた。二人の共通の決意を決定づけたのは、一晩じゅう雨が降り堰を切ったような豪雨がつづいていたことだった。終わりのない熱い滝が森の中に第二の森を編み上げていた。滴は蔓のまわりに本物の蔓のように絡みついていた。こんな洪水の中では、できることは何もない。この偶然の状況がかれらにとって事を起こすべき日と時を決めた。雨が強いる生の中断の中、アンヌはしびれを切らしまた嫉妬にかられていた、なぜならリベルテのほうだって二人が共有する欲望の対象をさらうことができたかもしれないと考えたからだ。二人は卑劣な下心やうわべのとりつくろいのために互いをうかがっているのではなかったし、ましてや闘いを遅らせるためではなく、二人の子供時代の遊び、この日の嵐がまったく新しい装いをもたらした競走を、ただ再開しようとしていたのだ。地表でむすびめを作り、洞穴だのトンネルだのになっている太い根の下で、湿った腐植土が湯気を立て、その青い湯気は絡まりを抜け出て水の藪をつらぬき立ち上ってゆくのだった。まるで燃えつきようとするときの炭焼窯のように。若い幹の紫色の輝き、雨に抵抗する野生をもち嵐にも毅然と立つ肉厚の花の赤、そしてときには木々の枝の下で奇跡的に守られたかのように、水の騒擾と錯乱の中の小島のようにも見えるふるえる水溜まりがあった。正午ごろ、二人の男は接近し、互いの動きを予見することのできぬままに、いきなり飛び出そうとしていた。この賭けに勝ったのはリベルテだった、なぜならアンヌが彼はまだずっとうしろにいるものと思い敵を避けるために策をこらそうとしていたそのときに、突然アンヌの前に立ちはだかったのだから。そこでもまた、あまりに長い待機に疲れてしまって、二人は早速互いを罵倒しあいはじめた。だがあれほどよく互いを知り二十歳のころから心から楽しみつつ相手を罵りあってきた二人に、この状況の重大さに見合った真剣な罵り言葉など見つかるものだったろうか。二人はいつになく、ひとことも交わさずに取っ組み合った。リベルテはあの人を苛立たせる微笑を絶やさず、その上に大樹の幹、笞のように打ちつける枝、太くて強い蔓などに滲みわたった水のねっとりとした状態をうまく利用した。敏捷さは雨には都合がいい。それで彼のほうが有利なことは明らかだったが、与えまた受ける打撃も、窒息も、ねじり上げられた腕も、破れた脇腹も、ただひとりだけが生き延びるという闘いにおいては何でもなかった。アンヌは、リベルテが証明してみせた優勢をはるかに超えなかなか決着がつかないことに苛立ちを募らせて、突然に闘いを中断し、考えることもなく三本の黒檀の木へとむかっていったのだが、この三本は丁寧な手によってきちんと三角形に配置されていたかのようで、そのあいだには他の植物が入ることを禁じられたひとつの空き地ができていた。アンヌはそこの木陰へと逃げこんだ。少なくともリベルテは、アンヌがその場所に逃げこんだのは狂ったような雨がそこでは単純に滝に姿を変えそこでは両目を開けていることができるからだと考えた。アンヌは狂ったようにぐるぐると回った。三本の黒檀のあいだの空間で、まるで金網箱に入れられたマングースのようだった。地面の部厚い苔、繊細な草の絨毯、棘とイラクサの窪地、黒檀の合間のこの場所を周囲の混乱の中にあって無垢の沼とするこうしたすべてを、彼は掘り返した。だが彼はすぐに山刀を思い出し、かびで緑色になっている把手をにぎりしめ、刃がこぼれ錆びて長い年月のあいだにすっかり切れなくなっているその刃をゆらゆらと振った。リベルテはかけつけてきたが止まる隙もなかった。彼は巨大な悲鳴、何ともいいがたい叫び、降りしきる雨とさらにその先にまで響きわたる果てしない「ウエ」という大声をあげた。かくも巧妙な奇策に対する同意、それを予見することができなかったことに対する驚き、山刀によるこれほどみごとな一撃に対する満足を表す叫びだった。錆びた刃は彼の左肩を切り、肉をほとんど心臓に達するまで裂いた。微笑は彼の顔を去らず、野生のよろこびにみちた歌があいかわらず木々の下に鳴り響いていた。アンヌはそれが夜を生み出す水の響きへと遠くで連なってゆくのを身をふるわせながら聞き、その間にも彼の足元には紅の色がひろがっていくのを見つめていた。「よくやった」と彼はくりかえした、「よくやった。」彼にはそこに横たわっている愛想のよい死が彼を褒めようとしていると思えたのだが、それに対して雨が水滴と突風によりぱちぱちと音を立てる霧を吹きかけてくるのだという気もした。

彼は自分の怒りの暗い底にふれることはなかったけれど、少なくとも数年の間、苦痛と傲慢のあいだに引き裂かれつつ、ただひとつの行為（それも何によっても消すことも償うこともできない、とりかえしのつかないもの）のまわりをぐるぐると回り、そうすることで彼の苦悩にひとつの微笑、叫び、雨水の中を蛇行しながら流れる一条の紅の糸という正確なイメージを与えることができた。なぜなら彼は自分の中に、植民地経営者《コロン》の側に立って戦ったことについての後悔と、陽光の中で突然彼の頭に降ってくる老女の幽霊――彼にとってマンゼル・ナタリーは老女だった――という強迫観念よりも、はるかに大きなものを抱えていたからだ。(「そうだよ、マチウ親方、あんたこそ本物の大元帥さまだ！　なぜならあんたがこの土地で待たれていたのは苦しみと怒りの鐘を鳴らすためだということを、あんたは思っているから。あんたが自分自身と話していることが、おれには聴こえるよ！「かれらは知らなかったんだ、知らなかったんだって！」そしてあんたは何者で、おれは何者なのか？　たとえベリューズとともにロングエとともに憎しみが去ったのだとしても、あいつの、アンヌの、胸にあった暴力を、あんたはどうやって見計らうことができる？　そしてあんたが「過去」というとき、心に呪われたイチジクの木のように生えている理由なき暴力が見えないのに、そんな過去があったかどうかすらどうやってわかるというんだ？　だって過去とはあんたが確かに知っていることの中だけにではなく、風のように過ぎてゆき誰も握ったこぶしに摑むことのできないすべての中にだってあるんだからな。あんたが待たれていたのは、呪われたイチジクの木を掘り起こしてみるようにとのためではないのだが、だったらなぜかれらは、あんたに教えようとその場所をしるしづけていたんだろう。その位置にしるしをつけるための石灰を、いったい誰がかれらにやったんだろうな。するとあんたはこういう、「かれらは忘れたのさ！」と。だがかれらが知っていたのはあんたの前ではなく、ベリューズよりずっと前、ロングエよりずっと前のことなんだ。かれらが到着したあの船は最初の船ではなかった。なぜならロングエが最初のときから逃亡したのは、わざわざ下のことなど知ろうともしなかったからで、彼は彼のかたわらに立っていた過去へと一気に飛び込んだのだ。だからおれはあいつのことを最初の人と呼ぶのさ。ラ・ポワントを前にして船を下ろされた日以来つみかさねられてきた年月を、彼は一晩のうちに取り戻した。そして彼は最初の人となったのだ。だからあの船が到着の船なのだ。だが他の者たち、彼以前に耐えてきた者たちも、そこにいた。絶滅させられた者たちに代わるために集団で船を下りた者たち、のみならず、かれらが自分たちに代わるために連れてこられたのだなどとは思いもいたらない、絶滅させられつつある当の者たち。ベリューズをロングエにすることなどできたものだろうか、もしベリューズが山《モルヌ》の上からの過去の呼びかけを、一気に理解しなかったなら？　ベリューズは別の仕事を運命づけられていたのであり、あんたの叫びはむだだったよ、マチウ・ベリューズ！　おれの無知な曾祖父は、いったいどんな仕事を見通していたことだろう。というのも、血が二世代めにしか現れなかったとしたら、それはロングエがそれを望んだからなのだ。彼は逃亡《マロン》奴隷たちを集め、ベリューズを小屋の土地へと釘付けにしたあとで、ロッシュ・カレの小屋を焼いたんだ。誰がそれを止めたか？　なぜ、あの第一世代において、怒りと暴力はあんなに迂回した道をたどるのだろうか。かれらはまず土地を学ぶこと、低いところも高いところも合わせて学ぶことが大切だとは思わなかったんだろうか。ロングエはいっていた。「彼には奴隷制の息子がいる」と。だがそのロングエこそ、その根が自分の中にあるということしか知らない何かの切株を掘り出そうとして、山刀を突き立てるのだ。というのも、そのものが彼に欠けていること、彼がそれを所有していないのは、彼がそれを感じていなかったからで、それは彼のうちにあったのだ。そして知識が物をもたらすわけではないことはあんたにはわかっているだろう、だってあんたは山刀ひとつの用意もなくそこでそうして熱にふるえているんだからな。なぜなら過去とはまっすぐでなめらかで端に房がついているアブラヤシみたいなんじゃなくて、最初の根からはじまり雲に届くまで休みなく芽吹きつづけるものだからさ。」）そして過去は山《モルヌ》の上のほうで炸裂するのと同様、平野を流れてもいたのだ。自然の分割だ、というのもこちらには平野がありあちらには山《モルヌ》があるからだが、この分割は固まり確定される時間がなかったのだ。まるで燃える地面が水から出てきて、ただちにふたたび決定的に冷やされてしまったかのように！　それは分割を灰へとくずし、いたるところに待つこともなく撒き散らすということ。そのために自分の血の中に何が脈打っているのかも知らない、アンヌという殺人者が必要だったのだ。そのために、どっしりと根づいたメルキオールが必要だったのだ。嫌悪や軽蔑を超えてでも学ばなくてはならない、下の土地の労働のために。子供じみたふるまいや、怒りや、ざわめきから、自由になったメルキオールが。ゆっくりと歩む、このでっぷりと大きな男が。ざわめきは理由なき暴力を消すためのものだということを、彼は理解していた。彼は理由を探していた。あるいはおそらく、選ばれ、すでに呼ばれたものとして、理由のほうが彼を探していたのだといったほうがいいのだろうか。

平野を荒らすために逃亡《マロン》奴隷たちがときおり下りてくるとき、彼は逃亡《マロン》奴隷たちについてゆかなかった。かれらのほうもまちがえることはなかった、臆病では役に立たないことを知っていたので、こういうのだ。「いいさ。あいつは他の仕事がある。」メルキオールはかれらが出発するのをじっと見て（中にはリベルテがいて騒動のあいだじゅうアンヌを探していた）、かれらが戦《いくさ》にいくのはたぶん平野の連中が反乱を起こしたからだろうと考えていた。つまり、さげすまれた者たち、奴隷たち、鎖につながれた者たちが、すぐれた者たち、不屈の者たちにはなばなしい火付けと戦《いくさ》を許すべく、死んでゆくことを受け入れるたびごとに。そのときメルキオールは陰へと、さらに深く入っていった。森と畑のこんなちっぽけな邦がここまでの奥行きを持っていることに彼は目をみはっていた！　そして彼は一度の闘いによってリベルテに仇を打つことは望まず、また喪か身体欠損か性的不能といった不幸をアンヌにもたらすことも望まなかった。復讐というのもむなしいことだった。アンヌは長いあいだメルキオールが行動を起こすのを待っていた。彼を地に倒すような白昼の一撃、あるいは彼を生涯にわたって麻痺させるような緩慢な呪い。だが日々の単調を乱すようなことは何もやってこなかった。アンヌにとっては、この待機はたしかに復讐の罰を受けるよりも苦しいことだった。ロングエ（ラ＝ポワント）は憎しみを日々の疼きとしていた、彼はそれを飼い馴らしていた。そんなつまらない悪癖など気にもかけないメルキオールは、復讐を拒むことによって憎しみの火を消した。それでも残ったのは一貫性のない行為への苛立ちであり、ことの全体を蒸し返すかあるいは永遠に葬ってしまうような出来事への呼びかけだった。この最後の状態をもたらしたのはのっぽのステファニーズで、彼女がアポストロフと暮らしはじめたときのことだった。

そして殺害された死体たちが終わりなき丸太のように地面につづいてゆくことになったであろう「やられたらやり返せ」という考えの代わりに、メルキオールは根づくことに専心したのだ。彼はしばらくまえからひとりの女、逃亡奴隷《マロン》の娘を知っていて（というのも彼が下のほうの人々の中から連れ合いを選ぶことなど思いもよらなかったから。かれらの生き方や価値の重みに対して尊敬の念を抱きはじめてはいたものの）、しかし彼女があまりに彼を恐がるのを嘆いていた。彼女は彼のまえに出ると固まってしまうのだ。彼がいろいろ工夫をこらして会う機会をふやしてみても、関係は微笑ひとつにすらたどりつかなかった。彼の中にはある鈍重さがあって、それが彼のことを不当にも（そんな出会いの時ごとに）つまらない、あるいは臆病な男に見せるのだった。それにまたはっきりと目立つ存在でもあることが、人々を恐れさせた。彼を特別なものとする状態のことはいうまでもなく。そこで彼は、父親にむかって娘をくれと頼むことにした。それだって良い結果が得られるならかまわないだろう。だが彼がかれらの住む小屋に入った瞬間、自分の到着がもたらした結果に彼はすっかり挫けてしまった。興奮ではなく狂乱でもなく、そこに住む三人はただ呆然とし身動きもできずにいるだけなのだ。特に父親が見せる恐れと尊敬が、その息子にもなろうかというメルキオールを動揺させた。ごく若い娘はいちばん奥のあたりで母親のそばに引きこもっていた。侵入者はぎこちない頬笑みを見せた。

「さて」と彼はいった。「その娘をもらいに来たよ。」

老いた母親は悲鳴をあげ、すぐに声を押し殺した。まだごく若い娘は興味を抑えきれず、首を伸ばした。

「ああ、ああ……」と老いた父親は口ごもった。「こっちに来い！」と、ついで彼は恐怖を追い払うかのように力をこめて大声を出した。

娘はやってきた、すでに恐怖はなく。だが両親はまだふるえていた。父親が自分の娘のいいところをさんざん自慢する、もごもごした話し方の演説をはじめたとき、この恐怖と激しい不安ともいえる空気に耐えられなくなったメルキオールは、こういってしずかに彼をさえぎった。「よし。だったら明日、太陽が上がるときに、この娘に来てもらおう。」

「うん、うん」と老人はいった、「行かせるよ。」そして翌朝、彼女はたしかに行った。

彼の怒りにあえて立ち向かわなくてもいいように親たちが娘をくれたのか、それともその申し出に気を良くしたのだったかは、彼にはついにわからなかった。若い娘が、よろこびとまではいわなくとも自分の本心から承諾したのか、それとも脅しに屈したのかも、彼にはついにわからなかった。こうした問いは日々と夜々がゆっくりと流れてゆくうちに消えていった。彼はすぐに小屋を出て、自分が出たあとの光景は想像しないようにした。叫び声、恐怖、おそらくは陽気さも。翌朝、陽光が木々の梢に弾けるよりもずっと早くやってきた女は、マン＝ルイーズがいつもいたあたりに腰をおろしていた。彼は小屋を出たとき彼女に気づき、稲妻のような一瞬、こう考えた。「マン＝ルイーズが帰ってきた。」ついで彼は離れたまま彼女に声をかけて頬笑み、遠慮も困難もなく彼女が自分にむかって歩いてくるのを見て、ずっしりと重いよろこびを味わった。

彼は家系の中ではじめて野営をやめた者であり、忍耐を誓っていた。本当に、呪われた者であることをやめたロングエだった。唯一、そうだ、みずからの運命を選ぶことのできた唯一の人であり、道を逸れることなく運命の手を引いていった。森の夜明けに聞こえた砂糖黍作りとしての最初の叫びから、その長い生涯の最後に夜の中に見られた最後の螢のような火にいたるまで。重く、洞察力にめぐまれ、すっくと立つことのできた生のすべての時をつうじて、一点の汚れもなく。真実、唯一だった。だって始祖ははっきりと呪いをかけられていたではないか。捕えられ、移送され、奴隷として売られたのだ、海のむこうの邦では無限の地平線を数えていた人が。そしてアポストロフは息子が生まれると五年後には死んだので、言葉を息子に伝えることもできなかった。パパ＝ロングエその人だって何に何をうまくひっかけることもできず、自分の父と子をうまくつなぐことができず、したがって過去を未来へとつなげることができなかった。気楽な放浪者だったチ＝ルネは、大きな戦争へと出征してゆき、すぐに子供の代わりに死を作った。みんなそれだ。それぞれに呪われていたのだ。全員が、ただひとりを除いて。力と忍耐を熟させるために選ばれた者を。このロングエ、もとの家系の名をふたたび名乗るようになったメルキオール・ロングエのことだ。最後まで頭を冷静に保つことができた唯一の者。そして彼は息子アポストロフの死を見届けることになったとはいえ、その三年後には、森での彼の長い旅のあいだに集めておいたふるえる光の束を、孫息子に与えることができたのだ。彼はひとりでなくてはならなかった、それはやむを得なかった、家族のすべてにとって（周囲にいて家族の反響ともいえる逃亡奴隷《マロン》たちにとってもそうだが）彼は大地にしっかり張った重い根なのだった。それがリベルテ、あの木の葉のように軽くふるえる男が死んだ理由なのだ。リベルテこそ、もっとも呪われた男、そうじゃなかったか？——だってあいつは、死を鼻で笑いつつ、力において打ちのめされた男の運命に、ふさわしくもなければ、それを何か（その微笑とかその無頓着とか）においで予見していたわけでもなかったのだから。リベルテ、微笑を浮かべた死体、彼をメルキオールは背負って黒檀の木の合間から小屋まで連れ帰り、マン＝ルイーズとロングエの墓穴のそばに埋めたのだ。少なくとも、イラクサや臭い草や甘い蔓がびっしりと茂った下にその穴だと見当をつけられるかぎりにおいて。そしてアンヌ・ベリューズは、避けえない闘いにおいて、自分のほうもそんなことを予め企んでいたわけでもないのに、山刀を一撃のもとに突き立てたのだが、その行為により彼の胸に植えつけられた木を引っこ抜く、あるいは引っこ抜こうと試みることになり、同時にメルキオール・ロングエをロングエ家の黒土に根づかせることにもなったんだ！

8章

空間に、絶えまのないきらめきとしずかな空虚に、こちらの者たちが森の陰へといっそう深く入ってゆき、あちらの者たちが粘土を耐え忍びつつそこに力を得ているあいだ、問われたわけでもない問いはいたるところに広がっていった。その問いは悲劇も貧困も気にかけることなく、しかしその口にされたことのない問いの非物質的身体の上に、全員の努力と悲惨を担っているのだった。というのも例の樽が小屋の中にあり相談に来る者には誰にでもそれが目に入って、あえてじっくりと見るまでもなく一瞥でそれと見当をつけることができたからだ。

「メルキオールはもう袋を持ち歩いていないらしいな、樽を使っているという話だぞ。」

「その言葉を大声でいうなよ！　おまえ、煙になって消えちまうよ。」

「あの中に入れられたら、真暗な道を永久に歩くことになるんだ。」

「ラ＝ポワントはマン＝ルイーズと一緒に焼かれたんだって。二人が入っているらしい。」

「おまえ、上がっていくときに墓穴を見たかい。」

「墓穴はないっていうぞ。入れられてるんだよ、灰になって。」

「あの灰は老いぼれ野郎《ル・ヴュー・ブーグル》の灰だよ。やつ、こんどは金を失くしたんだ。」

「老いぼれ野郎《ル・ヴュー・ブーグル》はラ＝ポワントを探さなかったよ。あいつら二人には契約があるんだ。」

「やつの馬だ。やつは馬でやってくる。馬が走ってくるとき、ラ＝ポワントがいるんだ。」

「蛇だよ。」

すべてだ。この樽に不安を覚えて、つまりその深みに隠された原因、そしてかくも多くの悲しむべき反響、かくも多くの沈黙を集めて、おそらく唯一の明るみの中で強さを増す声となってゆくすべて。いたるところで増大してゆくのをかれらが見ている緊張にも不安を覚えていて（というのもかれらは馬にも乗らずに逢引にかけつけようとする女戦士《アマゾン》を目で追うだけではもはや満足できなかったから）かれらはそんな緊張が、山《モルヌ》の上のほうで結ばれつつあるものと考えていた。

「あいつらは下りてくるらしい、どこもかしこも火の海になるぞ！」

「戦うんだ、戦うんだ。小屋を閉めておけ。」

「パドゥアの聖アントワーヌさま、また戦《いくさ》だってよ！」

すでに行動を説明できるだけ、またはそれを予見できるだけ強い。けれどもそれは断片により、またもって回った文でいい表すしかなくて、かれら自身、それが自分たちの中にあるとは思ってもみないのだった。そしてその無知のせいで、周囲のいろいろな不思議相互のあいだ（というのはあまりに明らかな力は不思議なのだ、たとえそれが老いた暴君のような恐ろしい形相や悪意のない黒人のような鈍さを呈していても）、夜々と稲妻のあいだを、せむしと馬のあいだを、ひとつの論理というか少なくともひとつの連続性の見かけでむすびつけようとしつつ、きちんと述べられる真実の領域に長く留まることができないにもかかわらず、精神を安心させ生きる欲望を強めることにもなるのだ。

「上がっていく道に入ると、まるでそんな調子だ！　ただ森また森で、夜が夜につづくばかりさ。喉はひんやり、背中は熱い。」

「死んだほうがましだ、まったく死んだほうがましだ。」

「よく聞いてくれよ、また戦うことになる。」

「聖母イエスさま、なんてこった、またもや戦うことになるのか。」

「せむしは、子孫の女にご執心みたいだね。」

「老いぼれはプランテーションを乗取るよ。」

「いや、あいつは娘をサングリの息子に嫁がせるんだ。」

「おまえ、ばかだね。あのせむしの蕪野郎の息子か。」

「あいつはいつも欲しがってる。蒸留所が五つ、まだ欲しがってる。」

「そしてやつらがいうには、まるで工房みたいに山刀がいくらでもあるんだと。」

「火をつけるには火薬もあるってよ。」

「メルキオールがいちばん強いよ。あいつは三つのものを操れる。袋と、棍棒《ブトゥ》と、例のあれだ。」

「見ろよ！　また戦《いくさ》になるよ！」

全員が。ひょっこり顔を出した知らせの言葉に夢中になり、かといってその言葉により人生の輪郭がはっきりするわけでもなく。ひとつの裁定から次の裁定、ひとつの打ち明け事からひとつの肯定へと、そこからかれらの明晰さが生まれてくる神秘の、野太い声を編みながら。砂糖黍の下で消耗し、カカオに打ちのめされ、莨《たばこ》に押しつぶされて、けれどもかれらのむなしい草取り仕事を超えて、永続し。そしてたとえ理解するのではなくとも行動する、少なくとも光輝につつまれた未来を歌うことができる（ちょうど全身麻痺した人が見る混成的な夢のように）。そしてまた、ときには、語ることのない回想に、古き土地の露出にふれて、まるで自然に治ってしまった病気が残していった幻覚のかゆみのように。未来の行為は強力な代理人たちにまかせたとまでいうのではないが、かれらはそれがおそらくかれらの口にするひとつの文から別の文へと走ってゆくのを感じていた。行為。語と語をすでに連結する欲望、あるいはむしろかれらの支離滅裂な言説の結合（思ってもみなかった構文の成立）。

「いったい誰がおれたちをここから出してくれるんだろうな！」

「火炎樹、それから黒檀、それからアカシアしかないよ。」

「ギニアだ、コンゴだ、以下、上に同じ。」

「雨に雨、太陽、そしてまた太陽。」

「蛇、蛇。」

「全員が自由になるんだっていうぞ、解放奴隷だけじゃなくて。」

「そうなれば夜も体にしみわたるだけ寝られるな。」

「二千も小部屋がある家がおまえのもんさ。」

「ムラート［黒人と白人の混血階級］たちだけじゃなくて。」

「おまえさんには七十二のマットレスと二十八の食卓がある家をね。」

「テーブルでの飯の食い方も知らないくせに。」

「彼女はいつまでも彼を捜しつづけるし、老いぼれ《ル・ヴュー・ブーグル》は満足してないって、やつらいってる。」

「せむしの蕪野郎の息子か。」

「あのことは関わり合いにならないほうがいいよ。空中で鉄棒がふりまわされたら、おまえたしかにそいつをくらうことになるよ。」

「まったく何てこったよ、戦《いくさ》がはじまるぞ。」

「でっかい木の下でやつらがいうんだよ、見ろよ、アコマの樹だ、そして風もないのにあたりの草のひんやりした感じにつつまれていると緑色の空も見ないが、そいつは頭の上にあるんだよ、その木は。」

「ゴンボ［オクラ］はすべるし、ドングレは喉につまる！　おまえが食うものぜんぶが食いもんてわけじゃない。」

「冗談だろって、やつらいってるよ、何世紀もいつまでもこうだ。何も変わらん！」

というのは樽がそこにあったからだ。雷雨のとき、台風のとき、乾期《カレーム》の土埃、夜明け、歯止めのきかない夜々、いつもそこにあったからだ。かれらのうちの誰もそれに何が入っているのかを大声で叫べないうちに、それどころかはたして何かが入っているのかすら、ラ・ロッシュがはたして何かをつめこんでいたのかすら。こうして、問われることのなかった、けれども全員の心に住みついていた問いは、きわめて単純、きわめて直接的なものだった。あれって、いったい何が入ってるんだ？――それから時が経ち忘却が訪れるにつれ、この問いはその単純なかたちにおいては死に、しかし非物質的に空中に漂っていて、熱い空間にひろがり、また新しいかたちで人がそれを取り上げるのを待っていた。あるいは、そうでなければ、少なくとも誰かがその問いを透明なもの思ってもみないものとして自分の中に抱きつづけるように。道から立ち上る水蒸気のヴェールのように遠くから見る視界をゆがめるが道をずんずん歩いてゆけばもう足元にまったく見えなくなる。あるいは、それが日々の流れの上にかぶさるヴェールとして、また賤民《パリア》たちのうわべの否認の中で作用している問いだったということすら知らないで、誰かがついそれに答えを与えてしまうのを待っていたのさ。

なぜならメルキオールはまず最初の子が生まれるのを見たからで、それは女の子で、彼は三本の黒檀の木のあいだで一撃のうちに倒された弟の思い出としてリベルテという名をつけた。他にできることなどないように、メルキオールには思われた。彼はたぶん亡くなった弟によってばらまかれたエネルギーの少しを捕え、それをこの新しく生まれた身体の中にひといきに流し込んでやろうとしていた。そして娘リベルテは、いわば、その父親の仕事の中には現れなかった。あらゆる記憶から自分を消してしまうほどにつつしみ深かった。だが彼女がこのスラ家を始めたのであり、この一家はかたくなにみんなから身を引き離したり、あるいはむしろ大勢の中に溶けこんだりした。というのも自分の父親の弟とおなじくリベルテと名乗った娘は、自分が溶けこんでしまったこの混乱によって苦しんでいたのだ。彼女はその中にまぎれこんでいくように見えたが、一方ではひそかに、たったひとりその蓄えたエネルギーをもって、パリアたちの中ではっきりとちがう、単純で平凡だが意志的な、自分の人生を準備していたからだ。彼女は最初の日から、人にこんなふうにいわれてそれでおしまいであることを、拒絶していたのだ。「あの娘がしでかしたことを見ろよ、彼女はこの男と一緒になったんだ、ふたりはロッシュ・カレの裏手の集落《フォン》に住んだ、ふたりには九人の子ができて、そのうち四人は五歳にもならないうちに死んだ」とか、あるいは目がぎらぎら光っているとか声を聞けば逃げ出したくなるといってみんなが悲鳴をあげるような者――いや、彼女は生まれたときにはただ他と変わらぬ枝の一本にすぎずリベルテという名だといっても他の者より抜きん出ているわけではなく、反対に、まさにこのもともと彼女自身のものだというわけではない名前のせいで、ありきたりな道をはずれたところにエネルギーを汲むことも特別な仕草や言葉によって人目を引くこともできなかった。それで彼女のことは、人は一瞥するだけで、あとは彼女が人知れぬ仕事をなすがままに放っておくのだった。彼女は姿を消した。それにつづく家族にしてもおなじことで、今日にいたるまで長いあいだ誰も、この家族のことは耳にすることがないだろう。燃える目をした若い娘が立ち止まり「はい、私はマリ・スラよ」というまでは。こうして、いわば空間に蒸発してしまった家族、大衆にまぎれこんでしまった家族が、ある日（今日）若い娘という新しい姿をとって現われ、この子についてはその姿を見れば誰もがこういわずにはいられなくなるだろう、「スラの娘だ」と。

なぜならその問いは樽の（「あの物の」）そばにあったからで、だがその問いとしての身体は、惨めな者たちの知らぬ間に悲惨の努力の中に溶けこんでいるのだった。そしていまそれは（今日）新しいかたちで出現していた、「どうやって、どうやってこの時間のすべてをひとつの樽の中に入れるなどということができるだろう？」――そのかたちを託された者にも明言することができないままに、熱狂に浮かされた精神の中にひとつの問いを抱いているとさえ彼が思いもしないままに。そして彼の精神の中の問いは、いくつもの火災を起こした。彼は叫んだ。全体に走る亀裂を賢明にも見抜いたと信じ、あるいはより野心的に、その下を流れる血と樹液を養うことがわかる結び目を。ところがそれは問いがずきずきと脈打って（彼の思考の中ではまだかたちをなしていない、ちょうどかつて樽がかれらによっては名づけられていなかったのとおなじく）それが彼の頭蓋骨を答えの奔流ではちきれそうにさせていた。

――そこでかれらはいつも「死者の祭り」のために何百というろうそくをともすことができて、そうしたければ墓地に火をつけることもできたけれど、それでも系譜を取り戻すことなんかできないんだ！　だってあいつ、ラ＝ポワント自身が、最初に死者たちの鎖を変質させてしまったんだから！

――だが墓地の夜の万聖節はとんでもなくきれいだぞ、燃えるプランテーションを遠くから見るみたいにな！　そうだよ、きれいだ！

――ああ、通りがかりの人間にはいい思い出だろうね！　だが所詮はむだなんだ、ぼくら全員、われわれは、けっして系譜を取り戻すことができない。かれらに大地を海をわたらせて、あなたに手をさしのべさせるのは、ろうそくではできないことだよ、あなたの死者たちに!

——しかし誰だって親のことは泣いて悲しまないわけにはいかないぞ、墓穴のそばに三本の花を飾り、一緒にすごさないわけには……

——ああ、ああ。みんながそれぞれ墓への小径にいて、砂を熊手で掻き、貝殻を並べてきれいにする。でもぼくら全員は(あなたはちがうし彼もちがうけれど)ぼくらには、はたして死者が助けてくれたのかわからないし、ゾンビたちはそれを教えてくれるほどおしゃべりじゃない、だってかれらは死者たちの代理でしかないんだから。あいつ、初代のラ＝ポワントは、それに背をむけた。

——彼は背をむけた。

——そうさ。そしてぼくは、ラ＝ポワントに関しては、あなたとぜんぜん意見が合わないよ! 彼は人の仕草をする(動物のではない、たとえ動物には動物のゆたかさがあるにせよ)、自信をもち物を考えている人間のね。彼は森に上がってゆく。だが彼は頭が散らかっていて、次に考え出すのは小屋に鉄を置きに行くことなんだ、それがベリューズの小屋かどうかすら、たしかではないのに。彼は、これまでのいきさつがどうあれ、生かす。あなたの意見では、彼は正しい、と。新しい邦を学ばなくてはならないから。彼はベリューズが服従する者として「しかるべき」道に入ったと考えるからだ。でも同時に彼、ラ＝ポワントは、自分がその守り手である家系を変質させる。というのは彼が、むこうの邦以来、その守り手だったことがぼくにはわかるから。

——それで、ゾンビたちについては他に何が見える?

——笑わせないでよ、どんなにかれらが(われわれ全員が)気取ってみても死者たちが一緒に踊ってはくれないとわかったときに、かれらはゾンビというものを発明したんだ。恐がるためというんじゃなくて、反対に、安心するためだね。こんなふうにして死者たちが帰ってくると思っているんだ。われわれのところに帰ってくるって。

――だったら、おまえさんのほうがゾンビよりも強いな。おまえさんが夜も恐がらないのは明らかだからな！

――そして例の樽だけど、かれらはあえてそれに名前をつけない。わかるかい、それは大きな樽じゃなくて、むしろ小さな酒樽なんだ。かれらはそれにあえて名前をつけないし、ラ＝ポワントはあえてそれを開けない。まるでラ・ロッシュがどんなことだって強要する力があるかのように。そしてあなたがついに、それにあなたが〈生と死の葉〉と呼ぶものを入れた。笑わせないでよ、死者たちは死ねばそれっきりだし、あなたの葉っぱは細かくちぎることができる、われわれを空間で一歩でも動かすのはそれじゃない。だってぼくらは根っこのない枝の上にいて、風が吹くたび、あちらこちらで理由もなくふるえるんだから。

――よし、いいか、ゾンビ＝マチウよ！　おれは海に飛びこんだことなんか一度もないが、おまえさんは満足できないんだったら、海でおまえさんの畑を耕すんだな。そうすれば少なくとも土地はいくらでもあるよ！　真実のところ、おまえさんはベリューズとロングエのあいだの真剣勝負を見たいというところだろう、本当にロングエのほうが大将かどうかを知るために。だが二人とも死んじまったし、その勝負を見たいと思ったら、かれらを呼び出すために山《モルヌ》の上に二つの墓穴を掘り出しに行かなくてはならないぞ。

――パパ・ロングエ、怒ってるのかい、よくないねえ！

頭の中の空間に対する無限の、ぞっとするほどの感動のせいで。目のまえにある障害物、森の奥底、そのむせるほどの芽生え、まばゆさのせいで。死者たち、誕生、戦いが、積み重なるせいで、そうと知らぬままに、それにつまづきながら。永遠の問いが一瞬の休息、火災なき片隅を許す間などほとんどなかった、ステファニーズの出生に人が気づき、賞讃し、歌うには。だがこの出生こそが問いの一部だったのだ、空にマルフィニ〔猛禽類の一種〕が舞うように問いの中にくっきりと浮かび上がって。のっぽのステファニーズは森にやってきた、父親のアンヌがロッシュ＝カレへとふたたび下るとき（奴隷制廃止のあと）には彼についてゆくことになるが、その心にはいつも少しばかりの苔が、その魂には少しばかりの逃亡奴隷《マロン》が、残っているのだった。そして彼女はアカシアの土地にまたいつでも自由に上がっていくだろう、それはもはや平野に対抗してそこで生きてゆくというのではなく、彼女が好む土地、彼女の男が好む土地がそこであり、あるいはむしろ彼女の運命、彼女の新たな家系がそこにあるからだった。やってきたのだ、彼女は、母親の腹から出てくるとただちにマニオクがない日のように長々とねそべり、ついでフィラオの樹よりも早く成長するだろう。彼女が女だということには誰も気づかない（女の子だろうが男の子だろうがどうでもいい、やらねばならぬ仕事はおなじで、彼女は男二人分だってそれをこなした。たったひとつの継承すべき財産があり、それについては女の子だって男とおなじだけの才覚があった。つまり、生まれ、死ぬことだ）、だがそれでも彼女の娘らしい心には土地がもつすべてのやさしさ、土地がもつすべての光が胚胎していた。

この子は生まれたと思う間もなく、母親をせかし、母親に語らせ、叫ばせ、ついには生きさせることになった。父親にむかってこう怒鳴らせるのだ、「さわらないで！　あたしはリベルテ・ロングエじゃないんだから！」――これはいつも父親を呆然とさせ、ぶつぶつと文句をいわせ、意気消沈させた。老いたマン＝ベリューズの最後の時期の守り手となった（船から完全に下りたことはけっしてなく、この子が思いがけない支えとなってくれたことを仕合せに思っている彼女の）。そして土地を鋤いた。この子が成長するのを見る間もなく、すぐに山《モルヌ》では彼女は、黙るがままにはならないのっぽのステファニーズと呼びかけられるようになった。彼女によってこの緩慢な移行——人々の人生の、悲惨の、戦いの——は突然に血を得て加速するのだ。目はいっそうの鋭さをもって見抜くようになる。熱が炸裂する。川の流れが彼女に至るのだ！　ステファニーズはほとんどひとつの三角洲《デルタ》だった。というのも彼女は、ルイーズとロングエの後で、アンヌと娘の後で、メルキオールとアデリーの後で、過去に到達するという不可避の、機械的だとすらいえる試みに、彼女自身とりくむことになるからだ。男によってときには辱しめられ、ときには懇願され、ときには邪慳にされてきた、しかしいつも勝ち誇っている、女ならではの本能により。そして彼女はそこに見事に一個の太陽をもたらしたので、反復される物事の単調さにもかかわらず、彼女は自分自身を作り出した、自分自身の光から突然に生まれたのだ、と見えた。

　だったら、老いたマン＝ベリューズの他愛ないおしゃべりとアンヌの無知な沈黙のあいだで、彼女が小屋に現れた朝を、あやうく消去しそうになった、ごまかしそうになったなどということが、いったいありえただろうか。これほどの欠如、これほどに重大な損失をもたらしそうになるとは、頭がよほどかっかときていたにちがいない（「そしていったいどうすれば、どうすれば、こんなすべての時間をひとつの樽なんかに入れておくことができる？」）というのはステファニーズの周囲には森の生の息吹、彼女と天までも競争する芽生え、命と眠りが入り混じった篩《ふるい》、樹液のもたらす無音、種子から遠く離れてゆく芽の荒々しい破裂があって——こうしたすべてによりついには森と娘が一体となってひとつの明るみを作り出し、そこにはひとりならずの者がおもむき、ぎこちなく、みずからをそこに植えつけようと試みることになる。

9章

なぜなら、ステファニーズすなわちアンヌ・ベリューズの娘が生まれてすぐに、アポストロフつまりメルキオールの第二子が生まれたからだよ。すぐに、ただし、後に。一年後だ。この一年のあいだに、ステファニーズをつねにアポストロフよりも少し上のものとした生命のかろやかな露が集まったのだった。彼女のほうから彼に近づき彼の手をとり、人生を通じて彼をみちびいていくんだ、彼に勝るわけでも先行するのでもなく（その反対に、つつしみ深く彼のうしろにいて彼をそっと前へと押し出しながら）。だが少し上である彼女自身は、この上ということに気づくことがけっしてなかったのだ（繊細な露はそれにおいて彼女を浸していたのだけれど）。彼女は、愛する女においてはまことに適切ではあるものの逃亡奴隷《マロン》の娘としてはきわめて驚くべき、しかも何もなすべきことがなく試みるべきことすらない土地で、しかも有用であることへの強迫観念に襲われながら、相手にとって必要であるべしという苦悩を味わってもいた。彼女は毎日、かわいそうなアポストロフにむかってくりかえしていた。「ウ・パ・ニ・ビゾワン・ムワン、ウ・パ・ニ・ビゾワン・ムワン」（あんたは私なんかいらないね）と。「いったい何のために？」と彼は取り乱しつつ考えたが、あえてそれを訊ねてみることはしなかった。こんなふうに彼女は彼が役目をはたすべき何かがあるのだと思っていた、あるいは見抜いていた。彼は彼女にそっと後押しされながら、たしかにそれをはたしていた。だが、それは、眠っている男にすぎない彼を人生のいたずらによってよい呪医《ケンボワズール》にする、一種の永続的な狼狽とでもいえるものに捕われてのことだったのだ。

メルキオールは非常に早くからこの少女に興味を抱いた。彼女が周囲のいたるところに灯す輝きに惹かれたんだ。その話を彼がどんなふうに、誰から聞いたのだったかは、謎だった。事実として、彼女が九歳にもならないうちに、父親のアンヌにむかってこう叫びながら小屋に帰ってきたことがあった。「パパ・メルキオールに会ったよ、お話しした！」アンヌは溜め息をつきながら考えた。「やつらとはまだ片がついていない。あいつは何らかの攻撃を準備している。」だが彼は娘がこんなふうにして「パパ・メルキオール」と会うことを禁じはしなかった。この娘はあまりに自然に惹きつけられていた、ゆったりとした散歩と、彼が彼女にふんだんに教えてくれる特異な知識によって。ほとんど老人といっていい男と小さな女の子という関係でなければ、誘惑された、といっていいくらいだ。二人のあいだには特別に似たところがあると、アンヌは予感していた。こうして、ロングエ家のはずれ者がベリューズ家の者にまじって大胆不敵な女としてみずから進んで山《モルヌ》に上がっていくには（しかもそのためには彼女の性格を変える必要さえなかった、だって彼女の性格そのものがそこを目指させたのだから）、単調ないくつかの事実の積み重ねだけが必要なのだった。老衰した頑固なサングリが必死にプランテーションを守ろうとし（自分のプランテーションが逃亡奴隷《マロン》たちによって襲撃されないように）、ベリューズがロッシュ・カレの小屋に上がっていて彼は道の半ば、森の中にまで出てこなくてはならなかったこと、開墾に熱心なラ・ロッシュはロングエを山《モルヌ》に野放しにしていた（そしてロングエがアカジューを守っていたというか、少なくともアカジューへの襲撃をさし控えさせていた）こと、そして「船でそばにいた女」がステファニーズの母親を生んだことだ。メルキオールが、あまりにたくさんのとばっちりを浴びながらも、そこらの森にずんずんと入ってゆく少女に夢中になるためには、そしてこの子よりもひとつ年下のメルキオールの息子が、父親と少女がともにおもしろがっている沈黙もあるいは突然の言葉の奔流もまるで、あるいはほとんど、理解しないままに、二人がどこへ行こうとその後をついてまわるようになるためには。だがアポストロフはこんなふうにしてひとことも発しないままに後を追いながら、ある濃密さ、はっきりした存在感を身につけて、ついにはメルキオールとステファニーズもそれを好もしく思うようになったのだった。メルキオールはこうしてステファニーズを通じて自分の息子を認めたわけだ。ステファニーズが彼女の周囲に騒擾と動乱（本物の）を必要としていたのに対して、何の苦労もなくみずからを承認するこのひとりのロングエを。そしてステファニーズはメルキオールを通じてアポストロフに到達した。まだ「眠っている」本性の下にあって、彼女に大きなよろこびを与え強く誘惑する、この生真面目で怯えたようなところもある無頓着さに。

なぜなら、屈託のない、異様な服装のもとですっかり身軽になっているルイーズが台所の庖丁をとり（後になって彼女があの装置にかけられたとき縄を切るために彼が盗み出すそのおなじ庖丁だ）彼を解放するために囲い場に入ることが必要だったのだ——やがて彼が上に逃げ、ラ・ロッシュがその後を追うものの追いつくことはなく、十年後にラ・ロッシュがその狂気と無頓着とともにひとり森にやってきて、樽をたずさえそれを彼の足元へと投げることになるためには。こんなふうに心も抑えのきかない暴力、原因もわからず意識もされないざわめきでいっぱいのルイーズは、ただロングエの力と頑固さによりかろうじて引き留められていた（彼女が突然に身を燃やすように彼の後を追いたがるようになった二人の、おなじ他界の日まで）が、手錠をはずす暇もなく縄を切ったのだった。彼方の邦からやってきた徴にしたがっているのか、新しい邦の未来によって養われるひとつの必然性に負けたのかも知らずに。まだマン゠ルイーズ（温厚でゆったりとした）になってはいないが自分の中にこの他所の酵母、深呼吸することへの好み、ついにはこの待機を知っていたルイーズは——その完全な体と自信のうちにステファニーズの歯止めのない体とざわめき（本物の）を思わせ、それをメルキオールは再発見することになる。というのもメルキオールにとってこの少女は第一に自分の娘であるというよりルイーズを彷彿させたからで、マン・ルイーズとしての恰幅のよい姿になるまえのルイーズを知りたかったと思うがままの姿をしていた。貧困と戦いの濃い樹液の上の単調で思いがけない輝き、それを堅実で大地に根を生やしたメルキオールは、野生の女戦士である自分の母親の似姿そのものとして、フィラオの大木のごとく空にむかって伸びてゆくステファニーズのうちに認めていたのだ。彼がルイーズをステファニーズの中に見ていたこと——一方で無関心で中立的な実の娘リベルテは彼の視野に入らなかったが父親が誰を好むかに気づいていたにせよリベルテはそれを妬むこともまったくなかった——つまりステファニーズの中に無秩序の子を見ていたということ。そして以後彼は彼女を真の娘として扱うようになり彼女を息子に与えこうして彼女が改めて二度めに娘になるようにしたこと（娘と息子が互いにケネットの双子の実以上にぴったりとくっついているように）。こうして彼は、人生において自分がそのために生きている現在および過去の、あらゆる理由を要約してみせたのだ。そこには、彼がステファニーズのためにもう少しで死にかけたことも、ルイーズとロングエのおかげで彼がラ・ロッシュによって救われたことも、欠けてはいなかった。

あるとき彼は日中に町に入り、ステファニーズへの贈り物にできる何かちょっとした小物を探そうとした。少女が彼にそうさせたわけだが、それだけでなく彼を去ることがなかった好奇心のせいでもあった。彼は自分の人生に新しく現れた子供と、日毎に、自分の生活とそうかけ離れたものでもないとわかってきた下の生活を、むすびつけて考えていた。それで彼はステファニーズに対して、小さながらくたや旨くもない食品やその他町の匂いがしみこんだあれこれを贈りたいと思ったのだ。

　危険はほとんどなかった。住民たちは彼を知っていて、ときには彼は何の面倒を起こすこともなく町に接近することができた。ただかすかにつぶやきが伝わっていくだけだった。「メルキオール・ロングエが通っていくよ」と。植民地経営者《プランター》たちも憲兵隊も、彼を追うような愚かなことはしなかった。だがこんな慣習が、地元のしきたりにしたがうにはあまりに空威張りしたがる二人の軍人によって、ひっくり返されることになったんだ。メルキオールにつきまとっているかすかな噂に興味をもって、かれらはメルキオールに声をかけ、メルキオールも臆することなく名乗りを上げたのだ。彼はうつけ者の役割を演じることに同意しなかった。兵士たちはただちに彼を捕え、そのあとには人々の集団がどんどんふくれあがりながらついてきた。この報せはいたるところにひろまった。「メルキオール・ロングエが捕まったぞ！」あるいは「危険な逃亡奴隷《マロン》を捕まえたぞ！」と。メルキオールは危険を冒した、ものすごく大きな危険を（彼を町に行かせた理由が子供じみたものであることから見るなら）。なぜなら彼は、武器もなく戦闘もなく、平野の明るく整った宇宙に直面してみたいとこっそりと思っていたからだ。伝令たちが四方に散ってプランターたちに報せを伝えた。

「まぬけなろくでなしどもめ！」とこの報せを聞いて老いたラ・ロッシュは怒鳴り、馬に飛び乗った。

　彼が町に着くとメルキオールはすでに裁判官のところに連れていかれていたが、裁判官はこの件にひどくとまどっていた。ラ・ロッシュは捕われた男のところに直行した。

――さて、おまえがラ＝ポワントの息子か。

――おれの名はメルキオール・ロングエだ。

――いいかい。おまえには名前なんてないよ、坊主！　ともかくおまえはラ＝ポワントの息子だろう。

——メルキオール・ロングエだ。

かつてロングエがそうしたように、メルキオールはラ・ロッシュをしずかに見つめた。老いぼれは意地悪そうに目を輝かせた。若い時分に戻ったように見えたのさ！

——ロングエか？　名前なんかもってどうする。それで飯が食えるか？　そもそもおまえ解放されているのか？　自由人か？　ラ＝ポワントのやつめ。ああ！　なんて野郎だ！……それでおまえはそうやって袋も棍棒《ブトゥ》ももたずにうろついているのか。それでは捕まっても無理もないな。残念だったな！　開けてみたかったもんだよ、おまえの袋を。おまえに仕えている精霊を見るためにな。え、どうだ？

彼はメルキオールを置き去りにしようとしなかった。古い時がよみがえってきて彼を元気づけた。初期の彼の逃亡奴隷《マロン》を思い出させるようなひとつの侮辱、仕草、徴を、彼はほとんど乞い求めていた。

——よし。おまえがせっかくいるのだから、ひとつ相談に乗ってくれよ。少なくともこのごろつきどもも、その役には立ったわけだ！　いいかい、おまえが呪医《ケンボワズール》だということは知っているのだから、ごまかそうとしてもむだだよ。

この裁判所の中庭は薔薇色、黄色、赤の、ひなげしの花壇に囲まれていた。ところどころに低い垣根、申し訳程度の芝生があって、フランス式庭園の調和を作ろうとしていた。だがそれにつり合うだけの反抗的植物、雑草がびっしり生えた小径、草の葉よりずっと上できらめく花々が、そんなパロディが幻想にすぎないことを証言していた。囚われの男は視線をさまよわせた。じっと考えこんでいた。

——さて？　何かいるのか？　おれに惚れてる女がいるなどとはいわないでくれよ。え？

メルキオールはついにラ・ロッシュをじっと見て、おだやかにいった。

——結婚させるんだな、と彼はいった。あの息子は親父よりも有能だし、あんたはあんたの娘を愛している。彼女は満足するだろう。

――ラ＝ポワントのやつめ！　ラ＝ポワントのやつめ！

ラ・ロッシュは洪笑した。おそらく、この思いがけない言葉に満足して。

――よし、と彼はいった。おまえのいうとおりにしよう。だが、おれをだましたら、承知せんぞ！

逃亡奴隷《マロン》を見にゆかなかったプランターたちが集まっている室内に入ったとき、彼はまだ笑っていた。

一同は興奮していて、いろいろな意見が激しく飛び交った。

――見せしめにしよう！

――やつがここにいる以上は、しりごみするわけにはいかん！

――諸君、彼は当局に引き渡そう。

――へ！　当局はまたこっちに返してくるよ！

――いちばん簡単なのは穴に埋めちまうことだよ。

――さっさと吊るしてしまえ。

――あいつがどんな怖れを抱かせるかおわかりでしょう。呪医《ケンボワズール》ですぞ。

――なんでもないさ。放してやろうじゃないか。

――そんなことをしたら、すぐこういわれるぞ。「やつら全員を解放してやれ！」とね。

――すぐに、だって？　もういわれてますよ。

――静粛に！　とラ・ロッシュが大声でいった。喧噪はただちに止んだ。

――よろしいでしょうか、とひとりの若いプランターが口を開いた……。――だがラ・ロッシュは何もいわずに彼をにらみつけ、この思慮のない若者は黙った。一同は全員が、直接的・間接的に、アカジュー農園とその主人に依存していたのだ。

――つまりは、と老いぼれが物静かにいった、この年月のあいだずっとあんた方はこの湾ごしに見える森、それもただ手を伸ばしさえすればやつらを捕えることのできるところに、やつらを探しに行こうという考えすらもたなかったわけだ。犬三十頭を連れた一隊をもちながらも、あそこに上がっていこうとしなかった。ところが軍人の格好をしたごろつき二人がおもしろ半分に道路をとりしまってみたなら、あんた方はただちに好きなだけ怒り狂ってみせるわけだ。

――とはおっしゃいますが……

――そしてあんた方はおそらくこう見ているのだろう、われわれの住民たちに対してとびきりの興奮を誘うお楽しみを提供してやるべき時が来たのだと。逃亡奴隷《マロン》の絞首刑、しかもそいつが呪医《ケンボワズール》だとなったら、全員の心に火をつけ興奮させてやるのにこれほどいいことはない。そうだろう？　あの奴隷制廃止を唱える外国人《メテク》どもには、もういい加減十分うんざりさせられてきたじゃないか。いいか、やつらが大声で喚き立てるのにちょうどいい、派手な口実を与えてやれ。そういうことじゃないか？

――われわれは抵抗を決意していますよ！

――なるほど、だったらこれに抵抗してみたらどうだ！

老人はピストルをとりだし、その場の聴衆たちに銃口をむけた。

――あんた方自身の利益を、おれはあんた方を相手に守らなければならないということだな。それに、と彼はくすくす笑いながら付け加えた、この考えはサングリから来たんだよ。

人々は茫然とした顔で見ていた。彼は武器を使うのに一瞬のためらいも見せないだろうということは、明らかだと思えた。必要とあれば使う用意なしにピストルをふりかざすような男ではなかった。

——よし、と彼はいった。おれが行って命令を出してこよう。鉄で焼き印を押し、それから放すとしよう。それでみんな満足だろう？　あんた方はここでおとなしくしていて、一時間もすればみな家に帰ればいい。そうだろう？

外では小さな集団がこのできごとに注釈を加えていた。「メルキオール・ロングエ、あいつは強いよ。きっとあそこから逃げ出すさ。袋や棍棒《ブトゥ》や例の物ももっている。」「ありえんよ、かれらに焼印を押されるだろう、それからばっさり！　右腕をね。」「だとしたってよ！　おまえがその口に歯がないのとおなじだけ、彼はいくらでも腕を取り替えられるぞ。」「だったら彼は本当に腕をたくさんもってるわけか！」「いいか、老いぼれがどうにかしてくれるさ！」垣根にへばりついて、五十人ほどの人間が成り行きを遠くから見守っていた。

（メルキオールはかれら全員のことを考えていた、垣根の両側にいる全員を、無知のせいでメルキオールがここに偶然やってきたのだと思っている者たちを、不注意で捕まり、恐れのせいで助かるだろうと思っている者たちを。）

——よし、とラ・ロッシュがいった。やつらがおまえを連れていく、何、かたちだけのことだ。そのあと、おまえは自由だ。わかるか、おれは根に持つような人間じゃないからな。だがもしおれがおまえの境遇だったら、何をするかはわかっているよ！　よし。結婚といったな？　わかった、わかった。病気がわかれば、治療法もわかるというものさ。

彼は逃亡奴隷《マロン》にむかって目配せした。上機嫌だった。

よろこびにあふれながら、彼は命令を下した。歓喜が彼の愛想をよくさせ、驚く植民地経営者《コロン》たちの目のまえで彼は室内に戻ってきた。武器をおもちゃのように指先でぶらぶらさせながら。かれらの大部分の者を相手に彼は気前よく軽口を叩いた。「おう、ジョルジュ＝リュシアン、あんたのところの開墾はきりがなかろう、おれが助けてやらなきゃならんな。」「パリではどんなことをいわれているかご存知かな？おれたちは文盲の野蛮人なんだとさ。おれの財産の四分の一は、こんな旦那方の日頃の飯をよくしてやるために遣われているということか！」「おい、ドポームよ、少なくともおまえさんは、字が読めるよな？」とこの集いの中で上機嫌を保ちそれが少しずつ熱のこもった自信、未来に対する確信に変わり、真剣な計画を生み、弾圧のためのいくつかの手を経て、奴隷小屋に貸しているマニオク畑の取り分を少なくさせる案などが話に出て——すべて生きることのよろこび——いたが、やがてひとりの憲兵が、役立たずが、室内に入ってきてこう叫んだのだ。「旦那さま、旦那さま、やつが逃げました！」

——焼印を押す前か、後か？

——ご命令どおりにやつを作業場に連れていくところだったのです。突然やつが番人たちをつきとばし、裏通りのひとつに姿を消しました！

——馬だ！　と何人かの声が叫んだ。こんどは仕留めてやる。

——ああいう焼きが入ったやつを追ったことがあるが望みはないよ、とラ・ロッシュがいった。まあ落ち着きなさい。帰ってくるところがいい見世物にならないようにせんとな、くたくたになってすごすご戻ってくることになるよ。このおれがそういってるんだから！

そしてざわめきが止まなかったので「諸君」と彼は告げた。「もっと楽しい話題に移ろうではないか。折角こうして集まっているのだから、ここでおれの三番めの娘マリ＝フランス＝クレールと若いサングリ氏がこのほど婚約したことを発表させてもらうよ！」

ついで興奮したみんなの賛辞や祝福の中で、彼はひとりくすくすと笑った。「ラ＝ポワントのやつめ、ラ＝ポワントのやつめ！」

「なぜならかれらは執着していたからだ、かれらの名に。おまえが名前をもつことをかれらはちゃんと受け入れてくれた、かれらがその名をおまえに与えるという条件において。ラ＝ポワントという名をかれらが決めてくれたのであれば、おまえはかれらに自分はロングエと名乗りたいのだと認めさせればいい、ロングエというのは蟹の汁に入れると旨い、粉で作ったドングレのようなもので、まるでカンペシュの樹のように固い。さあ、かれらに認めさせてみろ！　おまえの名はおまえのものであり、おまえ自身が選んだんだと。かれらは承知しないよ！」そこにかれらが、ある特別なよろこびを見出すのでないかぎりは。そしてたとえばマリ＝ナタリーはその男がベリュューズという以外の名で呼ばれることをけっして望まなかったし（ピエールでもポールでもなくベリューズ）、その名を自分の口の中で転がすことを非常に楽しんでいた、ベリューズ、と。というのは彼女はその名が自分の機嫌の良さ、管理人が「こいつはいい仕事《ベル・ユサージュ》に使ってくださいよ、奥さん！」と高らかに告げたときに彼女にこみ上げてきた、必死で抑えなくてはならなかった笑いから生まれたものだと知っていたから。そしてこのいい仕事というのが、彼女の中にあの美しい狂気を育ててゆき、それは彼女が命令を下した唯一にして仮定的妊娠にしがみつく以外になくなるときまで続くのだが、彼女はそもそもその名がその仕事をひきうけるものにむすびつくことを望んでいたので、よい仕事に使われる男が実際にベリューズと呼ばれることになったのだ。この場合は、そうだな、かれらはおまえから名を取り上げるよりもおまえを殺すことを選ぶだろうが、別の場合——おまえがあえて自分で名を選びおまえだけがそれを名乗ると決意したとき——かれらはその名を後戻りできないかたちでおまえから奪うためにおまえを殺してしまったかもしれん。そしてかれらは宣言するんだ、「やつに名をもつ権利などない」と。とはいうものの、その名がかれらを、あるいはおまえの大胆さに尊大にも微笑によって答えることのできるかれらの中の何かを、よろこばせるものであるときにはちがって、そのときはこういわせることになる。「よかろう！　好きにさせよう、われわれは承認する。」たとえば管理人のタルジャンと一緒に住んでいた女の場合なんかがそうだ、住んでいたというか住まわされていたわけでそれは彼が自分の住処にちょっぴり気晴らしを必要としていたからだ（——いや、ちがうな！　彼はどういうわけでかは知らないが、かれら三人、男ひとりと女ふたりがそろってバラックに連れていかれたその晩にそこからさらってきた、この女に執着していたのさ）、家事をさせたり料理をさせたりするのはもちろん。そして彼が騒乱の時代の死者の最初のひとりとして、自分が牛耳っていた畑のひとつでずたずたに引き裂かれて死んだとき（あまりに衝撃的な殺しだったのでそれを知ったサングリは自分の土地を手放しそうになり、他のプランターたちは大騒ぎしてサングリに農場の管理規則を変えるようにと求め、さらには自分たちのためにサングリに搾取をやめるようにとさえ求めた）、すでにとても老いていたがまだまだ体力のあった女は、耕作には適さない砂の多い土地で、アビタシオンの奴隷のひとりと暮らしはじめた。彼女はそこにタルジャンとのあいだにできたタルジャン家の裏で育った子を連れて行ったが、その子のことは彼女は以前小動物の世話でもするように扱っていて、いつもタルジャンと出会わないようにして家の裏手の庭に放していたものだった。この子が新しいカップルの子、要するにその長子となり、いかなる特徴も——その肌の明るい色はともかく——すぐに兄弟たちのあいだで目立たなくなったのとおなじく、人々はこの小屋をタルジャンの小屋、この家族をタルジャンの一家と呼ぶ習慣を身につけた。こうしてこの管理人は自分ではそうと知らぬ間に、その名による子孫をもったわけだ、まるでついうっかりと息子を作ってしまった、とでもいうように。そしてタルジャンを名乗ることに誰からも反対されなかったこの一家がこの一帯を改良し、そこを下った砂地からむこうの山《モルヌ》の上まで手を伸ばし、区画のはっきりしない小さな空間を切り拓いていったんだ、つまりそこでは何を作っているのかもまるで判然としない、つつしみ深く、曖昧で、ごちゃごちゃしていて、人の注意を引かない、なんともいいがたい所有地だったが、それがラ・トゥッフアイユ［茂《トゥフ》みに由来する地名だが、「すべてが失敗する」という響きもある］と呼ばれることになったのはもっともだった。この小さな土地が関心を呼ぶに価するということになったあの日までは——だがこれはまた別の話だな。

おれは下の者のために語っているんだ、わかるか、おまえがかれらにお似合いの名前を与えた、あそこの。なぜなら上のほうの者たちはというと、かれらにできるのは樹皮を削りその中を彫刻し（これは信用状の祖父母みたいなもんさ）運良くいけばかれらがおまえを捕まえられると期待できるという程度のことだったのさ。上のほうの者たちは自分で名を選んだ。人がなんだのかんだのと呼ぶのではなくて、他人がかれらを呼ぶ習慣を身につけるのではなくて、かれら自身が選び、四方の人間たちにむかっていうのだ「さあ、おれの名は某だ」と。ちがいがわかるか。かれらはみずからを名乗るんだ、他人から呼ばれるまえに。いわばみずから命名するわけだ。とはいえときには、まさにかれらは洗礼を受けにいくような感じで、下からやってきた名前を選ぶようになる。それでアンヌ・ベリューズの子供たちの母親は、ステファニーズの一年後（つまりアポストロフ・ロングエが生まれたのとおなじ年だ）に生まれた男の子にサン＝ティヴ［聖イヴ］という名をつけるといいはったんだ。彼女は儀式そのものを懐かしがっていて、おそらくそれ以後に十二人ばかり孕んだとしても（それは十分ありえたことだが）一定数の聖人たちが小屋で行列を作ることになっただろうな。そして彼女はぐずぐずと立ちっぱなしで待つのではなく、小屋の地面に子供たちを集めては、こんなふうに宣言するんだ。「この子ももう六か月だ、この子は聖ナントカという名で呼ぶことにしよう」と。やれやれ。下のほうのしきたりにしたがわなくてはならなかった、というのもアンヌの心ではロッシュ・カレに戻ってくることがすでに決められていたから。少なくともメルキオールは、何であれ平野から来たものを採用するときには、いちばん粗野でいちばん長持ちするものを選んでいた。ちょうどこのときなんかがそうなんだが、町の家々のあいだの通りをある晩すり抜けながら、誰かがこんなふうに抗議の声をあげるのを稲妻のように一瞬耳にした。「あいつが私を罵《アポストロフェ》りはじめたぞ！」と。そこから彼の中では、アポストロフという名こそ確固中の確固たるものだという確信が育ったんだ。それが彼の二人めの子、彼が願っていた息子の名になった。だがいちばんおもしろいのは、みながみな、最後には自分の名に似た者になってゆくことだ。持ちこたえるのすらむずかしい土地、生きるんじゃなくてただ持ちこたえるということだよ、そんな邦で、また周囲に見渡せる土地は地平線にいたるまでおまえのものではないところで、サン＝ティヴ・ベリューズが、子供のころから地面を掘り返しはじめ、植物を持ち帰り、種子を集めてはそれをどこかに埋め（はじめのころはそんな種子から何がとれるのか、ゴンボか野豚かすら知らなかった）、植えたものからとれたもので金を稼ぐための商売をしようとしていたのだと、このことを想像してごらん。金のためというより、所有すること、そして所有者として気取って歩くことのよろこびのためだな。だってそのころ彼の家では、そもそも金なんてものは知られていなかったんだから。彼、森で育ち、十三歳になるまで下の人間たちとは何の関係ももたなかった男だ。受け継がれた名は、色あせなかったのかい？　だって、訊くが、邦の誰も何ももたないとき、所有者になるなどといっても、兄弟たちに唾を吐きかけるため以外の何の役に立つ？　持とうとするのは別にかまわないよ、だがおまえの中に所有という見栄が生じたら、ひとかけらの土地を耕しても手に入るのは苦労と貧乏だけだというように仕組まれている、この邦で？　彼はあんなにも若いうちからすでに自分の耕作計画みたいなことをよく考えていて、いちばんでかい大木、黒檀だのマホガニーだのを手入れしていた、いつかそれから利益があげられるということを見越して。黒檀から利益があがるまでに、どれだけの時間がかかるか想像できるか？

ところがサン＝ティヴはずっと先を見ていたんだ。ある日、ロッシュ・カレで彼はその黒い木や作っている野菜の世話をするのだと。そしてある日、証印の押された書類の上で奴隷であることをやめ、それでもなおこの地上の奴隷でありつづけることを。そしてたぶん彼は上に上がってゆき、三本の黒檀を引っこ抜き、挽き割ってしまうんじゃないか？

　少なくともステファニーズだって、両腕をふりまわし、大きな足の指で「泥をはねあげ」、声を谷間にトランペットのように響きわたらせながら、町から上がってくる風を考えもなく受け入れることはしなかった。奴隷制廃止ののち、彼女がまだロッシュ・カレの小屋に住んでいてアポストロフのところへとふたたび上がってゆくまえのこと、近所の若い衆はみんな彼女のまわりでうろうろしていた。「マドモワゼル、あんたが気に入ってるんだ、あんたのために生きたいよ。」「子馬どうしみたいに仲良くしようじゃない。」「あっちをわざわざ回って行ったんだよ、あんたが兎にやる草を集めてるんじゃないかと思ってね。」——臆病な者、厚かましい者、実務的な者。彼女は笑い、シルヴィユス、フェリシテ、あるいはチ＝レオンにこう訊ねるのだった、「あんた名前は？」——そしてかれらがあまりに熱心になるとこう叫んで逃げていった、「ウ・テ・ダン・グーマン＝アン」［あんた戦《いくさ》に行ったことあるの？］。というのも彼女は永遠にくりかえされるその話が大好きだったからで、くりかえされるのはそれが彼女をひきとめておくための唯一のやり方だったからだが、彼女は突然注意深くなり、左足の指で赤土を掘りながら話を聞くのだった、他の者たちよりも気が利いてまるで「目に浮かぶように話せる」、いずれかの若者が、奴隷制廃止のときの大きなグーマンの話をするときには。

　ヨ・テ・ディ・ヌ［かれらはわれわれにいった］、この下司どもめ、もしここで何かが変わると思うならそこに突っ立ってぼうっと待っていればいいさ、何世紀分もの埃をかぶってもおまえらはおなじところで突っ立ってるだけだ、さあ急げよ砂糖黍は立ったまま待ってはくれないよ——するとこれはどうしたことだ通りのむこうの端に突然女たち女たち女たちまるで天国のめんどり小屋みたいさマン＝アメリーが先頭に立ち、こん畜生、三人の憲兵は馬にまたがりあわてふためくすべてはわれらのもの前へ進めかれらは前進と怒鳴る鍬と山刀をふりかざしかれらの中のひとりムラートの男がやってきて大声でいうんだおいみんなこれはうまいやり方ではないよ、バーン！　男はさっさと退場、おやまああらさてという暇もなくすべてはわれらのものみんなもんどりうって女たち女たちすると突然——止まれ！　道をふさぐは銃兵隊と銃剣、止まれどこのどいつだ止まれなんていうのは進めよ排除がはじまる、二十人、三十人がおいらのそばでばたばた倒れる煙が出てしばらくは耳も聞こえないそしていきなりおいらは反対側にいてわれわれは通りすぎる兵隊はどうしたそれから目に入るのは女たち女たち女たちひとりひとりが銃をもち下りてゆく別の男がハンカチをもって出てくるおまえたち帰りなさいするとバーン！　彼はウィスティティ［マーモセット］よりも敏速に逃げ出すわれらは下りてゆくすべての家々家具調度が地面に投げ出され鉄格子消えて道路だけじゃなくいたるところすべての畑も道も人であふれかえり兵隊はどこだみんないる砂糖黍の結わえ手、伐り手も殴られるのはごめんだいつも殴られるだけ答えることもなくヨ・テ・ディ・ヌのらくら者とあばずれどもの一群立っているが待つものもなく何も変わらず——さてそこにわれわれは立ちもはや遊びごとじゃない管理人どもはどこだマン＝アメリーは銃を棍棒《ブトゥ》みたいにもち怒鳴る弾なんかいらないよわかってないねだが棍棒《ブトゥ》みたいにして前進着物はズボンみたいに斜めにむすばれ彼女は叫ぶ息子やパ・モリ［負けるな］！

　息子や進めそのときついに兵隊だ兵隊、火だ火だが見てこいよ小川があふれて地面に倒れているのは何人五十か百われわれはどんどん通過する何も止めない突然ひとり叫ぶシェルシェ・リヴェ・レスクラヴアジュ・フィニ［シェルシェールがやってきた、奴隷制は終わりだ］勝利だシェルシェ・リヴェとはもうひとりフランス共和国から来た人間で自由をもたらしたる代理人大臣シェルシェールさんヨ・テ・ディ・ヌ野蛮人役立たず立ちつくして働けベルゼブートあのベルゼブートだっておまえたちなんかいらない何世紀も永遠に

——さあ勝利だ奴隷制は終わった、マン＝アメリーを見ている横になり着物が頭の上までまくり上がり頭は直角に曲がり引っこ抜かれたみたいで手は棍棒《ブトゥ》みたいな銃にかかりもう彼女は叫ばず騒音も聞かず通りの物音はすべて勝利、彼女が聞くのはこれは魂消た全員の勝利だ彼女と一緒に通りで死んだ者たち全員勝利！

——ウエ！《そうよ》　とステファニーズが叫ぶ、ラ・フィミン・ダン・ヴエル［煙が帆をふくらませてる］！

だがこの煙、あるいはこの帆をふくらませる風については、演説者はあまり利用しすぎてはいけない、本当でないことを付け加えてはいけない、五百を五千にしたりしてはいけない、語りに出てくる動きや物音に酔ってはいけない。というのは大きな戦《いくさ》についてステファニーズは知らないことがなくて人が真実に尾ひれをつけたりしたら怒ってその不注意なほら吹きにむかって怒鳴るからだ。「やめてやめて！　あんた作り話をくっつけたでしょう、この大嘘つき！」

　なぜならそれはまだ空中にありぴくぴくと脈打ち、まだ忘れられても失われてもいなかったからだ、女たち女たち女たちを載せた荷車は、それも貧しさと泥の誇り高き主人としての逃亡奴隷《マロン》たちだけではなく、打ちひしがれた言葉なき虐げられた者たちをみなひっくるめてのことだったからだ。それは空中にあり誰もが匂いをかぐことができた、好奇心によって生命の危険を冒してまでも下へ下の者たちへと近づいていったメルキオールから、話を聞いて夢中になるステファニーズまで。それは空中にあり、そこでは震えを感知することのできるすべての者、つまりメルキオールとおなじく屈服することなく日々の死に耐えることのできた者たちやサングリとおなじくもはや利益をあげることに躍起になっていない者たち、要するに貧困と貪欲の苛烈な対決からはずれたぼんやりした連中みんながそれを感じ告げることができた、あるいはステファニーズのようにそれを感じ思い出すことができた。

とりわけサングリ、(かつてのマリ＝ナタリーのように)息づまる周囲の空気を乱す息吹を捕えることができる者は、自分の周囲のこの変化に苦しんだ。もっとも、最後のときには生涯収奪してきた土地の植生に襲われていて、亡き妻ほどの想像力に恵まれてもいない彼は、よりありきたりでより身近な敵の別のうねり、より重い船団が押し寄せてくるのを耳にし、その臨終では(ステファニーズが熱狂するあの大きな戦《いくさ》よりもずっとまえだが)彼のまわりに集まりつきまとう奴隷たちの群れを押し返そうとしていたのだ。それは彼の息子が若きマリ＝フランス＝クレールへの求愛を始めた時期のこと。そんな出会いに気を良くしたサングリは彼のプランテーションをアカジューの土地に、息子の支配下で組み込むことになる決定的な結びつきを望めるのではないかと思っていた。彼が企てたすべてとおなじく突拍子もない夢だった。この夢をおくなら、彼はともかくもいくつもの奇癖を捨てて人間らしくなっていた。高い家の奥深く暗いところに忘れられた彼はアビタシオンの業務にはもう姿を見せず、そっちは息子のほうのサングリが熱心にひきうけて、管理人たちにさんざん迷惑をかけていた。だがこの中休み、幸福なしずけさの時期は、彼の最後を醜いものとした暴力と荒涼を告げるためのものでしかなかった。

あたりにひしめきあう庶民どもに悩んだ彼は、奥まったところにある自分の寝室で、大声でわめいていた。その声は近所にも聞こえて子供たちは小屋に逃げこんだ。ついで彼は助言だの処方だのをはてしなく口ごもるように話しつづけた。作付けや、弾圧や、会計について。この臨終の苦しみには終わりがなかった。空気の中に、彼はやがて訪れるべき、しかし彼が見ることはないであろう物事が、愛撫し絶えまなく触れるのを感じていた。ついにある日、彼はラ・ロッシュにこう要求した。このような成り行きを考えただけで震えながらも息子はマリ＝フランス＝クレールの父親に勇気をふりしぼって話にゆかなくてはならないと。だがラ・ロッシュは、老いぼれとの騎馬行にすっかり気が動転している若いサングリをともなって全速力でかけつけてきた。

——ああ！　とサングリがいった。いらしたんですね！　やつらは一時もわたしを放っておいてくれない、絶えまなく身を守らなくてはならない、やつらの騒ぎが聞こえますか、やれやれ、あなたがちゃんと抜けて来られるかと心配していましたよ、ああ！

ついで話題を変えながら、突然ほとんど微笑するようにして、「彼女のためにわれわれはずいぶんと憎み合ったものです、そう思いませんか？」

——友人よ、友人よ、とラ・ロッシュはくりかえした。

——わかっていますよ、はっきりと認めようじゃありませんか。あなたはわたしに劣らず彼女を愛していた！　わたしもですよ、ラ・ロッシュ、わたしもです。いいですか、わたしは彼女に、少なくともわたしの知るかぎりアンヌ・ド・モンモランシーがフランス大元帥ではないことを、いえなかったんだ。ばかげているでしょう？　ばかげています。だがあなたは。あなたはどうやって自制していたというんです？ああ！　否定してもだめですよ。いいですか、マリ＝フランス＝アデライド、マリ＝フランス＝エロイーズ、マリ＝フランス＝クレール、そしてしまいにはついに我慢できなくなってマリ＝フランス＝ナタリーだ。さあどうです！　この子がいちばんのお気に入りにちがいありませんね。

——ああ、とラ・ロッシュが泣きながらいった、彼女が亡くなったというのは本当なのか。本当に彼女は死んだのか！

ろうそくが陰鬱にも消えた。寝室の半闇の中で、二人の老人はおそらく最後の探り合いをした。まだ二人だけの言い合いをすっかりやめてしまったわけではないのだ。だがサングリは、彼を悩ませていた問題のこれらの言葉が片付いたとでもいうように、次第につのってくる怒りとともに彼の錯乱に落ちてゆき、死にむかいつつこんな風に叫んだ。「気をつけてください、わが友よ、やつらはあなたのことも連れ去りに来ますよ、あなたはやつらがわかっていない、ああマングローヴの泥だ、わたしははまりこんでしまった、捕まえていてくれ、捕まえていてくれ！」——その間、夢も幻想もない実務的な老人であるラ・ロッシュは彼の手をとり、ここに住んでいた女戦士を想って泣き、ときおりこの地所が息子に託されることになったらいくら入ってくるかを概算した。

なぜなら生命、死ぬことの欲望、所有したいという渇きは、おまえを路上で盲目にし、根を試すことも、空間にどんな荷車が下りてくるかを理解することも、妨げるんだよ。もっともサングリのように、おまえがほんのそよ風にも飛び、荷車といっしょに転がってゆく、透明な布だったら別だが。あるいはまたロングエ・メルキオールのように、おまえがゆるぎのない大樽で、根の隠された跳躍による以外は震えることもないのであれば。そうさ、そんな場合にはおまえはこれから訪れる物事を理解するだろう。そうでなければ、おまえはじっと考えこむだけだ、「しかしどこなんだ、すべてはどこへ行ってしまったんだ？」とな。積み重ねられてきたすべてが時代おくれになった——やがて熱がおまえを杭みたいにつらぬくまで。だが熱に、打ちのめされることだってある。おまえにはもう聞こえない、単調な叫びのすべて。ラ・ロッシュが馬に飛び乗り、町まで一直線、そしてメルキオールにむかっていう、「おれがおまえの立場なら、どうすればいいかわかっているよ。」ついで彼は命令を下す、四人を工作場に連れていけ、しばりつけてもむだだ」（そして二人のいずれも樽のことは口にもしないんだ、二人のあいだに記念碑のように置かれているのに、それに二人の視線には生きているルイーズのことも）。この事件を遠くから観察していた者たち、トタン板と木箱の板で作った家にいる者たちが、みんなこう叫ぶんだ、「あいつは逃げるっていっただろう！　メルキオール・ロングエを捕えておくなどということができるもんか。」そしてすでに本性にしたがってアカシアの林の小屋へとさしむけられていたステファニーズが、それでもロッシュ・カレでぐずぐずし、大いなる蜂起の物語を聞いては毎日息を切らし、メルキオールとおなじくらいどうにも曖昧な真実を理解する（そのときも、そして今日でもなお）。旦那連中、プランテーションの旦那連中も森の逃亡奴隷《マロン》の旦那連中も、かれらの光輝の契約を放棄することを余儀なくされる。森の旦那方は輝きのない畑に戻り、プランテーションの旦那方はたちまちのうちに土地に別種の布を織ってみせる。蜂起した者たちは、奴隷も町の人間も、自分たちで火をつけた。あんなにも広大な邦、あんなにも小さな邦に、道を切り拓く。生命は混雑した十字路も森の湿った絨毯も離れて、耕された篩《ふるい》の土地にあるロッシュ・カレのあたり、人間たちがかれらの叫びに対するいかなる反響からも遠いところで苦しみまた死んでゆくいたるところに、定着する。そしておそらくステファニーズはメルキオールとおなじく、そこから生じる不在、虚無、死の忘却を予見していたのだろう——彼女が森へと上がっていったその理由となったものを。小屋のまえの空地、瓦礫、焼跡の灰に、少なくとも二つ三つは、動めいているものがあったのだ。

だっておまえの脳へと上がってゆき、火もないのに脳の中でおまえを焼き、おまえは焼かれ苦しむことになるそのすべては、いったいどこに行ったというんだ？　おまえはこう訊くよ、「でもね、パパ、本当にいったい何を掘り起こせばいいのかさえわからないんだよ」と。悲惨ではない、悲惨を探し求めろというんじゃない、いいか、悲惨のほうがおまえを探すんだ、そして悲惨には言葉で入っていこうなんて思うなよ。そりゃ、だめだよ！　めまいがするぞ。片方だけの翼で海を必死に飛んでいかなくてはならない軍艦鳥みたいにな……。まるで右腕を切り落とし、右脚を切り落としたりしているうちに、体の半分をそっくり切り落とすことになるんじゃないか。肺もひとつ、金玉もひとつ、目玉もひとつ、耳もひとつ。たぶんそれこそ、あの積み重なりの中に探しに行かなくてはならないものだろう。焼けつく痛みが稲妻みたいに畝をつけていく、おまえの一部。それなのにおまえからは遠く、森や、海や、あっちの邦に、留まったままでいる部分だ。脳の右半分だよ。

10章

なぜなら驚きまた怒りながらも、この二人の役人は自分たちの仕事をやりとげなくてはならなかったからだ(なぜなら二人はその目的のために雇われたのであり、少しでも仕事でへまをやったと思われたなら、新しい雇い主とのあいだに非常に深刻な問題が生じることになる)。法がいたるところで勝利を告げることこそ、その目指すところ。法とはつまり奴隷制が廃止され、あらゆる人間は戸籍課に登録しなくてはならないということだ、少なくともその身分を記録し、その者に関して書類で証明できるように。二人の役人はそこで中央広場にテーブルを据えつけ、それをバリケード代わりにして、押し寄せてくる人波から身を守っていたんだ。登記簿や書類の城にこもり、フロックコートのボタンをきちんと留めて、耳を燃えるように赤くし体には汗を川のように流しながら、二人は目のまえの黒い顔たちのぼやけた波をじっと見つめていた。まったくお役所的で、感じていることの何も表に出すことをまったくしなかった。少なくとも「次」とか「ボワッソー家」などと呼ぶかれらの声には、何も感じられなかった。でもときおり二人は互いに体を傾けあって、何か冗談をしかけようと相談したり、書類のうしろに隠れたまま怒りを小出しにしたりもした。

「こんなことはやってられない、やってられない」と一人めの役人がぽつんといった。

でも申請者に質問をしなくてはならない彼はすぐに気を取り直して「次！」と叫んだ。

「ラパランのプランテーションです」

「何人だ？」

「男ひとり、女ひとり、子供三人」

「三人家《デトロワ》だ」と一人めの役人がいった。「男一名、女一名、子供三名。次！」

「デトロワ家、２＋３」と書き留める係の二人めの役人がくりかえした。彼のまえではすべての顔がおなじようにぼやけていて、その顔のひとつひとつが紙をうけとるために手をさしだし、彼はその写しを保存しておくのだった。

「プレザンスのほうです」

「何人だ？」

「あっしと、ユーフラジーと、子供たち……」

「子供は何人だ？」

「五人です」

「ユーフラジー家、男ひとり、女ひとり、子供五人。次！」

「ユーフラジー家、２＋５」と二人めの役人がくりかえした。

「おれだけです、ひとりだけです」と次の男がいった。

「母親も父親もいないのか」

「いません」

ることにはなる紙を、彼はさしだした。

「女房は?」

男はにやにや笑った。

「トゥースール家、一名」と二人めの役人がくりかえした。身分証明とまではいかなくても存在を証明す

「トゥースール家だ。一名。次!」

これが大きな戦《いくさ》のエピローグだったのだ。自由人の世界へと入ってゆくことを許す、書類の配布。テーブルのそばでは行儀よくしていること、ほとんど厳粛でいることが求められた。でもそこから離れれば離れるだけ、群衆の興奮は大きくなった。端っこのほうは喧噪をきわめていた。村じゅう、閉じた窓、錠をかけた鎧戸とブラインドの背後では、大騒ぎだった。以前はプランテーションの奴隷だった者たちが、女を含めて、そこにいた。のみならず逃亡奴隷《マロン》もいた。ぼろを豪奢にまとって、かれらはどこへ行こうと泥と裸体を威厳ある装飾品として身につけ、またかれらだけが武器として山刀をもっていた。そこらにいる全員がいずれにせよぼろしか着ていなかったため、逃亡奴隷《マロン》たちは中でも、もっとも貧しい者でもあればもっともきらびやかな者でもあったのだ。かれらは沸騰する海の中を、しっかりとゆるぎない小島のように小さなグループとなって近づいてきた。かれらは話をせず身ぶりも見せず、かれらが通った跡にはかれらがひきおこした恐怖の匂いがしたが、それはすぐにこの日の興奮によって掻き消されていった。逃亡奴隷《マロン》たちは、存在が認められ過去が承認され、いまや奇妙なことにもかつてはこっそり通り過ぎるしかなかった小路の迷路を心おきなく往来できるようになった人間としての満足と、かつての、危険な生き方がかれらに最高の地位を与えていた過ぎ去った日々への漠然とした後悔のあいだで、引き裂かれていた。こうした入り混じった感情が、かれらのふるまいを抑制されたものとし、かれらを沈黙させた。その結果、

生じたのは大げさに見えるほどのつつしみ深さで、それがかれらをいっそう目立たせた。かれらが特別だったのは（山刀をもっていること以外にも）役人たちのテーブルにたどりついたときかれらは自分から名乗りまた家族の名を告げたことで、一般的にいって名乗ることにも家族としての関係を述べることにも非常な困難を覚える大部分の人とはちがっていた。二人の役人にはそのちがいがわかった。逃亡奴隷《マロン》のこの独立の徴はかれらには侮辱と映り、かれらをいっそう憤慨させた。

「何という考えだ。想像もつかんな」と二人めの役人がいった。

彼の同僚のほうは、こうして並ぶ野蛮人たちに、姓として与える通常の名前のリストを使い果たしはじめていた。

「クレレット家……」

「アナイス家……」

二人でこうしてくっつきあっているあいだ、二人の耳はいよいよ赤くなり、目はらんらんとし、書類の陰で互いに不平をこぼすのだった。

「ラ・ロッシュのじいさんはよくわかっていたよ、戸籍課に、各プランテーションに人を派遣しろといっていたからな。それならこんなにごった返すこともなかったわけだ！　これはひどいよ！」

「ああ、だがね友人よ、共和国は望むとおりのことしかしないからね！……次！」

姓を怒鳴っていた男は、ついで古代の有名な名を使いはじめた。

「シセロン［キケロ］家……」

「カトン［カトー］家……」

「レテ［忘却の川レーテ］家……」

古代のすべてが行進していった。何にせよかれらが噂に聞いて知っているかぎりのものが。ロムルスにはじまり、オラス［ホラティウス］やスキピオン［スキピオ］まで……。

残念ながら、かれらの古典の知識はすぐさま底をついた。そしてそのとき、かれらが耳にした声がかれらを驚かせたのだ。

「スキピオンか、こいつはいいな！……　聞いてくれよ！……」

「何だと？　おまえ何ていった？」一人めの役人が大声でいった。「ロングエ家」と声はいった。二人は身がまえた。

「ロングエ家」とメルキオールがいった。「男ひとり、メルキオール・ロングエ、女ひとり、アデリー・ロングエ、娘ひとり、リベルテ・ロングエ、息子ひとり、アポストロフ・ロングエ。」

「そもそもリベルテというのは名ではないぞ」と最初の役人が叫んだ。

「かまわん、かまわん」と二人めの役人がただちにいった。「ロングエ家、２＋２」

メルキオールは書類をうけとった。

「折れてはいかんよ」と一人めが小声で非難した。

「どうでもいいさ」と二人めがいった。「ロングエだろうがアリスティドだろうが！」

二人は、この仕返しは続く者たちにしてやればいいと思った。

それでもかれらは、ベリューズ家やタルジャン家なども認めないわけにはいかなかった。かれらは登録を終えて歩き去ってゆく人々を見ていた。その大部分は書類をひらひらと振りかざしていた。何人かは、その秘密をいきなり捕まえてやろうとでもいうように、厳粛な顔をして書類をじっくり見ていた。役人たちは造物主のような気分にはなれなかった。自分の権力を実感することを、誇らしく思えなかったのだ。むしろ自分たちは道化で、もったいぶった様子も残酷なパロディでしかなかった。名をすべて使い果たしたとき、古代も、自然現象も（西風《ゼフィール》や貿易風《アリゼ》）、あるいはフランス各地のたとえばビゴールやポワトゥーから来た人々がもっていた名であるクラックやルメール（故郷の隣人たちをからかっているわけだ）などを使い果たしてしまうと、かれらはお客のほうに訊ねることにして、地元の名を名乗ることも許しはじめた。アビタシオンの名やその近所の地名なんかだ。こうしてプレザンス、カポート、ラザレといった家族が生まれた。あまりにふざけていることが明らかになってくると、かれらは名前をひっくりかえし、そのもともとの起源から遠ざかるようにして楽しんだ。サングリが、たとえばグリッサンとなり、クールバリルがバリクーと呼ばれるようになった。ラ・ロッシュの名はロシェ、ラシュ、レション、リュショとなった。

そしてこの役人が二人とも、薬剤師や漁船員や天文学者や植物学者でなかったのは、かれらのいっそうの不幸だった。もしそうだったらいくら掘っても尽きない鉱脈があり、無限の選択肢があったはず。そうはならず、かれらはこうした分野からはいくつかの名を拾うことしかできなかった（火星《マルス》とか雌鮫《レキーヌ》とか縦帆《サパン》とか難破船《レタメ》とか）。このことをかれらは嘆き、ときどき、かれらに新しい地平を開いてくれるであろう何か学術的な著作を手に入れてこようかとも考えた。

群衆から発し、広場を囲む建物の正面で沸き立つ熱の中で、ぐずぐずと午後は進んだ。役人たちには優雅な飲物類が供されたが、かれらにはすぐ、タフィアをたっぷり入れた水のほうがいいとわかった。あたりの混乱より上にかれらを置く、役人らしい威厳を脱ぎ捨てて、かれらは嘲笑に楽しみを見出すことにした。その結果として自分たちこそが周囲の興奮に貢献しているのだということに、かれらは気づいていなかった。元奴隷たちはこの格式ばらない攻撃のほうを、戸籍登録を元来支配していた冷たいやり方よりも好んだ。突然、こうした混沌に夜がやってきた。ランプや松明が運ばれてきた。ただでさえ過剰な場面が、陰影によって誇張された。これから登録する者、役人たち、すでに登録を終えた者たち、誰もが叫んでいた。

「おれは一八四八年を忘れないよ」と二人めの役人が大声でいった。

犬たちがいたるところで吠えていて憲兵たちの馬はおびえ後脚で立ち上がり、松明からの煙はかれらの回りでぐるぐる渦巻いて、頭をいっそうぼうっとさせた。

「音楽がどうとか、いわなかったか」

「おお、それだよ！」と一人めの役人も賛成した。「ドレミ家でどうだ！……」

姓は文字通りグロテスクなものになってきた（あるいは少なくともかれらはそう思った）。けれどもついには、二人はもう反応すらしなくなった。一人めの役人は、目のまえにいる黒い顔を見るのだが、もう目には映っていなかった。感じることも考えることもやめてしまい、しばらくしてから要求するのだった。「名前を選びなさい。」そしてすぐに、うめき声とともにこんなふうにいうようになった。「お願いしますよ、名前を選んでくださいよ。」かれらがどれほど嘲笑しようと無関心な、動じることのない潮が、かれらに打ち勝ったのだ。かれらはそれに気づいていて、そのせいで怒りがよりいっそう苦くなった。それで二人はときどき思い出したように姿勢を正しては、かれら自身と甘美な存在とのあいだのカーテンのようにして目のまえにひしめきあっている人々を真剣に侮辱するのだった。

「もうたくさんだ、たくさんだ」と二人めの役人がつぶやいた。

「ネアッセ「たくさんだ」家！」と最初の役人がただちに告げた。「男ひとり、女ひとり、子供六人」

「ネアセ「たくさん」家」と二人めの役人がくりかえした。「２＋６」

夜にはかつての解放奴隷たちが小屋から、ムラートたちが家から出てきた。どちらも、もったいぶったようすで群衆の中をまわっていたが、ついには群衆に呑みこまれてしまった。解放奴隷たちはおっかなびっくり快活な騒ぎに参加しようとしたが、かれらは集団のよろこびを味わうことができなかった。かれらの解放は個々の者の功績、おそらくは主人の愛や感謝の気持ちによるものだったからだ。特定的で、狭く、はっきりした原因によるものだった。かれらは人々の熱狂から取り残されている感じだった。かれらはいかにも事情をわきまえた者、すでにそこを通過してきた者だという態度をとっていた。かれらの笑いは寛大で、微笑は保護者のようだった。ムラートたちの、少なくとも通りまで下りてきてくれた（あえてそうした）者たちが言外に匂わせていたのは、自分たちがいなければ、自分たちの確信がなければ、自分たちの戦《いくさ》がなければ……ということであり、すでに物事が成った以上、これを機に自分たちムラートの威信を増大させるのは気分のいいことだった。かれらの話を聞くためにいくつもの集団ができた。（かれらムラートたちはフランス語がよくできたんだ、ああ！　いうまでもないな。「すらすらとフランス語が出てくるねえ、ダシャンさんは！」だがこんなミニチュア版の公開討論会も、やがて人の波にさらわれてしまった。ムラートたちはひっこんだ、黒人どもの恩知らずに苛々しながら。

なぜならそれこそが危険だったんだ。半ば開いた門から、こんな波のうねりが出ていくことが。こんなふうにしてパロディや嘲笑に、でたらめに翻弄されながら投げつけられた名前が、土埃に、時の栄誉ある緑青にまみれ、名付けられた者たちに思いがけない自負を抱かせることになる。ある名を名乗る者は、読むことを学ぶ者のようなものだ。その名を、名の本当の歴史を忘れなければ、そして読み方を忘れないかぎりは、彼は自分を高めることになる。彼は母親を、父親を、子供たちを、知りはじめる。かれらを守ってやりたいと思うようになる。日々と夜々のぱっくりと口を開けた穴を去り、過去を考えさせ、未来にむかって彼を押し出す、時の中に入ってゆくんだ。彼は動詞を活用させる、唯一の未決定がそれまで彼にとっては行動とむなしさのあらゆる可能性を覆っていたところで。土地の主人たちのうちもっとも見る目がある者たちは、この危険を回避する手段を探していた（そしてすでにかれらのムラートたちのうぬぼれた愚かさの中に、それを発見していた）。だがそれ以外にラ・ロッシュのような者は、たしかに数は少なかったが、論理をその果てまで推し進めていた。かれらにとって、過去に戻ってゆくための手段は、すべて良いものだったのだ。かれらはその場でうねりに洗われている過去、かれらの過去を、釣り針でひっかけ、もう放さなかった。まるで永久聖職者のようなもんさ。かれらは現在の混乱がさらに進んでいくことを拒絶した。

なぜならほとんど百歳近くになっていたラ・ロッシュは、これほどの新しいあれこれを承認する気分ではなかったんだ。改革の必要は、彼の利益という唯一の視点から見たとき、彼にもわかっていた。鋭い精神である彼は未来の中に（というのも彼はまだまだ存在を止める気なんて毛頭なかったからだが）囚われの大衆を見ていて、それはもう養ってやるにも価しなかった。利益の見通しがそのようなものであるとき、事業はたぶんそんなに悪くない。奴隷たちに命令を下すのも、サングリを使って自由人を働かせるのも、何のちがいがあるものか？　老いぼれはこうした議論を、もごもごとつぶやいた。だがすぐに他の、同様に雄弁な議論を見出しもしたのだ。たしかに窮屈なことだった、これからは見せびらかしを計画し、計画には陰影をつけ、良心を金で買う（というかじつは提供される）ことになるのだから。ある絶対的世界を去って、市場のいかがわしさの中に入ってゆくこと。もはや姿を見せず、物陰から糸を操るだけの、恥知らず。こんなにも面倒が増えることには予想がついて、老いたプランターをうんざりさせた。若いやつらは慣れてゆくだろう、だが彼自身にまでそんなひどい苦労を要求することは許せない。それに彼の世界には、その後おびやかされている、ある価値があった。従順さ、それも完全無欠な厳密な従順がそれで、彼はそれに慣れていた。彼には仕える者が必要だった、それもただ指先ひとつ、まなざしひとつでいうことを聞くというだけではなく、そもそもいうことを聞く時を待ちかまえる者が。ところが、いたるところに彼が見ているのは何だ？　異議や口論へのたしかな好み。もちろんあからさまなものではないが、この奴隷解放の素朴な興奮の中で中断されているだけだ。無秩序あるいは泣き言への性癖。白状するなら彼は、森から下りてきた逃亡奴隷《マロン》たちがこの葡萄汁の中に戦いと熱狂の酵母を入れるのではないかと、恐れていたのだ。だが彼が何よりも嘆いていたのは、この熱狂がやがてまとうかもしれない、俗悪でいかにも喚きたてるような性格だった。ああ！　たぶん彼は山《モルヌ》のほうに嗅ぎつけることのできる、大いなる沈黙の挑戦への、郷愁に捕われていたのだろうか。畑のほうではすべてがひどく俗悪に、けちくさくなってしまった。こいつらは結局、歴史なく生まれまた死んでいくことができないものだろうか。あるいはせめて彼の老いた日々を楽しませてくれる豪壮な輝きを、盛り立ててくれることが？　いいや。彼はまるで無知な者たち未完成の者たちの悲惨な混乱と戦い、御さなくてはならないという、屈辱を経験することになるだろう。この逃亡奴隷《マロン》どもは、森に残ったほうがよかったんじゃないか。平野にやってきて、かれらのすばらしい恨みつらみを分散させ、やがて使い果たしてしまうよりも？　準備されつつあった戦いのしつこい下劣さにわざわざ力を加えなくても？　彼の仕事、そして、彼の使命は、明らかだった。新たな逃亡奴隷たちを呼び覚ます、そしてその一方で、いまや畑の労働者と呼ばれるようになった者たちを投獄し、孤立させる。ああ！　彼が未来（それをまだまだ長いあいだ支配しつづけるだろうが）に見ていたのは、彼のひまごたちに残せる唯一の肯定的な遺産だった。それによって平野を窒息させる、組織的包囲の計画だ。それを逃れる者たちがそこに戻って、下劣な大胆さを吹聴してまわる暇などないように！　逃亡奴隷《マロン》はというと、彼は自分の楽しみのために、新しい逃亡奴隷《マロン》を作り出すだろう。そうだ、彼の孫たちはこの点について何も知ることがないだろう。彼自身の過去（彼の、彼だけの、彼の騎士のそばに立つ彼の）を、彼はそのすべての力をもって延長してゆくのだ！――気むずかしい老人はみずからの挑戦についてじっと考えた。ただ彼だけが権力をもっている。だったらいったい誰がこんなふうに介入し、破産した存在を彼に押しつけようと望むのか、彼の側はみずからの法にも規則にも何の違反もしていないというのに？　どこに過誤があったんだ、失敗があったんだ？……。

　こうして「なぜラ・ロッシュは奴隷船の上で死んだのか」という問いは、不完全なものに留まった。その問いは率直ではあるけれど、老いぼれが陥っていた狂気、あるいは少なくとも理性の欠如を、考えに入れていなかったのだ。まるで彼の人生にすばらしい死が決定的な輝きを与えるであろう結末にむかって、彼が仕向けられているかのように。問いにはさらにつけ加えなくてはならなかった。ラ・ロッシュをその人生の論理的で誇り高き連続性の中で見るのみならず、最後の時の酔いと散乱の中でも見なくてはならないのだ。暗闇の問いを、暗闇の語によって延長すること。この尊大なプランターを、死の床についたサングリの枕元で大人の男としての人生でおそらく初めてさめざめと涙を流しながら彼が泣いたときから、念入りに身仕度をした（まるで儀式に臨むように）彼が崖の下まで自分を運ばせていった夕方まで、追跡してゆくことだ。この二つの時のあいだに、おなじ不在の単調なきらめきがちらちらと見える。まるで何者も彼にむかって明らかにしてくれなかった原因を求めて、どこか別の場所へと連れ去られたようなラ・ロッシュ。それ以後、その崖から彼を追ってみることだ、その問いに答えることになる、また同時に問いを変えむしろ補完することにもなる、わずかなできごとを求めて。

　こうして老いぼれは、両脚の上で体をゆらしながら、その晩、共謀者を演じたんだ。奴隷制廃止のだらしない祝典からほんの数日後、彼は新秩序を打ち立てようと試みた。老人はアフリカから密輸される積荷を待っていたのだ！　崖の上でランプをふり、それに対して沖合からの合図が応えるのを見て、彼はよろこびに足を踏み鳴らした。ボートが一艘近づいてきたが、まるで「全消灯」とでもいったようすだった。ラ・ロッシュは元気に乗り込んだ。沈黙を守ることに専心し、密輸人という役どころを極端なまでに演じていた。かれらは船に近づいたが、船は沖にいるのではなく小さな湾に隠れていた。手入れがあったとき裏をかくために、ボートは海上で大きく迂回していたんだ。ひとりではタラップを上がれないラ・ロッシュは人々に支えられていたが、それでも甲板に跳び移った。

「おう、ラポワントの親方よ」と彼は声をかけた。

船長はびっくりして跳び上がった。自分を船長《キャピテヌ》という肩書きではけっして呼んでくれないこのプランターのやり方に彼は慣れることができなかった。彼のことはラポワントの親方として知っているというのがその口実であり、のみならずこの名がもはや誰も知らないある逃亡奴隷《マロン》の黒人を思い出させるからというのだ。

わかるだろう。そうだ、ローズ号はこうしてこの人里離れた湾に錨を下ろして、そこでこっそりと荷を下ろしていたんだ！　ラポワント船長が、タフィアをジョッキで一気にあおろうとして腕を上げたとたんに脳溢血であっさり死んでしまったデュシェーヌ船長の、後を継いでいた。船主らはラポワントを信用していた。事実彼は、奴隷貿易が危険で厄介なものとなっていたこの最後の時期、状況をよく見ることのできる人間だった。不機嫌で頑固で厳格なラポワント。直接的な物事、その時々の正確なかけひきに専心し、未来をめぐるいかなる仮定にも捕われない男だ。彼はこの商売の仕組みや成り立ちをよく理解するようになり、徐々にデュシェーヌ船長の嘘（かつてこの人がみずからそう思わせる以上に雇い主たちの言いなりだったこと）も大奴隷商人たちの要求も見抜いていた。奴隷商人たちは一定の収益を求めるため、船長というものは私掠船に襲われる危険と、ラ・ロシェルやボルドー［いずれもフランス本国の奴隷貿易港］の厳密な予測のあいだで、追いつめられた人質のようなものだと、ラポワントは考えた。システムは重くなり、植民地経営者《コロン》たちに興味を抱かせるとともに、鎖の反対側を握るかれらの助けを得なくてはならなくなっていた。疲れを知らないラ・ロッシュはこうして新たな手段を手に入れていた。このつぎはぎだらけで、息もたえだえの老船ローズ＝マリ号にとって、おそらく最後になるこの航海までは。この船のために老人は、よろこんで馳せ参じてくれる植民地経営者《コロン》らの暗黙の支持を得て、特別な歓迎会を即興で考えなくてはならなかったのだ。ラ・ロッシュは、この歓迎会は義務であること、この航海のために八か月前に保証として与えられた出費がまかなわれなくてはならないこと、購入した黒人は蒸留所の周囲で偽装しておく手段があること、とにかく落ち着いてしまえばかれらの到着の日付を過去のものにしたり、申告すらせずにすませるのも簡単だということ、それにまたばかげているほど安い値が今回の輸送分については含意されていることを、植民地経営者《コロン》たちに納得させていた。それが引き起こしたパニックと狼狽は非常なものだったので、彼はかれらのうちの何人かにこの狂気の正当性を説得し、この作戦の実際面を調整するのは自分がひきうけるからと、いわなくてはならなかった。

船長は老いた旦那とそのおつき（怯えきった二人の黒人の使用人）のまえへと進み出た。つきそっているのは副船長で、アフリカ人の心理をよく操ることのできる、老練な航海士らしさのある人物だった。ローズ＝マリ号は由緒ある船なのだ。

「おう、ラポワントの親方、いい積荷をもっているな！　いちばん上等なのをおれに取っておいてくれただろうね。」

息を切らしているようでもあれば生気にあふれてもいる老人は甲板を歩きまわり、きらめくような声を上げたかと思うとただちにそれを押し殺し、指を口にあてて鋭くよく響く「シュッ」という音を出すのだった。必要不可欠な、何の物音も出さない二つ三つの提灯が、この共謀の雰囲気を高めた。夜は月がなく海岸もこのあたりの断崖は一様に深い陰影を刻んでいた。ひきがえるやその他の夜の生物たちが、崖の上で、途切れぬ歌を織りなしていた。

ラ・ロッシュは突然にラポワント一行を離れて、甲板の上でほとんど見えもしない塊のほうへとむかった。途中で提灯をひとつ手にとった。水夫たちは宵闇の中に、老人が提灯を黒人たちの胸元や顔にかざすたび、黄色い光の染みが揺れるのを見た。それは黒い肉の野に螢が音もなく飛んでいるようだった。光の染みは、それをかかげる者の満足した唸り声とともに、優雅に去っていった。突然、何の物音も聞こえなかったのに、それは消えた。あるいは、それが一面の漆黒に呑みこまれて消えてしまったあと、その闇の塊の下から、よろこびの笑い声のような明るい呼びかけが聞こえたのだ。ついで、この場から生き延びた者の誰も後になって思い出すこと、すなわち理解することのなかった、叫びが。老いた航海士は、不安にかられて、すでに進み出ていた。ラポワント親方船長は大声でいった。「火器は絶対にだめだぞ！」と。

ローズ＝マリ号の副船長がただちにそこにむかった。この完全な夜の中では、彼が黒いマグマに呑みこまれてしまうのは誰にも見えなかった。水夫たちはサーベルと斧をもって突進し、たちまちその場を開けた。戦いがあちこちで起きたが、古いローズ号を去ろうと考える者は誰もいなかった。大きな水音が二つ、海面に落ちる無数の水滴の反響をともないながら響きわたるまでは。ラ・ロッシュの使用人たちは、これを耳にしてすさまじい乱闘を離れて、陸に戻ることにした。積荷は一丸となって舷側へとむかった。鉄をつけられ縄でむすばれているものの、かれらは全員が我先に突進し、すぐそこにある海岸にたどりつきたいと願っていた。水夫たちはこの試みに対抗したが、ラポワント船長はさらに叫んだ。「放っておけ、行かせてやれ！」喧噪は止み、誰もが全力で欄干をまたごうとし、また船と崖下とのあいだの5、6メートルで狂ったように水を掻いていた。黒い体がこうして雨のように降り注いだ。

「やつら全員、地獄に落ちろ！」とラポワントが大声でいった。

ラ・ロッシュが死んでしまったいま、自分がじつはこの商品をどうすればいいのかわからないということを、彼は表に出さなかった。老人の死体を抱え、夜の中でこんな大騒ぎを起こして、いちばんいいのはさっさと逃げ出すことだった。違法行為を共和国は冗談ですませてはくれない。それでラポワントは、動きを助けるようにと命令した。甲板上で片隅に身を寄せ合い、殴りつけられても反撃しなかった黒人たちの、何人かを水夫らが捕えた。水夫たちは鉄球をはずすこともなくかれらを水に投げ込んだ。多くのものがすでに岸に着いていて、険しい岩の黄土色の上に、錆びて反り返ったトタン板にこぼれたシロップのように、ぐったりと身を伸ばしていた。他の者たちは水の中で相互に助け合い、ある者はまっすぐ沈んでいった。

ラポワントは、錨を上げてこの不吉な場を離れるようにと指令を出した。彼はラ・ロッシュの乱れた着衣を整えさせ、ボートが一艘出されて、ラ・ロッシュを小さな湾から少し離れた岩の上に置いてくることになった。白い服を着た死体はぼんやりと光を放ち、ボートは船腹へと戻ってきて、ついで船は沖合をめざして出発した。副船長のほうは国旗に包まれ砲弾を錘りとして、小競り合いの犠牲となった他の二人の水夫とともに、何の儀式もなく海に投げ捨てられた。

こうして最後の戦いが終わったんだ。重く、暗闇の混乱の中でにっちもさっちも行かなくなった戦いが。ラ・ロッシュは彼の寝台の上で孤独に横たわり、ひきつった目は頭上にひろがる硬い星々へとむけられ、そのそばでは積んでこられたアフリカ人たちが鉄の錠を壊すための石を探し、その間にもローズ＝マリ号は沖へと去っていくのだった。海岸から遠ざかってゆくそれこそが奴隷貿易の最後の船で、古び、ぼろぼろになり、不確かだった。老いぼれを岩の墓の上に残し、もはやけっして市場に出されることもなく、泥道をしずかに走る荷車の揺れを追ってゆくこともけっしてない、模範的な逃亡奴隷《マロン》の一群を彼に与えて。老いた植民地経営者《コロン》はしたがって彼の最後のパレードのために、よくがんばってきたわけだ。熱い夜の中、平和に音をやわらげてくれる崖に囲まれて、戦闘の騒ぎを聞きながら。彼はこうして眠りにつくことができた、灰色のぼかしも妥協もなく、彼自身が望んだコントラストの強い宇宙を、最後まで生きて。彼はすでにこの岩の遺体安置棚《カタファルク》に難攻不落の城壁を作り上げていて、その背後にはこれほどの頑迷ときびしい孤独に衰弱した彼の子孫たちが、未来永劫、閉じこもってゆくことだろう。というのも彼は自分が支配してきた土地のはずれで死ぬためにやってきたのであり、それも腐植土の上ではなく、肥沃な粘土の上でもなく、熱い砂の上ですらなく、岩の凹みで、彼の死んだ手はまだそれにしがみついているように見えた。土地によってこの不毛な小島の上に投げ出され、そこでは波のしぶきが彼に届くことさえ、一度もない。ある日、漁民のひとりが偶然に彼を発見し、憲兵隊に大慌てで知らせに走るのを待ちながら。その後で、彼は黒く変色した肉に蛆がうごめく半骸骨となって、上のほう、アカジュー農園に建てられる巨大な陵墓に、やっと寝かされることだろう。

そして海岸から離れてゆくこの最後の奴隷貿易船では、ちょうど体の利かなくなった老人が最後の炎のあとで若いころの数々の思い出からさえも離れていくように、かつてなく暗く沈んだラポワントが、自分の運命のことをじっと考えこんでいた。夢想にふけることの少ない彼なりの程度においてではあるが、彼は完全無欠なかけひき、豪壮な入港、きちんと整った細目、相当の利益（かれらが保証する利益のみならず、かれらが証言する価値においても）を夢想し、ついには孤独な古い荒地への引退さえも夢見ていたのだ。——彼はあちらのほうでぺしゃんこに潰れている夜の塊を見つめ、彼があれほどまでに苦労して手に入れ、そしてあの老いぼれ猿が下劣な気取りから最後まで否定しつづけた船長の地位が、じつは失望しかもたらさなかったということを確認しつつ、自分自身の不運を嘲笑った。なぜならいずれ彼は、長年にわたる札付きの仕事ぶりの後で、すでに目的の港へ到着ずみと見なされる積荷、つまりイギリスのフリゲート艦によってもフランス共和国の船団によっても舷側から投げ捨てることを強要されず、それなのに失ってしまった——どこに？　海中にではなくそこまで運ぶのが任務だった目的地の大地そのものに——積荷について、釈明しなくてはならなかったからだ。ローズ＝マリ号の船主たちは疑うだろうし、かれらは裏切りを嗅ぎつけ、彼が苦心惨憺してしたためる、事のてんまつを語る秘密の報告書も、徹底的にあら探しするだろう。しかし、せめてそこまでたどりつけるなら。というのも彼は二日後には賃金を要求し、まちがいなく反乱を起こすであろう乗組員たちに対しても、責任を負っているからだ。いったいどこからそんな金をとってくるというんだ？　ローズ号自体、じきにいたるところで通報される対象になるだろう。奴隷貿易の最後の船が幽霊船となり、食料も飲料水もなく、いずれも近づくわけにいかないイギリスあるいはフランスの、外洋をさまようだけ。

「なぜラ・ロッシュは奴隷船の上で死んだのか？」という問いは、したがって不完全なものだ。その問いは、老いた旦那の強迫観念とか、彼の子孫の行為およびかれらにありうる利益をめぐるあらゆる支持の拒否、あの女戦士が彼女自身、彼に対してこの境界を与えたのち彼から離れていった、中立状態にとどまりたいという意志を、はっきりとしめしていなかった。完全な問いはこうだよ。「なぜラ・ロッシュは秘密の奴隷船の上で死んだのか」この「秘密」という語がなければ問いは意味を失い、もはや問われる理由すらないのだ。あの二人の役人が椅子にぐったりとすわり、登記簿を閉じるわけにもいかず、息がつまるような仕事に、そしてさらにかれらが直面している人の波の恐ろしいほどの無関心に打ちひしがれていたとき、老いたかつての旦那は燃える太陽の下で死んでいた——もはや彼の長い道を、孤立した岩の上で、目印もない夜の中で進んでゆくしかなくなって。そう、そのときから彼は自分の人生において、単調な海を逃げてゆくローズ＝マリ号を予兆していたのさ。この両者（おなじ徴によってむすばれた人と船）には、もはや海岸の夜のこの曖昧な動きしか残されていなかった。5メートルの幅の水をやっと逃れた者たちが、断崖の稜線上で編まれる一様な歌にむかってのろのろと進んでいく、その場で……。

——なぜなら、マチウ親方よ、おまえさんはその太陽をおまえさんの頭の上に見ているからだよ。だが何日のあいだ、それを見ずに過ごしていた？　そう、何日だ？……

ところがマチウにとっては。彼のあまりに警戒心の強い考えは、いたるところでマチウ自身よりも先を行くのだ。彼は多くの生と死の積み重なりにつまづいた、整理する余裕などないままに。彼は熱の円形競技場で、くるくると回った。ついでいきなり停められて、方向転換し、自分の頭のメリーゴーラウンドで足踏みした。乾期が彼を、小屋よりもはるかに遠くまで、運び去っていた。

大いなる火が、山《モルヌ》でも平野でも炸裂していた。熱によって痩せ細った竹、茶色く焼けてしまった羊歯が、霧に穴を開けて、下のほうが見えていた。風が空へと吹き上がり、そこで雲なき不動の青い砂漠へと溶けこむときにも、小屋の屋根はほとんど震えもしなかった。藁はこの熱により自分自身に貼りつき、雨のマッサージによる時よりもぎっしりとくっつきあって、風に対してはもはやその、骸骨のぎっしり寄り集まった塊しか提供しなかった。平野の赤とさまざまな緑、粘土の贅沢な黄土色が、その光輝に濃淡を与える、黄味がかった光をまとっていた。乾期《カレーム》の盛りが、いままさに大地を攻めたてていた。

——でもね、あなたは今日を知らないね、パパ！　過ぎたことは過ぎたことだ、だったらあそこ、下のほうに残っているのは何なのかを教えてよ。そうだ、教えてくれよ！　パパはもうずっと、あのアスファルトで舗装された道路にまでも来ないだろう、あの下のほうにある、染みみたいなのが見えるかい？　いいかい、ぼくはまもなく下りてゆく。真昼間の光の中で、よく見てやるさ。夜とはいったい何だ、ぼくは夜など待たないよ。ぼくは臆病者じゃない（恐がっているのかといわれるなら、ああ、たしかに恐いよ）、ぼくは真昼間の光で見てやるさ、今日の目で！　下りてゆかなくちゃ、パパ、下りるんだ。

——ああ、ああ、と老人がいった。下りていきな、時は来た。

——でもここらでいちばんの年寄りであるパパは、なぜそうしないんだ？　永遠の中であなたの葉っぱを数え終わることがないとでもいうのかい？　見てくれよ、いいかい、いくつもの痕跡があるんだ、わかるかい、登記簿だよ。知識だ。

——でもおれに読めるのは、と老人がいった。大きな空とそこに横たわる夜だけだ。おまえたちこそ、下りていけ、下りていけ、時は来たぞ！

そこでマチウは熱を出したかのように立ち上がり、下ってゆく小径へと、大股で歩いていった、彼はパパ・ロングエにむかって、さようなら、とすらいわなかった。アスファルトで舗装された道にむかって急いだ。彼はたくさんの顔や身ぶりや言葉の行列、ひとりひとりが異なった葉をもち自分なりのやり方で空へと身を反らせている、プランテーション中の男たち女たちのことを、忘れることを選んでいた。なぜなら彼マチウにとって残されたもの、頭の中で鳴り響いているもの、彼がずっと以前から（そのうずきに苦しみつつも）その後を追ってきた、脳の半分でずきずき疼くものとは、この道の迂回ではなかったか、砂糖黍畑に出る直前の、いくつかの黄色や赤の唐辛子に縁取られて、二本のレモンの木が緑の陰になった平和を丸く育てているあたりの？　このレモンの木のまえにある土の穴、硬く人を傷つける土埃が溜まり、彼がまず片方の足ついでもう片方の足を入れてみるとまるで断崖の上から落ちるような気がしたのは、ここではなかったか？　彼がまるで踝がゆわえつけられているかのように欠かすことなく立ち止まったこの迂回路の後で、見捨てられたような畑の沈黙の明るさが、まるでベリューズが投げ捨てた鉄がそこに根づき増殖して、いっそうしっかりと人を捉えるようにも思えたのではなかったか？　この死んだ繊細さ、しゅうしゅうという音を立てるような沈黙、火の中で伸びる葉のきらめき、それらこそが真の顔、唯一の身ぶり、言葉だったのではないか？　これらの畑のうちたったひとつが、その粘土の下にそっと埋もれた虚無によって覆い隠すことができたものを誰が暴くのだろう、いったいどれだけの声がそこで消され、最後の刈り取りの後のタフィアとタムタムの音の中で枯れていったことか、ついにはやっとひとりがこの畑のまえで倒れ、すっかり理解してこういうために、「おまえこそ本物《ヴェリタブル》だ」と？　そしてそれができなかったマチウは、反対にパパ・ロングエから離れてゆき、枠の線を引き、糸を切り、この強情な老人をまえへと出発させ、一方で呪医《ケンボワズール》に夜を通してつながっている他の者たちは水の穴にごちゃごちゃと落ちていくだろう。というのも彼マチウの前方で煙を上げている大地、それこそがつねに残るものではないのか？「だってある日、かれらはこの土地をひっくりかえし、この土地はさんざんかつがれてきた年月の分の利益をあげなくてはならないからだ。サン＝ティヴは正しかったよ！　彼が首からぶらさげた小袋に穀物の実を隠していたとき、彼はすでに土地を甘やかしていたんだな。だっていつかは土地は嘘をつくのをやめなくてはならず、土地を耕す者たちは自分たちの終わりなき責苦についてのいかなる拡声器であることからも遠く、ついに森の中の空地、下ってゆく道、二本のレモンの木を発見するのだから。それは〈役割〉であり〈役者〉なんだ、なぜなら苦しまれなしとげられるすべては大地との関係による以外にはなく、それは大地が存在し、大地が、人が死なないために、やっと十分な程度に立ったままでいることを許してくれるからではないのか？」こうして熱い考え、抽象的ではあるが燃えている考え、たぶん3キロ、いや4キロほど離れていて彼がおそらくそこに着くには三十分ほどかかる最後の砂糖黍畑の最後の茎の最後の葉の上におそらく置かれた（そこで待つようにと）考えに夢中になったマチウは——夜の中で老いた呪医《ケンボワズール》の航跡の中に現れた顔の理論、正確な欲望、利益の上がる死者たちを、抑圧した。彼はパパ・ロングエを抹消した。自分の中で花開いた解放とだけ、ともに過ごすつもりで、「いいかい、かれらはついには耕す、土地を真に耕す、その体じゅうに理由もなく群がって辛い仕事をするわけじゃない」、重い日の中でたったひとつの考えをぐるぐると回転させ、熱い土地に対するその酔いの中で旋回し、そのままぼおっとしているつもりなのだった。それがあまりにひどくて彼は、すっかり白髪混じりで、破れた古着、脚を出し、尖った麦わら帽子《バクア》をかぶり、酔っぱらい、土とも見分けがつかなくなったような男（路上の唯一の男で、陽炎の中に航跡を残していくように見えた）にこんなふうに声をかけたほどだった。「誰のものだ、え、誰のものだ、このすべては？」すると田舎男は頬笑んで答えた。「いい日だねえ。ラロッシュさんの土地だよ。ここらはぜんぶラロッシュさんのもんだ。」

「ああ、もちろんそうだな、ラロッシュさんだ、もちろんさ。」

　酔いがさめ、良い考えを奪われ、燃える大地の夢から現実に帰ってきたマチウは、遠くからそれを摘みとってやろうと一心に思いながらじっと目をつけていた葉に接近し（その間、男のほうは自分の道をゆき、ときおりこの取り乱した町の若者のことをふりむくのだった）、でもいうまでもなく葉には考えも答えも書かれていなくて、それはただ縁に二本の黄色い線が入った砂糖黍の葉にすぎず、切れ、乾いた音を立て、マチウはそれを指でつまんで回すのだけれど、葉は大いなる共通の秘密の語を叫びはしなかった。

　彼はパパ・ロングエが笑うのを聞いた。彼は考えた、「いずれにせよ、誰が戦いに勝ったかなどは、ぼくにはどうでもいいことだ。」だが彼はまたもや大きな樽の中にいて路上を終わりなく転がされており、彼の目のまえにある樽の口から火の茎のように爆発しながらパパ・ロングエがしかめ面をして現われ「できないよ、いいか、おまえには何もできない、もとの泉にまでさかのぼらないかぎり。」

「でも少なくとも」とマチウは考えた、「ぼくはステファニーズで停まっている！」彼はひとり笑った。のっぽのステファニーズ。彼女は小屋の中で樽をもち上げ、訳もなく彫刻された樹皮を動かし、外に出て、パパイヤの雄株の木のように長々とした体をして、こう考えていた。「さて、ヤマノイモをとってこよう」（というのはだ、料理その他のことをやってもらおうと意見が一致していたのは管理人たちばかりではなかったからだ。いつだっておまえの面倒を見てくれる女がひとりいただろう？　おまえが鱈の汁やパンの実の汁椀を前にしていばりくさっている傍らにじっといて、仕事が終わることはけっしてないと説明している。ちがうか？）そして彼女はメルキオールがかれらの邪魔をしないようにとすぐそばに自分で建てた小屋に、メルキオールにひとこと声をかけようとして出かけていった。メルキオールはいっていた、「不幸なことだな。あんたのおやじさん、あんなに調子が良かったのにな。」彼女は千度もくりかえしてきた答えをいう。「ええ、ほんとに運が悪かった。」二人はいずれも相手がくどくどと話す人間ではないこと、言葉はただ連絡のためのものでしかないことを、わきまえていた。

　マチウは路上でひとり笑った。彼の目のまえにある樽の飲口のまばゆさの中で、ステファニーズはアポストロフの鍬や山刀を、あるいは相談事を聞くために彼がすわる箱の中味を、くすねていた。そしてぐずなアポストロフが曖昧に返してほしいようなことをいうと、彼女はこうつぶやきながら、探しているような顔をするのだった。「えっとね、えっとね」と。そしてやがてこんなふうに誇らしげに宣言するのだ、「大鍋のうしろに落ちてたわ！」そしてときどき、転調しながら高まり、ごきげんをとりながらもせがむ、あのかん高い声で彼女は叫んだ。

「アポストロフ、あんた。どうもありがとうくらいのこと、いいなさいよ。」

ラ・トゥッファイユの乾期《カレーム》

11章

I

よく聞けよ、

みんなが待っているラ・トゥッファイユに彼が帰ってきたとき、みんなというのはいつも張りつめた母親、理由もなく大声を出す息子たち、待っているうちに蒸発してしまった娘たち、ただし針金のように細くて母親のそばにじっとしている長女を除いてのことだが、かれらの全員が彼を見た、ラバから下り、そのラバを囲いに連れてゆき、ついには部屋に入ってくるのを。その部屋からかれらは動かなかったが、それは彼が囲いに行くために通りすぎたようす、部屋の扉ごしに一瞥を投げかけることすらしないようすだけで、物事がうまくいっていないことを見抜いたというわけ——そのときすでに彼は絶望し、初めて、やけになっていたんだ。そして彼が入ってきたときのあのぎこちなさは、それを表に出さないためだった。というのももし彼がもはや希望をもっていないということを人に見抜かれるなら、そのときすべてはそういうものと決まってしまい、悲嘆をやめるにせよ心配事と戦うにせよ十倍ものエネルギーを費やすことになっただろうからな。

三人の息子は、おなじ悩みに苦しむあまり何をするにもただひとりの男の三つの姿でもあるかのように見えるのだが、ひとりはずんぐりして内にこもりがち、二番めは体がひょろひょろと伸び、三人めは天使のようで黒い肌の下はほとんど薔薇色、三人は興奮と叫び声からなんだか怯えているような沈黙へと移ったのち、彼をこっそりとうかがい、一方、娘たち（長女を除く）は反対に、一連の質問を矢継ぎ早にした。だが彼はひとことも発せずに腰をおろし、一家は全員が彼のまわりに、不在の者のようにして留まっていた。

かれらはときおりトタン屋根にマンゴーの実が落ちる音を聞き、ラバが囲いの中で不満気にさわがしく鼻を鳴らすのを聞いた。それは要するに夜の音でふつう夜にしか気づかない音だったが、かれらはまるでかれらをこんなふうに沈黙させているのは夜だとでもいうように、こうしたいろんな物音に対してこの時間、敏感になっていた。ふだんなら耳に入らない――夜の無気力の中で、疲労に打ちのめされ寝入ってしまうとき以外には――屋根に何かが落ちる音や囲いの中でこすれる音などが聞こえた。そしてそれはかれらが、午後のぽかんと口をあけた空虚にむかって身を守るすべもなく開かれた時にいるからだった。そして彼、父親は、なかなか口を開かなかった。彼がすわっているところからは家の裏手でマンゴーの木までイラクサがはびこる小さな土地が見えていて、ここは踏み固められた粘土の数平方メートルの土地で、前方へと跳ぼうとする小さな砂糖黍畑の装飾としてつけられた、乱れた鶏冠のようだった。彼に見えたのはただ斜面のいちばん上にある砂糖黍の緑の縁だけだったが、彼は一体となった平和な斜面そのものも心に思い描いた。左には小径が森に打ちひしがれたように、ところどころに岩やぬかるんだ水溜まりをちりばめられながら続いていた。右にはそれはケネットの樹がある十字路までまっさかさまに落ちてゆき、さらに先には小川がゆるやかな溜まりになって子供たちがラバをこすりながら水浴びをするところがあった。そして彼、父親は、腰をおろしていた。まるですわり沈黙のうちに固まっていることが、彼にできる努力のすべてであったかのように。だが動揺が彼を襲った。ラ・トゥッファイユが扉ごしに彼にむかって突進していたのだ、区画とはっきりした地理のある土地が、のみならずおびただしい草、渦巻くような枝、実る果物、背後のカカオ、ヤマノイモの葉のかすれる音、じゃがいもの蔓、こうしたすべてが、彼の頭の中に不意に飛び出してきた。彼はもはやひとつの声、あらゆるものが殺到するラ・トゥッファイユにひとつの道を切り拓こうとする、声の努力、苦痛の声でしかなかった。同様に、彼は一様なひとつの声の響きしか聞くことがなかった。じつは答える声は八つ、母親がけっして口をきかないことを考えるなら七つ、いや長女のエドメがもはやほとんど話さなくなっていることを思えば六つあることを、彼はよく知っていたのだが。

——グアノ［肥料にする鳥糞石］はない、とサングリはいっていた。

——でもこのあいだ、十日前のことだが、船が来ていたぞ！

——あの船はグアノ船ではないといっていたよ。

——だったらなぜあそこに来ることがある！

——彼がいうには、船はすぐには来ないそうだ。

——だったらもう一袋もなくなるよ、たったの一袋も！

——彼がいうには、グアノのない年に備えなくてはならないんだそうだ。

ついで沈黙。彼女はあいかわらず糸のように細く母親にもたれかかっていて、彼女が何を待っているのかおれにはわからない、彼女は目が見えていないようで口には錠をかけられたようだった、ああ、それが彼女なんだ。大地の乾いた動悸でしかないような歴史、人生を生きてきたこのタルジャン家の者たちの中で唯一、生気があり、目立たず、理解不能な者。他の者たち、タルジャン家のすべての人間の中で、彼女エドメだけがすっくと立ち、「父親」や「母親」や「息子」や「娘」でしかないあいまいな存在になるのではない。素描された影のような姿、大地に溶けこんでしまった者ではなく。

——彼がいうには荷車十二杯分しか取らないそうだ。商売がうまくいっていないので、十二より多くは買わないし、先に金をくれることはないんだと。

ついで沈黙があり、母親は絶望よりも過去へと日々をさかのぼり、生きることが自動的な動作でできていた単純な時へとしがみついていた（すぐに頭上へとやってくる死を見ないために）。三人の男の子と三人の女の子は、長女の容赦ないふるまいにされるがままで、長女は草がしみ出した泡立つ緑色の水で体を洗い（あるいは洗うふりをして）——内側を赤く塗られた陶器の鉢、粘土に薔薇色や青の筋がこびりついたそれは、もっぱら両親のためのものだった——葉は子供たちの肌にくっつき、子供たちは身ぶるいし（あるいはそんなふりをし）長姉は弟妹たちを薬草の束でこすってやるのだがその泡が彼女の肘までも濡らした——毎朝毎晩、錆びた鉄の水入れのまわりに集まりそこから水を注ぐのだが水は竹製の樋の下に置かれた大きな水ためで午後のあいだ温められたときにはいっそう心地良く生ぬるかった——黒い大鍋には角切りにしたパンの実、野菜屑は鍋ぶたの上にまとめてあって、おまけに湯がいきおい良く沸いたときの抑えとして蓋の上には石が載せられていた——台所は部屋の低い側にありその茶色い土間はそのまますっくと立ち上がるカカオの木々につながっていて、一方、部屋にはあちこち凹んではいるものの白木の床が作られていた——木、炭、灰が片隅で踏み固められていた——部屋と台所のあいだにはぐらぐらする階段代わりにすりきれた石があって——食卓には食べ物が両側の二つのベンチに沿ってきちんと並べられ、ただ父親だけが上座に置かれた、家具の中の唯一の椅子にすわっていた——ときおり家には赤いバターのソースの中で湯気を立てる干鱈と唐辛子の匂いがして——食事のたびに食卓の周囲にはマニオクの粉が落ち——昼寝の時間は気持ちよく娘たちからは長い時間をかけて虱をとり、男の子たちは部厚い布でくるんでしまってあった剃刀で互いの頭を剃りあった（ココ椰子頭にするのだ）——蠅たちを相手にする終わりなきのんびりした戦い——疲れを知らない蠅たちの円舞、蠅たちが飛ぶ断続的な音から生まれる難聴状態——蠅たち、蠅たち。

ついで沈黙だ、外はカレーム［もともと四旬節、転じて十二月から四月までつづく乾期のこと］。それはステファニーズが初めてアカシアの森に上がっていった時からはずっと後のことだったが、乾期というのは変わるものじゃないんだ、おまえは土埃の中を出発し、起き上がろうとしてもおまえ自身ふるえる土埃でしかなくて、そう、ちょうどこんな熱の中でステファニーズは父親アンヌ・ベリューズにむかって叫んだのだった、二人ともロッシュ・カレの小屋のまえの粉をふいたような地面に身をかがめて。「書類をもらってからもう十年になるのよ。これ以上あと一日でもこんなところにいたら、私はこの書類よりも黄色くなってしまう！」そして調子の狂ったアンヌが（というのも暴力的な人間ほど思いがけないことがふりかかるといつも茫然としてしまうことはよくあるだろう）こう答えた。「おまえもしかしたらこうしてここにいてくれるのはおれのマニオクを食ってくれるためだとでも言い出すんじゃないだろうな？」でもステファニーズは彼には手に負える相手じゃなかった、彼女がこなしているすべての仕事のリストをあげてみせる代わりに彼女はおだやかに笑った。すると子羊のようにおとなしくなったアンヌのほうも（というのも、ああいった乱暴者ほど根はやさしいからだ）リストをあげた。彼女がこなす仕事のそれではなく、アポストロフにつきまとうために彼女が森に上がっていった日を数えあげたのだ。たとえばシルヴィユスがいったいどうやって手に入れたものやら彼女に布を持ってきて、彼女がいなかったためにその贈り物をそのまま置いていく気になれず持ち帰った日。そしてアカジューの土地に火がつき、彼アンヌは荷物をまとめ妻とサン＝ティヴのことも忘れず、みんなで小屋のまえで火事の明かりで夜をすごしたのにステファニーズときたら、おやおや、涼しい顔をして森にいたじゃないか……するとステファニーズは笑った。けれども彼女を苦しめるものをいつも吹聴する彼女も、こんどばかりは父親に対して告白することがなかった、アポストロフがいかに彼女を逃れるか、他の男たちならよろこんでするのに彼がどんな努力もせず、彼女が上がっていってそのたびに記憶を温めてやることがどんなに必要だったかを——その間、メルキオールとアデリーはしずかに微笑していただけ。

　だがこのときよりはずっと後のことだった、ステファニーズと仲直りしたアンヌが最後の暴力をこらえたのは。それから彼は木から落ちて死んだ。枝から落ちて、決定的な一撃をくらったんだ。——そしてサン＝ティヴが小屋を継いだ。けれどもアンヌが死んだとき、それはステファニーズが最後にあそこに上がっていってから十二年後のことだったが、アカシアの木立の下で泣き声をあげる子供は、あいかわらずいなかった。小屋のそばの仮住まいにアデリーと一緒におちついたメルキオールには、これは理解できないことだった。子供なんてチ＝ボームの草のようにいくらでも生えてくる邦で、ステファニーズはたったひとりでいいから欲しいと一日中泣いているのに、できなかったんだ。一家をつづけていくのにいつも苦しまなくてはならないのがロングエ家の運命だった。たぶんこんなに珍しい種類のやつらは、なかなか簡単には繁殖しないということなのだろうかな？　それにまたベリューズ家も、小屋に暮らす子供の数を減らすことにとりかかったようだった。だがこの男連中が外で作った子を勘定に入れたらどうだったろう。サン＝ティヴでもゼフィランでもマチウ父でもいいが、自分の家には子がいないかいないも同然だったのに、外ではいたるところで自由奔放に子を作っていたのだから。ただひとりの跡継ぎがいて、ときにはそれに兄弟か姉妹がひとりいるものの、それは家系をつないでいくのに選ばれた者の仕事を脇で支えるためだけに育てられるというあり方に、しがみついているのはロングエ家だけだったのだ。それはロングエ家にはまさに伝えてゆくべきひとつの財産があったからで、その役に任じられる者は、まずその能力があると判断される必要があった。そしてベリューズの男は（かれらがもつ模倣の欲望、つまり家族を限定したいという要求にもかかわらず）外のいたるところで精液を浪費してもよくて、そんなのはどうでもいいことなのだった。ところが、だ。ロングエの者は節制しなくてはならなかったんだ。その代償として、ロングエの人間は長生きだった。でもこの邦で、ラ・ロッシュやサングリと老いの競走ができる人間がたくさんいたなどと思ってはいけないよ。あるいは岬の親父《ラ＝ポワント》ロングエのように八十に近づいたり、ましてやメルキオールのように九十一まで生きる者なんて！　体を酷使するので、この邦の者はふつうさっさとくたばった。それで、かれらにむかって駆け足でやってくる死を埋め合わせるかのように、かれらはいたるところで殖えることに躍起になっていたのだ。これほどよく茂った野原をまえにすると死のほうが疲れてしまう、あるいは少なくともついにはためらうとでもいうように？　それでも注意してくれ、ステファニーズとアポストロフのやり方が、こんどばかりは、大げさすぎたんだと。彼女のほうは悲嘆にくれるばかり。彼のほうは自分の仕事にかかりっきり。ロングエというのがいかに珍しい獣だとしても、十四年もぐずぐずしてみせるなんてことがあるだろうか、ただ自分の値をつり上げるために？　ところでこの長い不妊の年月、ステファニーズのエネルギーは、彼女をアポストロフにむかって押しやったんだ。彼女は彼を思いやりぜめにし、彼についてすべてを知りたがった。それで彼女のほうも少しずつ呪医《ケンボワズール》の秘密を学びはじめたのさ。女がこんなふうにして夜の領域のそばを歩むこと、それはアポストロフには無作法なことだと思えた。でも現役から引退したものの、あいかわらずどっしりと存在感のある父親メルキオールが、それについて何もいわなかったので、逃げ腰のアポストロフは好きなようにさせていた。ああ！　ステファニーズ。いま彼女はこうして樽を手に持ち、その重みを計り、たったひとりで頭の上に例の絵が刻まれた木の皮をもち上げている。大胆になって、何の払いもなくただで「相談に乗って」もらえるというので機嫌よく愛想のよい病人を、こっそり診断してやったりしている。そしてアポストロフはやれやれと頭を振るばかり……。ああ、彼女はたしかにおれの母親さ、だがこの人は驚くべき人だよ、二十年以上にわたって彼女は彼を言葉によって悩ませつづけた、彼とおなじだけの知識を得るまで。だが彼女は苦労してやっと成功するというのに、彼のほうはずっと森にいて不在で、ほとんどそんな気もないのに、手を置くだけで病人が落ち着くんだ。他のすべての場所が乾期で、頭の上に陽光の塊がのしかかっていようとも。

あるいは、その時期のあとだが、ラ・トゥッファイユでのぱちぱちという音が外で大きな球みたいにふくれあがり、家の中にいきおいよく転がりこんできた。圧力のせいで屋根がもちあがるみたいで、一分後には煮えたぎる油がキャッサバのように床にぶちまけられるのが見えた。ラ・トゥッファイユは焼けていた。サングリが、なぜあんなにもかれらをその土地から追い出し、代わりに自分の牛を住まわせたがっているのかは、さっぱりわからなかった。牛たちだってこの山腹では、とてももたなかっただろう。

だが彼、父親は、動かなかった。どんな仕事のためであれ、両手をあげてそれにとりかかろうという勇気のある者などいただろうか、真実がそこであからさまに炸裂しているとき？　金もなくグアノもなく収穫もなく（ただ荷車十二台分の砂糖黍だけ、それはゼロと変わらない）、そしてもう頭しか残っていない痩せこけた豚、そして熱の中でぐるぐる旋回しているめんどりたちの卵。そしてかれら全員、少なくともあんなにはしっこく動く三人の息子と三人の娘が、父親のまわりにいることは絶対になかった。母親はぴりぴりし、長女エドメは大汗をかきながらいよいよ痩せていった。夕方がやってきて（鍋《カナリ》には煮るものもなく）乾いた土地にまるでありそうにない嵐を告げるかのようなタムタムの音が響くまで。蝶たちは光を探して人の肌にとまった。昼間のぱちぱちと燃えるような音は、集められて螢の火となった。あちらのほうでは太鼓を叩く音が強くなり、それはおそらく夜が下りてくるのを助けるためだった。部屋の中で九つの彫像がついに動きだし、父親は溜め息をついた。「今日は土曜だ、パンフィルさんのところで太鼓を叩いているな……」だが、よく聞けよ。

彼女――おれにとっては降ってくる時間を計る唯一の尺度は彼女なんだが――彼女は生まれてもいない、父親も母親もいつか他の八人（八人のうち二人は幼くして死ぬわけだが）のために道を拓いてくれる娘を一緒に作ることになるなどとはまるで頭にない、そしておれはというと、おれはステファニーズ母さんの中に自分自身の体の後を追って走る嘆きとしてしか存在しなかったよ、もはや何度めかもわからない戦闘がいたるところで始まっていたとき！　ラ・ロッシュの甥たちは新しい状況に適応したようで、あるいは畑でほんの端金のためにあくせく働いたところで暮しは立たず、あるいは蓋付の容れ物の中で黄ばんでくる書類も大した助けにはならないし、あるいはまたムラートのみなさんは戦闘においても確信においてもどんどん弱っていたわけだ、な？　何にせよ、かれら全員がいま一度爆発した、というのも貧困てやつは、おまえを疲れを知らない人間にするものだし、多くの者が叫んだよ、「ギヨーム万歳！」と。なぜなら数字つきのギヨーム［ギヨームはヴィルヘルムのフランス語名、ヴィルヘルム二世は最後のドイツ皇帝］とかいうやつが、海のむこうで戦争をやっているというので。

（だったら『われわれ万歳！』だっていいわけだよね、とマチウがいった。）

何にせよおなじ話さ。かれらは山にいる、かれらが指揮している。ついでかれらは平地に下りてくるが、そこではかれらを皆殺しにしようと待ちかまえている。それは南の奥地で起きたんだ、困難が花咲いているあたりで。あっちを見てみろよ、放置され砂に埋もれているよ。降ってきた時のすべてが。そうだな、なぜ「われわれ万歳」とはならないかというと、海がおまえを取り囲んでいるからさ。もし海が砂浜に投げ出していったのがギヨームだとしたら、おまえは数字つきのギヨームを拾い上げ、頭に掲げて、まえに駆け出せばいいさ。わかるか、こんどは本当に、群衆の中にどんな隔てもなく、みんながおなじ条件になった。ムラートたちがクランクを回すのかというと、そんなことはない。それが証拠に、ムラートだって一定数が銃殺され、永久に牢屋に放りこまれたままの者もいる。みんな一緒なんだ、書類が畑の労働者と呼んだ者たちとともに立ち上がって。かつての逃亡奴隷たち、奴隷たち、解放奴隷たち。森にいるメルキオールやアポストロフでなければ、おまえだってあの無限の邦では何も起こらなかったんだと信じたはずさ。

（何も起こらなかったよ、とマチウはいった。）

全員がこの問題のために団結し、おなじ戦果がくりかえされる。まるでおれには見えなかったみたいに、そして両目を手で覆っているにもかかわらず、そうだ、おまえにも、海のむこうの邦の戦いと分割が？こんなふうにさ。

おまえはそこにいて、両目を開く、夜明けだ。周囲には空まで立ち上がる森。おまえは目を閉じて、おだやかさの中で体をゆらす。泣き声が聞こえたと思ったら、それは蜂鳥だ。おまえはおまえの太った体を、手の込んだ筵の上に見る。だが森だと思ったのは家の中で立ち上がる柱代わりの幹で、空は屋根なんだ。おまえは起き上がり、外に出て、家々を見る。犬たち、ゼブ牛のようにでっかくて、パパイヤのようにおとなしい。おまえは歩くが、誰も答えない。眠くなってきた。でもおまえは歩く。するとこんどは川だ、地平が黄色くなる。黄色だ、それも乾期の時期の木の葉よりも黄色い。水平線は遠くで落ちる、あまりに遠いのでおまえはその身体の中でよろめく、そしておまえにとってうねる水は絶えまなく終わりのない、肉の中の失われた流れみたいだ。おまえは死ぬまで歩くことができる、おまえには果てが見えない。海はどこだ、おまえは海のことなんか何も知らない。川の中を進む。背中に水を背負い、真ん中まで運ぶ。水はおまえにとりつき、おまえは川よりもよく流れるようになる。おまえはひとりで、森であり川であり家々だ。おまえは考える、次の仕事に必要なのは誰か、耕すのは誰かと。おまえは考える、守りのために十分な山刀がないぞ、と。おまえは考える、三日後に奴隷たちの隊列が通りがかる、日没にむかっての丸二日間の歩行の中で、と。おまえは考える、みんなを明日から森に隠すんだ、と。なぜなら枝々の下に空を運ぶ森、それもまたおまえの頭の中にあるので。おまえひとりが光の中にいる。おまえが身を起こすと、水がついてくる。無限の邦だ。おまえはきれいに並んだ家々の方角にむかって歩く。立ち止まる。あまりにしずかすぎる。水平線がおまえの肌の上でぐんぐん縮まる。おまえは捕まった。捕まったのはわかる、かれらはみんな銃をもち、犬たちは腹を裂かれ、物音はなく、調子はずれな音を立てることもなく。おまえは彼を見る、彼は嘲笑う。彼はかれらのあいだにいて指さし、復讐の思いに燃えている。そのときおまえは最初の叫びを聞き、サーベルの刃の平らな部分でぴしぴし叩かれながら小屋から追い出される、最初の女の声を聞く。何もいうことはない、森はおまえから離れ、川がおまえから離れ、かれらはすでに十人がかりでおまえに飛びつき、そのとき周囲の激しい恐怖にもかかわらず、おまえは用意された鎖の音を聞くんだ。ざっとそんな感じだよ、ほう。

だがいまを見てみろ。つまりかれらがすべてを区別なく飲みこみ、「ギヨーム万歳、一世か二世か知らんが」と叫んでいるいまだよ、するとおまえはあっちの邦では何も起こらなかったんだと思うだろう。飛んではいたるところにぶつかる蝶の真似をするおかげで、かれらは頭の髪の毛以上にびっしりと並んでひとつになり、最後にはおなじ歌を発見し、叫び声を上げる者たちと声をそろえてひとつのおなじ演説をするようになる。ひたすら前へと走ろうとするばかりで、もはや両足から蛇のような鎖をひきずって森を上がっていく逃亡奴隷ではなくなるんだ。かれらは全員で走る、おなじ川になる、むこうの邦はたしかに忘れられる、それはそうだ、だがだったらなぜ物語がそのつどくりかえされるんだ、え？　悲惨の蝶が飛び立ち、それを叩き潰す手が？　もういちど一斉射撃があって、それからかれらは忘却の中に、無頓着の中に、もういちど落ちていくのか？

（落ちていったりはしないさ！　とマチウがいった。）

さて、おまえは森を横切り競売前の奴隷たちを集めておくところまで行った、黒蟻がいっぱいにたかった、倒れたカシブーの花よりも息も絶え絶えになって。おまえは頭の中で叫ぶ。「明日になるまえに、おれは死んでいる。やつらが連れて行こうとするところに、おれは行かない！」だがそこで、もうひとりの男のほうは裏切りを利用しなかったんだ。いずれにせよ食べるものもない老人と病人ばかりの村を、どうやって指揮することができただろう、主人たちに捕えられるというのは彼にとっていい機会だった、彼が豚のように鳴くのを聞くこともなく、それからかれらは彼を奴隷囲いの泥の中、おまえのそばに投げ出すんだ。

（奴隷囲いの泥の中、とマチウがいう。）

そして今日、今日というのはかれらが初めて例外なくすべてを呑みこんでいるいまのことだが、おまえはもう終わった、忘れられた、と認めることができるわけだ。かれらがおまえを連れて行ったそこで、おまえの息子の息子たちが立ち上がり、他人の息子の息子たちもおなじで、かれらは別の川に一緒につかることになる。だがすぐに兵士たちがそこを通り、人々の頭上には土埃がまた降りかかってくる。そういうことなんだよ。まるで死んだ者たちは、上っては沈む太陽となるために作られたようなもの、過ぎる一日の中で何も変えることなく。まるで、通りすぎながら、かれらはおまえが捕まったまま放されないようにする埃を、頭にかけてゆくみたいなんだ。そしてギヨームを運んできた海は、またすぐに彼をどこかへと運び去ってしまった。ところでこれは彼女がラ・トゥッファイユで生まれるずっとまえのことだった。時間というものは南部で叫んでいた者たちにとって流れるし、三年後に彼女が生まれたそのときにも流れる（つまりステファニーズの体の中におれが追っていたあの悲嘆を見出してから一年後のこと）わけだし、さらにはその二十年下にも流れている（だって過去というものは単純ではないからな、ああ！　いったいいくつの過去がおまえまでつづいてくることだろうね、おまえはそれらを捕まえようと思うなら自分で必死に体を動かさなくちゃならない、まるで新鮮なそれらが自分のそばにやってきてくれるのを待つぐずみたいに、頭に両手をやってぼんやりしているわけにはいかないのさ）、それは彼女がおれと一緒になるためにすでにラ・トゥッファイユを出ていた時（チ＝ルネはこれから生まれるところで世界にこぶを作っているのがわかった）、そしてタルジャンの三人息子、ルネのおじちゃんたちといってもいいが、かれらが絶望しはじめた時でもあったんだ。

　ところで三人は、つねにひとつのおなじ声だった。誰が話し誰が聞いているのかを当ててみるといい、かれらは三人でひとつのタルジャンの息子の声だったので、それは父親の声、母親のごく稀に聞かれる声、娘の声（こちらもまた三つの枝に分かれている）があるのとおなじことだった。長女エドメのいっそう出し惜しみしがちな声音はいうまでもなくて、それはエドメがパパ・ロングエに出会ったときから他の声とははっきり違ったものになっていた。この閉ざされた土地にかかりきりの三人だが、かれらのひとつの声は仕事を、周囲の土地を、土地に打ちひしがれることを、注釈しつづけた。いちばん若いのはやっと十四にしかならなかったが、この子だけが単調な網にかすかなきらめきをもたらした。

――マンゼル・エドメはあんなにやせっぽちだけど、足をひっこめる時をうまく選んだよ！

――やせっぽちとはどういうことだ、前のほうがだんだん丸くなってるぞ。

――丸くなっているとはどういうことだ、棒っきれの前のほうに大きな荷物をゆわえつけただけだよ。

――おれたちも行くのか、やっぱり？

――もちろんおれは行くぞ、町に行けるからな。

――女子はここに置いていくのか？

――知らんよ、サングリさんがペイ＝メレの上のほうの土地をくれるというのも、あっちはどうにもならないからだろう！

――おまえわかってないね、彼がいうのはラ・トゥッファイユが放牧にいいということさ、中央工場ができて、ブラジルから群れを輸入して、ラ・トゥッファイユにはいい草があり、牛の栄養にいいということだよ。

――上のほうの土地はいいな、ただ牛をあそこまで上げられないよ。

――おれはわからない、ここでもあそこでもいいが、おれは町に行くよ。

――どうするの？

――たいしたことはないさ、日傭い仕事《ジョブ》を探すのはたしかだな！

――ああ、こいつカーキ色のシャツとアルパカのズボンを持ってるから！

――母さんを置いていくのか？

――マンゼル・エドメは出ていったじゃないか。おれはだめなのかい？

そしてラバを飼う囲いで、三人はいつものようにひとつになって働いた。かれらはばらばらになるような仕事は避けて、一緒にいられるようにしていた。長兄は粗くて重い肥料の袋の両側を切り、それを裏返してから太い針で縫い合わせた。次兄は藁をきれいにして、古い堆肥の上にそのかすを落とした。末の弟は太い蔓を梁にかけてそれを編んだ。ちまちまとした仕事ばかりで、もっといい日がやってくるのを待つあいだのために発明されたようなものだった。囲いの藁葺きの屋根は乾期《カレーム》の中でしゅうしゅうと音を立てた。三人兄弟のいちばん下の子（両足を柱の根元にそろえ、体をうしろにのけぞらせて、編んでいる紐とのバランスをとっている）だけはおそらく、自分が太陽にあたりながらときどき感じる目眩は否認の目眩なのだと見抜いていたのだろうか？

　かれらの全員が、以前の者も以後の者も、過ぎてゆく日の光であり太陽であるために作られたんだ！ところが名のないままに沈んでしまった、光なき日の地平なき太陽のようになってしまった。しかしかれらは下から火を点された光であり、砂もろうそくも貝殻の飾りもなくおまえの足の下で燃える墓地なんだ。おまえはギヨームも他のいかなる口実のことも忘れ、おまえの足の下にある徴と松明をじっと見ている。そうしたすべては、おまえの父親が生まれるよりも前に火を点されたもので、おまえのための薄明かりとなっているのだよ、マチウ。おまえがその武勲すら知らない、名前のない兵士たちだ。おまえのために立ち上がったんだ、マチウ。おまえがむこうの無限の邦を離れるために、そしておまえがおまえ自身の体の中に区画された赤い大地をもつように。これらの太陽はすべて毎日毎日火災のように燃え、だがおまえは森の中に墓穴を発見することができない、ただときおり腐りかかった木の根の下に黄ばんだ骨を見つけるだけだ。この何か月も山のいたるところを駆けて、自分の肉が生む肉をよりよく維持し、アポストロフの前で恐怖で死んだりしないようにしているステファニーズが、ある日アポストロフが離れている時を選び、近所のオバの手助けで自分の体内から小屋の土間へとこの小さな肉塊を生み出すことができるように。ひとことの悲鳴も上げなかったよ、アポストロフが聞きつけて大慌てで駆けつけたりしないように。生涯ずっとしょっちゅう悲鳴ばかり上げてきた彼女が。それから彼女は小屋の土間ですみやかに黒くなってゆく小さな山を見つめ、笑いながらお隣さんにむかっていった。「この子、誰が親分なのか、わかるようになるよ」——これまで彼女の中で子供と同時に大きくなりつづけた恐怖心を、こうして軽くしつつ。そしてこの血まみれの小さな塊に名をつけることなど、初め誰も思いつかなかったんだ、わかるか、目をつぶった小さな肉の切れはし、そいつはすでにパパ・ロングエと決まっていた。生まれた日からな。そして後になって、そうだな、たとえばメルキオールとかオコンゴとかこの両方をいっぺんにとか、たとえそんな名前をつけようとしたとしても、どうにもならなかった、彼はすでにパパ・ロングエだったのだ、まるでパパとなるために老人として生まれ、その唯一の息子はというと、はるか遠くで雷に打たれるようにな。

だがステファニーズは、まるで恨みに思ってでもいるかのようで、息子が姿を現すまでに十四年もかかったことに滑稽なほど腹を立てていたが、自分の言葉通り、誰が親分であるかをよく思い知らせてくれた。この子に夢中になった彼女はこの子を抱き上げ、祖父のメルキオールさえもしのぐ勢いで、みんなのことを決めた。メルキオールは微笑し、ステファニーズは彼メルキオールのこともアポストロフと同列に置いたんだなと考えた。彼女はけれども、独占しようとするようなそぶりはまったく見せず、暴力によって何かを押しつけることもまったくなかった。でも子供は、彼女の後をひたすらどこでもついて行った。初めは棍棒《ブトゥ》のように彼女の両腕の中に、ついで蔓のように彼女のそばにまとわりつくのだが、彼女は意に介さないようだった。しかし彼女は彼のために、ロングエ家の者にはよくあるひとり言の癖を取り戻し、子供のほうを見もせずに自分がやることのいちいちに声を出して注釈し、すべての場所を描写してみせた。彼女のまわりをうろつきながら、できるかぎりのものを覚えてゆくのは彼次第だった。こうしてかつて彼女が山《モルヌ》にふんだんにばらまいたきらめきが、一連の言葉、ただし低くもなく高くもない、あたりまえの言い方の言葉へと姿を変えたのだ。わかりやすく、はっきりした。こうしてパパ・ロングエ、まだ子供であるどころかやっと両足で立てるようになったばかりの彼にとって、ずっとつづくことになる苦痛の歴史が始まったんだ。というのは彼は生涯にわたって、ひとつの知識を苦労して追ってゆくことになるわけで、その知識に彼は呼ばれ、たしかにそれを所有するにふさわしい人間ではあるものの、それはまた絶えず彼から逃れてゆく、あるいはむしろ、絶えまなく彼を満足できないままに置き去りにしてしまうからだった。たぶんこの知識だけではもはや十分ではなかった、たぶん彼はステファニーズの後を追って走ることに息を切らしてしまった。あるいはまたたぶんまさにステファニーズがその光にもかかわらず、知識を伝えてゆくのに必要な人（女性）ではなかったために。彼女はそれを知っていてそのことを恐れているように見えた、というのも初めから彼女はこの子をロングエにしたいとくりかえし言っていたからだ、まるでそうではないとでもいうように。アポストロフはたしかにあまりにも留守がちで、自分の子の面倒を十分に見ているとはいえなかった。まるでメルキオールとパパ・ロングエのあいだに新しい穴がひとつ開きそれをステファニーズが懸命に埋めようとしていて、その穴の縁でアポストロフが呑気に体をゆすっているとでもいった感じだった。にもかかわらず、かれら全員の中で、アポストロフこそたぶん自分の境遇にもっともよく適応している人間だった。まるで永久の気ばらしの中をさまようようにして、彼は彼方の偉大な邦、曲線も出入りもない無限の海岸線を夢見る唯一の人間に留まっていたのだ――そしてその孤独な夢を、彼は死の中までも携えていかなくてはならない。あるいは、彼はかれらの中で唯一、メルキオールを町へとむかわせステファニーズをあれほど長いあいだロッシュ・カレへと引きとどめた、好奇心を持ち合わせていなかった。現実の生活から、自分もその一員であるほかないみじめな貧困から、切り離されてしまうのも、彼はまるで意に介さなかった。彼は山の集落の人々に対して、秘めた軽蔑も不安なやさしさも抱いていなかった。ただ単純に、かれらのことを見、ときおり話をし、治してやった。このような無関心が彼をほとんど決定的に人々から隔てることになるとは、思いもせずに。彼なりの程度において、また別のやり方によって、メルキオールがあれほどの忍耐をもって超えてきた空虚がふたたび掘り下げられるなどとは、思いもせずに。それはまたかれらの異なった宇宙のあいだの調和は、一度に、そして決定的に、実現できるものではないだろうということでもあった。そしてこの新たな迂回、この後退のせいで、パパ・ロングエはアポストロフが彼に与えた気詰まりにより、彼に気詰まりなどというものが感じられる限りにおいてだが、苦しんでいた。それにおいて、結局、彼はそうではないと同時にひとりのロングエでもあったのだ。他の土地でなら鋭い感受性とでも呼ばれたかもしれない、彼のうちに潜在し理屈による影響をまったくうけていないものは、おそらくはただステファニーズのまわりをさんざんうろついてきたことからくる疲労にすぎず、それが彼に不安とけっして克服できない弱さを刻印したのだ。彼の価値観は、この弱さに執着していた。そしてそう、彼はおそらくこの問題に屈服し、ステファニーズの激しい教えの下で窒息したんだろうな。メルキオールは何もあらわにしないまま、それをひとつのふるえ、彼自身の人生であるにちがいない誘惑と摑みがたさにみちた夜のいらいらさせられる地方を沈むことなくわたっていくのに役立つ、微笑し忍耐するひとつの能力によって、埋めることをしなかった。

こうして、彼が五歳でステファニーズの熱狂に大きな目を開いて注目しはじめていたころ、ある日アポストロフが小屋で寝たままでいることがあった。子供はみんながなぜ騒いでいるのかをまったく理解していなくて、アポストロフにむかって身をかがめているメルキオール、煮た薬草を入れた椀《クイ》、病人の胸のまわりに巻かれた湯気の立つ布、片隅にすわっているアデリーのすわった目、何かを決めようなどと考えぬままメルキオールを手伝う、突然黙りこんでしまったステファニーズの正確で秩序だった動きを見ていた。そして後になってみると、パパ・ロングエには、このとき自分は一気に歳をとったのだ、すなわちひといきに彼は自分自身の本性と入り混じり、自分の中にいた名前のない老人に追いついたのだ、ということがわかった。というのもこの日のことを思うと、病と死をめぐるさまざまな準備とすべての動揺を除くなら、結局、ステファニーズが午後五時から翌日の正午まであげつづけた獣の悲鳴以外、彼には何も残っていなかったからだ。それは断末魔の牝馬の、傷ついた母親の、腹を裂かれた大地の、たったひとつのすさまじい悲鳴で、夕方から夜、そして午前中いっぱい、山《モルヌ》の上に響きわたっていった。まるでステファニーズが、このときはじめて、これまで叫びをあげたことのなかったすべての者のために叫んだようだった。最初の日以来、仰天し熱に浮かされながらも、痛みの頂上へと叫びをもって上がる時間のなかったすべての人間のために、彼女がこの邦を声でみたしたように思えた。みずからの歴史を涙なき長い行列としてきた、すべての者のために。アカシアの林に、平坦な畑に、小川の黄色い水に、古い末無川《マリゴ》の湿った甘美さの中に、こうしたいたるところにこれまで蓄積されてきた苦痛を彼女がみずからの頭上にひきうけたかのようだった。こうして彼女は休みなく叫んだのだ、まるでその場とすら切り離されているかのように、そこに横たわるアポストロフのことをただの一度も見ることなく。彼が治療してやった者たち、悲惨を彼がやわらげてやり、彼だけが、かかることのできた唯一の医者にして唯一の相談相手、唯一の恐れられた権威(そしてそういうものとして新しい土地のゆるやかな成熟において――彼自身は他にも夢があったにもかかわらず――その役割をよくはたしていた)だった者たちは、やってきてはこの叫び声のそばを通り、叫びに沿っておごそかに歩き、けれどもそんなかれらは叫びの不動の源泉であるステファニーズのことは一度として見なかった。そして子供であるパパ・ロングエは、その日しばらくのあいだその叫び声に溺れ、叫びは彼の耳がそれを聞かなくなってからもずっと彼の中でつづいていた。彼はそれから、息をつまらせてではなく、骨の髄までその音をしみこませて、出てきた。わずか五歳のときからその名もなき子供の骨のうちに、そんな悲嘆をよく知り、またそれに耐えるのに必要なすべてを抱いている、賢明なる老人。

こうして彼は、振子のように自動的なステファニーズが茫然としたまま歩いていた、その後の三年のあいだ、メルキオールの言葉をうけとめる準備ができていたというわけさ。メルキオールは彼のことを処方だの正確な知識だので困らせることはせず、木々の枝の中で姿を見せぬまま鋭く鳴く鳥のように、そして鳥とおなじくしつこく諦めずに、このしずかな音を立てる言葉の中にみずからを探し求める水の、伸びてゆく茎の、ぼろぼろと崩れてゆく岩の、姿を変える土地の、味わいを与えた。太陽の下でしずかに息づきじっと耐える者たちの味わいを。

「見ろよ」とメルキオールがいった、「ステファニーズはあいかわらずいたるところを走りまわっているよ。彼女はおまえに言葉を告げる、おれには時間がない、おれはもう山《モルヌ》の反対側に根づいているからね。おれは両足を泥まみれにしてむこうの邦に帰ってゆくよ。おまえはステファニーズから離れちゃいけない、彼女は騒ぎたてる、彼女は知らないのだとおまえが思うのは勝手さ、でもおれにいわせれば、彼女はおまえをいい土地に置いてくれるだろうな。」

「見ろよ」と彼はいった、「おまえの日がやってきた時には、走ろうなんて思うなよ。旅立っていった者たちはむこうからおまえを引っぱる、かれらの力はおまえの力以上だ。」

「見ろよ」と彼はいった、「おまえはこのアカシアの木だ、だが平らな土地へと下りて草原のイカク［プラムの一種］を食べ、下の土地のレモンの実をしゃぶることを忘れるなよ……。」

それから彼はその子を連れて、ゆれる夜へと入ってゆくのだが、そこには誰もかれらについてゆくことができず、そこにはステファニーズにしても足を踏み入れることができないのだった。そこで彼が子供に見せたのは、小屋に暮らし夢にとりつかれていたあの影よりも現実らしく生き生きとしたアポストロフ、袋をもってくれとほほえみながら頼むリベルテ、大きな黄金色のパンをもってマン＝ルイーズのあとを追って走るロングエ、貪欲な花々に囲まれたシダリーズ・ナタリー、岩々のあいまにみずからを埋葬した老いぼれ、そしてあの船の上で、そしてそれに先行するすべての船の上で、囲いこまれていたその他の人々。だがとりわけ彼が子供にふれさせたのは何ともいいようのない夜であり、すなわちこの透明な森があちらの邦の重い森と入り混じり、それら二つの狂ったような発芽、それら二つの意表をついた伸びが蒼穹の下であれほど互いに離れた土地のためにひとつのおなじ空を作っているような、そんな場所だ。ついで〈生と死の葉〉とともにざっとゆわえつけられた、不揃いな草の束。そして思い出は、ひとつの袋を墓に、樽を暗い道がいくつもつけられた深淵に、絵を刻まれた樹皮を力に対する衝立に変えることができる、より大きな意志にほかならなかった。そして未来は淀んでいた。

　夜のこのふるえのすべて、そこからパパ・ロングエに彼自身の幻視力に由来する弱さがやってくるのだが、それが彼に、ステファニーズの明晰さと対決する準備をさせた。よく鋤かれ、土が砕けやすくなった畑の場合とおなじように、次の収穫のための挿し芽がすばやく、利益を生むかたちで植えられるように、メルキオールによって鋤きかえされた土地のような彼は、ステファニーズが投げてくる言葉を正確に胸にしまうことができたし、かすかな奴隷船の臭い、治療のために摘みとられる薬草、呼び出され帰ってくる死者たちを、学ぶことができた。

　彼女はたしかにおれの母親だった、だが大した人だったよ！　彼女がいかにおれの頭の深くまで入ってきたかは、想像がつかないだろう。さいわい、おれには抵抗するだけの力もあった。メルキオールがいっていたように「彼女はおまえの手を引き、おまえを肩に乗せてくれる。おまえにじっとしているだけの力がなければ、落っこちるよ。だがおまえが椰子の木のようにしっかりしていたなら、彼女の背の高さを使って、おまえは周囲の見るべきものを見ることができるんだ。」そしておれは落っこちなかったといっていい。見たのだといっていい。ところが、おお力よ、堕落した人間どもが「見える」とうぬぼれ、人の不幸につけこむ時代だ。下のほうでは開業しているやつらがいる、両目を閉じておまえを見ているふりをする。泉の水を人に売りつけ、この水で治るなどという。ちょうど教会で祝福された水をもらってきてはそれで腫れた足がおさまると思うのと一緒だ。ところがそいつはずるい人間で、しまいには頭をのけぞらせ、両目を髪で隠したまま、こんなことをいうのさ。

　ある日のこと、あるろくでなしがやってきて、そいつはおれの知ってる人間でこっちには絶対に上がってこないなどとほざいていたじいさんなんだが、こいつがその偽の見者にむかっていうんだ。「うちの雄ラバはまったくわからん、餌をやればやるほど人をばかにして食わなくなるんだ。」偽見者はいった、「ほう、あんたラバを飼ってるのか？」そこでじいさんは怒った、おれがラバを飼ってちゃおかしいのか、おれはちゃんとした人間だぞ、ところがこうして話せば話すほど、自分の獣が風の中に消えてしまうような気がした、あまりに心配の種だったので。やがて肋骨が頭に上がり、向こう岸にむかってさよならするくらいだ。すると偽見者がいった、「なんでもない、なんでもない。水をやる桶にペルランパンパンの粉を入れて呑ませてやるだけだよ。ほれ、2フランちょうだい」じいさんはそこにじっと立ちつくしてこういった。「で、そのペルランパンパンの粉というのは何だ？」すると偽見者が大声でいった。「なんだ、あんたその歳になって、しかもあんたほどの人が、ペルランパンパンの粉を知らないというのかい？　ああ！　まったく、耳が水に溶けちまうよ！　メリケン粉を用意してそれをペルランパンパンの粉と混ぜ、ミン＝ニン・ヴィニのエッセンスを入れるのさ、このエッセンスを入れてやらなければ獣はいやがって絶対に呑まないからね、そして最後にスペインの牡牛の羽根のエキスを加える、これで力がつくから。はい、2フランちょうだい。」じいさんはくりかえす。「メリケン粉、ペルランパンパンの粉、ミン＝ニン・ヴィニのエッセンス、スペインの牡牛の羽根。」それからいよいよ体をこわばらせて、そこに立ちつくしたままこういうんだ。「わかったよ、でもこういった粉はどこで手に入るんだい？」「ああ、らら」と偽見者はいった。「赤い魚は海の中でなければどこにいる、黒い魚は川の中でなければどこにいる？ 粉を売ってるのは薬局だ、ただ薬局まで下りていけばいいんだよ。そうすればよいムラートのトロンさんが棚に並べたいろんな粉を見せてくれるよ、4フラン払えばあんたのもんさ、粉ひとつ1フランだからな。」そこでじいさんは頭中から汗を吹きながら4＋2と計算した。それからボロ切れをほどき、大きな硬貨と小さな硬貨、銅銭と穴のあいた銭を一所懸命に数えて、2フランを偽見者の手に並べてみせた。まあ、そういったやつなのさ、偽見者というのは。ステファニーズのまえでは、こいつはとてももたなかっただろう、おれにいわせれば一分だって。彼女がやつの名前を呼んだとたん、たちまち粉々に崩れ去ってしまったことだろう。そんな連中はたしかに姿を消したよ、メルキオールが例の棍棒をたずさえてマンゴーの大木に寄りかかって休んでいた、あの日以来。そうだ。たしかにいなくなった。

　メルキオールがマン＝ルイーズとおなじ場所で、ただし立ち上がりマンゴーの木に寄りかかり、太くまっすぐな体を幹にもたせかけて、ステファニーズと子供が森の迂回道のところに最後に姿を見せるのを待ちかまえていた、あの日以来。ついで彼は目を閉じ、弱さも疲れもなく倒れたのだった、乾期《カレーム》などものともしない屈強な男のままで。そしてステファニーズがこんどは彼を墓穴に埋めたとき（アデリーやその他のそこで亡くなった人々の後を追わせるように）、その場所を突き固めたあとで――邦じゅうにおそらくもうひとりも残っていなかったのだ。もはやひとりも、いかにも弱そうな名前をした、真昼間にも夜を作り出すことのできる、年老いた子供を除けば。攻撃のためにしこまれたゾンビどもに火をつけたり、深夜の瀕死の錯乱の中にサングリのような人間を溺れさせることのできる者は、もはやひとりも。かれらのゾンビはこうして子供たちを恐がらせる以外の役には立たなくなり、かれらの力は隣人たちを苦しめることがなくなった。

　そのとき以来、下に住む者たちが互いをいともたやすく軽蔑するようになったのは、驚くにはあたらなかった。互いに少しでも上に立とうというのだ、つまり山から自分がより離れていると信じる者が、まだ山に近くいる者の上に立つというわけで、以下同様。かれらがよろこんで、偽見者と本物を一緒くたにするようになったのも。肌が木の色をしているのを軽蔑したり、肉体の中に肉体から出てゆくという誘惑を覚えたりするのも。というのも、彼方の邦が永遠に死んでしまったからで、ああそうだ、たしかに新しい土地はあったけれど、かれらはその土地を腹に入れることをせず、自分たちの頭上に唯一の空を見ることもなく、ただ遠くに他の星を探すばかりだったのだ、乾上がってしまった自分たちの川、自分たちの根をなくした森はいうまでもなく。まるでこの邦が錨を下ろした新しい船で、かれらはその船倉と中甲板にうずくまり、山《モルヌ》の上に立つマストまではけっして上がってこないとでもいうように。反対にかれらは沈んでゆく、一日ごとに白昼の無知の中で沈下し、マストの高みにはただ目眩（弱さ）を最大の価値とする、年老いた子供だけを残して。かれらが自分たちのことを黒んぼ《ネグル》と呼ぶのは、驚くにはあたらない。かれらを曳航するものは、彼方の無限の邦でのような力をもはやもたないようだ。かれらはラ・ロッシュやサングリに追いつくことができる、あるいは自分の地元かボルドーの事務所にいるラポワント船長にすら追いつくことができると思っていた。だからあの二人の役人は、気むずかしい予言者のように、かれら全員をポワトゥーやビゴール伯爵領に送り出し、そこでかれらは宿なしとなってうろつき歩いたのだ。だが貧困がおまえを苦しめ、おまえは心ならずも、ふたたび大洋に乗り出す、そのうちおまえ自身のあの狭い港で、船を下りるんだ。結局それは超えなくてはならないもうひとつの断崖、新しいひとつの谷間、メルキオールがその生涯のあいだに通りすぎてきた水溜まりでしかなかった。おまえはひとまたぎで裂け目を超えたり断崖絶壁を上ったりするわけにはいかない。ところがすでに、またもういちど、分割なき一時、かれらは全員が南部で決起した、そうだよ、まさにあのときさ、彼自身のうちに山《モルヌ》の下のひび割れた土をもっていたアンヌ・ベリューズが、竹にハンモックが吊られているように垂れ下がった白い布にくるまれて、町の墓地へと運ばれていったのは。彼の家系の最初の男は、こうして旅立っていった、ラバの背にまたがる男を先頭に、かけ声をかけて元気をつけながら二人ずつ交替してゆく（死者の足の下でたわんでいる布が小径の雑草にほとんど引きずられて）小走りの四人の隣人たちの肩の上でゆれながら。そしてその後、ベリューズ家の者たちはこの道を最後の旅のためにたどることになる。かれらは、下のほうの共同体に入るまえに、まるでこの日を待っていたかのようだった。メルキオールとおなじ年に死んだサン＝ティヴがそうだった。おなじくかつてのアンヌの妻がそうだったし、昨日はサン＝ティヴの妻がそうだった。けれどもその間にサン＝ティヴの息子ゼフィランはすっかり大きくなっていた。そしてチ＝ルネ・ロングエが生まれた一年後、彼には息子ができて、それがマチウ・ベリューズだったのさ。

II

(話が早すぎるんだよ！　とマチウがいった。ちゃんと順番に日付をいってくれないかな――まえにいったりうしろにいったり、方向を変えるのはやめてほしいね。フォン＝ブリュレ〔集落の名〕の土埃みたいにくるくる回ってるじゃないか。)

おやおや！　だったらおまえは一冊の登記簿が、おまえを感心させようとして役場でおまえの鼻先で開かれるあのでっかい帳面みたいなのがあれば、なぜベリューズの人間がこうしてロングエの人間を追いかけるのか、自分のことをすでにラ・ロッシュの身内だと考えていたルイーズがなぜあの仕草にしたがったのか、あるいはまたいろんなアフリカ言葉が大嘴鳥《グロ＝ベック》の飛行のようにかれらの脳から飛び出してきたのかが、わかるとでも思っているのか？　だったらおまえはそんな登記簿でも見て、日付を書き出してみるがいいさ。だがおれに読めるのは、大風に乗っておれの頭に下りてくる太陽だけなんだ。いいか、最初のころの日々はというと、ほとんど青いたったひとつの雲みたいにずっと上のほうにあって、おまえはその動悸の中に上がっていこうとする、だがその日々は重く大地の裏側よりも深く、空の輝きにあってほとんど動かない、それがおまえのほうにむかってやってくるのを見ていてもな、それから少しずつ速度が増してくる、すべてが転げ落ちる、おとといは溜め息、昨日は稲妻、今日はおまえの目の中であまりに生き生きとしていて目にもとまらない。というのは過去は空にあって、すっかりまとまっていて、しかもすごく遠いんだ。だがおまえはそれを挑発し、すると過去は牡牛の群れのように走り出し、たちまちおまえの頭に、弩《いしゆみ》で射られたカヤリ［鷺の一種］よりも早く落っこちてくるんだ。

迂回路で人が立ち止まることも許さない、あたりを見回すことも許さない、緑の下塗りに赤いとばっちりが点々と混じる短く刈られた草原を抱きしめることも許さない。ところどころにイカクの木が、小さな群れとなって草原を食むように点在し、そのざらざらした葉が果実の黄色を隠している。すばやい広がりだが、それはすぐにつきて、雑木林の地帯が竹藪の立てる物音の中で突然にひっくりかえる。赤い耕作地によって盗まれた平地が、やがて起伏によってむすばれ、三本のフィラオの大樹の跳躍にぶつかったりもする。うすい緑、軽い茶色、すべてが大きな山《モルヌ》、暗い高みのまわりで、明るく乾いた音を響かせる。だがこのおなじ仕事が、いたるところでもともとの腐植土を均していくんだ。砂糖黍畑の真只中に突然ごちゃごちゃが生じて、その奥では水が段々の滝となって流れている。ところが頭上を転げ落ちてくる過去は、こんなふうにして森をかき集め、草原をもち上げ、腐植土を分配し、人間たちを近づけた忍耐強い仕事が進むあいだ、無為にすごすことを許さなかった。断崖の攻略にかかった大地の海がアカシアの森（その後間伐された）に行きつきしずまった時を知らなくてはならなかった。すなわち、草原と畑が森と接するあたり（アカシアの森よりもさらに上のほうで、まだ狂ったような発芽の中で玉虫色に光っている）を感知するということで、その森自体さらに無限の邦の重い森へとつらなっていた。ところが頭の中で鳴る過去の騒音が、人がそんな瞬間を確かめることも、この一帯を計測することも許さなかった。だったら、腐植土の虫であれ砂糖黍の虫であれ、虫けらのような人間に、自分の足がどんなふうにして草原から森へ、森から草原へと歩いたのかを、教えてやったほうがよかった。もっとぎっしりつまった理由を検討するのさ、たとえば土地がなぜここでは見捨てられ、あちらでは使い古されているのかを。何のために使い古されたんだ？　誰のために使い古されたんだ？

だって、いいかい、彼女とおれが知り合ったとき、彼女とおれのあいだを分割するものは何だったんだ？ドモワゼルの葉みたいにうなだれたりしないでくれよ！――おれの歳になれば、自分の息子がどうして、どんなふうに生まれてきたのか、ちゃんと話せるさ。おれが先を急いでいるとおまえに見えるのは、たぶんおれの息子が生まれたときにふれたいから、ついで息子が死んだときにまで話を急ぎたいからだよ！ちがうか？　そしてさしあたっては、彼女をなおも見るためには、おれは両目を閉じなくてはならないだろう、彼女のことを他人に話す最初の相手であるおまえの前で、あの台風の日以来のことを。おれにとって彼女は、過ぎてゆく時の拍子なんだ。彼女の前に一日があり、彼女の後に一日がある。だから頭をうなだれて樽の薬草を数えるふりをしたりするのは無意味なんだよ――おれはおまえさんのおやじの父親の兄弟かもしれないんだから、だったら彼女はおまえの大オバだということになるな。よく聞けよ。彼女はおれと出会うために上ってきたのか？　ちがう、ちがう！　こんどばかりはいたるところで若さが呼びかけていたよ。ステファニーズの小屋に閉じこもっている髭のない若い幻視者と、弟たちの面倒を見て、動物の世話をし、砂糖黍をゆわえ（ゾクレット＝ピマン〔唐辛子の一種〕のように細い体、すぼんだ口）、収穫のたびに絶望する、しかも自分が絶望していることも、なぜかも知らない、あまりに早く大人になってしまった娘。そしてわれわれ二人のうちのひとりが、どちらかはわからないが、相手を見たときのことを思えば、それが山《モルヌ》でのことだったか集落《フォン》でのことだったかが証明されるだろう。おれは彼女の名前、エドメという名を聞いた、そんな名前を聞いたのは初めてだった、おれは草原のほうにはあんまりいかなかったしな。エドメというのはまるでエデ＝モワ（私を手伝って）という、そよ風のように聞こえた、おれはひとこともいわずにそこにいた、そういうことだったのさ。ほとんど三角形の顔をし、くぼんだところで輝いている目をもつ彼女には、言葉は必要なかった。おれたちのために一本の火炎樹が立ち（自慢話をしているのではないよ）、その根を引っこ抜こうと思うなら怒り狂う台風が必要だった。さて、一八九〇年のことだった、おまえは日付が知りたくてたまらないみたいだから、これは教えておくよ、おれの息子チ＝ルネが生まれたのはその年だ。彼女はすでに小屋に来て住んでいて、そこではステファニーズがうまくやっていくために大変な努力をしていた。おれたちはステファニーズには何も告げないまま、ある日彼女はもうひとりがやってくるのを見たんだ、ひとことも話さず、何の説明もなく。小屋の中には二つの、武器をもった彫像、おれは間に立って言葉もなく。そしておなじように、おれはラ・トゥッファイユには行かなかった、頼むくらいならおれは死んでしまったことだろう、だが何を頼むんだ？　彼女は一週間いて、それからひとつふたつ衣類なんかを取りに帰っていった。父親は彼女を見ず、子供たちは叫び、母親はじっと立ちつくして出ていく彼女を見ていた。人生とは、そんなものだったよ……。

そして妹たちの誰も、彼女に侮辱の言葉を投げつけようとは思わなかった。さらに五年後になって、子供たちの無頓着さが乾いた空気の中で萎れてしまった時期になっても、妹たちは姉をかばいつづけたんだ。父親ははじめ黙りこくって、この件には我関せずといった顔をしていたが、少しずつ気むずかしくなっていった。長女のことを、こんなのはまるで逃亡とおなじだと悲嘆した。だが出ていった娘に対して彼がこんなふうに苛立ちを見せるのは、彼がひさしい以前からラ・トゥッファイユを断念していたからなんだ。彼がこだわるのは他の者たち、出ていくなどとはけっしていわない者たちのためだった。そして男の子たちもまた、もはや希望をもっていないがゆえに、エドメを苦しめた。三人の妹たちは、楽天的ではないにせよ少なくとも落ち着いてはいて、姉に不幸の責任を負わせようなどという理由はまったく思いつかなかった。彼女たちのひとりはとりわけ輝く肌、腰までとどく黒くなめらかな髪、整ったかたちの腕と脚をしたとりわけ美しい娘で、苦力《クーリー》［インド系をさす］の女に似ていておなじくらい美しくその甘い声でただひとつの音階で言葉を歌うように話したが、冷静で、臆病な感じで、ほんのひとことも傷つけるようなあてこすりをいうことなく、姉を弁護した。この娘はオーレリーという名だったので、父親の沈黙に乗じた息子たちは大声でいった。「オーレリーとエドメ、おんなじお鍋《カナリ》！」けれども何年かがすぎてゆくうちに、父親の心には苦々しさが溜まっていったのだ。ある日、エドメが出ていってちょうど五年め、彼は次の土曜日に通夜をやるぞと告げた。家族だけの内輪の通夜だ。そして、と彼はいった。これは五年前に死んだうちの娘のためだ。その日が来ると彼は、寝台のそばに用意した箱に白い布をかけさせ、聖水を入れた椀と一本の木の枝を置き、夜になると椀のそばに二本のろうそくを立てた。娘たちは、こんなことをしたらみんなに呪いがかかるよと悲鳴をあげた。母親は口を開かなかった。父親はみんなに、席につき、ブリキのランプの灯を弱めるようにと求めた。息子らは寝台のまわりをかこみ、母親はひとり寝室にいて、娘たちは激しい非難の気持ちを表すために扉の外にうずくまっていた。だが父親は、本物の通夜の儀礼がそっくりおこなわれることを望んだ。食事、ついで飲物を出させた。どこかで手に入れてきたブーダン〔血の腸詰め〕とラムとシロップだ。パムフィルさんの叩くタムタムの音が夜の中を流れていった。その重い響きと、ときには木枠を叩くかちかちという音が、山《モルヌ》のすべての斜面、不動の木々の上、ほとんど通る人もいない小径にまで伝わっていった。このタムタムは、ラ・トゥッファイユでは陰鬱な気分をひき起こした。お通夜に輝きと動きを与えるすべて（がらがら声の語り手たち、卑猥な踊り手たち、身震いする子供たち、食べ物、そして死者に対する親しみ）は、この晩、死んだことになっている当の娘とともに不在だった。ブーダンは冷たくて、みんな一切れだけ機械的に噛んだ。タムタムはあまりに遠くから響いてきて、ろうそくほどの光もないランプに照らされた暗い穴のような寝室には届かなかった。頑固な父親は休みなしにしゃべった、まるで民話の語り手たちの代わりを務めるかのように。彼が語るのはラ・トゥッファイユそのもの、その暗い戦い、その崩壊した歴史で、農村ではタムタムを打つのが禁止されていた時代から、サングリがラ・トゥッファイユはもう借金と貧困しかもたらさないということを論証したあとで、かれらに交換を申し出たその日まで。さて、憲兵隊が何度かにわたって通過したというのは本当じゃなかったか、まえの十一月、ケネットの迂回路のところでぬかるみにはまりこんで、別のときには乾期《カレーム》の太陽の下で汗まみれになり、へとへとになって。かれら憲兵隊は、まだしつこくはなかった、まだみんなに賞讃されながらただ通りすぎるだけだった、かれらは大声で話した（借金が返せない者のための牢屋だってあるんだぞ）。法律がだめだということになれば、もう何も救いようがなかった……。こうして、おそらくこの空っぽの寝台に、ラ・トゥッファイユそのものの亡骸を置いていると心に思い描きながら、父親は少しずつ、呪医《ケンボワズール》と一緒に出ていったエドメのことを忘れたんだ。息子たちは問題をはっきりさせ、悲嘆を増幅させながら、儀礼のような答えをくりかえした。はじめのうちは声を低く保っていた娘たちは（「ほんとにびっくりだわ」とオーレリーはささやいていた、「どうやったらあんなことができるのかな、あんな山で一晩すごすだけで私なら死んでしまう、そして目が覚めたら犬に変わっていて、幽霊が私にキスしようとしてのしかかってくるんだから」、ついで彼女たちは姉を待ちかまえている数々の変身を想像した、姉がほんの少しでもステファニーズやその息子の気に入らなかったときどんな姿に変えられるかを）夜が更けるにつれて黙りこみ、寝室で身を寄せあった。あきらめの長い聖歌が、しずかに、正確に、彼女たちを取り囲んだ。そして朝が近づくと、こんどは彼女たちに絶望が入ってきた。この弔いのパロディが、存在の悲惨よりも深く彼女たちを傷つけ、これまで彼女たちを辛抱強くさせてきた熱意の、残りのすべてを消してしまった。茫然とする、というよりも麻痺したようになって、彼女たちは父親の味方についた。エドメを呪うことにではなく、ラ・トゥッファイユの不幸をはっきりさせるために。すなわち、輝きのない連禱に、彼女らの沈黙の重みを注いだのだ。そして、儀式に夢中になった父親が（そのそもそもの口実を忘れてしまった後ですら）家族全員にむかって寝台に神の祝福を祈るために集まれと命じたとき、娘たちはひとこともいわずにそれにしたがった。タムタムの音は消え、朝露を含んだ白さが遠い稜線に集まり、すでに地面からは熱が発散していた。この通夜がラ・トゥッファイユを永遠に殺してしまったことが、その場にいた者たちにはよくわかった。みんなは寝室で空っぽの寝台を囲んで、屋根に落ちてくるマンゴーの音を聞きながら眠った。かれらの目は、ただ待つしかないこの朝のために見開かれていた。そして顔は母親のほうを見るともなく見てしまうのだが、それは母親が薄明の中で唯一の力、かれらをこの土地にむすびつける唯一の絆であることを感じていたからだ。だが母親のほうは自分に固く閉じこもっていて、ひとこともしゃべらなかった……。

ああ、いつも驚くよ、精神というやつは何と軽薄なんだろうな！　おまえはここにいて、少しもじっとしていない、話を聞かない。ラ・トッファイユなどおまえにとっては何でもない、タルジャン家の人間なんて風でしかない。おまえは、あのラバはどうなったんだと訊くよな。おまえもまた、煙が上がるところいたるところをかけまわるために、この土地を出た。おまえも、ペルランパンパンの粉を探しているのさ。いいだろう、話し終えられていないお話というのは、チ＝ボワ［小型の太鼓］抜きで鳴らすタムタムのようなもんだ！　いいか、おまえはラバは無理でも、少なくとも主人のほうは捕まえることができる、この男が薬局にやってきた時のことさ。こいつは朝から山《モルヌ》を下りてきて体じゅうが汗まみれになっていたが、町に入るまえに身につけた肌着のおかげで、ほとんどおしゃれに見えるほどだった。ボロ着のほうはカリブ籠につめこんだ。見ろよ、それから彼は薬局のまんなかに突っ立ち、首を左から右へとめぐらしてぐるりと一周、緑や白や黒の広口瓶をじっくりと眺めた。赤くてでっかいやつに目を留め、考えた。「まちがいない、この中にスペインの牡牛の羽根が入っているにちがいない。」すると善良なムラートであるトロンさんが事情をすぐに察し（薬局のまんなかでメリーゴーラウンドみたいに回っているこの田舎男《ゴルボ》を見ただけで）進み出ていった。「さて、どうされましたかな？」すると相手は用心しつつ、説明をはじめた。「それがね、うちの雄ラバがどうにも口を開けないんですよ、アーメンすら唱えようとしない。ところが、おたくで、あいつに水を飲ませる薬を調合してもらえると聞きましてね、ペルランパンパンの粉というんですか。」「ああ、よろしい」とトロンさんがいった。「ペルランパンパンの粉ですな、わかりました。」「はい」と老人がいった。「まずメリケン粉、ついでペルランパンパン、これが肝心のやつですな、それからミン＝ニン・ヴィニ、というのもこれがラバのやつを釣って水を飲みに来させるわけですから。そしてスペインの牡牛の羽根、これで力がつくという。」「はい、はい。わかってますよ」とトロンさんがいった。それから彼は店員を呼んだ。「アナトールよ！　われらが友人のラバのために、四種類の粉を調合してさしあげろ。」ついで主人は真新しい眼鏡を自慢そうにかけている若者に、どの粉がいるのか、それが裏の棚のどこにあるのかを説明した。（「何せこんな珍しい薬は、まちがいがあるようなところに理由もなく出しておくわけにはいかないからね。」）、一方、老人のほうはこうして取りに行く店員が不安で、さらに注釈し、正確なところをよく伝えようとした、たとえ店員が新しい眼鏡をかけて白衣を着ているせいで、浜辺に打ち上げられた黒蛸に似ているとしてもだ。（「いやいや」とトロンさんは大声でいった、「こいつは調剤の腕はいいんですよ。われわれのあいだだけの話ですが」と彼は声をひそめた、「知識は私とおなじくらいあります。」）そこでおやじは体を硬くしてすわり、このすばらしい薬剤師が四つの小さな紙切れに小麦粉、白砂糖、重曹、わけのわからないものを包み、さらにはそれぞれの紙の上に粉の名前を書いてくれるのを待っていた。

さて！　こうしてじいさんは、彼のボロ切れ包みをまるで稲妻のように通過していった4フランを奪われ、火山のように苦しんでいるラバのまえに立ちはだかった。だが主人である彼のほうもおなじくらい苦しんでいるんだ、薬局から自分の小屋まで脇目もふらずに一直線、日曜日用のシャツを脱ぐこともせず四つの紙包みをきちんとしまうこともせずに走ってきたものだから。男は紙包みをにぎりしめていたので、汗で小麦粉だの白砂糖だのがべちゃべちゃになってしまった。「ほらほら」と彼はいった、「これでもおまえが食べもせず飲みもしないとなると、それはあの眼鏡の薬剤師さんの手元を魔王ルシフェルがふるわせたとでもいうことだろうな。」ついで彼は桶をつかみ、水を入れ、粉を入れ、ふりむき、ラバにまたがって、燃えるような口を開けさせ、むりやりそれを飲ませた。ラバのほうは主人をふり落とす気力もなくて、この滝の下で赤い目を見開いていた。老人はやっと満足して体を起こした。骸骨みたいにやせた腹にペルランパンパンが効きはじめた。とはいえ、長いことはなかった。結局二日後に、獣は死んでしまったのさ。老人はというと、膨れ上がった死体のまえで、竹みたいに硬くつき出された脚に手をふれ、しまいに尻尾の先を切り取ってそこに立ちつくし、毛の房を手にしてじっと考えた。「さて、こうなったら、おまえとおれとでトロンさんに二言ばかりいってやらにゃならんな。」

　そしてこの間にも、登記係は仕事をつづけていたわけだ！　生まれる、砂糖黍、死ぬ。古い書類を見てみるといい、書かれているのはそれだけだ。生まれる、砂糖黍、死ぬ。集落《フォン》でも山の上でもおなじことさ。だったら、若い男が森に上がってきて何の係累もない老いぼれの残骸を、言葉の縁にまであえて連れてゆく必要もない。おまえさんがおれに強いたことなんて何もないよ、おれを強いているのは空をゆくマルフィニだ。最初の日から運命の糸をあやつっているあの鳥、あいつだけが嘴に過去をくわえているんだ！いいか、マチウ親方よ、もしおまえさんが山《モルヌ》に穴を掘り返しにいく代わりにペルランパンパンの粉を探しに行ったりしたなら、おまえさんの頭も砂岬みたいにからっぽになって、月明かりの下で熱くも冷たくもない岩みたいに取り残されるのがおちだよ。この邦ではそうなっているのだ。それでしまいには、みんなが、ゆりかごで揺れている赤ん坊の偽見者までも恐がるようになる。みんな、サミュエル神父のことを恐がっているだろう、神父さんが衣をはらりと振れば、それでみんなを不具にできるとでも思いこんでいるんだ。おとなしく服従することが美徳であり義務であるとされて、その道を踏みはずせば地獄の火に焼かれるとお説教されていたあの時代以来、みんな黒衣だろうが白衣だろうが、近づくことすら恐がっている。神父さんの衣服がかれらの後を追ってきて、かれらを変身させてしまうと信じている。かれらは真夜中が恐い、真夜中が木の上で寝ていて、通りがかる人間を待っていると泣くんだよ。こんなふうにしてみんな、脳味噌がひからびちまったんだな。ところでおまえさんは、おまえさんに話しかけるために地面に植えられている過去のあれこれを見ていない。登記簿も、パパ・ロングエもいらないんだよ！ ただ一本の砂糖黍を選び、そいつが育って矢を空へと打ち上げるまでじっと見るんだよ。それからその跡を中央工場までたどってゆき、どんなふうに糖蜜《モラッス》やシロップに、砂糖やタフィアに、グロ＝シロ〔しぼりかすから作る、いわば二番煎じのシロップ〕やココ＝メルロ〔おなじくしぼりかすを原料とする低品質の工業ラム酒〕に姿を変えるかを見ていくんだ、それでやっと苦しみが理解でき、登記簿の下にはるか以前からまるで変わっていない、昔の真の言葉が聞こえてくるから。聞こえるから。

（こいつは驚きだ。まったくもってその通り！――マチウはいった。）

III

この間、他の者たちは道路を造らせていた。コロニアル道路というやつは工場に直結していて、道路の両脇で停滞しているものにはまるで興味をしめさなかった。憲兵隊に行く道路があった、その黒い筋が草原を切ってつづいていた。町や港へと蛇行しながらつづくのもあった、それは船が商品を山積みにする、ぐらぐら揺れる埠頭にぶつかった。これらの道路は熱い土地の中へと分け入ってゆくことはせず、畑の縁から海縁へと、急いで走ってゆくものだということは明らかだった。

この間、人々は町に集まっていった。町と呼んでいたのは、名付けようがないものに対する、それ以外の名前がなかったから。泥の小道のあいだに、たくさんの小屋のトタン板と木が腐ったように積み重なり、大騒ぎしている。一方の端に教会が、別の端にクロワ・ミッシオン広場があった。長い中央通りはけっこうな活気があり、二人乗り馬車や軽車両、クリノリンのドレス、上等な葬儀なんかでにぎわっていた。見たところ壮麗で活発だったが、20メートルや10メートルではなくわずか5メートルうしろでは、ひしめくレプラ患者が墓地の囲いにむかって、当然のような顔をして下りてゆくのだった。元々の逃亡奴隷たちが山《モルヌ》から下りてこなかったように、奴隷たちが集落《フォン》に居続けたのは、ついにはこんな惨めさの中でひしめきあうためだったのか？　かれらもまた、未決定の者たちだった。ロングエでもベリューズでもタルジャンでもなく？　そして長い歴史が、あばら屋の泥の中で、身動きできなくなっているということか？

だが、こんな町に！　たくさんの小屋の群れのあいだに、猖獗をきわめるレプラのお手本みたいに！

昼も夜も喧噪の中で怒り狂い、ついにはただ高みのほうにいる他のすべての声を殺してしまう。ランプの黄色い光の中で身をふるわせ、十字路ごとにみずからの生命を叫び、松明と陳列棚、闇取引と血に、信じられないほどみちている。すべての劇場と街路で、その町を捉えた永遠のカーニバルを演じているのだ。そして、他のいたるところで聞こえる死の叫びを押し殺すために、黒衣をまとった死をまねてみせるのは、おしろいを塗りたくった人物像。高揚する闘技場で互いにぶつかりあっているのは、ムラートたちと白人たち、有色人たちとその主人たちだ。夜明けには音楽が爆音を立てる町で、高貴な習慣に堅苦しくもしたがう勇者たちが、決闘のためにやってくる。だがそこではまた薄暗い光の中、賭事のテーブルの周囲で、かみそりの刃がきらめくのだ。土地の舳先にむすびつけられた、貧困のくぐもった声に熱狂的な難聴のスクリーンを対置する、狂気。だがその声は、高みから下りてくるんだ！——ある朝、声はざわめきと乱調を灰と火によって一掃する。この土地を茫然自失させた者たちを、茫然自失させる。おしろいの代わりに溶岩まみれになり、その衣服が空を暗くする。この熱い町の上で、声が模倣する熱は、壁、通り、泥、年、日、周囲の空気、人が町というものについて抱く観念そのものにいたるまでも、石のように硬くしてしまう。そしてその声が引いたとき、みずからが通過したことのしるしとして声が残していくのは（廃墟を勘定に入れないなら）廃墟の上に宙吊りになった岩と生きながら熱湯につけられたことにたじろぐ年老いたひとりの黒人、地面の下に投げこまれた牢獄の唯一の生存者だけ。だがいったいどうしてこんなことが起きるのかといぶかる者は、いたのだろうか？　なぜこの、誰も「有色人」などと呼ぶことは考えつかなかっただろう黒人が、そしてなぜ大きく開いた塀の上空でバランスを保ち、鉄の鎖で引っぱっておかなくてはならない岩が？　町が芽生えひしめきあうことは、もう決定的に終わったのではないかと思ったのは、誰だ？　つまり、声を大きくして高みからの呼びかけを聞こえなくしてしまうような名付けえぬものが？　つまり、土地の歴史と過去の知識が捉えられ失われてしまう、閉じた瓶を？

町を離れよう、その響きのない苦痛、その呆然とした砂漠を。こうしているあいだにも、大地は拡大をつづけ、すべてを平等にしつづけた。音もなく、その襞の中で。大地は野生の腐植土と飼い馴らされた黒土を互いにぶつけあった。こうして開かれた場所に、やがて歌い手たちが出現する。美を讃えるために、虚無から現れたのだ。歌うことが自由になることと同義の邦では、歌い手たちは必要不可欠だった。もともとの分厚い植生が、かれらのか細い声に少しばかりの空間を許すとただちに、かれらは自分自身の至福から生まれたのだ。「それは何と美しく善いものだったことか、きちんと並んで、タムタムのリズムに乗り、仕事に対する快活な信頼をもちつつ、砂糖黍を刈るんだよ。遠くでは貿易風が、やさしい花々、果実、葉、枝々を愛撫している！」山《モルヌ》からほとんど離れたともいえず、似たような者たちがへとへとになるまで働いている砂糖黍畑から身を起こしたわけでもなく、歌い手は、もろい美についてつぶやくように歌う、その美がまとっている、死の衣も知らぬまま。彼は一枚の葉が、もはや彼にとっては歌の言葉にふさわしい厚みしかもたなくなるまで踏みつけられた砂糖黍の葉屑を、自分自身から遠ざけようと努める。ぽっかり空いた土地で、歌い手は快楽に身をまかせているふりをしながら、体をゆらしている。山《モルヌ》とそのきびしい要求のみならず、疲労、赤蟻、排水路、太陽の下にひろがる砂糖黍の砂漠をも、忘れながら。そしてそれは歌い手が、彼の足のために引かれたのではない道の上で踊っていたからだ。彼は原初の泥の思い出すら、自分から遠いどこかへと投げ出してしまった。彼は他のさまざまな幸福めがけて走った、さしのべた手のまえでそれらが終わりなく逃れてゆくことを、まだ知らなくて（またもっとも無意識的な飽和状態においてですら、曖昧な欠乏感が彼を絶えまなく道路脇に投げ返すということも知らなくて）——そのために彼はいつかこの小径、コロニアル道路に出る前の四つ辻に戻ってきて、レモンの木のまえの穴に二本の足を埋め、彼の魂を攪拌する力をとりおさえなくてはならないということも。少なくとも、彼の魂の忘れられた片隅でうごめく人間を理解するために。人間。もはやメルキオールでもタルジャン家の者たちでもなく、マチウやパパ・ロングエでもなく、それは自分の肉体において一枚の砂糖黍の葉の本当の重みと大きさを知っている、誰とも見分けのつかない誰か（シルヴィユス、フェリシテ、あるいはチ＝レオン）で、たぶん土曜日には自分の楽しみのためにパンフィルさんのところでタムタムを叩き、たぶん毎晩、膝がぼろぼろになり穴がいくつもあいた麻袋で作ったズボンをはいたまま、小屋の土間にじかに、でなければ傾いた床の上で、寝るやつだ――それというのも田舎歌手が香しい空気の中に蜂鳥の行列を飛ばし、ついでこれまた歌い手であることにかけてはひけをとらないマチウ・ベリューズというやつが立ち止まり、握りしめたこぶしの中に自分ののどで窒息してごぼごぼとしか聞こえない歌を捕まえようとする、そのために。

だがこの男もまた進んでいたのだ。彼は自分の息子のひとり、信じがたいことに畑を逃れてトラックの運転手や波止場の沖仲仕、徴税人や薬局の調剤師、役場勤めや小学校教師、あるいはただいつも半端仕事《ジョブ》を探している慢性的失業者なんかに、耕作地全体をひとめで見渡し、その深みを測ることをまかせている。畑そのものと区別がつかなくなっている彼は、地面の上に、両手の幅（草を刈る位置）から、高い葉が達する3メートルのあいだ以外の地平をもたない。それでもともかく彼は進んだ。なぜならこのころ、農場の作業監督《コマンドゥール》と会計として、しだいにより多くの「有色人」が雇われるようになり、また「有色人」は最初この権利を手に入れるために、ついでそれに当然ともなってくる諸権利を獲得するために、互いに争うようになっていたからで（市長や代議士を選ぶ市民として行動を起こす権利、自分自身と平等であるという より他者と幻想的に平等であるという権利、店を開いたり気取って歩いたりする権利、夜を言葉の泡立つ花環によって飾る権利）、しかもしばしば、熱狂とヒロイズムがもたらす寛容がともない、みずからの戦いの美徳を信じ、結果に対して結局すべてがむだではなかったといえる者ならではの自己犠牲があり（かくも多くの悪習の上に、ときには圧し殺された叫びの炭が置かれ、ときにはうしろをふりむくと突然彼に話しかけてくる、掘り出された過去が見えてしまった者が肩をすくめるのがわかる）、そしてまた彼はときには、土くれを土地へと運ぶことに貢献したものですらあった――彼、それは砂糖黍の刈り手や中央工場の運転手として砂糖黍という植物の両端に釘付けにされ、自分の声をあげるときなどまったくなく、自分の真の声の刃に焼きを入れ、ついでそれを振りかざすための沈黙のときすら、見つけることができなかった人間だ。その結果、投票箱、ショール、乗馬用の鞭、納税窓口、ブラボーという歓声などの一連の動きは彼の頭上を通りすぎ、彼はいちどもそれらに参加せず、それで時として彼のことを口実にした騒音、ときおり彼を名指しにした変化と利益への熱意は、とどのつまりは彼を変えることなく、もともとの泥の中に置き去りにしたのだ。道端の見物人、変化に拍手喝采し、荷車ついでトラックに乗って近くの町まで下りてきて、他の人間にとってはすべてを変えることになる紙片を投票箱に入れにくる、でも囮からは守られた見物人で（祭りの騒ぎを好み、起こりつつある変化に懸命に歓声を送るものの、翌日になって喚き立てる人間のひとり、役人のひとりも助けに来てはくれない閉ざされた宇宙に戻らなくてはならないときには、いつもそんな酔いもさめてしまう）、その目の中ではいつだって、荘厳なきらめきのあとで、陰鬱な知識の悪意ある小雨がゆらめいていた。

したがってこの間、裏返しにされ、すべては堂々巡りか迂回、山《モルヌ》と渓谷ばかりのちっぽけな土地が、この人（その人にむかってステファニーズはたずねたかもしれない、「あんた、何ていう名前？」――そして彼はごく素朴にこう答えたのかもしれない、「シルヴィユスだよ。」）をいくつもの新しいプランテーションで取り囲み、この環の中ではもう山の上と集落、拒絶する者と受け入れる者、目を血走らせた逃亡奴隷と断末魔の奴隷のあいだの、区別もなくなっていた。こうしてこの男、他の人間たちの動きからは距離を置いている、今日も昨日とまるでおなじものを食べている男は、それでも草原と畑が森と出会う場所で、大地の動きの中を進んでいた。彼はひとり叫んでいた、まだひとつ、渡らなくてはならない深淵があるのだ。それを越えてしまうまでは、過去がつづくだけだ。越えたそのときから、未来がはじまるのだ。現在などないのだ。現在というのは過去の幹についた黄色い一枚の葉で、手も目も届かない側から出ている。現在は反対側で起きていて、終わりなく瀕死の状態にあるんだ。死に瀕している。

そして断崖のいちばん際では、去勢された歌い手たち、繊細さと好意にあふれた男たちが、かれらだけになって、かれら自身の位置に魅惑されて、足元で根っこを踏みつけているのだが、そこからはときどき色褪せた骨が突き出していて、誰もよみがえらせることのできない匿名の英雄たちが叫んでいる場所で、かれらの優美なダンスを踊っていた。そこでは、ちびたろうそくが燃えていて、地下墓地の全体が誰も引き取り手のいない名無しの闘士たちによって、灯りをともされていた。というのも確実なのはかれらの戦いがむだだった（野生の川のようなかれらの下降、野生の風のようなかれらの上昇。皮膚のやけど跡すら残っていない）ということで、それくらいなら——それは住民たちにとって唯一の可能な突破口であると同時に、各瞬間ごとの試練でもあった——大洋を涸れさせようと試みたほうがいい、彼方の無限の邦へと帰るためではなく、海の泥だらけの底、大空にさらされ瀕死になって驚く海底生物のあいだを走るため、そうしてラポワントの事務所までたどりつき、彼が最終報告を仕上げるのを手伝ってやるためだ。この報告はとても支持することなどできない話を語ることだろうから、それを蝶のようにひらひらと舞う言葉、蜜のように甘い言い回し、透けて見えるような文句、ありそうにないでたらめで飾り立ててやって、言葉の優美さのもとで、辻褄のあわない恐ろしい明細書の、息の根を止めてやればいい。

そこからかれらに、主人たちがそれにおいてかれらのことを承認する、この無力なフォークロアへの熱中が生じたのだ。そしてこれらの主人たちは大した努力を払っていなかったため、ただ生のクレオル語を話すだけでいい。それはtu［親しい間柄の二人称］がvous［正式な二人称］に溶けてなくなる共犯性の言語であり、ルイーズがロングエにむかって、粗い、歌うような単語のいくつかを教えようと試みる以前に、ルイーズとロングエを捉えていた身動きのとれなさの記憶までも、言語から一掃してやるだけでよかったのだ。こうして、山から海までのいろいろな段階に見合っただけの、さまざまな段階の言語が生まれ、話されるようになったのだ。この言語が本来の射程に届かず、平板な口調の小学校のおばあさん先生ののどで運行を止めてしまい、変質して終わる場合を勘定に入れないまでも。この先生は自分が身につけた真新しいきれいなフランス語に舞い上がってしまい、無邪気にも、こんなふうに嘆くのだ。「最近の若い子たちはわからないわ、フランス語の文を始めたとして、シ・ヨ・パ・フィニユ・アン・クレオル［文の終わりはクレオルになってしまうんだから］！」

（ユードルシーさんみたいだな、とマチウはいった。あなたは彼女を知らない、彼女はサングリの家から出ないからね。頬がふっくらとしたよく笑う人で、でっかいお尻を痛めないようにして爪先で歩くんだ。そしてサングリはお茶が一杯欲しくなると、大声でいう。「ユードルシー、フェ・アン・ディテ・バ・ムワン［おれにお茶をいれてくれ］。」するとそのたびにユードルシーは女総督よりも甲高い声でいうんだ。「どちらになさいますか、アンフュジオンですかデコクシオン［いずれも「煎じたもの」でおなじ意味］ですか？」それで激しく苛立ったサングリはこうわめく。「アンフュジオンだろうがデコクシオンだろうが知ったことか、マン・ディ・ウ・フェ・アン・ディテ・バ・ムワン［おれにお茶をいれてくれと頼んでるんだ］！」）

おお！……おお、おお、おお！……そしてデコクシオンについては、彼女はそれについての権威というべきシダリーズ・ナタリーから学んだのかもしれないよな？　シダリーズ、小屋の裏手のハーブ類を本物の黒人女のように商っていたシダリーズは、何だって孕ませることができた、彼女の意志よりも強い意志がアカシアの森のいずれかの根っこの隅に、潜んでいるのでなければな。トロンさんのところに行って、少々の白砂糖やマグネシウム粉のために大したお金をむだにするようなことは、シダリーズ・エレオノールにはありえないことだった。そして万一、彼女がそうしたとしても、これはどういうつもりだと（あのおやじみたいに）説明を求めてラバの尻尾を手にして戻ってくるようなことは、マリ＝ナタリーにはありえなかった。

　いいかい、あのおやじは薬局に入り、くるくるあたりを見回すよ、広口瓶があちらこちらから襲ってくるとでもいわんばかりに。良きムラートのトロンさんは、もう事情を心得ている。で、かんかんになったようすで進み出る。「さて、例のラバはどうなりました？」老人はぱたりと止まる、回転する太陽が止まったようなものさ、深呼吸をして片手をゆっくりと上げ、何もいわずに毛の房を振ってみせる。「何だって」とトロンがいう、「とても信じられんね！」「ええ、ええ」と老人がいう、「どうもアナトールさんが調剤をまちがえたんじゃないのかねえ。」「そうだろうか」とトロンはいう、「ありえんことですよ。」彼は呼ぶ、「アナトールよ、ちょっとこっちに来い！」店員は固くなったパンみたいにまじめな顔をして、夜明けのようにさわやかに、この踊りに入ってくる。こうして三人は、戸口のところにとりつけた竹のカーテンの背後、薬局の中でそれぞれ声をはりあげるんだ。三人はぐるぐる回るのだが、誰も自分の正面にいる者が叫んでいることがわからない、そのうちトロンが、まるで恩寵の光がさしてきたかのように突然大げさな身ぶりで立ち止まったかと思うと、他の二人を手招きして、自分のおでこをぴしゃりとやり、椅子に腰をおろし、老人のことを下から上へと見上げ、検問するような目で怒った声でいった。「ところであんたのラバは何色だったんですか？」相手のほうはこの質問にぐっとつまり、薬が効かなかったことに超自然的な、決定的理由を予感して、口ごもりながらいった。「いや、それは、あのラバは灰色でしたよ。」「そうでしたか、わかった」とトロンはいった。「正確にいっていただくべきでしたな。われわれは普通の色だと思っていたんですよ。それでアナトールは普通の粉を用意した。スペインの牡牛には、黒い牡牛、白いの、そして灰色のがいる。それで、普通の色というのは何だ、アナトール？」「白です、トロンさん。」「ということですよ、あなたのラバが灰色だったということさえいってくれればねえ。アナトールは白い牡牛の羽根を用意したんです、あなたもごらんになったとおり、紙に包んだ薬に黒い粉はひとつもなかったでしょう、ましてや灰色なんて。粉はラバの血にやられて、効き目を失ってしまったんだな。」「はあ」と老人はいった。「そうですな、そういうことなんでしょうな。」

シダリーズであればこんなふうに、4フランを取り戻そうという固い決意とともにふたたび薬局に足を踏み入れて、ラバの生命どころか人の命のこともまるで気にかけない薬屋にもういちど騙されることなど、ありえなかっただろう。それも想像できるかぎり、もっとも贅沢なおまけつきで。おまけとは、たとえばトロンが、この老人をきっぱり黙らせるために、灰色牛の羽根の効果が尻尾にどう現われているかを知りたいなどとほざいて、ラバの尻尾を10スーで買い取ってやろうといった、といったようなことだ。シダリーズであれば、どこかの小屋の裏手で三種類の薬草を摘み、するとただちに立場が悪くなったトロンは、薬剤師にあばよという暇すらなく逃げ出したことだろう。

ましてやステファニーズだったら。こののっぽの女は、メルキオールのバラックに引きこもり、エドメとやっていくことには同意したものの、だからといって彼女が何かをあきらめたなどと考えてはいけない。彼女はまず、自分の声を状況に合わせた。パパ・ロングエの生涯の最初の五年以来、そしてアポストロフものの死後、もっぱら情報伝達のためだけに使われる声は、妙に一本調子の、きらめきもおもねりもないものになっていた。だがいまとなっては誰のために、叫び声をあげる必要があるだろう。彼女は一日のうちに、自分の中にあった叫び声の蓄えを使い果たしてしまったのではなかったか？　誰にむかって、大きな「ありがとう」を求めることがあっただろう。彼女の声の消滅は、アポストロフが去ったことで生じた喪失を記すものだった。それは死者のために泣く、彼女なりのやり方だったんだ。それにつづいて、彼女は人生においてただもうひとつの使命だけを、自分に与えた。エドメという名の、肌をもち汗もかく生身の不思議に直面し、第一にこの不思議は相手にしがいがあること、第二にパパ・ロングニがもう永久に囚われの身になってしまったことを理解したとき——彼女はこの不思議のまわりを、用心しながら一巡りした。機嫌をとってやろうと決意して。ところが、三角の顔に横棒を引いたみたいに、何が何でも黙りこんでやろうとしている口をまえにすると、そのつど失敗した。彼女が茫然自失とともに発見したのは、頑固さというやつが、叫びからも輝きからも遠く根づくことができるということだった。それでエドメにむけられた彼女の愛想のよさは、友情よりも対決をひき起こすことになった。パパ・ロングエとその妻である言葉なき不思議（ステファニーズは冗談で「鉄棒《バラミン》の夜」と呼んでいた）の息子ルネが生まれたとき、彼女はこの赤ん坊のことは無視し（だいたい、と彼女は思っていた、ルネなんていう名前じゃとても見込みがないわ）あいかわらずもっぱら母親のほうばかりの気を引こうとしていた。それこそ彼女の最後の仕事であって、彼女がそれに成功したかどうかは、誰にも何ともいえなかった。この二人の女が、過ぎてゆく一日の中で黙りこくったまま連帯し、おなじ仕事に身をかがめて没頭している姿を、パパ・ロングエはしだいにより頻繁に目にするようになった。ステファニーズがついに「鉄棒《バラミン》」を手なずけたのか、それともエドメが（こっちのほうがおもしろいが）ついに沈黙によってのっぽの意志を呑みこみ埋めてしまったのか、パパ・ロングエにはついにわからなかった。ステファニーズが彼女の計画を実現するだけ生きなかったというのは本当だ。ある日のこと、彼女は町に下りてゆき、塩漬け肉を売っていた女とけんかになり、いさかいが嵩じて「魔法使い、悪魔の息子とその仕事」に対する罵り（これを発したのは肉屋の女）と「貧乏人を食い物にする悪人ども」に対するそれ（これはステファニーズの意見）が交わされることになって、しまいには大騒ぎになった。この肉屋の女をキャッサバの粉みたいにのして、警察にも捕まることなく逃げおおせたあとで、ステファニーズは戦利品として、切り分けていない塩漬け肉の大きな塊をふりかざしながら上ってきた。けれどもこの肉が彼女の最後の獲物となった。この日の晩、彼女は二、三時間うめき声をあげたあとで、あっさりこの世を去ったのだ。「ウ・パ・パレ・アンピル」と彼女はエドメにいった。「あんた、あんまりしゃべらなかったね」と。それが彼女の最後の言葉だった。「回り道を見落としたんだな」とパパ・ロングエはいった。「それで心臓がもたなかったんだ。」パパ・ロングエ自身、小さな谷に落ちてしまった荷車のような気分になった。

その一年後、台風がやってきて、一帯のすべての不思議を根こそぎにした。さらに二年後、公式の暦が、一八〇〇年代に別れを告げて一九〇〇年代に突入した。その時期にもまだ、ラ・トゥッファイユの荒れ野では、ただ母親だけが不寝番をしていた。すなわち、地上のなんとも知れない奇蹟を待っていたタルジャン家のすべての人間のうち、彼女だけがこの土地を明けわたすことを拒絶し、動じることなく錨を下ろしたままでいたのだ。他の者たち（彼女の夫、子供たち）は、あのお通夜のパロディがラ・トゥッファイユの亡骸をまつった土曜日以来、彼女のようすを見はっていた。父親、息子たち、娘たちが、互いに協議したわけでもなく、この頑固な機械仕掛けの中に、ごくわずかにでも聞きとれる異常音を聴診しようとした。あえてほのめかしたり、誘いの水をむけたりすることなく。彼女は物をいわない仲間たちによって追いこまれ、けれども自分をとりまく者たちを軽蔑する、獣のように孤立していた。長男が都会に仕事を探しに行こうかと思うといったときにも（彼は許しを得るつもりだったのだが）彼女が食いしばった歯を開くことはなかった。家族の中では彼女がいちばん背が低かったので、彼女は本当に、巨木のあいだで火を灯され消えることを拒絶する、一本のろうそくのように見えた。時間はしだいに速く、また険しく、過ぎていった。ただ借金と疲労とパンの実とマニオクばかりでふくらみ、休息もなく、よろこびもなく。ラ・トゥッファイユの土地が、牛の輸入業者たちの意志に抵抗しようのないことは明らかだった。ところが原初の母である彼女は、騒ぎや衰弱の外で、ただ沈黙していた。父親がまだサングリのところにゆき条件についての話し合いをしていた時期のこと、彼がこの特権（他の者たちよりも先に条件を知ったせいではなく、かれらの誰も知らない、日曜の朝に町で見かけたこともなく、それなのにあらかじめ勝利者としてかれらの運命をもてあそぶことができる男の両目を、じかにのぞきこんだことによる）を重々しくたずさえて帰ってきたときに、彼女はその報告を聞き特権にひれ伏すことを、きっぱりと拒んだのだ。耳を貸すことに対するこの拒絶は、これ見よがしのものではなかった。ただ父親が帰ってくるたび、彼女はそこにいない、それだけのこと。ついでサングリのところへの訪問も止んだ。それでほどなくこの土地は、ただ野菜と果物を生むだけになり、彼女は娘たちを連れて、それらを市場で売った。家のまえでは、かつてあんなにのどかに美しかった斜面がいまや錆びた土のさびしい荒れ地としか見えず、昔の境界線がいまも枯れた植物によって記されているのだった。その背後ではカカオの実が腐り、息をつまらせた。マンゴーの樹の周囲にはイラクサがはびこり、それ以外のすべての場所では、少なくとも兎にやる草にはことかかなかった。川と海岸のあいだのひろがりでは、しだいに溜まっていった泥がラ・トゥッファイユ一帯に牛むきの大きな草を生やしていて、それがおそらくサングリの訪問につながっていた。さて、彼女はすっくと立って頭に籠を載せ、市場（決まった場所をもっていた）にあふれる女たちの喧噪の中にまぎれこんでいて、連れの女たちに親しく呼びかけられ、その中では突然に自分の声をとり戻して、よろこび、日曜から日曜へと新たな展開を見せながらつづく、際限のない物語をかたっているのだが、まじめで、いつもつつしみ深く、でもついには黒い肌の中に少し青く薄い色の頬骨のかたちを浮かばせながら、微笑がその顔をよぎるのだった。まるで、商品台のまわりでものすごい物音を立て、声と動きのすさまじい大騒ぎを演じるこれら市場の女たちが、すべてに抗って、苦労して商う果物や野菜により、少なくとも上のほうの土地の存在（力とまではいわないが）を維持しようとしているかのようだった。まるで、この戦いのあと去っていったステファニーズ、ついでこの台風により持っていかれたエドメが、これら別の女たちに、休みも弱さもなく生を叫びつづけるという仕事を託していったみたいだった。

だがまさに、台風が通過したのちには、もはや何の希望も残されていなかったんだ。父親と子供たちは、少しずつ自分のうちに沈んでゆく彼女のことを、注意深く見ていた。はじめは修繕だった、破れた屋根、壁仕切り、倒れた木を片付けること。ついでエドメの埋葬だが、こんどはお通夜もなく、全員の疲労困憊のうちにさっさとすまされた。それで彼女は、彼女を物事の表面にふわふわ浮かんでいるようにさせる空虚（彼女自身のうちの）を、すぐには感じずにいた。だがついには彼女は低い声で、単調に、台風がもたらした被害、積み重なる瓦礫を、これから彼女が調べる、ひっこ抜かれてしまったちっぽけなヤマノイモにいたるまで、歌うことしかできなかった。上のほうの土地へと出てゆき、命のない姿で、吹き下ろす風によって、まるでボールのように送り返されてきた娘のことは、ひとこともしゃべらずに。娘のことを忘れるために物的損害の計算ばかりを懸命にやっていたが、本当のところこれについては、希望もなければ他にやりようがあるわけでもなかった。他の者たちは彼女を監督した。もはや待つ以外にはどうしようもないことを理解していたのだ。彼女自身が、自分の決断を熟させていくように。それで、まるで悔恨によってでもあるかのように、かれらは彼女に異様なほどの注意をむけ、世話を焼いた。

彼女は混乱をしばらくひきずり、かれらにかれらは待つしかないこと、耐えるしかないことを知らせることになった。日曜ごとに、この市場にやってくるたび、彼女はそこに新しい力を汲み、次の週に対する忍耐の貯えを得るように見えた。小銭を十回は数えなおした。マニオクの椀《クイ》も、塩の杓子も、砂糖の匙も、十回量りなおした。そしてそのうちある日、あちこちから拾い集めてきたマンゴーやヤマノイモ、パンの実やジャガイモ、オレンジやケネットの、しだいしだいに小さく発育の悪いものばかりになってゆく山をこうして売りにいくことに、彼女のほうが疲れはててしまったのだ。彼女はついに腰をおろし、自分の周囲のみんなを見た。父親、息子たち、娘たち、そして片手でもうたくさんというような仕草を曖昧に見せたのだ、まるで彼女の疲労からラ・トゥッファイユの、あてにならない植生のすべてを遠くへと投げやるとでもいうように……。

この間、ベリューズ家の者たちも精一杯やっていた。

つまり一九一〇年のことだが、ゼフィランが死者たちの仲間入りをした。といっても事故のせいでも、宿命のせいでもない。消耗でやられたんだ、彼も。消耗が、その青白くべとべとした両手によって、このベリューズの者全員に共通する運命、住民たちの死の規則をしずかにこね上げて、彼を一般的規準の中へと連れ戻したのだった。それによって、久しい以前からみずからの最後の日々（田園、森、畑を横切り、コロニアル道路とそれから逸れてゆく小径を、町の墓地まで運ばれてゆく）のために、少なくとも死者たちの共同体をとり戻してきたベリューズ家は——ゼフィランとともについに、群衆の中にまぎれこむことに成功したのだ。なぜなら彼の死そのもの（つまり死が彼に訪れたそのあり方）が、もはや彼を区別しなかったからだ。世間一般とおなじように生きるようになるまえに、ロングエ家の人間とその怒りにみちた拒絶を捨てるまえに、これらのベリューズたちは、全員に共通する消耗によって死んでゆくことを、学んだのだ。自分の父親であるサン＝ティヴのような商才をもっていなかったゼフィランは、ずっとラロッシュのところで働きながらも、懸命にロッシュ・カレを維持してゆこうと努めた。彼は三十八歳で死んだ。こうしてこれらのベリューズたちが、森、町、小屋、ふるえる山《モルヌ》、強ばった畝に汗をしたたらせつつひろがる、分割できないひとつの運命にふたたび合流しようと、がんばったわけだ。統合され差異もなくなった大地が、もはや絶壁のないこれらのひろがりを、太陽の重みの下に開きつつ。たしかにマチウ・ベリューズつまりマチウの父親は、海のむこうの大きな戦《いくさ》にまで、チ＝ルネ・ロングエについていくだろう！だが戻ってくるんだよ、彼、ベリューズは。

IV

いいか、よく聞けよ。

ついで沈黙、周囲は乾期《カレーム》、声なきパパ・ロングエが焦げた羊歯のそばにいる（消えた火としてのマチウは薄片となった土の上にうずくまり、穴から蹴りつけてくる陽光に身をもたせかけている、穴というのは、まるで言葉が蔓植物や竹によるごちゃごちゃした緑のスクリーンを焼きつくしてしまったかのように、あたりのカーテンに明るみを開け、それがついには黒焦げと光の荒廃となっているのだ)、溝が刻まれた老いた肉体、強情で矍鑠《かくしゃく》とした精神、聡明な子供——アポストロフが死んでステファニーズの叫びにかけつけたあの日以来——それが、彼がエドメに出会ったこの沈黙、この不思議の中に、飛びこんでいったのだ。沈黙。——だが彼はたとえば、どうして自分の父親アポストロフについて語ることなどできたのだろう、メルキオールが彼の目のまえにたくさんの死者たちを呼びだした、あの何ともいいようのない夜以外には彼を知ることもなかったのに——それ以外についてはアポストロフとは、子供時代の驚嘆の上に投影されたひとつの影にすぎなかった。かろうじてパパ・ロングエに思い描けるのは丸い顔、空に浮かぶあの黒い月がかつての子供だった自分、そしておそらく老人となっても子供であることをやめたことのない彼をのぞきこみ、ぼんやりした声で、こんなふうにぽつりとつぶやくところだった。「この子は大きくなるまえに熟す実だ。」あるいは彼はどうやって、商売に情熱を燃やすサン＝ティヴ・ベリューズや、三十八歳で死んだその息子ゼフィランや、かれらの妻たちや、小屋で育ったり他のいたるところにばらまかれたりしてきた子供たちのことを語ることができたのだろう。かれらがさまざまな問題について悪戦苦闘し、問いかけ、苦しみ、憎んだなどといえるのだろう、黒い月の中にある二つの目を必死で思い出そうとしても、うまくいかない彼が。そしてもしその二つの目が、夜の雨のようにその月から降ってくるゆっくりした声がいうのとは、ちがったことを語っていたとしたら?

砂利の匂い、沼の水の硬い岩のような味、火から落ちて芋を煮る鍋《カナリ》のまわりの黒い土にはらはらときらめきながら散ってゆく燃えた薪、そしてそうだ、女の両手両腕についた、こねた粘土の匂い(サン＝ティヴは妻にカラフや土鍋を作らせ——彼女がどうやってその作り方を覚えたのかは誰も知らない——それを自分自身で薪割りのあいだに焼き、焼き上がるとまた彼女が町の入口まで売りにゆくのだった)、そして子供のゼフィランは割れたカラフのかけらを集め、底が黒くなり取手がとれ首にひびが入ったざらざらした宝物をためこんだ。ついで消耗の年月と夜々、窯は放置され、黒檀もそうで、やがて勝ち誇った森がちっぽけな土地と粘土の穴――薄茶色と輝く紫(緑の狂気からほとばしったもの)が地面に傷を掘った、生々しい紅を影でおおう――に対する権利を回復し、サン＝ティヴの足跡がかたまって小屋の入口の右手三歩のところについていて、それは燃えるような夕立も、八月の細かく熱い雨も、消すことができなかった――ついで、たしかにおなじ時にではあるが別の世界で、この山《モルヌ》の別の斜面(というよりそれこそ別の山《モルヌ》というべきだが)、おなじ運命の二つの端を担いつつそう呼ばれていることを住民の誰も知らないままの場所では、ステファニーズが小屋の地面を掃くのを、アポストロフが見つめていた。地面は沈み、つやつやし、ワニスのように光り、そこでは大鍋の古びた底に生の砂糖がすべるように、コロッソルの枝の下で土埃がすべっていた、――そして溜め息をひとつつき立ち上がると、彼は自分から動揺もいらだちもきっぱりと遠ざけたのだ。それはほとんど、黙ったまま、そしてあらゆる考えの彼方で、こんなふうにくりかえし思っているかのようだった。「ああ! この邦はまだおれたちのものではない、ちがう、おれたちのためのものではない。」――そして、おそらく彼には定義できなかったものを捉えるために、繊細で入念な仕草によりあの樽を両膝にのせ、蔓を紐代わりに使って、本体のぐらぐらする板をしっかりしばろうとした。

そしてパパ・ロングエは、不思議を名付けたあとで、それを分析したりしめしたり、あるいはただ呼び出したりすることが、はたしてできたものだろうか、この三角形の顔の測り知れなさをまえにして、ただ呆けたように立ちつくし、この絶対的決定的な沈黙により救いなくひきつけられ、屈服し、エドメがどんどん痩せて鉄棒《バラミン》どころかむしろエピニの木の枝みたいになってゆくにつれて、その肌の下で骨が花咲くのを見ているしかなかった彼に？　不思議。――枯れ果てるというのではなく、どんどん痩せてゆくこの人を呼ぶのに、他の言葉などなかった。骨がしだいにはっきりとわかるようになり、でもあいかわらずわずかではあるがしっかりした肉と、たるみもしわもない肌につつまれて。この年月、彼は夕方ごとに小屋のまえにすわり、この沈黙に苦しみながら、重みのない木の切れ端のように、この抜け殻を膝にのせてただつぶやく以外になかったのだ。「今日もまたこの人は痩せたな、そのうち大風が下のほうまで飛ばしてしまうよ。」――といいつつも、こうして未来のうちに自分が見ているものを信じるというより、むしろこの毎日くりかえされる冗談によって悲惨な怯えを追い払おうとしているので、その怯えとは夜のあいだずっと彼のまぶたに宿っていて、まるでマングローヴのどろどろの泥の中で溺れる男のように、息をつまらせ目も見えないまま突然に彼を目覚めさせるものだった。

この悪夢とはいえない悪夢（なぜなら本当のところ彼は夢を見ることがなく、恐怖にかられるのは虫たちの鳴き声をさんざん浴びる夜にびっくりして飛び起きるときだけだったので）は強さを増して、雷や死の接近を感じる動物のように彼をぴりぴりさせた。それが二日にわたって吹き荒れた強烈でばかげた風（まるで赤い風といいたくなるほどにそれは目を焼いた）により不思議と沈黙がすっかり覆われつくした時までつづいたが、この風はすべてをまだ土台の上においてくれてはいたものの、それはこの場所に、本物の台風に対する準備をさせるためだけのことだった。一瞬まえまではまだ人が呼吸し、その中で動きまわることのできた空気に、狂ったような雷鳴が噴き出したくさんの斜線が引かれ、木も鉄もトタンも怒り狂いぶつかりあい――朝の五時だったがもういちど夜がやってきた――空気の大河が唸り声を立てて小屋の板を流れ、すべてを外に持ち去り、扉をひきちぎり（小屋自体は強情なラバのように後脚で地面に立ち上がっていた)、轟音が耳の中ですすり泣き、終わりを知らず、燃える匂いがはじめ鼻をくすぐりついで脳の奥までもつまらせ、ついには雨、空からもぎとられ、木々と木箱ときらめく藁くずが火の粉のように体に吹きつけ、かれら二人(彼女は袋一枚よりも軽く、彼は子供を抱きかかえていたが、この子はまだ恐がるどころかほとんどおもしろがっていた)は小屋の奥で踏んばっていたものの、ついで吹きさらしの地面へともってゆかれ、下ってゆく小径へとじわじわと押しやられていった——それでも三角顔はあいかわらず恐れもなく、目を閉じ、口を真一文字にむすんでいるだけで、一方彼のほうはしがみついていろよと叫びつづけていて、この轟音がとどろく穴の中で口を開き声を出すのは笑えることだった——そして彼はマンゴーの木にむかって押されてゆき、風の重みでそのまま抑えつけられ、苦しみもなく幹に磔になり、子供をじっと抱きしめ、空が周囲の山《モルヌ》へと致命的な瓦礫となって降りそそぐのを感じ、それから彼は、台風が力を増すにつれてまるで関節がはずれたようになった彼女がゆっくりと斜面をすべってゆくのを見、彼は必死で、そう、必死で彼女に追いつこうとし、一緒に下りてゆこうとした(子供をなんとか救おうという気持ちとの葛藤があり、子供については大げさな身ぶりでがんばってなんとか木と自分のあいだにくさびのようにはめこんだままにした)のだが、彼をマンゴーの木に押さえつけている空気の手は、彼が死ぬことを許してくれなかった。それから彼は、彼女が小径へと消えてゆくのを見たけれど、おそらくすでに命はなくて、体は岩から岩へと叩きつけられ、服はとっくに剥ぎとられ、両腕と両脚は頭の周囲にむすばれ——そして彼はそこで洪水と根こぎにされた物が稲妻のように飛びかう中にいて、やすりをかけられた錫の、空気と竜巻の火災の中にいて、騒いでも、動いても、逃げようとしても、山《モルヌ》の斜面を飛ばされていった死体を探してもむだだということを知っていて、彼は両目を閉じ、生命に、彼のまわりで死ぬほど沸騰している生の怒りに無関心になり、彼はただマンゴーの木の根元で身をかがめて、台風の力がしだいに弱まってその抱擁をほどいてくれるがままになっており、やがてついに太陽の光が眉間を打ったとき（ルネはいま彼の両腕に抱かれ、まるで機械じかけでもあるかのように泣きやまなかった）、彼は沈黙と不思議が地上に帰ってきたことに気づいた。それは彼が周囲のいたるところで、あらゆる片隅にあふれかえる水、どんなに小さな平面でも身ぶるいし、転がる岩、しきつめられた蔓や幹、粘土や鋸でひかれた木材にさしこまれたような板きれのあいだ、竹が緑の炎のようにちらちらとゆれる、きらめく藪の中へと、斜面をゆっくりと段々に流れ落ちてゆく水を見たからだ。彼はついには、沈黙よりもひとつにまとまりより濃密な、水平線よりも不思議な、泥水が流れる音を聞いた。それは過去も記憶もない原初の水の上を飛ぶ最初の太陽の、さまざまな力がひしめきあった声なのだった。

彼の首にしがみついているルネが、彼をこの麻痺状態から覚めさせた。この台風のとき以来、二人のあいだには無理解と距離がひろがりはじめ、父親には結局それを縮めることができなかった。息子は八歳だったので、このような恐怖の一日にいつまでも苦しみつづけるだけの、感覚が育っていた。彼はその後も生涯にわたって、この日に父親がしめしてくれたあらゆる配慮にもかかわらず、パパ・ロングエと台風と恐怖を、混同するようになった。こうして二人のあいだに、終わることのない言葉なき口論がはじまったのだ。パパ・ロングエは、そう望んだわけでもないのに、いっそう事態を複雑にしてしまった。というのもエドメを探しにゆくとき、彼は子供を連れていきたくなかったのだ——道は消えていたし、危険は大きかった。不器用で物を知らないままに、彼はルネの体と服を乾かしてやろうとし（だが、突如として水と泥だけでできあがったものになったこの宇宙で、いったいどうやって？）その後でこの子を小屋の奥に入れ、それはおそらくまた後で風が戻ってくるからと考えてのことだったのだが、そこで湿気と孤独と寒さに襲われるがまま、息子は置き去りにされた。太陽のあたる場所にいさせるほうが、あたりまえだったろうに。ルネはこうして小屋ですごしたわずかな時間のほうに（結局すぐに外へと逃げ出したのだが）、台風の中で耐えた狂った時間以上に苦しんだ。

パパ・ロングエはエドメを水が溜まった穴の中で見つけた。すでに生温くなっている泥から、ただ背中だけが出ていた。彼は死体を見ないようにして持ち上げ、するとせき止められていた黄色い、ほとんど硫黄質の水が滝のように流れ出し、彼は裂いた粗いシーツで作った自分の古いシャツを脱いで、彼女をできるだけうまくくるみ、それから運んだ。小屋にむかってではなく、海のほう、ラ・トゥッファイユに。まるでこの台風が、小屋をすっかり吹き飛ばしたかのように、あるいはこの最後の日、エドメを身内に返してやるのがまっとうなことだと考えたかのように。あたりでは生命が身をふるわせていた。廃墟となった村をまえにして、呆然とした人たちが片付けるともなく片付け、怪我人を探し、死者たちのまわりで大げさな身ぶりで悲嘆にくれていた。この痩せた、ほとんど裸の男が、その両腕にいっそう裸の女をかかえていても、誰も気にしなかった。ラ・トゥッファイユの壊れた家のまえにみんなが集まっているのを、彼は見た。ずっと遠くからかれらは彼がやってくるのをじっと見ていて、オーレリーがすすり泣きはじめた。彼は抱えてきたものを母親のまえに置き、それからじっと、何もいわず、これはもう自分には関係のないことになったとでもいうように、立ちつくしていた。実際、誰も彼に言葉をかけず、誰も彼に対していやな顔をしなかった。埋葬はその日のうちに行なわれた、それは合同葬儀で、この小教区の司教座聖堂参事会員によって祈りがささげられ、曖昧な予防措置がとられた。墓穴も墓標も荒れはて、動いてしまい、十字架も砂も造花もなくなって、やわらかい泥から吹き出した蟹の穴のようだった。参事会員は、自分が次々と聖水をふりかける棺のひとつに、呪医《ケンボワズール》の妻が横たわっていることを知らなかった。みんなへとへとになり、ぼうっとしていた。ロングエ家の跡取りは、半ば裸で誰にも知られぬまま、自分がどうやって町に入り、墓地に来たのかも知らぬままに、人々の後についていった。彼はもう、タルジャン家の者たちに会うことはないだろう。彼が小屋に戻ったとき、息子のチ＝ルネは姿を消していた。

結局おれがずっとやってきたのは、最初の日以来の鎖を失わないようにしているということなんだろうな、おれの体の中にあったすべては、あまりに早く去っていった人々、すっかり片がついてしまった物事、おまえが掻きまわしては知識を抜きとってくる地面を、忘れないようにするものだったんだ。だが真実は稲妻のようにすぎてゆき、おまえは手をさしのべ、風は川のようにおまえの指のあいだを流れて。おまえは台風によって根をひっこ抜かれるまで不思議に、沈黙に耳をすまし、ついで水がおまえの体をひたし、ついで太陽が薬みたいにおまえの体に入る。ああ！　マチウ親方よ、おまえさんはおれが今日という時代を知らない、おれがアスファルトの道路まで下りてゆくことがないというがね、今日というのは昨日の息子であって、おまえさんはというと、あの台風の日以来旅立っていったといえる、おれの息子のチ＝ルネがついに旅路の果てで落っこちた地面の穴についておれに話すためにやってきたあのマチウの、息子のマチウだというわけだ。ああ！　おまえさんは目をもっているよ、目に光がある、でもメルキオールが通りすぎるとき、人の頭の中で何が動くかはすぐにはわからないだろう。あの急ぐことを知らない巨大な黒人だ、旦那たちからは軽蔑され、彼の無知において人々から無視される、だが彼は圧倒する。そしてあののっぽの女だ、火の上にかけられた鍋《カナリ》のように、自分の声の上で宙吊りになっている。山《モルヌ》へと上がってゆく牛たちがいるが、誰もその群れを見つけることができない。夕暮れ時に泉まで下りていって、椀《クイ》で汲んだ水で細口の大瓶をみたすあいだ、牛たちが闇ごしに互いに鳴き交わしているのが聞こえる。町の大通りには二階建ての家々があって、おれはそんな二階の部屋のどこかに入り、窓から外を見てみたいなあと思うだろう、そこから見てもやはり通りがちゃんとあるかどうかを確かめるために。おれがやってきたこと、それは毎日、一日の中にその前日の陽光を少しばかり持ちこんで、今日にいたるまで牛たちの通過、メルキオールの山下りなんかを照らし出すことであり、そして目に入る森のいたるところで、あの大きな船の匂いを嗅ぐことなんだ。錯乱したじいさんになど、おまえは注意を払わない、だがなぜおまえは、おれが今日を知らないなんていうんだ？　おれはあいかわらずかれらにむかっていうんだよ。「医者のところに行って悲鳴をあげてやれ、すごく強い薬があるから」、だが医者は五百フランかかる。おれはいう、「おれは支えもない老いぼれの黒人だ」、かれらは答える、「アルフォンシーヌが死にかけている、夜中に首が腫れ上がってしまって」、おれはいう、「おまえたちにはこの船の匂いがわからないのか」、するとかれらはいう、「ばかいうのはやめてくれよ、パパ・ロングエ、しまいには頭がおかしくなるよ」、それでおれは答える「みじめさというのは過ぎてゆく一日のようなものじゃないんだ、みじめさの中に朝はなく、正午も夜もない」、するとかれらが答える、「あんたはよく見えているね、この小屋から出てくることもないのに。」だがおれはいったい何をしているのかね、ともかく鍬をつかんで草取りにいくわけだ、というよりも、チ＝ルネ・ロングエを待ちつづけた日数に加えて、おれの死者たちにふたたび会うために費やした夜の数を、今日にいたるまで掻き集めてきたということか。だがあいつは本当には帰ってこなかった、たとえその体がときどきこのあたりに姿を見せたとしても。それはやつらが皮の中に、やつらを遠くまで連れてゆく獣を飼っているからで、やつらはみんな海のむこうを見つめているんだ。それでおれには、そのときが訪れるよりずっとまえから、ルネ・ロングエがこの小屋を出て、森のはるかむこうへと去ってしまうことがわかっていたのさ。

というのも、呪医《ケンボワズール》にとって、ルネの第一の特徴は野生にあったからだ。台風の晩に父親があの子を見つけた後、あの子は一度も母親を恋しがらなかった。それはすでに徴だったといっていい。叩き潰された植生、黄色い水と泥の、訳のわからない集積の中をひとりでさまよった（頭の中にはまだ風音のサイレンが鳴り響き）一日のせいで、あの子は無感覚になってしまったかのようだった。呆けたわけでもばかになったわけでもなく、自分自身のうちで満足してしまったのだ。パパ・ロングエが話しかけるのだが、本当には聞いていなくて、自分の目に見え耳に聞こえる範囲の外にある何かのことばかりに注意していた。懐疑的で攻撃的で、ステファニーズ（あの子は会ったことがあった）やメルキオールやアポストロフを呼び出しても、おおっぴらにあざ笑うだけだった。母親にさえも関心がないようだった。「おまえの母さんだった人だぞ」とパパ・ロングエはいった。だが、この依怙地な子は黙っていた。

十三歳のとき、皮なめし工場に雇われて、革の扱いを覚えた。父親と会うこともだんだん少なくなって、会えばそのたびに言い争いになった。この子は鉄砲玉《フーバン》だという評判が立った。軽はずみで、自分がやることがどんな大事になるかなどとは、まるで気にしない男のことだ。それでも仕事ぶりはまじめで、仕事以外でも仲間たちには大変に親切だった。しかし極端に怒りっぽくて、父親の職業らしきものについて人がとやかくいうのを絶対に許さなかった。けんかを好んだが、それは性格が悪いというのではなくて、自分が共同生活の一員であるということを納得するためだった。彼にとっては取組み合いが、人に認めさせるための強烈なやり方だったのだ。友人たちには、そんな気質はまったく理解できなくて、皮なめしのチ＝ルネは服を着た悪魔だと、大声でいっていた。さらには人見知りで（とりわけ皮工場に出入りしていた図々しい女たち相手には）この内気さをごまかそうとしなかった。だがそれが他人に、うまい策略だなと思われるのまでは、避けることができなかった。

ただ父親を相手にするときだけ、彼は本来の野生をいかんなく発揮した。だがパパ・ロングエは、そんな態度の本当の理由、奥深く隠されている真の荷物を、見抜いたと思っていた。息子が怒りを爆発させるのも、嘲笑するのも、とげとげしい態度をとるのも、我慢強くうけいれた。へつらうのではなく、なだめることができるようになった。非難するのではなく、不安にさせることが。そして少しずつチ＝ルネは変った。父親に質問をするようになり、エドメに関する説明をせがむようになった――どうやって知り合ったのか、なぜ彼女はけっして口をきかなかったのか――あるいは彼のことをいつもほったらかしにしていたステファニーズについても。呪術《ケンボワ》［呪術や薬草治療の道］を学ぶことにはけっして同意しなかったが（ただ単に信じていなかったのだ）、過去から現われてくる単調な物語のことは、反撥することなく、それどころかときにはある種のやさしさをもって、聞いた。すべてが台無しになるのは、ルネにむかって、町を去ってまた山に住むようにと、パパ・ロングエが激しく主張するときだった。そんなときにはこの子はさんざん怒鳴り、口論をつづけるのではなく、ぷいと出ていってしまった。父親のほうはこの子が決まった家もなく、気がむくままにあちらこちらとうろつきながら暮らしていることをまだ知らなかった。彼がとりわけ好んだのは町のあいまいな縁の部分で、ろうそくの火に照らされたトタン板の小屋が複雑に重なりあって、親しみやすい避難場所のようになっているところだった。夜、はてしのないおしゃべりをしながらラム酒を飲んだり、小さな酒屋でまさに呼び名どおりに「プリヴェ」［「私的」と「奪われた」の二重の意味］の店のまえで太鼓を囲み、気ままに踊ったりするのは楽しかった。そこで彼はしょっちゅう、対立し燃え上がる二つの意見のあいだの、激しいけんかにまきこまれた。町とは言葉、身ぶり、闘いのための聖域だった。

　パパ・ロングエには、こうしたすべてが出発すること、出ていくこと、あふれそうになった桅《クイ》に別れを告げて水平線の彼方の空間を泳いでみたいという、ただひとつの強い欲望をつつんでいるものにすぎないということが、よくわかっていた。はっきりと言葉にすることはなかったとはいえ、アポストロフも、この土地はかれらのものではない、まだかれらのものになっていないと、考えていたのではなかったか。心の奥で、かれらはひとつのよそを知りたいという熱烈な希望を抱いていたのだ。それは自分たちがもはや物ではなくなり、こんどは自分たちが見ることとふれることができるようになる、そんな場所だ。かれらは山《モルヌ》を去ってきたが、都会を求めてきたわけではない——と孤独な呪医《ケンボワズール》は考えた——かれらが探す都会、それは海のあの線の背後につみかさなる雲、こっちにやってきて鮮明な空をみたすことがけっしてない雲なのだった。

宣戦布告、すなわちただちに、計り知れないほどの、それどころか実際誰にとっても計算不可能な（なぜならそれは具体的かつ日常的で、お金に換算するのが簡単な、財として求められたのではなく、希望の中に幸福のやすり屑、冒険的でもある約束として、拡散し漂っていたから）戦利品をめざす未知の大きな戦いに対する呼びかけが、邦を——そして特にチ＝ルネを——熱狂でみたし、一方パパ・ロングエは反対に、それをあらゆるかたちの疑いと苛立ちによってうけとめていた。「ここにいろよ、誰もおまえを探しにきたりしないよ。戦争に行かなくてはならないような何かを、賭けたわけじゃないだろう。そもそもドイツ人というのがどういう連中かすら知らないだろう。こっちがしゃべってることが、ひとこともわからないんだぞ。おまえがドイツ人を見かけたとして、つまらない銃の引金なんかをひくまえに、さんざん毒づいてやることすらできないんだ。」だが、どうしようもなかった、ルネ・ロングエは反論すらしなかった。彼が軍服を着たそのときから、船の出航まで、彼の父親は彼のことを見ようとも話を聞こうともしなかった。ルネは何度か少なくともこの新しい服を見せてやろうとしたが、パパ・ロングエは小屋の裏の森にひっこんでしまい、兵士はただひとり空地に残されて激しく叫んだ。「父さんは野蛮人だな！　父さん以上の野蛮人はおらんぞ！」——そういってから、重い足取りで、また山を下りていった。

彼は父親を抱きしめることもないままに、部隊の最初の輸送船に乗りこんだ。この出発は邦じゅうを感動させ、快活な気分がみなぎって、この事件を無視できる者は誰もいなかった。パパ・ロングエは島のいちばん上のあたりから、大西洋をわたってゆく船を見つめていた。立ちつくし、ただひとり、その後の生涯でもとても経験しないような打ち捨てられた気持ちになって、稜線近くに並ぶアブラヤシの木々のあいだで身じろぎもせず、はるか前方はるか下のほうの海の上に、風にゆれている緑の枝をくべたブーカン［肉をいぶすグリル］のように煙を吐く船を見て（かれらにしてみればただ到着することしかしなかったたくさんの船たちの後、初めての出ていく船だった）、船と彼のあいだにあるのは太陽の下、無言で無人の、タイル張りのような土地だけだった。「行くがいい」と彼は夢想した。「行けよ、メルキオールの息子ではないおれの息子よ、ロングエのように野蛮だが、アポストロフのように信心のない者よ。もしおまえがこの土地に帰ってこないとしたら、もはやおれに土地はないよ。行け、息子よ。おれがこの両腕で叫ぶとき、答えるものはいないのだから。」そして彼は両腕をひろがりにむかって開いた。ついでこういいながら笑った。「おまえさん、しまいには気が狂うよ、なあ、ロングエよ。」

（ルネ・ロングエは、船がまだ錨泊する湾のまんなかにいるときから、暗緑色の山《モルヌ》を逃げるように——恥じるように——眺めやったあと、入れられた船倉で、早速セルビという博打の勝負をはじめていた。するとただちに暴力沙汰だ、もはや生涯の終わりまで彼を去ることのない、いかにも性急なやり方によって。彼は白人の下士官にしか権威を認めなかったし、それもまた中尉以上の者だけだった。彼はたとえば司令を下す立場の人間に「スー」［～の下に］がつくのは不名誉であると考え、その結果、スー＝リュートナン［少尉］の権威を拒絶した。少尉のことも、ただ短くリュートナンと呼ぶことになっている慣例を、不当だと見なしたのだ。こういったことが彼には気にかかり、こういったことが彼にとっての問題なのだった。それ以外については、異議を唱えることこそ彼の法だった。彼は航海のほとんどの時間を牢ですごしたが、そんなことは野蛮に笑いとばした。「おまえ、何者だ」と彼は大声でいった。「伍長だろう。伍長ごときにいいようにあしらわれるおれだと思うか。」まもなく彼はその言動と悪い評判によって、同胞たちの団結を妨げるものであると非難されるようになった。牢から出されると、彼はどうにかして調理場に忍びこみ、そこからいつも食料をたっぷり盗み出してきた。他の兵たちは遠慮なく、この思いがけない贈り物のご相伴にあずかった。満足し、仲間を軽蔑しながら、彼はひそかに笑っていた。騒ぎを好み、上官のいうことを聞かなかったが、船がル・アーヴルの港に入ったころには、意気消沈していた。しばらくまえから、寒さがこたえていたのだ。寒さなどばかにし、何も感じないふりをして、時々わざと上着を脱いでみせたりもしていたくせに。けれども無限につづく霧の大地、溶けた雪におおわれた地面、白い屋根のまばゆい群れ、熱狂的な蜂の群れのような人々の動き、苦境、まだ終わりのないものだということが明らかになっていない戦争の、人をからかうような日常が、長いあいだ彼の火を消していた。そのくせ仲間たちに対してはいっそう傲慢になり、この新しい環境に適応できないかれらの、不器用さをあざ笑うのだった——初めのうちは、自分をすっかり魅了した自動車が、いきなりクラクションを鳴らしながら出現するたびに、凍った泥で歩きにくい街路でびっくりして跳びのいていた彼が。人を誘惑する否定しがたい力によって、彼がすぐに住民や子供たち——彼のことをブランシェット［白んぼちゃん］と呼んだ——によって受けいれられるようになったのは本当で、そのせいで彼は食事に呼んでもらえることがしばしばあり、そのことを大いに誇りに思っていた。彼のフランス語は、白人兵士たちとつきあったせいで上達したが、その白人兵たちについて、かれらが上官の権威をまえにすると彼とおなじくらい無力になってしまうのを発見し、驚いた。彼は自分が話すフランス語の中に、気取りではなく一定数の英語やカナダの単語、そしていくつかのノルマンディーの諺を使うようになった。

こうしたことがあったとはいえ、彼がフランス北東部の戦線の背後での滑稽な冒険の犠牲者に、ならずにすむということにはならなかった。彼が属する連隊が戦闘地域にむかうまえの兵舎の正面にあった家庭に夕食に招かれたとき、ある晩のこと、彼は目のまえに、ある奇妙な野菜を出された(それを家の主婦はこういって紹介した。「アーティチョークがお好きだといいのですけれど、こんなご時世なのにちゃんと手に入ったんですよ。」)。彼は席についたまま、それをどう食べればいいのか皆目見当もつかず、テーブルを囲む人たちは、礼儀正しいふりをしているものの彼のことを否定しがたい好奇心をもってじろじろと、この若い野蛮人が両手、ナプキン、皿をどう使うのかを見届けてやろうと待ちかまえていた。「ええ」と彼は笑いながらいった。「まったくですな」と家の主人がいった。「ええ、ええ」と彼はまたいって、ついで突然「すみません、ちょっと出てきます、すぐ戻ります!」あっけにとられた一同をその場に残し、急いで広場を横切り、番兵たちにぶつかり、共同寝室に飛びこむと息を切らして大声でいった。「早く、早く、アーティチョークってやつはどうやって食うんだ?」すると他の兵士たち、少なくともそこにいた何人かの白人兵は、大笑いしながら出まかせもいいところの食べ方を教えた。「ハンカチをもってね、つつんでやるんだ、それを首からぶら下げて、けんけん跳びでテーブルのまわりを回るのさ」など。そのうち冗談はおしまいにして、そのうちのひとりがやっと説明してくれた。かんかんに怒った彼は広場をかけ戻り、息を切らして、みんながじっと待っていたテーブルに戻り、ついで優雅な動作でにっこりと笑いながらアーティチョークの皮をむしって食べはじめたのだが、あとで胸焼けがした。

彼の名声は——この冒険とともに——おしまいとなった。そのことに彼は取り返しのつかない恨みを抱いた。そのせいで、前線に行ったときには、規律にすら反するような極端に危ないまねをするようになり、またそれを自慢した。だが彼は長い意気消沈の期間も経験しており、それは戦争のせいではなかった。反対に、この男は自分の周囲に立ちこめる死の不安の強さや、彼を絶えずおびやかしている危険など、理解することがけっしてできないようだった。彼の伍長は植民地部隊を指揮する屈強なプロ軍人だが、彼にこういった。「おまえはただの空威張りだよ」、すると遠回しの言い方をすみやかに身につけていた彼は、こう答えた。「その空威張り野郎はね、あんたのことなんて屁とも思ってませんよ。」

彼は士官たちからはよく見られていて（評価が高いわけではなくても）、士官たちは兵士と上官の関係を通常規定している規則を、この連隊には適用しなかった。そのひとり、戦闘で彼に注目していた上官が、攻撃のまえごとに、たとえばこんなことを訊くのだった。「さあ、今日こそおしまいか、ブランシェット？」——そんな不吉な考えはもちろん、他の隊では口にすることすらありえなかった。この熱帯の皮なめし職人が恐怖を知らないことには、信じがたいものがあった。ついにはみんなが、この勇敢さを彼の手柄と見るのではなく、「特殊な」性格によるものだと考えるようになった。それで、彼がさんざん活躍した三度の出撃の後でさえ、肩章もメダルも、授与しようという話にはならなかったのだ。彼にしてみれば、そんなことはどうでもよかった。ある日、前線で攻撃をかけるとき、彼がまたもや兵士や上官たちの先頭を切っているとき、純粋に体操的なよろこびのためによどんだ水溜まりを跳び越えると、そこに彼と同時にひとつの砲弾が着弾した。「あいつがくたばることはよくわかっていた」と伍長は閃光の中で考えた。見つかったのは個体標識だけで、ルネ・ロングエという熱い男が肉体を失った存在として残したのは、ただそれだけだった。

そして久しい以前から、おれは知っていたんだよ。彼が帰ってくるたぶん五年前、一枚の書類を受けとった、その紙は小屋のそばの森に埋めた、だいたいルイーズ、ロングエ、メルキオールその他の者たちがいるあたりだ。おれは知っていた、だがそれを彼の口から聞きたかった、なぜなら彼は一部始終を見届けたのだから。そして彼がおれのまえに現われた、まだマチウ・ベリューズの父親になっていないマチウ・ベリューズだよ。大戦が終わってからも二年間むこうに留まっていたのだが、あちこち歩きまわった後で帰ってきた、おれは彼にむかっていった。「何をどうやっても、あの子が生き返ることはないよ。さあ、そこの箱にすわって、その日、時、場所をちゃんと話してくれ。」彼はすわった、威厳のある男だ、おれが心の奥底で泣き叫んでいることなど信じられなかったようで、野戦病院のことを詳しく話してくれた、その日以来、正面が開く天幕、麦わら、腕章をつけた衛生兵たち、おれは野戦病院のことなら本当に何でも知っているよ。彼はどうやって最前線に送られるのかを話してくれた、どうやって戻ってくるのか、中隊や連隊のすべての階級、番号、軍服、なんでも。おれは彼にいった、「だが、あんたはチ＝ルネと一緒にいたのかい？」彼はいった、「十年前から、パパ・ロングエ、あいつとおれは離れたことがありませんよ。」それでおれはいった、「ああ！　あんたはベリューズだもんな、おれのおふくろステファニーズの甥だったゼフィランの息子だから。」彼はいった、「そうです、パパ・ロングエ。」だが彼はそのころにはすでに立派な威厳のある男で、それからまもなくカイミット集落《フォン》の管理人になるのだが、十年前からチ＝ルネの連れで、一方がばかをやらかしてはもう一方がその尻拭いをしてまわるような、そんな二人だったというんだ。そう、そして彼はその威厳をもって戦争のすべてを話すことになり、たとえば歩哨をやらされながら恐怖に圧しつぶされそうになり、ようすを見にきた上官を射殺してしまった男の話なんかをしてくれたんだが、おれが知りたかったことというのは、その穴がどんなものだったかであり、最後の最後に彼はちゃんと話してくれたよ、それもおれをなぐさめ、気を逸らしてくれるためにね。彼が話してくれたのは別の穴にいた別の男のことで、砲弾がひとつ股に落ちたのだが、それは爆発しなかった、男は身じろぎもせずそこにいた、叫んだ、悲鳴を上げた、そしてそこから動かされたときには気が狂っていた。そう、おれはこうしたすべてを想像してみるんだ。そして彼マチウは、ついに夕方の六時ごろ帰っていった、おれは彼が下りてゆくのを見ていた。ある日、ベリューズの息子が山《モルヌ》に上がってきて、何が、どうして、などと訊くようになるとは、誰も思ってもみなかっただろうな。今日は、別の戦争だ。おれたちにとっては何があっただろう、時が一発で吹き飛ばした、でっかい穴ぼこ以外に? そして今日、いったいいくつの穴が大地に開いていることだろう、おれがこうして話している瞬間にも。そしていったい何人の男たちが、死ぬまえに発狂したことだろうな。

(フランス人たちはビル・アケムの戦い[一九四二年]で勝ったよ、とマチウがいった。)

それから沈黙。老人と若者は乾いた地面にじかにすわっていた、ちょうど直接的な何かに、貼りつけられたように。だが考えの中では二人は、世界の厚みそのもの、積み重ねられたいくつもの空間を旅していて、それは選ばれた、正確な場所に行くためではなく、かれらのうち、かれらの周囲の(世界。獰猛で非現実的な、ひしめきあう、つねに遠い大騒動)赤みがかった輝きが、ぱちぱちと爆ぜる音でいっぱいだったからで、二人は、その力によって導かれるがままになっていた。なぜなら、乾いた森、骸骨のようになった蔓植物、火によって赤く輝く地面の上の茶色い土埃の深みを、まだ汲みつくしていなかったからだ。なぜなら二人は乾きひび割れた枝々が吐く、しわがれた呼吸のような息吹によって焼かれていたからだ。なぜならかれらは、小径に雨期《イヴェルナージュ》の雨がうがち、まっさかりの乾期《カレーム》の灼熱の窯が焼き上げた耕作の跡から、力を汲み上げていたので。二人とも空へと逃げてゆく虚弱な雲に乗って旅立ち、点々と並ぶ穂先のような裸の土地の彼方に全力をつくして上がってゆき、水と平野、台風と藪火事、太鼓の法と書かれた法が、かれらにとっては一気に同時に到来する、高みにまで到達していた。体の中で脈打つ、おなじような流れの高まりによってむすばれた、大義なき老人とすべてを知る世間知らずの若者は、世界(その容赦ない多様性）まで駆け下りてゆき、おそらくは雲と水蒸気のあいまに、かれらが呼び名を知らない長い、無限の邦、かれらにはたしかにひとつの不在としか感じられない邦を、見抜こうとしていた。かれらがそれを強く求めるのは、かれらの周囲にありながらかれらにとって手に入れることのできないものに留まっている身近な土地を、よりよく把握するためなのだった。（でもあなたには見えるよね、とマチウがしずかにいった。いまぼくは知っている、あなたには見えるんだって。）

見えることが何だというんだ？　その邦はひどく大きい。エッスの山《モルヌ》よりも大きなライオンたちが見えるよ、ひと飛びで山を越えてゆく、そして海よりも大きな川が何本もあり、その中に土地全体を投げこむことができる、草が見えるぞ、家みたいにおまえの頭の上を転がってゆく、それに火がつくときは、山＝ライオンが火に寝そべって消すんだ！　マグノリア並木のある街路が見える、屋根の藁が花開き、いい匂いをさせている、街路は正午より遠く、樹木へと上がってゆく。正午が見える、人々を仕事のために集める朝の最初の風を感じる、そして夜の中に音楽が聞こえる、星たちが枝々のあいだに下りてきて葉にとまるとき。そこは無限の邦だ。おまえは若く元気だけれど、アカジューの木に上るとき、上の、いちばん上の枝にたどりつくときには、老いぼれの体になっている。ああ、力よ、陽光は弱くて、目はところどころしか見えない。おまえの目がしっかりしているとして、目だけがしっかりしているなら、視野がおまえの目まで砂漠になる。その邦はあまりに大きくて、北から南へと動く、――おまえが眠っているあいだに呼吸をし、おまえの両目が見ないところで姿を見せる邦を、見抜くことなどできるのか、すべての水がその下に集まるところを下りてゆかずして、運河の果ての光、ついで光の中に開けている海を見出すために、死にもの狂いで走るのでなければ、できるのか？

（だけどあなたにはその場所が見えているね、とマチウがしずかにいった。家々、森、川。）

見えるよ、自分の主人になるはずの男たちを相手に価格交渉をしている狂人が見える、彼は自分が全能だと思っているが、彼に山刀ひとつ、ラム酒二樽、汚れたシャツ一枚を支給する者は、すでにこう考えているのだ。「すべてが片付いたら、こいつも船に乗せてしまおう。」だが狂人は何も見ず、商人の目を読まない、それで自分たちのまえに道を開き、三千の火事の煤よりも黒い森の中で、かれらに方向をしめしてしまう、それからかれらを広場の中心に案内する、彼自身が犬たちののどを切って殺した後。

（ああ！　復讐心でいっぱいだな、とマチウがいった。）

選ばれた者、作業監督《コマンドゥール》でありたいという情熱だ。集まった人々のまえでかれらは言い争っていた、それぞれが話をした、だが夜が下りてくるころ、選択ははっきりした。それで彼は多くの人間に追いかけられながら、森に逃げこんだ。長老たちを罵り、死者を自分の味方につけようと召喚したからだ。それから孤独な暮らしがあって、奴隷の柱のまわりを彼がぐるぐる回るまで、それがつづいた。そして商人どもが彼を捕えると、彼は交換を申し出た。連れてくることができる住民の数を指で数えた。すると白人どもは彼のまえに、どれを選んでもいいぞと品物を並べてみせた。それはすでに、作業監督《コマンドゥール》でありたいという情熱だった。彼が称賛に価する人間だとは、いえたかもしれない。だがその腹には腐った根が下りていて、その腐敗を花咲かせていたんだ。そしておそらく法も、彼の味方だったかもしれない。慣習は彼を選ぶことを命じていた。彼の父親は非常に大きな働きのあった人で、彼はその後継者、仕事を引き継ぐ者であると考えられていたのだ。

（たぶんね、とマチウがいった。そうだな、たぶんね、そう。）

だが、もうひとりのほうにも力があったことは否めない。長老たちは彼の力を認めていた。彼は夜の中を歩き、地平線を計算し、木々は彼に秘密を語り、獣たちはいうことを聞き、疥癬もちの子供はほほえみ、妊婦は起き上がった。こうして、かれら二人のあいだの選択は周囲の大地から来たのだ。そこから、ついで、いろいろな品物も集まった。まるで孤独の代価のように汚れたシャツ。というのも、憎しみにかられたまま、おまえの先祖が自分のまえに並べられた荷物の中から山刀と二つの樽をとり上げたとき、彼はこれから先は永遠の孤独だということを知っていたのだ。この囲い場に、ついで家の中の独房に、彼には見えないままに彼のそばに女がくっついていたあの船に、投げこまれたのは、彼にとって幸運だった。彼女は邦の別の土地からやってきて、何があったのか、何も知らなかった。そうでなければ彼と暮らすことになったりはしなかっただろう。そしてやはり幸運だった、もうひとりの男が、いったい何を考えていたのか知らないが、新しい大地に着くまで、ついで新しい大地では隷従のまま死にいたるまで、彼を生かしておこうと決めたのも。

だがここで船を思い出しているのは、どちらだろうな。あの空間は密集していて、よく煮えた大鍋のように閉ざされている。その奥でかれらはむずむずするかゆみを、立ち上がって歩く足を、飛ぶために生えてくる羽を、感じている。かれらにとって他所とは磁石だよ。逆らえるものはない。そのせいでいま、マチウ・ベリューズよ、おまえは言葉を失ない、おれの小屋のまえで土埃のようにくるくる回っているね、おれの話を聞くためにそんなふうに腰をおろしてから、ずいぶん時間が経っているのにな……。

そして彼はいわなかった——「だが彼はそれをぼくよりもよく知っている」とマチウは考えた——他所の魅惑に、水平線からの呼びかけに、「遠く」の極楽のような夢想に、すっかり肉体をゆだねることにつきものなのは、悲惨さのコメディであり、あまりにしばしば演じられるためその場面を数え上げたり、舞台装置をしめしたりすることさえ、滑稽なくらいだった。それはたとえば(とパパ・ロングエは考えた)、チ゠ルネがあの皮なめし工場で働くようになって二年後——それはつまり火山が噴火して都会を壊滅させ南岸の塩田までも灰を降らせた三年後［プレ山の噴火によるサン＝ピエール壊滅は一九〇二年］――ラ・トゥッファイユで母親が何かの葉を膝の上にひろげたまま腰をおろし、正午の熱のすべてを手で遠ざけようとしている、あの姿だった。

　中央工場のサイレンが鳴りわたり、音に狂ったようにおびえた蝿がテーブルの上でくるくる回った。三人の息子たち三人の娘たちは起き上がり、父親を見つめて、彼が何か言葉を発するのを待った。「よし」と彼は決心した（彼はいつも、決心はおのずからやってくるものと考え、おだやかにそう信じつづけていた）、「こんどの土曜にサングリに会いにゆく、条件を呑もう。」ついでサイレンの最後の音がやむと、沈黙が棍棒《ブトゥ》の一撃のように打ち、蝿たちはテーブルの木を焦がすような酢の上に、一度にむらがった。ついに言葉が発せられたのだ、父親がサングリに会いにゆくと。サングリ。それは人間以上の名、存在なき存在、ほとんどロザリオのひと珠のようなものだった。かれらのうちの誰も、このサングリが妻を愛しているのか、コーヒーをスプーンで飲むのか、ときには自分の庭の土を耕して土が黄色く色を変えるのを見ているのか、知らなかった。終わりなき行列の中のひとつの数字にすぎず、おそらくラ・トゥッファイユを最初に欲しがったものですらなかった。一家の誰も（父親だって）サングリの「城」の入口よりむこうに行ったことはなかったのだ。それは色彩のない、それどころか無限の連続の中の、書き表す数字すらない数だった。彼がラ・トゥッファイユを手に入れることを、急いでいるわけではないことは理解できた。時間はたっぷりあるのだ。彼のまえの者たち、後の者たちにとって、時間は関係なかった。十年前から、彼はそうしたければかれらの首根っこを絞めてやることもできただろう。いや、彼は回り道を選び、かれらをしずかに窒息させてきたのだ。それがついに、口にされてしまった。父親がサングリに会いにいくという。ただちに息子たちは引越しの算段にとりかかった。すぐに、かれらのそれぞれがひそかに山の土地をたしかめに行ったことがわかった。娘たちは、こんど家を建てる場所から湧き水までは遠いのか、あっちには蛇は出ないか、と訊ねた。カンペッシュの木の多いところだった。父親は、提示された補償金で、めんどりとうさぎを買えると考えていた。その飼育のほうが、山の上のほうでは、畑を作るよりいい……。外では固くなった泥がきらめいた。熱がおだやかな、ぱちぱちという音を立て、土地と木々をやさしくゆらしていた。だが土地はもはや、かれらのものではなかった。もう公式に売ることも、譲ることもできない、なぜならかれらには所有権がないから。かれらはただ、放棄するという書類に署名するだけなのだ。そしておそらくそれが、サングリがかれらをもっと早く襲わなかった理由なのではなかったか。

母親は立ち上がり、扉のそばにゆき、乾期《カレーム》のまばゆさに目を細めた。たぶん彼女は、署名すべき権利放棄の書類すらもたない者たちのことを考えていたのだろう。かれら自身がラ・トゥッファイユでこんなにも惨めな暮らしをしているのであれば、工場のそばの小屋の群れに折り重なるようにして生きている者たちのことを思うと、いったい何といえばいいか――工場にすっかり従属している者たちのことを？　初めて、母親は、反射する光の波に溺れる斜面を、じっと見つめた。だがこのまばゆさ自体、かれらのものではないのだ。熱が立てる音も、かれらのものではない。そして母親は両手で目をふさぎ、扉に体をもたせかけた。その背後では一家がうなだれていた。――少しばかりの土地をもつことなど何にもならないのだ、そもそも大地のすべてが、かれら全員のものでないときには。

クロワ＝ミッシオン広場

12章

I

マチウは呪医《ケンボワズール》のところまで上がってゆくのを断った。母親のマリ＝ローズにむかって、十分に役に立ってくれるようにとお金を医者たちに払っているのだから、というのだ。「何ということだろう」とマダム・マリ＝ローズはいった。「まだ九歳にしかならないというのに、母親にむかって口答えするんだからね！」そして扉の裏にかけてある乗馬用鞭をあれほどしばしば手にしてきた彼女が、こんどばかりは息子の頑なさにどう反応すればよいかもわからずにいたのだった。

マチウは思い出せるかぎり口答えをしたことなど一度もなかった。はじめは叔母のフェリシアに、ついで母親自身と長姉に育てられた彼は、この邦の女たちの誰もがするように子供の教育をもっぱら引き受けている、こうした女たちの陰で大きくなった。父親が認知したのでベリューズを名乗ってはいるものの、マチウはすべてにおいて母親だけに頼っていた。マダム・マリ＝ローズには四人の子がいた。娘二人と息子二人だ。長女は一九三四年に結婚したが、その夫は町で働いていて週末ごとに帰ってくるだけだった。それでこの十五歳ほども年上の姉がマチウにとっては（マダム・マリ＝ローズとフェリシアおばさんにつづいて）三番めの母親なのだった。彼女はいまもマチウに対してふざけて、そして赤ん坊のころを思い出させるように、こう訊ねた。「チ・マチウ・ネグ、サ・キ・リヴェ・ウ［ちびマチウちゃん、どうしたの］？」するとマチウは四歳のころとおなじく歌うような声で答えた。「おばちゃんに叩かれたんだよ。」けれども、叔母も姉もこの子のきかん気を抑えることはできなかった。それができるのはただ、母親だけだった。読み書きがほとんどできなかった彼女だが、もろくて大切なものを扱うかのように両手に教科書を大きくひろげさせ、暗誦させた。マチウがある課の代わりに別の課をいったり、つまったときに即興したりして彼女をごまかすことは、けっして許されなかった。暗誦するときの抑揚で、子供が内容をちゃんと覚えていないことを見抜き、鞭を手にするのだった。

二人は沈黙の共犯によりむすばれていた。マダム・マリ＝ローズには学校のできのいい息子が自慢だった。だが奇妙な恥じらいのせいで、二人ともふつう息子と母親のあいだにあるようには、愛情をあらわにしなかった。本当のところ、マダム・マリ＝ローズのきびしさをマチウは恐れていた。それで呪医《ケンボワズール》のところまで行ってきてほしいと母親に丁寧に頼まれたとき、彼は驚いた。長姉の赤ん坊が死にそうになっていて、それなのにマチウは母の命令にしたがうことを拒絶したのだ。

「恥ずかしくないのか」と彼女はいった。「姉さんの子のことだというのに。ああ！　聖処女さま、私たちをお守りください。どうしてかはわからないけれど、お医者さんはあの子はもうだめだという。山の、パパ・ロングエのところに行くしかないよ。」

マチウにとっては、パニックだった。この太陽の下を午後をつぶして延々と上りつづけ、人里からは6キロも離れた、アカシアの森の中に埋もれた呪医《ケンボワズール》にひとりで会いにゆくなんて。子供の彼ではあるが、その森を上がってゆくとかれらをクロワ＝ミッシオン広場の陰で生き延びさせている、安心できる虚無、ごろごろと喉を鳴らす不在、平和な疲労を、彼は去り二度と戻れなくなるとわかっているかのようだった。夕方ごとに彼がセメントの石段に腰をおろし、兵舎の二人の准尉がかわすほら話を楽しんできた、あの場所から。6キロのあいだ、溶けたアスファルト、ついで焼けた砂利、ついで足が切れそうな地面と、立ち並ぶ竹のあいだを歩いてゆく。そして沈黙が山《モルヌ》の上に落ち風が葉叢でしゅうしゅうと音を立てるとき、たったひとりで呪医《ケンボワズール》のまえに立つのだ。

ところでマチウはその人をよく知っていた。数週間まえのことだが、彼が床屋のサント＝ローズの店にいたとき、この呪医《ケンボワズール》が入ってきて、椅子にすわった。そして近所の定連がバンジョーを鳴らし、サント＝ローズが彼の永遠の決まり文句（「鉄の道具は使いやすくまだ手応えがある、足にできたおできみたいにしぼんでいくよ！」）をくりかえしながら、鋏を忙しく動かしているとき、子供の視線が、鏡の中で、男の視線と出会ったのだ。二人はそれからしずかに、うつろに、長いあいだ見交わして、それから子供は目を伏せた。そしてさっさと外に遊びに出ようと少年がソファ（藁をつめた大きな木製の長椅子）から飛びおりたとき、男は彼にこういったのだ。「坊主、おまえさんには目があるよ、信じていいぞ。」この思い出は彼の中で生きていて、少なくとも叔父の小舟がディアマン湾で転覆した日の思い出とおなじくらい強烈だった。そして目をつぶってみると呪医《ケンボワズール》のまなざしと、マチウが海へと沈み叔父が飛びこんで彼を捕まえてくれるまでに彼の中で周囲でしずかにみちてゆく薄青い長い明るみが、同時に浮かんでくるのだった。

つまりこの時期、彼は呪医《ケンボワズール》の力を恐がっていたのだ――もっともその日（床屋から急いで外に出ると不意に熱い微風をこめかみに感じていやな気がした）なぜ男が髪を切りにきたのかと、いぶかしく思いはした。あの人、髪が伸びるのを止める力はないのかな？……そしてマダム・マリ＝ローズにアカシアの森まで上がってきてと命じられたとき、彼には目のまえに、眉のない二つの目が輝いている、大きな暗い鏡が見えていたのだ。

マダム・マリ＝ローズはゆずらず、土曜日の正午、少年は出かけた。心は小屋（「道をずっと上のほうまで行ったところだから、まちがえようがないよ」）のまえに立ち、勇気を出すためにわざと大きな声で「誰もいないんですか？」と声をかけるときのことばかり考えていた。そのときのことがあまりに心配だったため、彼はどれだけの距離を歩いたのかも気づかず、泥道が終わるところにある二本のレモンの木を見ず、最後のくねくねと曲がった道のあたりで積み重ねられた大きな平たい石も見ず、気がつくと突然、暗い小屋の中で大雑把に削って作られた腰掛けにすわっていて、それはパパ・ロングエに「さあ、腰をおろそうか、そしてわれわれの道をつづけよう」と声をかけられたからだった。すると彼は催眠状態から覚めて、この痩せた老人が両目を閉じて老人自身の中を本当に進んでいるかのように見えるのを、ほとんどおもしろがるようになった。老人の声はまるで眠りにみたされたようで、こんなことをぶつぶついっていた。「おれは下りてゆく、下りてゆく、アスファルト道路を左にゆく、製材所のまえを通り、橋をわたり、大通りを上がってから、ボナロの雑貨屋の角を曲がる、公園をすぎ、神の家［教会のこと］をすぎ、市庁舎でまた曲がると、そこで裏道に入り、小屋がひとつ、二つ、三つ、小径があって、そこだ、おれは中庭に入ってゆき、すると敷石のある抜け道になっている、（「あらら」と少年は考えた、「まるであのへんを知らないみたいな口ぶりだな、生まれてから百十年も経っているくせに！」）――だが少年はびっくりして跳び上がった。目のまえのミイラが、いきなり小屋の暗がりの中で叫ぶような大声を出したからだ。「おれは入れない、家に入れない、食卓ではテーブルクロスが裏返されている、だが飾り窓に置かれたマリア像をくるりと背中向きにしなくてはならん！」ついで老人は立ち上がり、普通の声でこういった。「下りていきなさい、おれは入れないよ。」そしてつけ加えた。「おまえのことは覚えている、サント＝ローズの床屋でおまえの目を見たな。」

それにつづくのは、まったく狂った話だった。長い道のりを歩いて疲れはててしまったマチウ、家に戻ったら途端に大泣き、哀願する母親、夫がいないことを嘆きながらしずかに涙を流している姉、布を何枚もしいた赤ちゃん用寝台にねかされ羊の毛皮をかけられて燃えるような熱を出している甥、日曜の朝（ともだちが食堂の庭で戦争ごっこをして遊んでいるとき）の二度めの山行き、あの場面が再開され、「状態」に入った呪医《ケンボワズール》、魂だけの山下り、相談のパロディ、ついにはパパ・ロングエが普通に戻り、彼にむかって意地悪そうにほほえみかける。そして最悪なことには、すべてその通りだったのだ。テーブルクロスは裏返され、マリア像は飾り棚にあり、呪医《ケンボワズール》はどの薬にするかを決め、マチウにはわからないいかなる奇跡によってか、その薬が赤ん坊を治した。

そして、彼がこの二度にわたる呪医《ケンボワズール》の幻視《セアンス》を忘れてしまった後にも、つまり五年のあいだ呪医《ケンボワズール》の思い出はただの一度もよみがえってきたことがなかったのだが、マチウはそれでも頭の中に、そしておそらくは体のバランスにおいてさえ、あの小屋の深い闇、さらにはこの闇からコロニアル道路の平坦な熱さまでつづいている、空中の道のことを覚えていたのだ。彼のうちにはこの間ずっと、泥、砂利、アスファルトの三種類の道をかけ下りる彼を運んでゆく、しだいに明るくなる光しだいに増してゆく重さの感覚が残っていた。けれども十四歳の若き中学生として、彼がもっとずっと魅力的な力のある精霊たちに出会うべく老人のところを訪ねはじめたとき、彼を呼び戻したのはその道ではなく、未来を知りたいという欲望でもなく、彼がもはや信じてもいない力の魅惑ですらなかった。マチウがこの小屋に探しに戻ってきたのは、むしろはるかに陰と軽みの深淵、自分の本性からはあまりに遠くにある忍耐強い不動なのだった。

彼はあの「幻視《セアンス》」の時代、邦がいかに祝祭の熱狂に浮かされていたかを思い出した。「三百周年」と呼ばれ、来る日も来る日もおなじ文句をくりかえさせられたため小学生にとっては諺のようになってしまった、あの出来事だ。「1635——フランスへの併合。1935——併合三百周年。」晩餐会、演説、乾杯が爆発的にあいついだ。そして四度（おそらく二度の往復のため）彼は道路脇に立って旗を振ったのだが、人々が作る生垣のあいだをこうして人が押し寄せている対象（黒く輝く一台の自動車）がすばやく通過するあいだ、歓声はおのずからどんどん高まってゆくのだった。なぜなら久しい以前からすでに、他所から、水平線のむこうから到来するものに対する、情熱が生まれ、高まっていたからだ。そして正当であろうがなかろうが、他所の輝きを放ち他所を代表するすべてに、目が眩んだような信頼が寄せられた。まるでそれが世界の奇跡的なひとかけらとして、この島の閉ざされた空間へと、流星のように到来するとでもいうように。

マチウは学校に通いはじめたころから、地理の本でたとえば「南氷洋には鯨がたくさんいます」という文を読んだり、たとえばカルスト大地の写真を見つめたりしたとき、すっかり心を奪われ、手でふれられないほどに身が軽くなり、広々と晴々とした気持ちになったことを思い出した。（つまりそれは愛着とか絆よりももっと幅広くかつ抗しがたいもの、すなわち世界へと出発し、参加し、その取り返しのつかない多様性を汲みつくしたいという——けれども絶えまなくそれを単一の真実へと還元せよと挑発してくる——言葉にならない欲望なのだった。ところでマチウは一六ページほどの小さな緑色の本を作るという計画を温めていて、それは彼なりにこの邦の歴史を物語るものだった。発見、開拓者たち、併合、イギリス人との戦い、島人の良い性格、母あるいは偉大な祖国。だがこの計画には満足も、心の平安も得られなかった。彼がまるで意識していなかった不安に苛まれながら、彼にとっては友人たちとおなじく、同一化する対象といえば週に二度かれら全員を別世界へと連れていってくれる、映画の主人公たちなのだった。そのうちエル・パライゾ座のベンチ・シートで見る急テンポで展開する犯罪もの映画、そしてそれについてクロワ＝ミッシオン広場の石段でいつまでもだらだらと意見を言い合うだけでは、すまなくなった。本をむさぼるように読み散らかしても足りなかった（それには友人の進歩的な叔母さんのところで発見した「フィルム＝コンプレ」誌のありえないような山も含まれていて、彼は隠れてこれに読みふけった）。一九三九年の戦争がもうひとつ別の熱狂に火をつけ、兵士たちが銃に花を飾って乗船し、それに対して群衆がこう歌ったとき

ルレ！　ルレ、ルレ、ルレ、
イトレ、ヌ・カイ・ルレ・ウ・アンバ・モンラ！

この山《モルヌ》、つまりかれらがヒトラー《イトレ》にむかって、その下まで転がしてやるといっている山《モルヌ》は、彼マチウをもうひとつの山《モルヌ》、彼が四年前に二度駆け下りていった山《モルヌ》へと、むかわせることにはならなかった。彼はただ出発してゆく者たちに対する賞讃でいっぱいだった。彼は大西洋横断航路会社《トランザット》まで走ってゆき、人ごみに押しつぶされそうになった。ついで埠頭沿いに、おなじ熱狂的な群衆とともに船がゆっくり進むのを追って、やがてそれが水平線に消えるまで見送った。（かれらにとってそれは真に出発する二隻めの船だった、ただ到着することしかしなかった、あんなにも多くの船の後で。）こうして彼の人生——あるいはむしろ

彼の人生にとって現実の思いがけない背景をなすもの——は一連の輝かしい瞬間、遠くからやってきて通過していく者の喝采が、出発する者たちの熱狂と混じりあう瞬間によってできあがっていた。

ところが戦争はすみやかにかれら全員を、かれらの塩田に叩きこんでしまったのだ。一九四〇年以降、もはや感動的な出発などは論外になった。反対に、力のある軍勢が派兵されてきて、かれらは動かずにいるようにと説得された。広大な世界が、新たに閉ざされたのだ。マチウは（ある土曜日のこと、15キロ離れた町から近道をして田園を横切り自宅まで上がっていったのだが）サント＝ローズの床屋のあのおなじソファに腰をおろした。そして、そこには床屋とバンジョー弾き以外、誰もいなかったにもかかわらず、彼は大きな鏡の中に二つの目を見たのだ。

——あのパパ・ロングエって、どうなりました？

——ああ、お兄ちゃん、とサント＝ローズはいった（マチウは十四歳の中学生だった——それで床屋は遠慮なく親しく扱ってくれた）、彼ならあいかわらず山にいるわよ。

——髪を切りにくることがあるの？

——あるわけないでしょ。あんたがここで彼を見た日だって、あんたが帰ったあと十秒といなかったのよ。彼は都会にはぜんぜん来ないからねえ（ここを都会ではなく町と呼ぶくらいならサント＝ローズは死んだほうがましだったろう。）

こうしてマチウは、昔の不安を思い出したのだった。彼は両目を閉じ、海の青の中に溶けてゆくのを感じ、透明な海藻とかすむ太陽の明るさの中をまるで凧のようにどんどん下りてゆく気がした。彼にはまたあの両目が見えた、鏡の中ではなく彼の中でゆれ動く青い水の底に。古い不安と現在の苦悩が入り混じった。どうして自分がそうするのかはわからなかったが、翌日、日曜の朝に、彼は三度めのその道をたどりはじめた。山の影、軽み、不動が、彼をひきつけたのだ。

パパ・ロングエはただちに、まるで昨晩中断した会話をつづけるかのように、彼にいった。「ああ！　坊主、おまえさんは人生に満足するのがむずかしそうだな」と。少年は一日じゅう、ほとんど話もせずに、そこにいた。かれらの間で沈黙が、ずっと下のほうにある砂糖黍畑の空気のようにふるえた。二人は互いを観察し、量りあった。そして少しずつ、曾祖父母や過去の世代のことを話しはじめた。つまり、方向を見出したマチウが老人に話をせざるをえないよう仕向けたので、その間にも風が強さを増しながらゆっくりと二人を包んでいった。

ベリューズの息子に接近したがっていたパパ・ロングエは、いまどうしてこの若者がこんなふうにやってきて、何もいわずに小屋のまえの地面に腰をおろしているのかと思った。すでに市長の秘書よりもいろいろ知っている子だ。彼が探し求めているのは陰、固定性、展開する真実の深みであり、まるで湿布薬を貼るように、彼のうちにごろごろ転がる不安と動揺をおおい隠そうとしていた。

ときどき誰かが小径を上がってきた、砂糖黍の刈り手や炭売りの女などだ。こうして相談にくる者をパパ・ロングエは迎え入れ、その間、マチウは待った。過去。過去といえばマチウには小学生時代の生活しかなく（彼は家の末っ子であり心配事といっても学校のことしかなかった）、それについては記憶をたどっても――呪医《ケンボワズール》が「幻視《セアンス》」のために彼を離れるたび――まるで緑のマンゴーの実がひとつまたひとつと落ちるように、散発的で唐突な断片を思い出すだけだった。

校庭には丈の高い草がところどころに生えていて、生徒たちはそれを三本ずつてっぺんのところで結び決まり文句を唱え（「犬三匹に猫三匹、おいらのことはよけとくれ」）次の授業であてられないようにと願うのだった。教室前の生徒たちの列（飾り文字でこんなふうに書かれた貼り紙の下だ、「九時間睡眠――

それが秘訣——若さを保つ！」）では全員がよく「マレー・ニカ」するように気をつけていた。左手の中指を人さし指に重ねて、先生の注意をそらし質問されないようにするおまじないだ。クレオル語という恥ずべき、禁じられた言葉を話しているのが見つかった者は、並ばせられ、指をそろえて上にむけ両手をさしだして、ひとり五発、物差しで叩かれた。校長先生は太って人が良さそうな、だが生徒たちの目には容赦なくまた謎めいた人で、生徒たちに居残りをさせ（少なくとも卒業資格取得の準備をしている者たちに）、物差しを腋の下にはさみ、机のあいだを歩きながら大声でいった。「さあ、諸君、一五一五年、一五一五年はどうだ？」そして怯えきった生徒がアルドワーズ［筆記用石板］の上におごそかにマリニャンの戦いと記すのに手間どったときには物差しが頭のてっぺんにぴしゃりと落ちてきて、他の者たちは自分の頭からはるか遠いところで正しい答えが告げられるのに、ほっとするのだった。おなじ列にすわっている女の子（彼女はいつも笑っていて、彼はその魅力のとりこになっていた）はドレスがいつもきれいにアイロンをかけられているので彼は感心していたが、この娘は口がすごく大きくて耳まで行かなければ終わらないように見えた——それで当然、彼女のあだ名は「メルシ・ゾレイユ」［ありがとう、耳さん］。別の女子で、歩くときには両足が直角に開いてしまう子は、「十時十分」と呼ばれた。けんかの相談は授業中に決められ、その知らせは教室をかけめぐる。ついで外に出ると、みんなに囲まれて逃れようがないまま、地面に引かれた線を、けんかを売った者は越えていかなくてはならない。そしてけんかの当人二人はむやみに殴りあう、ときには手や腕にペンが刺さり、そのペン先を引き抜くとインクで紫がかった色になった二つの赤い点が肉に残るのだった。けんかを売られたほうが闘うのをいやがったときには、一隊が大声をあげながら（「イ・カイェ、イ・カイェ、イ・カイェ＝エ＝イ・カイェ！」——こいつは逃げた！）その母親の家までついてゆき、すると彼は必ず鞭で打たれた。だがおなじお仕置きは、勝った側にも待っていた。

奨学金の試験で、おそらく読点の打ち方と単純過去の活用でアクセント記号をちゃんとつけたおかげで、彼はリセの半寄宿生として都会に下りてゆけることになった。叔母のミミが下宿させてくれ、わずかな下宿代で夕食を出してくれた。昔、一緒に学校に行ったともだち、かつてのライバルたちは、砂糖黍畑へと戻り、いまでは彼にとって、シリア人の時計商人よりも縁遠い存在になってしまった……。しかし、本当のことをいうと、このリセは彼には気に入らなかった。彼がなつかしく、いきいきと思い出すのは、まるで本物の草原《サヴァンナ》のように藪におおわれた小学校の校庭、そして優等生たちが鐘を鳴らす役目をもらえる、校長先生（聖人中の聖人）の庭なのだった。

学校以前に、少年にとって居心地がよかった場所として、教会があった。それもまずは五時のミサで、暗いうちに起き出し、裏通りに大あわてで飛び出し（パニックに錯乱する風のように）、うす明るい聖具室に息を切らしてかけつけると、そこではひとりの尼僧がすでに忙しく働いていた。腕白坊主が九人か十人いて、ヒエラルキーを上がり、その結果として十字架を運ぶ権利を手に入れられるよう、戦いがくりひろげられていた。一回のミサごとに25サンチームもらえるからだ。これに対して香炉係は15サンチーム、聖水瓶だと10サンチーム。このお金を支払われない者（一名のみ）にはひそかな軽蔑（まじめな働き手からの恨みがこめられた）がむけられたが、それはこの子の裕福な両親が、神さまの仕事をしてお金をもらうことなど許さないからだった。こんなふうにして、教会の歌の眩惑、原生林の匂いがするお香、洗礼のときのドラジェ［糖衣で包んだアーモンド］、ミサの葡萄酒の生ぬるい香りがあった。サミュエル神父はカナダ人で、怒ったときには侍者たちにむかって「とっとと家に帰れ！」と怒鳴った。応唱の本があり、その中では解説の言葉の痩せたイタリックに対してラテン語の文句は黒々とした大文字で印刷され、目立っていた。事務室ではガラスのはまった机のうしろで揺り椅子にすわった助任司祭が、かれらの稼ぎ分（帳面に記録してある）を支払ってくれ、ときには――チャリティによるおまけとして――どこかの宗教団体が送ってくれた運動靴を支給してくれた。こうしてもらった22フランとか25フラン（それは死者や出生の数によって決まった）を、月末に彼はきちんと母親にわたしたが、母親のほうはトワネ先生のところで120フランの給金をもらっていた。

朝のミサからの連想で、彼は道路脇の湧き水にバケツ五杯の水を汲みにゆき（ハンドルを回すのはヨーヨーみたいでおもしろかった）、学校に行くまえに、家のまえに設置された大きな樽をみたしていくのだった。彼が遅くなった日には、すでに通学途中の仲間たちは、体がふるえて速く動けない老婆のうしろで彼がこの湧き水の順番を待っているのを見た。さらに連想で、彼が見つけなくてはならなかった、うさぎにやる草のことを思い出した。毎夕町中の、人々がごみを捨てる、イラクサの生い茂った起伏の多い土地の先まで取りにゆくのだ。甘い蔓草（これがいちばんいい草）がかたまって生えているところを見つけたのだが、その草がどんどん少なくなっていくのを、彼は不安とともに見ていた。

こうしたすべてにまさって鮮やかなのは、病院の木造の病棟のひとつでじっと耐えなくてはならなかった、悪夢の一日だ。朝、母親に連れてゆかれ、蠅にまとわりつかれながらベッドに寝かされ、全員小さな蠅たたきをもっている（これがこの場所の主たる特徴）骸骨のように痩せた老人たちに怯え、親切だけれどよそよそしいシスターたちに心細くなったが――そのひとりは驚いたことに彼とおなじくらい色が黒く、いちばん気むずかしそうに見えた――彼女らは正午と三時にやってきて、病室のみんなに「われらが父」と「マリアさま」のお祈りを長々とつづけてさせるのだった――病人たちのリズムのあるつぶやきは、蠅たちのぶんぶんいう音につり合った。一日のまんなかで、バケツに入れて運ばれてくるむっとする匂いの煎じ薬には、はじめからパンのクルトンが浮かんでいた。病室は非現実的で、その一角には彼と年の近い、体が不自由な、虚弱な、あるいは怪我をした子供たちが集められていた（——そのうちのひとりは青白くがりがりに痩せていたが、何か月も土を食べつづけていた。この子はやがて死ぬ）。午後四時、マチウは起き上がり、セメントの二つの側溝がある草の小径を歩いてゆき、いつになく大きく開かれた門を通りすぎ、あいかわらず灰色の粗い布のパジャマを着たまま、通りで呼びかけてくる人々のことなど気にも留めず、母親のところに帰っていった。それはブドネさんのところに彼女が借りている二部屋で、トタン屋根の下、他の十室と隣合っていて、全体が集合住宅になっていた。母親がベッドにいる彼を見つけたとき、彼はしずかにこういった。「あそこには戻らないよ。」マダム・マリ＝ローズはしばしためらったのち（それは彼女がためらいを見せた唯一の時だった——おそらく病院が彼女にとっては死への入口を意味したからだろうか）、彼のいうとおりにさせてくれた。

だがこの過去とはいったい何だったのか、これらの思い出とは？——それはまだ彼の存在のぬくもりをもっている緯《よこいと》、日々彼が翌日への跳躍をそこに見出す、さまざまなイメージと稲妻の連続にほかならなかった。子供である彼に、子供時代について瞑想することができただろうか？ あるいはそれができたとして、あの校長先生の庭、救いのない病院の格子のはまった病棟、紅の衣服と頭巾によって飾られた聖具室の廊下から遠く離れることなど、これらの場所それぞれが少なくとも太陽であるほどに離れることなど、ありえただろうか？ 彼が切望したのは、遠く離れているためにもはや目には見えない地帯で、火矢のように輝きが彼に到来する、そんな場所だった。朝のうす明りに息を切らしながらふれるためには、もうひとつの過去、いくつもの夜を、横切っていかなくてはならなかった。彼は自分の体全体でそれを見抜いた。そしてたしかに、彼がそこに出られないかぎり、彼は夜を怖れつづけることだろう。そして疑うことを覚えた彼が、呪医《ケンボワズール》の力をもはや恐がらなくなったとしたら、それは老人のこの皺のある額のうしろで、しだいしだいにくり出されてくる言葉の下で、彼がふるえの邦、火が消えた真実、あるいは禁じられた真実の邦を窺うようになっていたからで、自由にふたたび火を灯されたそれらが、彼をより重い心配事でみたしていた。

こうして、十四歳から十七歳にかけて、彼はこの先端、この過剰の中で生きたのだった（高揚し、髪をふり乱し、剝奪と光輝に瘦せこけて）。現実の過去が（遠い血統が）吞みこまれていった夜の眩惑と、現在の明るい疼き、あるいはむしろ現在の空虚のあいだで、つりあいを取りながら。けれども熱狂は徐々にしずまった。彼は土曜ごとに——だがときにはひと月も山に行かないこともあった——この小屋の深いしずけさにむかって進んでゆき、その合間ごとの付け足しのような人生のあいだにリセの生徒としての普通の生活をこなしたのだが、学校に身が入らないことも、人に愛想よく出来ない隔りがあることも、隠さなかった。それから少しずつ何人かのともだちができたが、かれらが自分とおなじくらい道を見失い、傲慢で、不安な者たちばかりだということに、彼は気づいていなかった。乾期《カレーム》の盛りのその日、老いた幻視者《ヴォワイヤン》とともに、現実の邦のふるえる過去であると同時に夢見られた邦でもあるところへと出かけていった時までには、彼は下ってゆく道が日々の生活に、それを通ってアカシアの森から畑へ、畑から町へとつらなってゆくものだということを理解していた。だがそれがまた、見せかけの人生でしかないことも。というのもしだいに増してゆく明るみは虚無へとたどりつき、現実の生活には目的がないままで、アスファルトの平板な熱は人生と呼ぶにふさわしいどのような高みまでも達しない——山の高みにある影がずっと以前からそこでまどろんでいる小屋から外に出て、周囲の土地をしずかに、ただしかわしようもなく蹴りつけるかぎりは。過去。マチウは呪医《ケンボワズール》にむかっておだやかにいった。「パパ、あの小さな樽の中には何が入っていたのか、いまはもう話してくれてもいいでしょう。」

――いまか、とパパ・ロングエはいった。

そして老人はズボンのベルトの下を手探りし、麻ひもにつけた黄色い粗い布の財布をとりだし、それを開き片手に載せてマチウにさしだした。マチウは屈みこんだが財布の底には何も見えず、そこにあるのはせいぜい、使っているうちにすり切れた財布そのものから出てきたような、灰色がかった綿埃だけだった。彼は呪医《ケンボワズール》をじっと見た。だがすでに老人の声は乾いた空気の中を、過去のふるえる底からひきちぎられたかのように明るく立ちのぼり、声はいまでは乾期《カレーム》のせいで深みのない骸骨のように乾いてしまった竹や羊歯や蔓植物とおなじく、はっきりと際立っていた。

――それでだ、とロングエはいった。ラ・ロッシュはアカシアの断崖の上に立っていた、ちょうど下りてゆくときに二本のレモンの木が見えるあたりだ、彼は他の者たちからはひとり離れていた、予測のつかない男なんだ、たぶん笑っていたのかもしれない、たぶんアカシアの林にむかって叫んでいたのかもしれない、そんなことがわかるもんだろうか？ そしてみんなが戻ってきたとき、彼は樽を台所のドアのまえに置いたのだ。その物、樽のことを、彼に思い出させたのは、奴隷たち（彼がうちの連中と呼んでいる）のひとりではなかった。かれらは中に何が入っているのかを知っていた。またルイーズでもなかった。ラ・ロッシュは追跡に出るまえに彼女に樽を見せて、こういっていたからな。「おれがあいつをまた捕まえたとき、あいつがおれにきちんと徴をつけるつもりなのかどうか、わかるよ。」ああ！ この言葉はすっかり覚えているよ。ルイーズはしたがって、外に置かれたその物に関して、何も教えてやりはしなかった。それにその翌日にはルイーズはあの装置にかけられ、彼のほうはとても一度に飲める量ではないタフィアを飲んでいた。さて。ロングエは台所のドアから入り、そのとき樽につまづきそうになり、ルイーズを抱きかかえてまた出ていった。さらに翌日、怯えきった者たちがラ・ロッシュにあの十字架の装置に誰もいなくなっていると告げにきたとき、彼はラム酒にさんざん酔っぱらって出てきたんだが、そのために裏口を通って彼が見た最初のものはというと、あのでたらめな装置ではなく樽だった。それで彼は大笑いし、追跡のために自慢の競走馬を準備させる代わりに、手の者たちを待たせたまま、樽を取り上げ、それを家の中に持ちこんだ。そしてたぶん丸一日、大きな客間で、まるで催眠術をかけてやるとでもいうかのように、そのまえにじっとすわっていた。夜になるとそれをルイーズが眠っていた物置において、そこから動かすことを禁じた。そう、そういうことだったのだ。だがロングエもこの樽に何が隠されているかは知っていたんだ。ルイーズが話していたので。そして十年後、ラ・ロッシュがそれを彼の足元に投げ出したとき、ただちに彼が考えたのは、自分自身の弱さのせいで、その生きものが帰ってきてしまったということだった。それで彼は森に行き、泥で作った頭を壊し、根っこの下に蹴散らしてしまった。こうしてこのとき以来、うちでは誰も樽を開くことがなかった。ロングエ自身が、ラ・ロッシュにこういっていた。「あの生きものがおれにむかって帰ってくるとしたら、たまらんな」というのも（と呪医《ケンボワズール》は財布の底にわずかな綿埃だけが見える掌をさしだしながらいった）中に入っていたのはこいつだったからだ。蛇だよ。

風が両脚にざわざわとさわった。マチウは本能的に自分の脚をこすった。まるで脅威を遠ざけるかのように。いまもそこにいるのかもしれない、足元の蛇を窺いながら。ついで二人は、その綿埃のまえでじっとしたまま、夢想した。

——それがどういうものかは見えている、とマチウがいった。何ということもない小さな樽。かれらが祝宴をあげている夜のあいだ、それは扉のまえにあって、ルイーズはそのすぐそばで寝ていた。蛇はその中で生きていた。ついでラ・ロッシュがそれを物置にもってゆき、ルイーズの粗末な寝台があったとして、そこに置いた、と。その狂った生きものが粉々になるまでに、何年かかるだろうね。たとえば木の壁にその頭を打ちつける。あるいは底のほうでとぐろを巻き、眠っていたかもしれない。それから干からびてしまい、その皮もぼろぼろになって、しまいには体全体が吹けば飛ぶ粉になってしまう。そしてステファニーズは、それを頭に載せた。

——ラ・ロッシュがひるむことを知らないやつだったということもある。いずれにせよ、彼は徴を送り返そうとした。蛇をロングエの口に押しこんでやるくらいの気持ちさ。あるいはたぶん、彼はただ樽を、茫然とした追手たちのまえに置き直したかもしれない。何しろ予測のつかない男だからな。

——そんなふうにして、とマチウがいった。彼はほんのかたちばかりの扉しかない家の、木の仕切り壁のうしろで、すぐそばに目を覚ましている蛇がいるというのにも平気で眠っていたんだね。そしてあなたがあそこの連中と呼ぶ者のうち誰でも、夜中に忍びこんで樽を開けることができたわけだ。でも彼の狂気が、彼を守った。彼は百年生きた、サングリが十回死んでもおかしくない歳だよ。

——彼は徴をつけられていた、とロングエはいった。将来の死に方を決めるよりは、すぐに死なせるほうが簡単なんだ。

——ということはパパの考えでは……。

——そうだ、と呪医《ケンボワズール》はいった。だから樽は閉められたままだったのだ。ロングエもメルキオールもアポストロフもステファニーズもない。蛇を熱くしておくことにつきる。舌を外に出したりしないよう。それはロングエのほうに向き返された。だがチ゠ルネが死んだとき、もう理由はなくなった、おれは財布を作った、そして死亡通知を埋めたまさにその日、おれは樽を開くことになる。綿埃ばかりだったが、まだ小さな羊皮紙があった。そのときから、この財布の中身はすべて失われてしまった。だがそれはちゃんと、おれの皮膚の上にある。

――ああ、と衝撃をうけたマチウはいった。あなたはぼくが思っていたよりも悪党だね。

老いた魔術師《ソルシエ》は声を立てずに笑った。

II

ところで少年はそのころは、労力をむだにした、などといって悩むことはなかった。反対に、彼とその友人たちにとって大がかりな乗馬パレード、限りなき世界など不在であるような世界の酔いが上演されたとき、爆ぜるような熱狂があった。だがときには彼は、自分の中にひそかな知覚が育っているように思う燃えるような混沌の言語を、そのもっとも繊細な動悸にいたるまで把握することができなくて、苛々することがあった。それは身近な人間の誰よりも自由で自信をもち、おそらくよりナイーヴでもある彼のまえにすでに、きらめきもなく度はずれたこともないままに、長く忍耐強い宵が開けていたからで、そこで彼は下のほうの光を窺っていたのだ。彼は人々が(民衆という言葉すら使うにいたらなかった)、本当の子孫をもたず、未来の豊穣もなく、かれらにとって真に終焉である死に閉じこめられたまま、いかにして消えてゆくか涸れてゆくかを感じていた。そしてその理由はというと、ただ単にかれらの言葉もまた盗まれ、死んでしまったからなのだ。そうだ。なぜなら世界は、かれらがそれに対して熱心にあるいは受け身であっても耳を傾けているにもかかわらず、かれらの声の不在に対して、聞く耳をもっていなかったから。マチウは叫びたかった、声をあげたかった、ちっぽけな土地の奥底から世界にむかって、禁じられた国々と遠い空間にむかって呼びかけたかった。けれども声そのものが歪められているのだ。マチウはそれを予感していた。奇妙なことに彼、境界地帯へと送られ、あからさまに砂糖黍と粘土と藁だけでできた宇宙（そこでは言葉は見張ること掘り出すこと以外には役に立たない）と別の地帯、何をいわれてもその発言が彼には虚無、大空の深淵へとすでにうすらぎ消えてゆく煙にすぎないと感じられる人々の場所とのあいだで、引き裂かれているのだ。

パパ・ロングエがあいかわらず「ベリューズの者たち」と呼んでいるのはもはや、ロングエ家に倣ってロッシュ・カレの小屋にひとりまたひとりと反復されていった、あの単調な一族ではなかった。マチウ・ベリューズ父は世界を見てきたし、もはや何も彼をこの小屋につなぎとめておけるものはなかっただろう。彼はけっこうな数の職業をいろいろ経験し、それからプランテーションの管理者という、きわめて閉ざされたグループの一員となった。彼は少なくとも正式には妻をめとらず、フランス女との恋愛にふけっているともいわれていた。周囲ではかなりの数の子が、彼の子として認知されていた。自分のことを彼はこんなふうにいっていた。「使っても使っても減らない。」若いころには、どんな試験をうけても、読点やアクセント記号がだめだった。いつも情事の法螺話ばかりしていた。ちゃんとした仕事と仕事の間の失業期間には、みずからに短い瞑想の時を与え、そのときには傍目には「タマリンドの葉を下から数えている」ように見えた。だが彼は分別のある人間で、呪医《ケンボワズール》がいうとおり、威厳があった。砂糖黍から逃れてきた者たちがうごめく、いろんな活動の入り混じった地帯で、彼は少しずつ、より有利な条件の恩恵をうけている世代に追い抜かれてゆく自分を見ていた。彼はおそらくそこに何らかの恨みを抱いており、その反動で、自分が否定しがたい権威をもつ作業監督《コマンドゥール》という職務に誇りをもって打ちこんだ。ついには彼は農場の管理人となった。名誉と正義の感覚をもち、それがあの堂々とした見事な体格に宿っているのだから、別の世界で別の立場にあるなら、彼はいかにも適性のある族長にも見えたことだろう。光を四方に発散する、貧しいけれども輝かしい男たちの族長。けれども世代と世代がおしあいへしあいする中、マチウ父には流れについてゆくことができなかった。彼はフランスからやってくる絵入り週刊誌を読み、邦の情勢としては、ダラディエの政策について果てしなく自分の意見を述べていた。

マチウ息子のほうは、この父親とは、ほとんど関わりをもたなかった。彼は自分がベリューズ家の財を預かる者だと感じてはいなくて、反対に叔父たち、つまり母の兄弟たちの商売が気に入っていた。中でもひとりの叔父は、町にやってくるたび（これはもちろん戦前で戦争がもたらした慌ただしさ以前の話だ）馬を停め、子供のマチウと遊ぶために中に入ってくるのだった。数が増え、分散し、新しくなったベリューズ家は、新しい歴史をはじめていた。マチウは祖父ゼフィランを知らなかった。祖父について知っているわずかなことは呪医《ケンボワズール》に聞かされたことばかりだった。ゼフィランもまた、そこからベリューズ家が四散してゆくひとりの影にすぎなかった。ゼフィランの妻、つまりマチウの父方の祖母はというと、少年は大変に信心深い祖母がけっして欠かすことのないミサから出てきたところで、日曜日二回につき一回しか話をすることがなかった。

彼はときおり苛立っていた。「かつて《ジャディス》」。その言葉を、意味をわきまえて発音することがけっしてできないままに生きることはいかに窮屈であるかを、まだ知らないままに。彼自身の中でもやはり沸騰している、邦の熱狂を、何も理解しないままに。土地が脱皮し変化した場所を、土地の中で、少しも気づくことのないままに。――これら三つの欠落が、彼の頭の中では、空虚ならびに眩惑と、しっかりむすばれているのだった。だが、水平線を気にし、バラックの住まいの中で大きくなる者は、すでに恵まれた者だといってよかった。彼は過ぎた年月を調べ、土地を測るために、あの小屋へと上がってゆくのだった。

ペタン派の水兵たちが邦を占領し、その軍艦が邦を閉ざされたままにしようと監視していた。マチウは、トラックから下りてきて貧乏人たちの住まいから持ち去れるものは何でも（パンの実、イグナム、バナナ）掠奪してゆく、この水兵たちのようすを窺っていた。それは黒人たちに対する鞭打ちだった。見せつけるように、ふりかざされた鞭。不毛で、わたることのできない海。狭い邦で窮屈に生きる若者たちは、それでも海をわたり、連合軍に参加する。誰か突然に姿を消した者のことを気遣うとき、答えは決まっている、「シル・パ・ネイェ、イ・ワシントン」――溺れていなければワシントンに着いてるさ。

人生は失墜した。身動きがとれなくなった。平坦な拍子への準備をし（戦争が終わった、まず貧血のような沈黙、その終わりを記す爆発、空気の動き、眩惑）、それはすぐに緩慢な規則正しさを刻むようになった。町の祭りでは、アジューパ［木の枝と葉で作った簡単な小屋］で飲むラム酒とアーモンド・シロップ、クリスマスにはブーダン［血の腸詰め］と熱いパテ、元旦にはプランスのカンキナ［キナノキの樹皮で香りをつけたワイン］、ペンテコステ［聖霊降臨の主日］明けの月曜には蟹のマトゥトゥ［マングローヴ蟹の煮込み］とリ＝ドゥブー［白米を円い型に入れ、固めたもの］、復活祭の日曜日にはノワイ＝プラ［ドライ・ベルモット］（これが枝の主日［復活祭直前の日曜日］のための聖水）、最初の聖体拝領のときのバタ付きパンとショコラ・オ・レ、十一月十一日には市庁舎での食前酒、そしてこうした聖なる贅沢（そのたびにみんなが破産しそうになる）の合間ごとに、おなじ単調な節約生活。

けれども町と都会が眠りこんでいる、この無気力な生活の余白にひろがっているのは、ひとつの高原、大きくゆたかな敗北、地の光と隠された呼び声と素朴な聴取の混沌、レザルド川のような暗く目隠しをとられた豊穣、あまりに濃い水とあまりに生々しい叫びと子供時代と砂の乳の不意の出現。この不安定と豊穣の地帯で、マチウ・ベリューズはマリ・スラと出会ったのだ。彼女を見れば誰もが「ああ！　ミ・スラ！」――スラの娘だ、と口にせずにいられなかった娘。それであの悲痛な呼び名が生まれたのだった。ミセア。反抗的で、ついでマオーの樹の蔓のように切れてしまう美しさ。だがマチウはこの昏い目をした娘を拒絶し、ありそうにないいくつもの恋愛を信じこみ、錯乱した。一家の長女である彼女に、こういって自己紹介されたとき、彼にこみあげてきたのは不安だった。「私はマリ・スラ。」おそらく彼女の中に、ロングエ家ならではの頑固さ、力、見る能力があることを予感して。だが彼は知らなかった、あるいはむしろ忘れていた、スラ家とは下のロングエなのだということを。

――ああ、マチウさんよ、とパパ・ロングエがおもしろそうにいった。おまえさん、その娘を恐がってるね。まだローズ＝マリ号での闘いをうけいれていないんだな。

――それが何だっていうんだよ、とマチウが大きな声を出した。

――登記簿を調べてきな、と襞のある目をして老人がつぶやいた。――登記簿が教えてくれるさ。

こんなときにはマチウは苛立ちを他にぶつけることにしていた。「考えてもみてよ」と彼はいった（小屋のまえの土埃の中に突然いく粒かの雨のしずくが光った。そしてパパ・ロングエはマチウの言葉をうけた、うんうんうん）、考えても見てよ！　あのおでぶちゃんの娘、彼女の曾祖父はたしかにあの船に乗っていた、でももし彼女が田舎の黒人と呼んでいる者が廊下に入ってくるのを見かけたなら、彼女はただちに自分の客間に閉じこもってしまっただろう。ああ！　彼女が誰であるか、どんな人かは、いう必要もない。それで、ぼくがアカシアの森のこととか、ぼくが大好きなリベルテのことを彼はすごくちゃんとした男だったなどと話しているところを彼女が耳にするとするよ――想像してみてよ――はじめ彼女は何も理解せず、ついで大声でいう。ベリューズさんたら、教育のある若者なのに、話すことといえば逃亡奴隷《マロン》の黒人のことばかりね！　ああ！　パパ、貧困なんかじゃないよ、貧困もついてくるけれど、まずは脳の半分、切り落とされた腕、ずっとまえに失ってしまった脚なんだ。そしてそれはずっとむこうの地中に埋まっているよ、パパ。」

老人はいった。そうそうそう。

マチウはこの邦におめでたい顔をして戻ってきた愚鈍な連中に対する怒りをぶちまけた。額にまるで星のように旅の通知状を貼っているくせに、かれらはその旅から以前と変らぬ軽さで、何の厚みもなく、出てきたのだ——髪に土埃ひとつつけることなく。彼はそんな愚者たち（みんな与えられた小さな持ち場にトウモロコシを干すようにかけられ、その場で満足してふくれ上がったまま乾いていく）を痛罵した。かれらは自分たちはカライブ族の子孫だなどと——さんざんもったいぶって——ほのめかしさえする。カライブ族の子孫だってさ！　やつらただ海の上の航跡をすっかり消してしまいたがってるだけ。この名誉なきうらなり連中は、本当はガリビ人のことなど何も知らない。あの民族の男たちは大変な剛の者ぞろいで、一五〇二年七月に武装してこの島に下りたったクリストフ・コロンブスは、かれらの剛胆と威厳に打たれたものだ。みずからの神に選ばれ、命をうけた者であると信じていたクリストフ・コロンブスが、カルベの尖峰《ピトン》こそ人類誕生の地であると主張するかれらと、対峙したんだ。かれらは以前この土地からイグネリ族を駆逐していたが、ついでこんどは自分たちが最後のひとりにいたるまで殺され、船から百回も上陸してきた積荷の人間たちに置き換えられてしまったのさ。かれらは全員死人たちの湾《トレパッセ》から決起し、かれらの子孫などいないとする意見に抗議し、少なくともみずからの先祖を否定するほどに変わりはててしまった人々の息のもとに二度めの絶滅を生きることはしないと、行動でしめしたんだ！

老人はいった。そうそう。そうだよマチウさん。

そしてマチウはまさにそのとき、逆上した言葉の中で、自分が年代記をはじめ、世紀を計る最初の標識の石を置いたことに気づいていなかったのだ。世紀というのは、ひとつまたひとつと百年の隔たりをもって進んでゆくものではなく、踏破された空間、そして空間の中の境界のことだった。というのも毎日かれらは疑うこともなく誰かに対する苛立ちや賞讃をしめすために、こんな言い方をしていたから。「あの黒人、あいつは一世紀だ！」――けれどもかれらの誰もまだ、片手を目のまえで庇のようにかざしてこういったことはなかった。「わたってきた海、あれは一世紀だ」と。そしておまえが目も見えず、魂も声も無くして上陸した海岸、それも一世紀だ。ついでおまえのマロナージュ［奴隷が逃亡し山で暮らすこと］の日まで力を保ちつづけ、おまえのまえに開かれついで閉ざされ、それから生きもののような蔓がしめ上げる泥の頭が置かれていた切り株の上にあった巨大な幹を、ほとんどみずから切り倒しゆっくりと朽ちはててゆく森、それも一世紀だ。さらには土地、しだいしだいに均され、裸にされ、上のほうから下りてきた者たちと村でじっと耐えていた者たちがおなじ草取りで出会うところ、それも一世紀だ。三百周年の巧妙な仕掛けに飾られるのではなく、理解されない血、声なき苦痛、反響なき死にむすびつけられたまま。無限の邦と、名づけ、発見し、担っていかなくてはならないこの邦の、あいだにひろがって。言葉なき時の中に、あるいは――おなじことだが――大昔のあの蛇が少しずつ埃と化し、ついには無となっていったあの樽の中に失われている四度の百年に、埋もれてしまったこの邦の。

――かれらはいろんな邦の肖像を描くよね、とマチウがいった。いつもこんなふうにいってる。ウバンギチャリはこうだ、モンテビデオはこうだって。そのイメージを目にもったまま、鵜呑みにしておしまい。やつらに鳥もちで捕まえられたようなものさ。でも他所って、いったい何だ。ひとつながりの土地をさんざん掘りまわったあげく、ついに目の中を走るふるえを、歌いかけてくるものを感じる。ずっとむかしに消えた言葉、それがいたるところから同時に立ち上がってくるんだ！

——そうだ、と老人はいった。だが怒鳴ったってむだだよ、マチウさん。おまえさんはあの娘のものだと決まってるからな！　それにおまえさんがルネ・ロングエのように出てゆき、ウバンギからわずか二歩の水溜まりでくたばらないなんて、誰もいってないよ。

二人の友人たちは、雨の先ぶれである湿気に身をひたし、二人のいずれも、若いほうが老人のいうことをほとんどそのままにくりかえしながらも、老人にむかって永遠の真実を教えているように見えることを意識していなかった。光は前方にあったが、パパ・ロングエはもうみずからの道の果てにたどりついていた。彼はそこに留まったまま、やがて時がくれば下ってゆき、もはや戻らない。彼がマチウのゆく道についてゆくことは、たしかにないだろう。反対に、身ぶるいする若者は乾ききった植物のように縮こまっていて（真昼だというのに夜の巨大な一撃が天地を等しく黙らせ、竹藪は身をふるわせて歌い、その暗緑色の葉は淡い緑に変わり、いまはそれだけがこの昼の夜の唯一の色なのだった。匂いのすべてのきらめき——インド樹の刺すような匂い、羊歯の葉の厚い匂い、蔓りんごの繊細な匂い——は、水の塊のように激しく二人の男にむかって押し寄せてきた。ついには大粒の水滴が土埃に砕け、ただちに吸いこまれ、地面からは湿った熱が立ちのぼり喉をしめつけやさしくゆすぶった——ついで突風とともに土砂降りがやってきたが、温かくて雲の切れ目も見えるほどで、それが匂いと影と土の熱に入り混じった）——「さて」とパパ・ロングエはいった。「おまえはそこでボイラーみたいに燃えているなあ！　もうそろそろ、小屋に入ろうか。」

13章

おまえを待つようになって以来　私　粘土　イラクサ　私　けむり　生まれつつある夢のそばで掘り出された切株
土地は煙をあげ山刀——きわめて純粋な観念——により土地の血を得る、百年を二度の昔以来より熱くなった血を。
（ところでアカシアはいたるところで私を燃やすのだ、私は三本の黒檀を夢見ていた！）

血が歌うのは時ではなく涸れることのない不動の固い観念。太陽、太陽そして豪奢がいかなる秋にも黄色く変えなかった観念。
（そして絡み合った翼のあいだから立ち上がった一羽の鳥が、夏を呑んだ。）

夏ではない——その樹液の中に雲が鳴りわたるとき、そしてその熱が香しくなるとき
かつては凍結していたのに——

けれども固定されたきらめきから樹液が沸騰する、ああ！　私たちの足元で岩が……——するとミセアが入ってきた、全身で彼を救おうと、こんな悲鳴のような声をあげながら、「ああ、ら、ら、そんなことしたら疲れちゃうわよ、あんたの体には何がつまっているのかしらね、まるで熱と競走でもしてるみたい、いったいどっちがたくさん狂ってるのかを勝負するみたいに。」

そしてより狂っているのは実際、忘却の泥の中からひっぱり出されてきた重たい歴史がそこで身動きできなくなっている、こみ上げてくる熱のほうだった。そしてこのやかましい狂気は、表明され、教えこまれ（「おまえたちには知ることも行動することもできない。おまえたちは季節の変化がもたらす利点を、区切りをもたらし手法を導入するリズムを、元気づける寒さと刺激的な目覚めを知らない。太陽のこのぎらつきがおまえたちを打ちのめし、へとへとにする」）、持続しない悲鳴、あるいは何の教えもなく厚く連続する言葉へと蒸発していった。というのも現実の土地、断崖にぶら下がり、砂浜からそっと上陸し、いたるところで均《なら》され一様な区画へと分割されてしまった土地は、もはやあの、船がおまえたちを吐き出した、恐怖と未知の場所ですらないからだ。こちらの腐植土と、世界の塵芥を押し流して行くあちらの泡のあいだに、はっきりした境界はない（植えられた葡萄の木やマンスリニエの樹さえ）。こんなふうにして廃された島はもはや海の中に、ルイーズが身を投じたがったような他所への道を見出すことができなかった。欠けているのは、水平線の彼方へと遠くまで駆けてゆくことができないのであれば、そう、赤い土を掘り起こし、その中に海の源泉そのものを発見することではないか。

けれどもミセア、無知の眩惑から生まれる子供じみた詩的夢想を一気に乗り越えることのできたミセアは、このときにはもう昏い目をした若い娘ではなくなっていて、自分の男を気遣う女になっていて、彼に毎日の不便や、日々との闘いや、飲み食いといった散文的な必要性を、ちゃんといいなさいよと求めるのだった。

マチウの中では、この時期の彼をむしばんでいた熱病だけではなく——それはおそらく戦時中の耐乏生活がもたらした後遺症のようなものだった——無茶をしがちな彼の傾向、抑えのきかない炸裂とも戦わなくてはならないのだということを、彼女は見抜いていた。マチウにおけるこの不安定の真の原因、パパ・ロングエなら「底にある荷物」とでも呼んだであろうものを、彼女はたしかに知っていた。だが一種の恥じらいにより、おそらく治療上の配慮もあって、彼女は彼が口走ることがあまりわからないというふりをしたり、あるいはこんなふうに素気なく答えたりした。「いったい何を考えているの、そんなのもうおしまいにしなさい、シーツを洗ったら糊をつけなきゃいけないの。」そんなときには彼女は、茶目っ気たっぷりのありきたりな若い女に戻っていた。こうして彼女に対しては彼は、自分でもその原理をはっきり語ったり意味を明らかにしたりすることのできないさまざまな心配、夢、衝動などを告白する必要がなかった。そして彼女は、無意識のうちに、それによって自分が長い物語を聞き、目くるめく秘密の長い開示に耐えてきたのだと——アカシアの森の小屋に上がってゆくこともなく、パパ・ロングエと対面したことも一度もないままに——証言することができた。おそらく彼女は、人を突然に何ともいいようのない夜へと連れこむあの直観によって、なぜマリ・スラとマチウ・ベリューズが日々の生活の厚みを超えて、あらかじめ互いのほうをむいていたのかを知っていたのだ。なぜベリューズの男とスラの女が、この歴史のあいだずっとひそかに守られた後、知識へと呼ばれ、二人で一緒にその知識を超えて、ついに行為の中に入ってゆくのかを。もはやはかない仕草でも明日なき熱愛でもなく、そう、永続的に打ち立てられみずからの地位を見出す、土台となる行為。

こうしてミセアは、マチウの激昂を共有していた。しかしまた二人のまえ、未来に、より具体的で困難な他の仕事が待ちかまえていることを知っていたので、彼女は糸を断ち切り、まばゆい過去を遠く背後へと押しのけ、アイロニーやわざと選んだ平凡さによって、マチウの中にあったいかんともしがたい眩惑と戦ったのだ。その眩惑を無視すること(それが何を生むかを見誤って)は致命的だし、いつまでもそれに喜びを見出しているのも同様に危険だということを、彼女は予感していた。

彼女はパパ・ロングエの生涯については何も知らなかったとしても、その代わりにこの癒す人《グリッスール》の死のことは、ひどく心配していた。つまり、ついに重荷から解放されて(人生の最後の時になって選ばれた後継者――マチウ・ベリューズ――に自分の運命であった体も顔もない不安を伝えることに成功して)、自分の小屋の中で横たわっていたときのことだ。まわりには看病のためにかけつけてきた老女たちが集い、パパはまるで現在からよりよく身を引き、無限の邦の森をふたたびよく見ることができるように、メルキオールとステファニーズをよりよく追うことができるように、到着の船の匂いをよりよく嗅ぐことができるように、片手で顔を隠していた――そして最後の息を引きとるまで、もう動くことがなかった。

パパ・ロングエ、その灰色のセーターは肌に貼りつき、腕や脚からは肉が落ち、両目は小屋の暗がりの中でも太陽のように人をつらぬいて。彼は外の風を聞いていた、それは彼にしか聞こえないゆっくりと高まってくる風音だったのだが、それを聞いて「このすべての風が」といった。老女たちは顔を上げ、呪医《ケンボワズール》が交感しているこの風の秘密を、なんとか捉えようとした。小屋の裏手に墓穴が掘ってあった。というのもパパ・ロングエは死んでも墓地まで下りてゆくのを絶対に拒むだろうから。町まで担いでゆこうとする者たちの姿を、パパは変えてしまうだろう。あるいはかれらを苦しめるために亡霊《スクニャン》となって帰ってくるかもしれない。墓穴は三日まえにはできていた。ときどき隣人が、老人がもう「行った」かどうかを見に来た。ただちに埋葬してしまうためだ。この小屋での通夜に耐えられる者など、誰もいないだろう。呪医《ケンボワズール》の遺体を暗がりに寝かしたまま、一晩をすごすなんて。そもそも小屋自体、死者の埋葬がすんだらただちに、閉ざされることだろう。

こうした一切をひきうけているのは、ミセアだった。彼女は竹林を抜けて上がってゆく道に、マチウの足跡があるのに気がついていた。パパ・ロングエへの連絡をひきついだけれど、両目をふさいだままでいることは拒否した。彼女は眩惑を追っていった、彼をよりよく知るために――彼と戦うために。マチウのほうは、上の土地までふたたび上がってゆくために、体が恢復するのを待っていた。おそらく最後になるかもしれないが、あの暗い年代記にパパ・ロングエと一緒に結論めいたものを与え、少なくとも「論理的一貫性」がついに「魔術」に打ち勝ったと結論づけるために。

ところがよくなりはじめて数日後、マチウが同時に知ったのは（大きな包みをもち太陽の下で嘆き悲しんでいるある老女から）、パパ・ロングエが死んだということ、そして老人がマチウにこの包みをわたしてくれといったということだった。それから老女が帰っていくと――彼女は自分の目のまえでマチウにその包みを開けてほしくてぐずぐずしていたのだが――マチウは大きな麻袋を（中に何が入っているのかをすでに知りつつ）切り開き、逃亡奴隷《マロン》の似顔絵が刻まれている木片、修繕の痕がある樽、布製の財布と、いろんな木の葉をとりだした。

――あらあら、これは世界の終わりだわ、と荷解きされたこの古いぼろぼろの品々を見て、ミセアがつぶやいた。

樽はすばらしかった。浮き彫りがほどこされた木片は、茫然とするほど偉大なるロメ、上のほうで畑を作り呪術《ケンボワ》に長けていると思われている人の顔に似ていた。ロメをよく知っているミセアは、どういうことなのか知りたいと思った。心配顔のマチウは答えた。「ああ、昔の話さ……」

死なら彼は知っていた。最初はフェリシアおばさん。鼻の穴、両耳と口に綿をつめられていた。怯え固まって彼は、黒い肌にはっきりと浮き立つはかなく白いものをそっと見て（まだやっと七歳だった）、最後の息によってその綿が動いたりしないことを確かめた。それから田舎から連れてこられた従兄。発育不全で、貧血で血の気のない顔をし、すでに弱りきっていた。戦時中だった。従兄と彼はおなじベッドで眠った。そしてある日、彼は従兄が死んでいることに気づいたのだ。彼はそのまま死体の横で藁布団の上に身じろぎもせずにいたが、死体はだんだん重さを増してくるように思われた。そのまま朝の六時、母親のマダム・マリ＝ローズがコーヒーのためのお湯を沸かしに起きてくるまで、じっとそうしていた。

彼は死を知っていた。パパ・ロングエのそれを見ていたのだ。動転した老女たちが墓堀りに知らせるために走り、一方、夕方の影はすでに山頂を溺れさせていた。ついで、近づく夜と息を切らして競走するように、葉叢を横切る弾丸みたいにして男が到着し、パパ・ロングエのことをボロ切れ人形のように両腕で抱えて墓穴へと運び、麻袋を切った布をかぶせてからただちに穴を埋めはじめると、ほどなく穴は両側からおおいかぶさってくる草で、ほとんど見えなくなってしまった。それから、この三、四人のじっと動かない女たちをまえにして、すでに訪れた夜の中、男は小屋の扉を閉め、外側からパパ・ロングエがいつもすわっていた木箱で固定した。それからみんな一団となったままその場を離れたのだが、まるでかれらのうちの誰かが空っぽの小屋の番をするようにと力づくで引き戻されるのを、恐れてでもいるようだった。

そして、このせわしない埋葬よりもはるかによく、マチウは呪医《ケンボワズール》の真の出発を見ていたのだ、パパ・ロングエが彼にむかってしばしば語って聞かせていた、真の下りを。孤高の老人は自分をひっぱる力に抵抗しようとしなかった。彼は祖先のロングエを呼んだ、メルキオールを呼んだ、そして山《モルヌ》から下っていった。彼はパイプに火をつけた、二本のレモンの木のそばに立っているマチウを見つめた、そしてこういった。「ああ、おまえさんか、マチウさんよ。」それから谷にむかって歩きはじめるまえ、しずかに立ったままこういったのだ。「おれは一生のあいだ何をしてきたんだろうな、もしおまえさんを待ってきたのでないとしたら。おまえはやってきた。だがおまえの道はこちらに向かい、おれの道はここから反対側にまっさかさまというわけだ。おれがアスファルト道路を行くことなんてないということは、決まっていたからね。だったら、われわれの体は別れていかなくてはならない。一気にすべてを歌うことはできないし、一気に山《モルヌ》を摑んでみせることもできない。」それから彼はパイプを深く吸い、うしろをむいて、木々の陰にゆっくりと消えていった。マチウは彼が旅立つのを見ていた。

もっとも狂っているのは、つまりは水に囲まれたこの土地の熱だった。だがそれはまた、海と到着の船を忘れ、海をわたってゆくためにヨール［小型帆船］に乗ることさえできなかった者たちの眩惑でもあった。パパ・ロングエは旅立った。そしておそらく邦の誰かが考えることだろう。「ああ！ あの頭のおかしいじいさんが船出していったな。」だが周囲で展開するサーカスでは、ラム酒と希望のなさに掻きたてられて、いったいどれだけの狂気がぐるぐると旋回していることだろう。調査してみるべきか。その狂気はたしかにマラリアや苺腫といった病気よりもしばしば見られ、しぶとい。それが、うけいれられ、あたりまえだと考えられている。

たとえばおなじ調子でおなじ節ばかりを歌いつづける、笛なき笛吹き。「おれはあなたのことを思って泣いたよ――美しい人《マ・ベル》よ！」通行人から通行人へと、手をさしのべ、こう甲高い声をあげながら駆け回る男。「心の結社。血を守ろう、家族を守ろう。」二十年もまえから土地の再配分計画を立て、ローマ法王や合衆国大統領に手紙を書いているアルシッド。並みの人間にはとても太刀打ちできない学識のある、ラテン語の引用句にみちた演説をする（彼は文学士）アレクサンドルは、激しい軽蔑で人々を打ちすえた。人々はすみやかに動くことを拒否した。ガルサン、宗派の創始者にして本物の幻視者。みんな、思いがけない証人たちだ。行為なき演技者たち。落ちた太陽たち。

全員が、長い血統を経験したことがないせいで、酔っているのだ。マチウがその存在を見抜き、ついでパパ・ロングエのおかげで接近することができたために別のかたちでの酔いを経験した、長い血統を。そしてかつてのこの啓示は、彼にとっては光の一撃だった。

そこでマチウは――幻視の中で――老いた呪医《ケンボワズール》に話しかけた、彼の姿がまだ木々の枝の下に見えていたからだ。「これには目がまわるよ」と彼はいった。「息をつく間もなく、準備をする間もなく、ただちにこんなにも固い、つまづくほどの光の中へと落ちてゆく、この速度には……」

なぜなら彼にしてみれば、ちゃんと因果関係でつながる長く秩序だった行列、論理的な年代記、よく梳かれた繊維のようになめらかに展開する歴史を、しずかに追っているほうがよかったからだ。土地を端から端まで見ること。はじめは手つかずで、他の場所の反響などに打たれることのまるでない、原初の孤独の中にある土地（そこでは道に迷った者が灯火管制下で息をつまらせているかパレードに出かけるかで議論することなどけっしてない）、ついで持続的にさまざまな細部と時の偶然とともに――焦げる森、耕作地へと変わる岩――ゆっくりと人が住みついてゆくのが記録される、それはこの「人々」とこの邦が不可分のものになってゆく、災害じみた抱擁だ。それからさらに、あいかわらず論理と忍耐強い方法によって、ひとりのラ・ロッシュとひとりのサングリがいかに他からみずからを遮断したかを検討し、その時を聴診し、かれらに富をもたらした土壌がなぜかれらに話しかけるのをやめたかについて瞑想し（それはかれらが土地のことをいつも生の財である、憎悪とやさしさのいかなる狂気も危険にさらすことを強要しない所有物であると考えていたせいか）、そしてひきつづき――だがここではニュアンスを探りながら――あの別の時を研究する、砂糖黍畑を出て汚れを洗われたこれらの「人々」が、いわゆるひとかどの者《ジャンティ》になりはじめ、それが嵩じて、やってきた最初のうつけ者の総督が――はなばなしい服装で、粉飾された請願を聞きながら、まなざしにはかすかな軽蔑を宿し――六か月の練習期間を経ただけで邦を説明する権利があると思いこんでしまう、伝統のひろく認められた土台である信じがたいほどたくさんのダー［子守］やドゥドゥ［ふくよかで魅力的な島の女性］やヌヌ［乳母］やナナ［おんな］に訴えながら（他の者たちがずっとそうしてきたのだから彼だってそうしていいだろう、と）。そしておそらくまた、そう、また、こんなサーカスのすべてが崩れ落ちる、ある深い場所を探すのだ、つまりみじめな裏側であるような場所、時、けれどもそこに黒いナイフと何本かの紐、棍棒《ブトゥ》にむすびつけられた古い袋、生命の鎖と色の抜けてしまった骨がちゃんと保存されているような。

　そう、こうしたすべてが、秩序とアカシアの山間の道にしだいに吹き上がってくる風にしたがっていて、こうしたすべては理にかない、決定的で――その場所で彼マチウは突然に彼の目に新しく見えるようになった邦を漂流しはじめる、突然にまるで別の宇宙、ラ・ロッシュたちサングリたちが断崖絶壁以上にしっかりきっぱりとかれら自身を埋葬した宇宙に建てられたものであるかのようなこれらの家々を（この数世紀ではじめて）見ている。突然にロングエ（漆黒の夜にラ・ロッシュ氏の屋敷へと入っていった）とルイーズ（二本のアカジューの樹の枝々の下をかけていた子供時代の）を見て、かれらが子孫がいない、少なくともアカシアの林のまえの小径を再発見した子孫がまったくいないと叫ぶのを聞いている。

　というのも彼は好んだにちがいないからだおお現在よ老いた現在よ色褪せたものよ日よ切り立った私忍耐強く（「突然、青の中に凝固して、白い正面が、木陰になった庭のずっとうしろのほうに見える、ラ・ロッシュたちサングリたち、かれらの魂や家々について見抜けるものはそれだけだ。陰惨な悲劇がおそらくそこに停滞していた。幽閉されている精神薄弱の息子――適切な婚姻のシステムからはよい結果しか生まれないのだから——あるいは寝室の暗がりで腐敗してゆきもはや戸外をかけ回ることも垣根や枝々に激しく倒れかかることもない愛の熱情、あるいはおそらく黒人女が生んだ私生児で学費を工面してやらなくてはならない」）おまえ夜の見張り人老いた見張り人口から泡を吹き深いおまえミイラその場に留まり根づきはまりこみ埋めるおお過去よ（「名家でもなく王朝ではまったくなく、艶のない古くて粗野な、変質した傲慢な夢、ラ・ロッシュやサングリやシダリーズ・エレオノールのうちにその力をむすんだ残酷な力の発芽でもなく、不分明な、数珠の珠、銀行になんとか押しこんでもらった従兄、海岸通りで商店を営む娘婿、みんな血の気の失せた陰気で貪欲で土地には無縁になった力に捉えられ——遠く、つかみどころがなく、ひとつの樽が呪いの塩を閉じこめることができるなどとはどうにも理解することすらできず——容赦なく、恐れられ、本性により、生まれつき、議論する権利をもつ者たちの登記簿に名前が刻まれている」）、おおアカシアおれ土を浴び日落ちて水平線おお過去おまえ邦無限祖国おまえ岩、そして——（「何なのよ！」とミセアは叫んだ、「また熱がぶり返してきたの！　それで頭がおかしくなってるんだわ。」マチウはほほえみ、彼女に答える（彼がいよいよ悪いほうに進んでいるのかと両唇の状態を見る彼女に）「いや、いや。あの〈生と死の葉〉は、すべてもう朽ちるにまかせなければならないんだ。」

そして実際に別の道が開けたので、小屋のあの影はもはや彼を高みへと呼ぶのではなく、反対におそらく以後それぞれのものを周囲の土地へとみちびき助ける（過去を熱に浮かされた現在へと誘いつつ）ことになったので、マチウはミセアが「礼儀作法《シヴィリテ》」だと呼んだものを学び直したのだった。彼をあれほど長いあいだ普通の人々から遠ざけていた性格の荒々しさが、不安と狼狽の中でより強くなっていたことは、彼にもわかっていた。それがすでにやわらいでいたのだ、たしかに明晰な血のきらめきの中にではないが、少なくとも、彼自身が「きわめて硬い光」と呼んだ、そして啓示だったものの、酔いの中に。ミセアは彼が現実の人生を改めて学びはじめるように励ました。

ときには、まだ燃えるような熱でふるえているくせに、夕暮れに彼はクロワ＝ミッシオン広場の階段に腰をおろしにくることがあった。二人の大将は変わっていなくて、毎夕かれらは目も眩むような弁論の果たし合いをし、どちらがよかったという報告をミセアにむかってすることは、マチウにはけっしてできなかった。敵同士でもあり共犯ともいえるシャルルカンとボザンボ（前者は本名——後者はある映画の主人公に似ているのでそう呼ばれる）はマチウを二人の対決の審判として選び、教育のあるマチウに証言を求めたのだった。二人とも歯がなく、その特徴を言い合いの糸口に使うのがつねだった。この晩、シャルルカンは頭を芝居じみたようすで高々と掲げながら、少し考えこみ、こういった。

——ほう、ボザンボよ、おまえさんの口って、まったくベンチのない広場だな。

——ああ！　とボザンボはいった。おまえが話すと、口があることはわかるんだけどね、まるでセミ・ヌードの口だね！

マチウは拍手し、判定を下した。「ボザンボ！」

——おまえ、いつもひいきしてるじゃないか、とシャルルカンはいう。

——彼はひいきしてるわけじゃないよ。彼の頭のうしろに二つの耳をつけた人が、配管のつまりをなくすことを忘れなかっただけよ！……

クロワ＝ミッシオン広場は暗闇に沈み、ただ上のほうからの光が古い木の柱を照らしているだけだった。ぼろぼろの小屋、不確かな幽霊たちが、プラムの木、マンゴーの木のうしろに半分姿を現していた。隅のほうではマダム・フェルナンドの店の半ば開いた扉から、きわめてゆっくりひとすじの煙が流れ出てきたが、それはどうもちゃんと機能しようとしない石油ランプからのものだった。そうだ。マチウは日々の揺れ、毎日の快活な苦境と入り混じったそれに身をひたし、周囲にどんな山《モルヌ》も見ていなかった。毛のない灰色の犬たちが、十字架の上のほうまで走っていき、それから犬たちは全速力でかけ下りてきて、自分自身のスピードのせいで、石段の下でころころと転んだ。一年のうち五か月は工場で働くシャルルカンと、蟹売りにして車磨き（時により変わる）のボザンボは、対決した。あたりでは町がしずかな衰退を見せていた。ときには見すぼらしい植物の地帯が、捉えどころのない葉型装飾のように、家々のすきまに侵攻してきた。

そんな邦だった、ひどくちっぽけで、ループを描き、回り道ばかりの。長い単調な行程の果てに、所有され（ああ、まだだ、でも取り押さえられ）。この邦。過去から引きちぎられた現実、だがまた、現実から発掘された過去でもある。そしてマチウは土地にむすびつくことになった〈時〉を見ていた。だが周囲に、見せかけの下に、声なき仕事を見抜き予測するものが、いったい何人いたことだろう。何人が知っていたのか。（こんなふうに共有されていないことで、ひとつの知は利益をあげることができるのか。そんな認識はむしろ、孤独の聖痕でしかないような不安な酔いを、終わりなく生み出していくのではないか。知識とは何よりも、まず共有されることによって実りゆたかになるのではないか。）この邦の誰も、たとえば黒人岬《ネグル》にも砂岬とおなじだけの奴隷船が着岸したのではないかという問いを、問うたことがないのだ。岬のその名前は、かつてそこで行なわれた奴隷市場、あるいはそこに設置されていた肥育場から来たのではないか。過去。過去とは、おまえを土地において鍛え、おまえを明日へと群衆とともに押し流す、知識以外のものではないのではないか。二週間まえ、田舎の女たちが都会に下りてきて、警察が「一揆運動」の首謀者だという砂糖黍の刈り手をひとり逮捕したのだが、この労働組合運動指導者は取り調べをうけていた部屋で転んで腕を折ったことが明らかになり、憲兵隊が群衆にむかって発砲し、死者、負傷者は片付けられるまえに太陽にさらされ、腐りはじめた。それは過去ではなく、過去から継承されたメカニズムであり、単調にひたすら反復されたあげく、現在をその瀕死のひと枝としたのだ。ああ！　現在ってやつには追いつくことができない、熱の中、目を眩ませながら走る、転ぶ――昨日から懲罰のための遠征、今日はストライキ参加者の銃殺――ついで突然、未来に出てしまい、頭はマホガニーよりも硬い光にぶつかって炸裂する。

　アカシアの木々の陰の小屋の、平和な不思議からはじまった長い下りが、こうして日々、この町で終わりを告げていたわけだ。だがこの町とは何なのか。それはたしかに、道の終わりに境界を刻むものではない。というのも、この眩惑の後をつけ、それを定義しようとしつづけるつもりなら、それが過去のあまりに容赦ない暴露とおなじくらい、未来に対する無知（あるいは恐れ）から生まれているのだとも、いえたのではないか。マチウは知らずにいたが、無分別の時が訪れようとしていた。砂糖黍畑を逃れて、口をぱくぱくやって人権宣言を味わい、〈母なる祖国〉を祝福することを覚えた小金持ちたちが、そこによろこびを見出す、怪物じみた、猖獗をきわめる、気取った、笑うべき愚行の数々。自分の肉体を生んだ肉体を内側から軽蔑し、ラ・ロッシュがみごとに仕事をなしとげたことを証言し、またラ・ロッシュを助けてかれらのほうもただみずからの過去を否認するのみならず、自分たちが過去をもちうるのだという考え自体を否定するためだけに、無限の邦へと帰ってくる者たち。そして時というのは、巨大で絶望的で荒れはてた時、土地にむすびついた〈過ぎた時〉へとかれらの頭を開き、かれらを山《モルヌ》の高みへと連れ戻すために必要となるだろう時のことだ。

　――でも時間なんかいらない、とミセアがいった。必要なのは行為よ。それから〈会社〉ね、邦の支配者たちがひそかに株主になっているけれど、その事務所はというと、ボルドーとかパリにある。利潤の専門家たち、昔の歴史とか逃亡奴隷《マロン》の黒人たちの闘いなんかは、てんで何とも思わない。ラポワント家の人間たちなんて、もう危険な船に乗りこむ奴隷商人ではなく、駐在手当をたっぷりもらう公務員でしかない……——これは別の話だけれど。

——おれのごときミミズ野郎とパパ・ロングエのちがいはね、とボザンボがいった。昼と夜だ。パパはね、自分をアカシアの森に埋めて、そこにおまえが来るよ、おまえは叫ぶよ、「誰かいないのかい」と。するとおまえさんの目のまえで、でっかい蛇がしっぽで立ち上がってこう答えるじゃないか、「いないよ、坊主」って。

——ああ！　とシャルルカンがいった。おれの姉さんマリ＝テレーズ、太っちょのルルと結婚していることになっている人と、マリ＝ステュワート姉さん、髪の毛をなくした人だけど、二人があるおなじ日に、おなじ場所で蛇を見たことがあるんだ。幻だな。だってマリ＝テレーズ姉さんは「パンでも水でもなく」という名の会社で働いていて、マリ＝ステュワート姉さんはテール＝サンヴィルで暮らしているんだから。

「そうだ、蛇、あの生きもの」とマチウは考えた。邦をマングースでいっぱいにして蛇を絶滅させてやろうとしても、マングースが勝つとわかっている勝負をやらせても、むだだった——否認され怒った蛇が、われわれを追ってくる。ただラ・ロッシュが巨大な時をはらむ樽の中に粉々になった蛇を封じこめて森へともってゆき、岬《ラ＝ポワント》の親父と呼ばれたロングエにそれを挑むように叩きつけて、自分ラ・ロッシュに永久に刻まれた徴をさし返してやろうとしただけではないのだということを考えてみるなら。植民地経営者《コロン》たちが船倉の奥にしっかりと括りつけたいくつもの箱の中に、復讐心に燃えたひしめく何百匹もの〈生きもの〉を持ちこみ森に放した、なぜならそれが逃亡奴隷《マロン》たちと戦ういちばんいい手段だったからということを考えてみるなら。武器をもった一隊と訓練された犬の群れをしたがえながらも、上のほうの森には入ろうとしなかったあの男は、箱を森のはずれで開けさせ、自分はちゃんと長靴をはいたまま草木の根の下に何十という生きものを追いこみ、それが逃亡奴隷《マロン》を絶滅させてくれると信じた。あまりに完全な、みごとなまでにふさわしい考えではないだろうか、ある朝こんなふうに叫びながら起き上がったこの植民地経営者《コロン》（いかにもサングリらしく）の頭の中にそれを示唆し、それを矢印でしめしたのが、生きもの自身だったとは。「蛇だ、蛇にやつらの脚を噛ませてやればいいんだ。」そして奴隷解放のあと逃亡奴隷《マロン》たちがみんな山から下りて、あたりには太陽の下で灼かれる人間の一群しかいなくなったとき、こんどは生きものを絶滅させようとしてマングースが導入されたわけだ。だが生きものはそこにいた、窺っていた。あらゆる根っこの下でマングースたちに追われやられても、樽の中の眠りが妨げられることはなかった。そして蛇のなれのはてである埃の、目にも見えないほど細かい粉のひとつひとつに、われわれのことを窺う目があったのだ。われわれは蛇を恐れることをやめなかった。あの子孫も希望ももたない老人が樽を壊し、真上から照りつける太陽の下、その仕事をなしとげた呪いの埃を手にし、さしだした後になってさえ。そしてもし呪いが落ち消えたとしたら、ああ！　それはただ記憶の雲が、この空の真昼の輝きの中へと上っていったからではないか。われわれがもはや、あちらこちらと理由もなく風のままにふるえる枝の上に、いないからではないか。そして毎日、その努力は大きくなる、まるで自分自身の誕生の幻視から絶えず生まれつづける誰かのように。ボザンボよ、おう、シャルルカンよ！　というのも今日ぼくにはわかっているからだ、外見ではわからないが、きみたちの言葉遣いの下に、沈黙のうちに大いなる土地の魂が育ち、息を切らしているのだ。自分自身についてまったくあやふやな土地がついに固まり、本当に向きを変えるんだ、ゆたかに深く、そして腹を開き、子供たちを生む。きみたちにむかってこうして話すことなく話しているぼくはすでに、このはちきれそうな沈黙に語をもってみごとに火をつけるきみたちが、ぼくにむかってささやき声で叫ぶ言葉を理解している。そしてもしもきみたちがわれわれ（きみたちとぼく）のまえにあまりにきらびやかな品々のスクリーンを置くなら、その魅惑、おもちゃのきらめき、酔い、自動車、機器、こうしたすべてをかれらがわれわれの手に投げこんできて、われわれに時が経つことも忘れさせ、子供だったきみたちがアスファルトの上を盲目に走っている自動車が立てる埃の中でぽかんと口を開けて見とれ、きみたちの叫び声が、まず第一に、近づきえない彼ではなくぼくら(きみたちとぼく)にむかって嘲笑の粉と田舎道の土埃を、ああ!　言葉もなくというより冗談とわざとそらした語の下で投げつけてくるきみたちは叫ぶきみボザンボぼくマチウシャルルカンわれわれは再集結したあの生きものの立ち上がりのように(その結合した埃がむすびつき新たに根の下に横たわり時が沈澱する樽の穴の中でふたたび体を得て)われわれを見ているわかるかいついにわれわれを許すそしておそらく切り株の下でなだめられ体を折りそれは窺うためではなくついに眠るためだその間も風は風おお風……

——ああおれが話したことがあったね、とボザンボがいった。おまえがそこに突っ立って、こういうんだ。「いいえ、蛇さん。すぐにまた下りてゆきますから、蛇さん。さてさて、こんにちは蛇さん。」

——だがやつらにいわせれば、車はやっぱり藪の中の小魚《ティティリ》みたいにやってくるって。ロブスターよりも赤く。

——やつらにいわせれば、プロシアの王様みたいに青いって。

——そしてやつらにいわせれば、車のために北から南へと自動車専用道路が通るってさ。

——やつらにいわせれば、シャルルカンの髪にさした箒みたいにまっすぐだってよ!

——それはほんとだな。で、やつらにいわせれば、見ろよ餓鬼ども、おまえらにこんなまっすぐなアスファルト道路が造れるか。おまえらは自分が何者かも知らない。みんな父無し子だ。

——やつらにいわせれば、あの話のうまいベリルさん、あの人はいたるところで認めているけれど、ほんとに父無し子だって。

——やつらにいわせれば、こうしたことはすべてばかげている、信仰もなく法律も知らない連中のいうことなんて聞くんじゃないよ。何も変わらないよ。

——そしておまえは大声でいう、「そんなつもりじゃなかったんですよ、蛇さん。許してくださいよ、蛇さん。何でもお申し付けください、蛇さん！」

そしてもっとも狂っているのは実際、みんながひどく単純だと思っていた仕事にも、大変な眩惑と狂気が必要だったということだ。木の根の下のふるえる苔、大理石みたいに固くなった地面の足跡、何世紀分ものの船の匂いがふりつむ湾の上を舞う軍艦鳥の鳴き声を知ること。まるで——もはや誰も決裂の点を見抜くことができない土地の空、森と仕事が血まみれの対決を演じた選ばれた場所の上に——長い忘却（身体に根づいた）が視界を曇らせ、永遠の葉の上で目のまえに幻の粉をきらめかせるみたいなのだ、目を閉じさせフィラオの樹のように体を揺れさせる、不動のペルランパンパン。

——でもすべてが変わる、人がそう望めば、とミセアがいった。弱ることなく地面をかけまわり、ひるむことなく一致団結すれば。

「きみはどっちに似ているんだろう」とマチウはつぶやいた。「ルイーズか、ステファニーズか。」そして彼女は、女たちが鬱陶しいどうでもいいばかげていると思う質問をしりぞけようとして口を鳴らす「チップ」という音で答えた——彼はまたもやかれらの友人であるラファエル・タルジャン（かれらはずっとタエルと呼んでいた。彼がたったひとりでヴァレリーの死体の通夜をした、山の上のほうにある家で死んだその妻とふたりきりになったその夜までは）は叫びも嘆きもなくただその家を捨て、ヴァレリーを嚙み殺した二頭の犬を殺したあとで戻ってくると、ミセアにこういったのだ。「すんだよ、おれはしばらく出てくる。またな。」

というのもラファエル・タルジャンは、彼マチウ・ベリューズとはちがって、なさねばならないことをまえにして焦れて身をふるわしたりはしなかったからだ。彼はおだやかに取り組み、仕事がすんでしまえばもう顔を上げることがなかった。彼は、タルジャン家の最後の者としてそこに根づこうと思っていた家を、ただ離れてしまったのだ。その彼も出ていった。なぜなら土地が、いたるところで平等で、均衡がとれているとしても（あれほど長いあいだ土地を土地自身と対立させていた二分法——山《モルヌ》と集落《フォン》——を逃れて）いまでもときにはその片隅で、二頭の犬が人を噛み殺したり、巨大なひとつの家系の最後の枝である老いた呪医《ケンボワズール》がほとんど誰にも知られないままさっさと死んでいったりする。絶望と孤独が生まれる片隅。なぜなら、その土地で働く者にとっても、そこを所有する者にとっても、本当には存在しないことによって、そこは非現実的なところ、苦しみと悲惨によってすら重くなることのない、空中に浮かぶもののように見えるのだ。反対に、太陽の下でこんなにも輝きながら、不便さ不確実さが突然に不毛な悲劇へと陥ってゆくことがある場所を、土地は不安のうちに住まわせている。そして曾祖父がこの高みにある家に住みはじめた（人里離れたところで子孫を繁栄させようと望んで）ラファエル・タルジャンは、彼もまたすべてをやり直さなくてはならなかったのだ。探し、選び、家を建て、生活を整えることを。

——でもタエルは帰ってくる、とミセアはいった。頑固なんだから。アルニカの種みたいにくっついてくるわ。

その上おそらく彼女は、タルジャンの者とスラの者を近づける何かを意識していたのだろう。時の本能の中に執拗に留まろうとすること、そして体と心の頑健な厚み、濃密さ。これらタルジャンの人間たちは、オーレリーからラファエルまで、カンペッシュの林を切り拓き、小屋を建て、野菜畑を作り、大きな樹を植え、家畜を飼い、火炎樹のまえの小道に沿って両側に花を作るだけの時間（と優雅さ）を見出した——やがてこの使い古された家に残されたのは、この若者ひとりとなり、彼は犬たちの世話を隣人に頼み、いらいらさせられるような力によって町へと引きつけられて、家の扉を閉めたのだった。ひとりずつ、家系の株から切り離されていった。父親、母親、三人の息子と三人の娘（みんなが山《モンターニュ》と呼んだところに立てられた新しい小屋を知ることすらなかったエドメは勘定に入れず）、三番めの息子の妻、その子供たち、子供たちの子供たち――ついにはラファエルだが、彼は「こんどにしておこう」という言葉をくりかえすばかりの男ではなく、いきなり広大な世界の炸裂に溶けこみ（スラ家の者たちがかつて騒ぐこともなく大勢の人々の中に溶けこんでいったように）、おそらくやがて自分が進み出てこんなふうにいえる機会、時間、場所を待っていたのだ。「ほら、おれがラファエル・タルジャンだよ。」というのもスラの者たちタルジャンの者たちにとっては、こんどというのはなかったから。おなじ土色をした、確固とした忍耐があるだけだったのだ。

「こういえるかも」とミセアはいった。「あなたの狂気につきあうなら、要するに事実は、私たちが忘れてしまったことを学ばなくてはならない、ところがそれを学びつつ、それをさらに忘れなくてはならない、ということでしょう。そしてあなたが私に話してくれるお話の中で私が好きなのは、ルイーズがロングエにむかって、こういうところなのよ。私は私の母を知っている、って。ラ・ロッシュはそのことを知らないけれど、私は母を知っている、って。」

過去のすべてにとって代わるある新しい何かが、この日生まれたのだということを、マチウに認めさせようとしているのだ。というのも、そのとき（すばらしい遠い過去ではなく）はじまった系譜について、記憶はその植物を新しい土地に埋め隠してしまったから。そしてルイーズが一生を通じて彼女から遠く――そしてとても近くで――苦しんでいる、既知の未知の母のことを、思いながら生きてきたということを。またやさしさをもって、彼女ミセアも海のはるか彼方に、それなくしてはどんな幸福も持続することができないだろう身体の半分を探していたのだということを、理解させようとして。けれどもすべてが明るみに出たいまは、より確実な道具を手にする必要があった。なぜならパパ・ロングエが死んだのだから。なぜなら行動し知ることに、より危急のやり方が必要になったから。なぜなら、ひどく遠くからやってきた人間たちを海がかき混ぜ、やってきた土地がかれらを別の樹液によって強くしたから。そして赤土は黒土と混ざり、岩と溶岩は砂に、粘土は炎を上げる火燧石に、末無川《マリゴ》は空と空の海に混ざった。海に浮かぶでこぼこの瓢箪の中に、人間の新たな叫び、新しい響きを生むために。

突然に夢見るように、ふわふわと漂うミセアは、海が見えはじめる稜線で立ちどまり（最後の枝をかきわけたまさにそのとき、目に汗の塩がしみた――空は固着した熱の炸裂に耐えがたい白さで、穴を穿っていた――このしだいに増してきた軽みの中で、まるで潮風の力によって晴れやかな気分になったように体がゆれ――遠くに泡が、跳ねまわる縁取りが見え、ついで、泡から草原の、燃える野原の、乾いた泥の、低い草、低木林、大きな枝たちのうねり、乱雑な樹冠、高みの凪のおののきが見えた――蒸発する海、酸っぱくなる砂糖黍、香りで頭がぼおっとなる厚い葉の匂いを一緒に吸いこんだ）ふざけるようにマチウにいった。「ねえ、もう一九四六年なのよ。海をわたってきてから、ずいぶん時間が経ってる。」ついでひとりになるために、あるいは、しずけさをよりよく味わうために離れながら――爪先でぼんやりとイラクサや葉鶏頭を蹴りながら――マチウにこう声をかけた。「すぐにわかると思うけれど、タエルはここで土をかき混ぜたのよ、土が黄色くなったかどうか、彼は必ず確認しにくる。」

そして彼女の確信の中に、ついに開かれ、明るく、おそらくすぐそこの、世界があった。いたるところから駆けつけてきて、そしてその砂をもって、赤い泥をもって、無限の河川をもって、住民たちのやかましさをもって、きみに語りかける邦があった。現実の邦、そして遠くからきみの知に役立ってくれる知が。

一隻の船、それもまた開かれ透明で、ついにある出発からある到着へと、ある到着からある出発へと、たどらせてくれる船が。そこからきみが出てきた、時と忘却の黒い穴。きみが饐えてゆくと感じるねずみの巣穴のようでは、ない土地。海があり（海はすぐそこにある！）また海底にある線はいっそう強くなり小さな土地を小さな土地と、こちら側の岸辺と正面に見える岸辺を、つないでくれる。

そしてこの邦で、ラファエル・タルジャンが住みつき再開した場所が、何だというのだろう。困難はどこだっておなじだろう。そもそも、選ばれた場所など、もう存在しないのだ。一方、呪われたとまではいわなくても徴のついた場所については、明晰な認識が少しずつ、それらの場所を明らかにしていた。ロングエの家系、高い土地の主人たちは、涸れた。かれらをあれほど長く追ってきた（かれらに追いつくために、あるいはおそらく打ち負かすために）ベリューズの家系は、分散してしまい互いの消息もわからなくなっている。都会、町、太陽の下の平凡な通りは、ラ・ロッシュならば「厳密にいって、限界というのだ」と名づけたような境界、前線ではない。ルネ・ロングエはそこ、分かちがたく積み重なった小屋の群れの砕石の中に、彼の母親エドメが風に押され山《モルヌ》を転げ落ちていったときに奪われてしまった、母のぬくもりを探していたのではなかったか。もはやどんな火山も——そう願おう——このつつしみのない無意識の探索の上に、灰の雷鳴を吐き出したりはしない。もはや火山は必要ではないのだ、なぜなら土地の深みから人間自身が、確信なく、けれども不屈に、自分の足元に遠くからやってくる光が現われはじめるのを見、その光を迎えるためにイラクサの土を削って（海の深みを見張って）いるのだから。

ロングエの家系は涸れはててしまった。そしてたしかに、海の彼方の無限の邦は、連れてこられた者が夢見ていたすばらしい場所ではもはやなく、遠い日々の反駁を許さない証人、呼びさまされた過去の源、否定されこんどはそれ自身が新しい土地、そこへの植民、労働を否定する、部分となる。涸れはてたロングエの家系は、全員の中に眠っている。眩惑と焦りにより、認識を道の果てまで進め、そこではその認識がただちにみんなに共有されることになる、ひとりのベリューズのうちに。行為のために、すなわちふたたび根づかされた根の周囲に眩惑と狂気が落ちる瞬間のために、作られた恐れを知らない体、ひとりのタルジャンのうちに。それはけっして打ちのめされることのない生命なのだ。それは停滞しているように見える。それは忍耐強く待つ、乾期《カレーム》の草や蔓を真似ながら、燃え上がる熱に力を得て、燃える土地で身を縮めて。その生命は、その焦れた流れを逸らす（はなやかな、あるいは皮肉な言葉から——クロワ・ミッションン広場の石段の上でのボザンボやシャルルカンの言葉のような）。「それはすごく遠くから来るんだ」とマチウは考えた。「そして鉄をつけられ、犬の群れにむかって投げられ、混乱し、自分を見失い、つまづいたって驚くにはあたらない、ごろごろ転がり、待つ。でもおまえは、それに絶望してはいけない。」そして夜から立ち上ってくるしずかで単調な思いやりのうちに、遠いすべての島々、刈られた畑、響きを宿す森に、彼は巨大な透明な船が入ってきて、土地を航海するのを見ていた。人が操る鎖の音、リズムを刻むウエというかけ声、スクリューの下でばりばりと音を立てる砂糖黍、太陽の中で、そうこのすさまじく熱い季節に——熱だ世界だ世界そして言葉が突き破る声が太くなる声が不動の火の中で燃えるその火は頭の中でまわる運び去り掃き去り熟しながら——そしてこの季節に終わりはなく、おお、ないのだ、始まりも。

年表

<table>
<tr><th colspan="2">ロングエ</th><th colspan="2">ベリューズ</th></tr>
<tr><td>1788年</td><td>最初の下船。</td><td>1788年</td><td>最初の下船。</td></tr>
<tr><td></td><td>アカジューのプランテーションに売られる。</td><td></td><td>サングリの地所に売られる。</td></tr>
<tr><td></td><td>逃亡《マロネ》する。</td><td></td><td>サングリの屋敷の使用人になる。</td></tr>
<tr><td></td><td></td><td></td><td>奴隷女をひとりあてがわれる。</td></tr>
<tr><td></td><td>奴隷女ひとりを誘拐する。</td><td></td><td></td></tr>
<tr><td>1791年</td><td>息子を得る。メルキオール。</td><td></td><td></td></tr>
<tr><td>1792年</td><td>息子を得る。リベルテ。</td><td></td><td></td></tr>
<tr><td></td><td></td><td>1794年</td><td>息子を得る。アンヌ。</td></tr>
<tr><td colspan="4">1820年　最初の「タルジャン」家の者たちがラ・トゥッファイユに住みつく。</td></tr>
<tr><td>1830年</td><td>メルキオール、森で呪医《ケンボワズール》となる</td><td>1830年</td><td>アンヌ、リベルテが焦がれていた女を娶る。</td></tr>
<tr><td>1831年</td><td>リベルテ、アンヌに殺される。</td><td>1831年</td><td>アンヌがリベルテを殺す。</td></tr>
<tr><td>1833年</td><td>メルキオールに娘誕生。リベルテ（スラ家の先祖）。</td><td></td><td></td></tr>
<tr><td></td><td></td><td>1834年</td><td>アンヌが娘を得る。ステファニーズ。</td></tr>
<tr><td>1835年</td><td>息子を得る。アポストロフ。</td><td>1835年</td><td>息子を得る。サン＝ティヴ。</td></tr>
<tr><td>1848年</td><td>逃亡奴隷《マロン》たち、山を下りる。</td><td>1848年</td><td>奴隷解放。</td></tr>
<tr><td>1858年</td><td>アポストロフ、ステファニーズと同棲。</td><td></td><td></td></tr>
<tr><td>1872年</td><td>パパ・ロングエ誕生。</td><td>1872年</td><td>サン＝ティヴ、ゼフィランをもうける。</td></tr>
<tr><td colspan="4">1873年　エドメ・タルジャンの誕生。</td></tr>
<tr><td colspan="4">1890年　エドメ、パパ・ロングエと暮らすためにラ・トゥッファイユを去る。</td></tr>
<tr><td>1890年</td><td>パパ・ロングエ、息子を得る。チ＝ルネ。</td><td></td><td></td></tr>
<tr><td></td><td></td><td>1891年</td><td>ゼフィラン、息子を得る。マチウ。</td></tr>
<tr><td colspan="4">1898年　エドメの死。</td></tr>
<tr><td colspan="4">1905年　タルジャン家がラ・トゥッファイユを放棄。</td></tr>
<tr><td>1915年</td><td>チ＝ルネ、戦死。</td><td></td><td></td></tr>
<tr><td></td><td></td><td>1920年</td><td>マチウが大戦から帰る。</td></tr>
<tr><td></td><td></td><td>1926年</td><td>マチウ息子の誕生。</td></tr>
<tr><td>1935年</td><td>パパ・ロングエとマチウ息子、ある幻視《セアンス》に際して初めて出会う。</td><td></td><td></td></tr>
<tr><td>1940年</td><td>マチウ息子の、パパ・ロングエへの定期的訪問がはじまる。</td><td></td><td></td></tr>
<tr><td>1945年</td><td>パパ・ロングエの死。</td><td></td><td></td></tr>
<tr><td></td><td></td><td>1946年</td><td>マチウ・ベリューズとマリ・スラ（ミセア）が結婚する。</td></tr>
</table>

エドゥアール・グリッサンの『第四世紀』——訳者解説

はじめに

アフリカ系文化表現、というよりもむしろアフロ＝クレオル的な文化表現が、世界を席巻するようになって久しい。ブラック・アフリカつまりサハラ砂漠以南のアフリカ大陸、特に西アフリカを中心とする土地と人々の、間大西洋的交渉と移住と相互影響にもとづいて、過去四百年ほどをかけて発展してきたさまざまな表現が、大きく開花しているのだ。それは世界の全地域に飛散し、それぞれの社会に根付いている。音楽や踊りやファッションや美術といったすべての可視的・可聴的なジャンルで、「アフリカ系」と即座に同定されるような肌の色と容貌の指標をもった人たちが、世界中で活躍している。パリやロンドンといったかつての帝国の首都だけではなく、シカゴやロスアンジェルスやモンレアルといった北米の大都市だけでもなく、従来はアフリカ系の住民にとってはあまり大きな行き先ではなかった、ダブリンやシドニーやオークランドでも。こうして長い年月のあいだにいくつもの波を形成しつつ移ってゆく人々の都となった、世界のすべての都会で。アフリカ系ないしはアフロ＝クレオル系の表現やスタイルとまるで無縁の人は、いまではもう世界にほとんど残されていないだろう。われわれは誰もが（多かれ少なかれ）アフリカ人なのだ、という言い方は、二十一世紀においてけっして奇矯な発言ではない。

そんな風に世界中に散らばった「アフリカ」の歴史を、ほとんどはじめたといっていいのが、カリブ海という地域だった。そこは五百年あまりまえにはじまった、拡大するヨーロッパと「新世界」の出会いの場、地球社会の全球化（グローバル化）の最初の苗床だ。二十世紀を通じて、たとえばポピュラー音楽における ジャンルの開発、スタイルの更新にかけて、カリブ海は他のどこにも増して重要な役割をはたしてきた。音楽、踊りとくれば、言語表現だけが孤立することはない。歌とともに、詩が鍛えられる。ついで、歴史をめぐる反省的思考がそこに加味されて、遠く広い地平を見つめる小説が書かれるようになる。書かれる言語は、たとえば英語であり、フランス語であり、スペイン語だった。いまでこそフランス語語彙クレオル語も書字言語・表現言語としてのステータスをよく確立しているが、それまではもっぱらヨーロッパの、かつての「帝国」支配者たちの規範言語が、それぞれのはなやぐ文学的伝統に棹をさしつつ、この地域においても文学言語として採用されたわけだ。それらのヨーロッパ言語をよく身につけた、土地の、島の、黒い肌をした「優等生」たちによっても。

ここでは過去半世紀を超える活動を通じて、現代カリブ海フランス語表現のもっとも重要な詩人・作家と呼ぶにふさわしい足跡を刻んできた、マルチニックのエドゥアール・グリッサンについて、特に彼の初期の小説『第四世紀』（一九六四年）にこめられたヴィジョンを考えてみたい。いわゆる大西洋三角貿易により、奴隷としてむりやりこの地域に移入されたアフリカ系の人々の子孫として、その島でただ生れ育つだけではじめから越境を強いられていた存在が、地理的な移動という水平的な越境だけではなく、失われた歴史の探究という垂直的な脱出を、作品において試みる。その脱出ぶりに、焦点を定めてみよう。

グリッサンについて

エドゥアール・グリッサンはカリブ海のフランス海外県マルチニックに生まれた詩人・作家、そしてクレオリザシオン（文化のクレオル化）の思想家としても知られる、巨大な存在だ。一九二八年生まれ。したがって一九三〇年生まれで、一九九二年の「コロンブス五百年」の年にノーベル文学賞を受賞したデレク・ウォルコットとは、完全に同世代だということになる。すでに著作は六冊が日本語に訳されている。小説第一作の『レザルド川』、第四作の『痕跡』、評論集の『全゠世界論』と『〈関係〉の詩学』『フォークナー、ミシシッピ』、講演集の『多様なるものの詩学序説』だ。

カリブ海の文学をめぐって、以前グリッサンは、キューバのアレホ・カルペンティエルが彼に語ったという、こんな言葉を紹介していた。「われわれカリブの人間は、四つか五つの異なった言語（ラング）で書くけれども、おなじひとつの言語的態度（ランガージュ）を持っているね」と。キューバ人とはいってもカルペンティエルは、家庭ではフランス語を話して育ったということだから、グリッサンとのこの会話もおそらくフランス語でおこなわれたのだろう。四つか五つの言語というのは、スペイン語、フランス語、英語、フランス語語彙クレオル語、そしてオランダ語が念頭にあるのだと思われる。ヨーロッパの国々にとっての戦いの場、侵略の場、植民地経営の場として数世紀をすごしたあとで、カリブ海の島々はこうしたヨーロッパ諸国により分割領有され、プランテーション文化を基本としておなじような生活世界の構造と風景をくりひろげてきた。そこでの日々の暮らしの色調とそこで話される言語を深く規定したのは、アフリカ西海岸から奴隷貿易により大量に強制移住させられた、ブラック・アフリカの人々だった。言語的にはフランス語語彙クレオル語が、非常に幅広いスペクトラムをもちつつ、広範囲で使用された。

アメリカスの文化を大雑把に「先住民のアメリカ」「ユーロ・アメリカ」「プランテーション・アメリカ」と三つに分けるとして、ここではその最後のもの、つまりカリブ海域を中心として、南はブラジルから北はアメリカ合衆国南部にまでひろがる、大規模単一耕作《モノカルチャー》の土地に成立した「プランテーション・アメリカ」を念頭におく。その土台にあるのは奴隷制であり、それがアメリカスにおけるアフリカ系の人々の運命だった。グリッサンの長編小説第二作である一九六四年発表の『第四世紀』は、出自・歴史・言語・生活習慣・社会構造といったすべてを奪われたかのように見える、このアフリカ系の島人のコミュニティの中から現われてきた、「世界」という関係の錯綜体をあえてその全体性において想像的にとらえ直そうと試みる、非常に強靭な想像力の冒険だ。

『第四世紀』

『第四世紀』は作者グリッサンがまだ三十代前半という年齢で書いた作品だが、小説の書法という点からみるとそこでは明らかに、ある偉大な先行者の姿が意識されている。アメリカスの二十世紀文学に途方もなく大きな足跡を残した、アメリカ深南部の作家ウィリアム・フォークナー。ラテンアメリカの作家たちに対してきわめて大きな影響力をもった、この北のプランテーション・アメリカの作家の傑作群もまた、主としてフォークナー自身の三十代に書かれたものだが、グリッサンはその文体においても語りの戦略においても、フォークナーをあからさまに意識している。錯乱したようなきらびやかな言語は『響きと怒り』を思わせるし、二人の人物の語り合いの中から過去のさまざまな様相が浮かび上がってくるという趣向は『アブサロム、アブサロム！』に似ている。フォークナーのこれらの怪物的な小説たちとおなじく、大変に説明しづらい、きわめて複雑な構成をもった作品だが、ここではともあれ『第四世紀』の構成と、それが目ざしているものについて、簡単に見てゆきたいと思う。

物語はパパ・ロングエと呼ばれる老人とマチウ・ベリューズという名の十四歳の少年の会話を通じて展開する。この二人の位置や置かれた状況を説明するナレーションはもちろん入り、二人の姿は三人称で提示されているが、島の過去を再構成する材料は、基本的にはこの超越的な話者によるのではなく、パパ・ロングエの語りによって与えられる。パパ・ロングエはアフリカから連れてこられた奴隷の第四世代、マチウは第六世代にあたる。マチウは非常に利発で、どんな大人にも負けないほど本をよく読み、島の歴史になみなみならぬ切迫した関心を抱いているが、すでに文書として記された歴史によっては自分たちの過去はどうにもわからないということにも、よく気づいている。そこで山に住むケンボワズール（これは薬草の知識や幻視の能力のある呪医・呪術師、スペイン語でいうクランデイロにあたる）の老人パパ・ロングエに、老人が知る限りのことを聞き出そうとして、十四歳のある日から、山に通いはじめる。物語の現在時は、一九四〇年からパパ・ロングエの死ぬ一九四五年まで。その間にパパによって語り直される過去は、一七八八年から物語の現在にいたる、島と家系の歴史だった。

事件のクロノロジー（年代記）はもちろん大切なのだが、それを再構成する手がかりはわざとごく目立たないかたちであちこちにばらまかれているので、よほど細心に読まなくては、自力では理解できない。さいわい、これもフォークナーの例を念頭においてのことだと思われるが、作者自身が巻末に「ダタシオン」と呼ぶ年表を添えている（この年表自体、作品の重要な一部をなしている）。これによってわかるとおり、物語は複雑にからみあった運命を生きるアフリカ系の二つの家系、ロングエ家とベリューズ家を中心に、第三の家系タルジャン家がさらにからんでくるかたちで進行する。

発端は、一七八八年七月のある朝にマルチニックに到来した奴隷船でのできごとだ。船が港に入り荷揚げされる直前になって、二人の黒人奴隷が激しいけんかをはじめる。原因はここではわからないが、小説の中で徐々に明らかになってゆくとおり、どうやらアフリカ大陸からひきずってきた何らかの遺恨が互いに対してあるらしい。屈強な二人はもちろん引き離され、それぞれ別々のプランテーション経営者に買われてゆく。

一人は青い目の剛胆な実力者ラ・ロッシュに、もう一人はラ・ロッシュを終生のライバルとしている気弱なせむしの小男サングリに。

ところが、ラ・ロッシュに買われた黒人はその日のうちに逃亡に成功し、山へと逃げこみ、ついで自分を逃がしてくれた黒人女性をラ・ロッシュの屋敷からさらって、マロンすなわち逃亡奴隷の家系をはじめるのだ。この人が初代のロングエ。一方、サングリに買われた黒人はおなじ船でやってきた黒人女をあてがわれ、女主人に気に入られることでプランテーションの中では特別な位置をしめる、家つきの奴隷としての家系を創始する。こちらがベリューズだ。ここから両家は平行し、やがては入り混じる二つの流れを作り、以後百五十七年にわたるマルチニックの、公式の書字記録には残らない歴史を編んでゆくわけだ。そして両家の激しい反目を含むその歴史を、いま、パパ・ロングエとその聴き手である少年マチウが、ある種の共同作業により再構築しようとしている。

ヨーロッパ系住民の書字記録に対して、黒人たちの口承記憶を対比させるだけなら、構造は単純なものですんだことだろう。けれどもグリッサンの独創は、アフリカ系住民の間に平野のプランテーションにとどまった者と山《モルヌ》の逃亡奴隷《マロン》という根源的な差を見てとり、逃亡奴隷《マロン》たちの中での知的指導者・精神的中心となるケンボワズールの家系を「平地」とは異なった記憶をたずさえた者として造形したことにある。山の記憶は平野の記憶とはちがう。山に住むロングエの家系にとって、記憶のアーカイヴとなるのは風であり、あるいは太陽だ。逃亡奴隷たちは、いったい山で何を覚え、何を語り継ぎ、どんな土地を想像していたのか。パパ・ロングエは「過去を予見する」という不思議な能力をもち（もつと称し）、下から山上にむかって吹き上げてくる風を浴びながら、どんなメディアによっても記録されていない過去のできごとを幻視している。もちろん、それは常識的にいってできるはずのない技だろう。けれども、とぎすまされた想像力が、「いまここ」で過去の像をつむぎだし言葉によりそれを描き出してゆくというのは、とりもなおさず「文学」が、たしかに実際にあったにもかかわらずそれに接近することが禁じられているような過去にむきあおうとするときに、おこなっていることにほかならない。パパ・ロングエという、幻視者としての力をもつ野生の歴史家は、その意味では島の歴史＝文学者そのものであり、そこで語られる物語内容はなんの根拠もないにもかかわらず「たしかにそうでもありえただろう」という、実証性と単なる絵空事の中間に位置する独特な地位を、主張することになる。

物語は四部構成をとる。最初の「砂岬」では、一七八八年の奴隷船からはじまり、逃亡したロングエがいかに山に住みつき、彼にとってこの島の岬と海はどんな意味をもっていたのかが語られる。第二部にあたる「ロッシュ・カレ」とはベリューズ家が住みついた、プランテーション空間の縁に位置する土地の名で、一八三一年に起きたベリューズ家第二世代のアンヌ（女性名を与えられているが男性）によるロングエ家第二世代のリベルテの殺害や、一八四八年の奴隷解放直後の最後の奴隷密輸船の上でのラ・ロッシュの死などが語られる。第三部の「ラ・トゥッファイユの乾期《カレーム》」でいうラ・トゥッファイユとは、パパ・ロングエの妻エドメの実家であるタルジャン家が住みついていた土地で、プランテーション経済の崩壊後、一家がこの土地を追われて山に引っ越してゆくまでが語られる。これは主として十九世紀末の出来事。そして第四部が語るのは語りの現在時である一九四五年のことで、マチウの病とそれを看病する恋人ミセアの姿、島の記憶の保持者であったパパ・ロングエの死、そして島の現在もつづく絶望的な隷属状態が語られる。

こんな風にまとめると、いかにも年代記的な作品かと思われそうだが、そうではない。とてもこんな風にすっきりとまとめることのできない、まるで海岸や川沿いにひろがるマングローブ林や、もっと標高の高いところで展開する逃亡奴隷《マロン》たちが逃げこんだ原生林のように、見通しのきかない錯綜した細部が、混乱のままに投げ出されている。それは後にグリッサンが使うようになった用語でいえば「カオ＝モンド」つまり「世界という混沌」と呼ぶにふさわしいものであり、またグリッサンのもうひとつの基本的発想である、ごく小さな島世界にも世界史の全体や世界のあちこちの遠い土地の記憶がつねに反響しているという考え方の、実践編ともなっている。

ゆたかな小説というのはどれもそうだが、この作品もいろいろな主題に注目しながら読んでゆくことができる。思いつくままにあげてみよう。

出来事の記憶はどんなふうに保持されるか。

書字記録は何を忘れ、口承の記憶は何を覚えているのか。

人は系譜ないしは血統の形成にいかに失敗し、あるいは血統を超えたところで、何かの知識や技術の継承をどんなふうに試みるか。

人の生き方はどこまでが血に支配され、どこまでがそれからの脱却なのか。

まったく新しい土地に人が移り住むとき、風景とそれに付随する知識はいかに発見され、それぞれの場所はどんなふうにしてそれぞれの役割を担うようになってゆくのか。

異なった言語どうしによるコミュニケーションは、はたして可能なのか。

クレオル言語はどのようにして生まれ、どうやってみずからの通用範囲を拡大してゆくのか。

人は自分自身を名付けるとき、何を訴えているのか。

他人に対する命名権を主張することで、人は、あるいは国家は、どんな支配を作り出そうとしているのか。

時計が刻む時間をきちんと記録し、それにしたがって個人や社会の像を描こうとすることは、何を明らかにし、何を忘却させるのか。

もちろん、まだ他にもいくつもの注目すべきポイントがあるだろうが、ここでは三つの点にしぼって、さらにこの小説を見ていきたい。仮に着目する三つのポイントとは「風景」「名前」「言語」だ。

風景をめぐって

まず、風景について。結論を先どりするかたちになるが、本書のタイトルにある「第四世紀」とは何を意味しているのかについて、答えておく。この小説の最大の主題、それはいわば「時間の空間化」、あるいは「歴史の地理化」とでもいえる事態だ。そしてそこには当然のことながら、線的な時間に立ってある種の支配(物質的レベルでの支配であると同時に想像域の支配でもある)を貫徹させようとする近代世界というシステムに対する、批判がこめられている。ごく常識的に考えるなら、「世紀」とは百年のことであり、時計や太陽暦が刻む循環的時間の、線的な翻訳だというしかない。その見方に立てば、一六三五年にカリブ海のこの島はフランスに併合され、一九三五年には「併合三百周年」が祝われて、物語の現在である一九四五年は、まさにこのフランス植民地の「第四世紀」がはじまって間もないときだということになる。しかし役場の記録や商取引の記録に日付をもって残るような歴史は、島の人々それぞれに自分は本当にどこかのたしかな「かつて」につながっていると実感させてくれるようなものではない。その記録には、第一、この島の現実の土地が、まるで反映されない。

小説の第四部に、マチウがついにこんな認識に到達する場面がある。パパ・ロングエを相手に歴史を語りながら、高揚したマチウは「世紀」とは百年ではなく、人が横切ってきた空間のことではないかと思いいたるのだ。日常語として老人のことを「あの黒人《ネグル》、あいつは一世紀だ」などということがある。けれどもこんなふうにいった人はいまだかつていなかった、「わたってきた海、あれは一世紀だ」と。このマチウ流の空間的尺度を採用するならば、マルチニックでの世紀は次のように再定義できるだろう。おまえが盲目の状態で、魂も声もなく上陸した海岸、それも一世紀だ。逃亡奴隷として逃げこんだ、錯綜をきわめた森、それも一世紀だ。少しずつプランテーション経済の世界に飲みこまれ自然が切り崩され平らに均《なら》されてゆく土地、それも一世紀だ。併合三百周年のリボンに飾られるのではなく、こうして無名の人たちの血、声なき苦しみ、反響なき死にむすびついたこれらの空間《トポス》こそ、それぞれがひとつの世紀なのだ。

　この考え方は、奴隷制のくびきを逃れて山に逃げこみ、この未知の島の空間を順次発見しながらそこに住みこむという実験をおこなってきた逃亡奴隷、初代ロングエの論理の、いわば完成形態だといえる。行政と商業の通常のクロノロジーを離れ、土地に根ざした独自の時間論理《クロノロジック》を発見し、文書の歴史には絶対に現われない、忘れられた生の痕跡を見抜くこと。このような「目」を手に入れることで、プランテーションの黒人ベリューズ家の末裔であるマチウは逃亡奴隷の論理の側へのシフトを完成させ、その想像力を証明することで血統を超えて、パパ・ロングエの後継者としての資格を明らかにする。

　小説の冒頭でマチウがパパのところに通いはじめたころ、パパはマチウを完全に子供扱いし、「この風だ！おまえが求めているのはこれだよ！〔…〕この大風の力を測ることなどできるものだろうか？」と軽くいなしていた。それが海、海岸、森、土地をそれぞれ一世紀と呼ぶこの場面にくると、パパはマチウを「ムッシュー・マチウ」と呼び、一人前の男として扱っている。この変化は、知識というよりもある認識の態度の継承がぶじに完成したことをうかがわせ、感動的だ。マチウにとって、これは修行期間の終わりだった。歴史のすべてはこの土地の中に、時とともに変化する土地の外見のうちに、はっきり現われているというのはパパが当初からもっていた歴史観だったが、それ自体、この島への到着とともにひとり山に逃げこんだ初代ロングエ、まだ「ロングエ」という名すらもっていないアフリカ人の男の、未知の土地の地形や植物群にむかって大きく見開かれた目から、まっすぐにつながってくるものだった。

土地との新しい関係を語るには、いわゆる「自然描写」は欠かせない。山に逃げた彼が最初の夜明けをむかえる場面では、たとえばこんな印象的な描写が与えられていた。

> 姿を消した月が湿り気となって無数の木々の根元にひろがっていったのだと思えた。陽の光が大地の吐く息のように根から発散されるのが少しずつ見えて、それがついにはずっと上の樹木の頂を照らした。そのとき自分が眠っていたあたりが、このほとばしるような森の中で唯一の平らな場所だったこと、山《モルヌ》の巨大な幹に一本の平らな枝としていつまでもしがみついている唯一の踏み固められた地面だということを、彼は理解した。

光や風、水や土の状態と変化にきわめて注意深いのはグリッサンの文章の特徴のひとつだといっていいが、すべての資格と来歴を剝奪されてこうしてエレメントの世界にぶつかることをくりかえしてようやく島に住みつくことができること、しかもその住みつく過程の記憶をすべて失ってしまったアフリカ系逃亡奴隷の裸の目がこうして歴史認識にこれまでに試みられたためしのなかった方法論を与えるということが、この小説が提示しようとした可能性の一端だったと思われる。

命名をめぐって

つづいて、名前について考えてみよう。自分で自分を命名することが許される文化というのは、あるいはそう多くはないのかもしれない。けれどもすべての名が親族ですらない赤の他人から押し付けられるという事態もまた、いかにも苛酷な支配／被支配の関係を感じさせる、異常な状況だといわざるをえない。この小説では名前は大きな位置を与えられている。逃亡奴隷として存在の独自性を主張するロングエだが、彼にロングエの名を与えたのは、ラ・ロッシュの屋敷からさらわれてきた黒人女ルイーズで、妻ルイーズだけがこの名を使った。他の人々からはずっと「ムッシュー・ラ・ポワント」すなわち「岬のおやじさん」と呼ばれていたのだ。ところがこの二人の息子で非常に能力の高いケンボワズールだったメルキオールは、成長したある日、母親マン＝ルイーズ（マンは年配の女性への尊称のようなもの、男性の場合のパパに対応する）にむかって、それまでの「チ＝ラポワント」つまり「岬のおやじさんのところの坊主」とでもいった呼び名を拒絶し「おれの名前はロングエだ。メルキオール・ロングエだ」と名乗りを上げる。これはいわば両親からの独立宣言であり、子供時代からひとりで森を徘徊しつつ成長したメルキオールは、島を学ばなくてはならなかった父親とも、森を新たに学び直さなくてはならなかった母親ともちがって、いわば逃亡奴隷《マロン》の文化のネイティヴとして、人々に畏怖され、かつ頼られる存在となった。逃亡奴隷たちだけではなく、平地のプランテーションの奴隷たちも、病やその他の相談ごとのためにはメルキオールのところに集まる。このメルキオールがパパ・ロングエの祖父にあたる。一方、初代ロングエのライバルであるベリューズを命名したのは、プランテーションの女主人マリ＝ナタリーだった。「ベル・ユサージュ」すなわち「使い勝手のよさ、性能のよさ、また皮肉をこめて「お楽しみ」」とでもいった意味をもつその名は、奴隷たちの生殖をコントロールすることに大きな情熱を抱いていた女主人のために家畜同然の扱いを受けることになったベリューズの位置を、よくしめしている。ちなみにロングエの名のもとになったのはドングレという食物（これはよくわからないが、おそらくキャッサバの粉で作った団子状のものではないかと思われ、蟹の汁に入れて食べるそうだ）。この二つの名の由来だけで、すでに二つの家系の明暗が分かれているともいえる。

つまり自己命名権は、山の人間の特徴だった。プランテーション世界を逃れ山に住みついた者たちについて、パパ・ロングエがこんなふうに語るところがある。「上のほうの者たちは自分で名を選んだ。人がなんだのかんだのと呼ぶのではなくて、他人がかれらを呼ぶ習慣を身につけるのではなくて、かれら自身が選び、四方の人間たちにむかっていうのだ「さあ、おれの名は某だ」と。ちがいがわかるか。かれらはみずからを名乗るんだ、他人から呼ばれるまえに。いわばみずから命名するわけだ」

ところがこれと正反対の、非常に滑稽かつ悲惨な状況が、一八四八年の奴隷解放に際して、それまでの奴隷たちが市民として登録されるときに生じた。登記にあたっている二人の役人が、列をなす黒人たちに順に家族構成を聞き、その場で適当に苗字を与えるのだ。父親、母親、子供三人の家族だと聞けば、その「三《トロワ》」という数字から「デトロワ」。あるいは別の一家の母親の名がユーフラジーであれば、それをそのまま姓として「ユーフラジー」家。ひとり者がいれば、「たったひとり」という意味の「トゥースール」。さいわいみずから名乗ったロングエ家はロングエの名がそのまま記載されるが、他には古代史だの神話だの自然現象だのが、気ままに姓として採用される。ラ・ロッシュのプランテーションにいたものは「ロシェ、ラシュ、レション、リュショ」などという一連の苗字をもらい、サングリのところからはサングリをひっくりかえしたグリッサンやクールバリル、バリクーといった変形が使われる。そしてついには音階の「ドレミ」とか、「もうたくさんだ」という意味の「ジャン・ネ・アッセ」から「ネアセ」という姓がつけられたりする。非常にカラフルではあるけれどもはなはだ無根拠な姓の群れがこうして生まれ、アフリカ系住民たちの管理は、個々のプランテーションから政府の手に委ねられることになったのだ。おもしろいことに、この場面をグリッサンはまったくの想像で書いたにもかかわらず、後にはこれがあたかも事実の証言であるかのように、姓名研究の専門的な論文に引用されたことがあるという。すでにわからなくなった過去、記録のない過去に関しては、想像力以外の接近の仕方がないことを、改めて思わされる。

クレオル語をめぐって

つづいて、言語に着目してみよう。きわだって浮上してくるのはフランス語とフランス語語彙クレオル語、両者の関係だ。小説の文そのものは正統的な、文学言語としてのフランス語で書かれているが、そこにときおりカリブ海的な、ということはおそらく十七、八世紀のノルマンディーやブルターニュ地方の方言の語法を響かせているような表現が混ざってくる。具体的なもの、たとえば植物や料理や建築をさす語彙に独特なものがあるのは当然だが、黒人たちの生活言語であるクレオルは、大部分の場合は断りもなくフランス語に転記されて語りの中にまぎれこんでいるにもかかわらず、ときおりわざとテクストの表面にイタリック表記によって浮上してくることもある。また諺やなぞなぞやジョーク、コントゥール（民話の語り部）の話や、二人の男が戦いのようにかけあいで言い合いをするといったいかにもアフリカ的な言葉の身振りも、小説のあちこちで姿をのぞかせる。

非常におもしろい場面のひとつに、物語のまだはじめのほうで、ルイーズをさらってきたものの自分はアフリカ言語しかしゃべれなくて話が通じないままでいる初代ロングエが、突然いくつかの単語を覚えはじめるというところがあった。さらわれてきたルイーズは三度にわたって脱走を試み、三度とも失敗する。そして四日目、またも脱走し山頂めざして逃げてゆこうとすると、追いかけてきたこのアフリカ男が彼女に近づき、精神を集中したようすで「ラン・メ、ラ・テ、ゼクレ」と声をかけるのだ。彼女はあっけにとられ、彼を見つめる。これはそれぞれフランス語の「海、大地、稲妻」にあたるクレオル語の単語で、男はどうやら彼女が怒ってまくしたてるのを聞いて覚えたらしい。男が発音すると、単語がどれも重く、どうにも奇妙に聴こえる。しかしこれが二人のあいだに最初に言語的コミュニケーション(ただし明示的意味の外で)が成立したときなのだった。まもなくルイーズが「あんたはドングレみたいに不細工だね」というと、男はそれを「ロングエ」とくりかえし、ルイーズは笑いながら自分たちを交互に指さし、「ルイーズ、ルイーズ、ロングエ、ロングエ、ロングエ」という。命名の場面としても、これが奴隷解放後に行なわれた二人の役人たちによる命名といかにかけ離れたものかは、明らかだろう。

プランテーションで発生したクレオル語の使用者が、黒人奴隷だけではなく、その主人である白人たちをも含むという点にも注意しなくてはならない。これに関しておもしろいのは、ユードルシーのエピソードだ。土地のクレオル語は一種の共犯関係によってできあがってきた言葉で、プランテーションが支配する平野から逃亡奴隷たちが住む山まで、そして白人との接触の多い層からそれがほとんどない層まで、さまざまな程度の連続体をなしている。ここで、ある小学校の年老いた女の先生が、「いまどきの子供はさっぱりわからない。ある文をフランス語で話しはじめても文末ではクレオル語になってしまう」と自分自身、文末ではクレオル語になりながら嘆いたという笑い話を聞いて、マチウが思い出すのは、サングリのところで女中をしていたユードルシーの逸話だった。サングリがクレオル語で「ユードルシー、お茶をいれてくれ」と頼むのに対して、彼女はいつも必ず気取ったフランス語で「どちらになさいますか、アンフュジオンですかデコクシオンですか」(いずれも「煎じたもの」の意)とたずねる。するとそのたびにサングリはかんかんに怒ってしまい、そんなものはどっちだってかまわないから、さっさとお茶をいれてくれ、とクレオル語で怒鳴る。それをいつもくりかえしている。主人と使用人とのあいだに言語逆転が起きているわけだが、言葉にはおもしろいことに、つねにそうした感染力と逆転の可能性があるように思う。

マチウの小学校時代の、学校でのクレオル語の状況も興味深い。小学生たちの毎日に、どんなおまじないがあり、どんな遊びのかけ声があり、子供たちの綽名があったかが語られるのだが、クレオル語は恥ずべき言葉として使用を禁止され、使えば先生から体罰を受ける。こうした言語の禁止はアメリカ南西部のチカーノのコミュニティでも、ハワイのクレオル英語をめぐっても、あるいは沖縄や奄美諸島でも、二十世紀の後半になってさえまだ現実にあった状況だ。この小説にはこうしてクレオル語の影がずっとつきまとっているのだが、とはいえもともとはクレオル語で語られていたにちがいない発言がごくふつうにフランス語で提示されるなど、いわばテクストの言語的な水位の設定という点で見るならば、さほどラディカルなものとはいえない。むしろ言語使用という観点からもっともおもしろいのは、逃亡から十年ほど経ったある日、森の中で、かつてつかのまの主人だったラ・ロッシュと到着の初日に逃げ出しルイーズを盗み出した逃亡奴隷のロングエが、一対一で再会する場面だ。それぞれに武器をもっていた二人は、それを使うつもりがないという意志をはっきりしめしつつ腰をおろし、対話をはじめる。もし土地のクレオル語を話すのであれば、そのときまでにはロングエもずいぶん言葉を覚えていたはずだから、ある程度は話ができた。しかし二人ともここではクレオル語の使用を拒絶し、ラ・ロッシュは早口のフランス語で、ロングエは過去十年間いちども使ったことのなかったアフリカの母語で、会話ならざる会話をはじめるのだ。相手が何を話しているのかは、お互いまったくわからない。内容がわかっているのは、物語のナレーターと読者であるわれわれだけ。それなのに互いに発言の順番を守り、間合いをとり、表面上は完全に一致した時間をすごしている。中間項・媒介項としてのクレオル語をいったん捨てることで、相手の不透明さを全面的にうけいれるという身振りがしめされ、元主人と元奴隷という両者のあいだには、いちおうの平衡状態が生まれる。そしてラ・ロッシュが逃亡奴隷の似顔絵をしるすための樹皮と物語にとってきわめて重要な意味をもつ小さな木の樽をロングエに与えることで、対立を対立のまま維持しながら生きてゆくという、ある種の知恵のようなものがしめされる。その行為のいささかの不自然さをひとまずおけば、小説の三分の一あたりにおかれたこの挿話は、妙に心に残る。

声と文字

こうして風景、名前、言語のいくつかのモーメントを見ながら、この小説のごく一部を紹介してきた。はじめに「第四世紀」という言い方は時間の空間化、歴史の地理化なのだといったが、物語の全体をひとことで要約するなら、それはやはりパパ・ロングエの死により山にひっそりと生き延びていた口承的記憶の世界（書字記録に対するオルターナティヴな歴史記憶の可能性）が完全に途絶し、その途絶に立ち会うというかたちでマチウがパパ・ロングエの非正統的な後継者として今後生きてゆくことになる、というものだといっていいだろう。そしてマチウは、奴隷船の記憶が遠ざかりつつあるとはいっても、じつはいまもこの島の全体がかれらを乗せて進みつづける巨大な船にほかならず、かれらが置かれた隷属の境遇は本質的に変わっていない、かれらはまだ歴史を手に入れていないという強烈な意識をもって、最後にはただ茫然とたたずむ。ロングエ家の血統の断絶を見届けたマチウの錯乱的な想像によって小説は終わるのだが、最後に置かれた一語はcommencementつまり始まりであり、しかもそれが否定されていることにも注意しなくてはならない。ここまでくると、本書が出版されたときに三十七、八歳だった作者がこの作品に何を託そうとしたのかも、想像しないわけにはいかない。

第二次大戦後すぐ若くして島を離れ、給費留学生としてフランス本土で学び、そのまましばらくフランスで生活したのち、グリッサンはこの作品を発表した翌年の六五年にマルチニックに帰還する。その経緯を考えると、島からの脱出をいったんは果たした人間が、世界に目覚め、歴史に目覚め、脱出という与えられた自由に関してある種の心の負債のようなものを感じながら、島がおかれた位置をめぐる非常に深い省察を言語化することに成功したのだとみなしていいだろう。そしてその言語化をうながした根底的な動機としては、ありえた別のかたちの記憶の流れが、まさに自分自身が生きてきたごく近い過去のある時点で断絶させられ、島の人々の記憶のモードならびに集合的な歴史記述の可能性そのものが、まったく別の段階に移行したという意識があると思われる。そのような新しい、けれども一面では選びようもなく強制されることになった島人の歴史記述の可能性に対するグリッサンからの回答が、この野心的な小説だった。グリッサン自身は『第四世紀』でやろうとしたのは「過去の予言的ヴィジョン」la vision prophétique du passé を書くことだったと述べている。少し言い方を変えるなら、ここでグリッサンが試みたことは、すでに消えた口承的記憶、オリジナルの存在しない記憶から文章への翻訳だったといえるだろう。その翻訳に、正当化の根拠はない。それは一種の賭けだ。そしてその賭け以外に歴史をもちえない集団が、実在するのだ。

最後に、ぼくが以前から「フォニーとグラフィーの問題」と呼んできたものについてふれておく。グリッサンは多言語主義という言葉について、それは別にいくつもの言葉を知っているということではなくて、自分が使う言語のかたわらにつねに他の言語がいることを意識することなのだ、というふうに語っていたし、ぼくもおなじように考えてきた。ところで、現実の自分の言語的実践において考えるときには、特殊な生い立ちか訓練がないかぎり、いくつもの言語を聞いたり話したりして、それぞれの言語の中での発話を理解したり自分のいうことを理解させたりするのは、やはりかなりむずかしいことだ。理解できるかできないかにかかわらず、さまざまな言語がつねにいま自分のかたわらに集結していると感じる態度のことを、ぼくは「オムニフォン」という用語でいいあらわそうとした（『オムニフォン――〈世界の響き〉の詩学』岩波書店、二〇〇五年）。正直なところ、それは一種の夢にすぎなかった。音が言語として成立するためには、その場で他の音を排除しなくてはならないし、その場をみたす音があまりに多言語にわたっていては、結局だれも何も理解できない状態がつづくばかりだ。そう考えると、多言語主義ないしオムニフォニーという状況は、むしろオムニグラフィー、つまり理解不可能なものも含めてさまざまな言語の滞在を許している書字テクストのうちにのみ見つかるものなのだろうと思えてくる。ジョイスの『フィネガンズ・ウェイク』をもっとも極端なかたちとする、さまざまな言語が多層的に共存する状態の実現は、文字にたよらざるをえない。そしてそれは、たぶん過去数百年にわたって単純に「文学」と呼ばれてきたもの、あるいは過去二百年あまりにわたって単純に「小説」と呼ばれてきたものに、いくらでも実例を見出すことのできる状態なのだろう。パトリック・シャモワゾーは「オムニフォン」というぼくが借りてきた形容詞を、もともとラブレー、ジョイス、セリーヌといった小説家たちの作品の言語状況を言い表すものとして使っていた。

書かれたテクストは、話し言葉の容赦のない速度と一回性から解放されて、ゆっくりと、何度でも読むことができる。するとこのとき、テクストが語る物語自体が、時間の進行の単一の線から解放されて、いわば空間化ないしは地理化されることも、われわれはじつは何度でも経験していることではないだろうか。ぼくにとってはいまだあちこちが不透明なままにとどまっている『第四世紀』というテクストは、そんなことまで考えさせてくれる。口承的記憶から書字的記憶へという不可逆的な転換を経たのちのわれわれの「世界史」記述に、もういちど記憶の二つのモードの緊張関係を思い出させながら、想像力を大胆にもちこみ、小説だけがなしうる重層性、自由度、「あてにならなさ」を肯定しつつ、記憶の空間化を図ること。ここで開かれる空間はじつはこれまで一度も光を当てられ目に見えるものになったことがなかった区域であり、グリッサンにとってはそこが「島」と「歴史」の関係のはがゆいまでのあてどのなさに少しずつかたちを与えてゆく試みの、出発点でもあった。

訳者あとがき

エドゥアール・グリッサン初期の代表作である『第四世紀』（一九六四年、スイユ社。ただしこの訳書の底本は Édouard Glissant, *Le Quatrième siècle*, Éditions Gallimard, 1997）全訳をお届けします。彼の小説群の中では、『レザルド川』（一九五八年）につぐ第二作。第四作にあたる『痕跡』（一九八一年、原題の直訳は「奴隷監督の小屋」）もすでに日本語で読めますから、この巨大な文学者の言語宇宙への接近に、まずは十分な材料がそろったといえるでしょう。

詩人・小説家・思索的散文家のすべてだったグリッサンが追求したものをひとことで語るなら、やはりそれは「詩学」だった、ということになると思います。詩学、すなわち創造の論理。ジャンルを問わず、言語作品の創造が、みずからの根拠を問いつつ進んでゆくとき、そこに働いている力の探求と造形。作品を生む力はひとつではなく、つねにさまざまな力とさまざまな歴史の糸＝意図の錯綜した全体として作動しています。それらをまるごと受け止めつつ、まるで地水火風の自然力を思わせるそれらに身を隠すこともできずにさらされつつ、作家は制作する。作品を、世界を。人を打ちひしぎ押し潰す、圧倒的な現実世界に対する、批判を組みこんで。ある与えられた如何ともしがたい歴史に対して、歴史には別の流れ方もありえたのだ、あるいは別の語られ方もあったのだ、という対抗的ヴィジョンを真っ向からぶつけてゆく。そんな大きな構図をひきうけて、どのジャンルにも閉じこもることなく「世界のすべて」を考え書こうとしたのが、彼でした。

その営みの立脚点には、つねに非常に具体的な場所がありました。カリブ海の小さな島、マルティニックです。そこに奴隷として西アフリカからの移住を強制された祖先以来、世紀を横切り、現実の土地の遷移をたどりながら命をつないできた人々の物語を、文字記録の向こう側で幻視し、まざまざと甦らせようとする試み。まるでこの熱帯の島の植生そのもののように濃密な文体で記されるこの世界像を、現在の地球社会に必要な光を投げかけるものとして、体験していただければと思います。

グリッサンの評論における代表作といっていい『〈関係〉の詩学』の日本語訳を出版することができたのは二〇〇〇年でした。つづく二〇〇一年に彼が二度めの来日をしたとき、ぼくは『第四世紀』の翻訳を彼に約束し、実際に着手しました。翌年のパリでもその約束をくりかえしたのですが、その後さまざまな事情が重なり、翻訳を完成させることができないまま長い年月が過ぎてしまいました。ぼく自身が、島の重なる山《モルヌ》のどこかで迷っていたのかもしれません。途中、二〇〇七年には中上健次の文学的意志を継承する熊野大学で、中上の世界に絡めた上でこの作品を論じる「熊野／ミシシッピ」と題する講演を行いました。それをさらに練り上げたものが、ここに作品解説として収録した「エドゥアール・グリッサンの『第四世紀』」(土屋勝彦編『越境する文学』所収、水声社、二〇〇九年)です。グリッサンは二〇一一年に亡くなりましたが、われわれ日本語読者にとってさいわいなことに研究者の中村隆之による『エドゥアール・グリッサン〈全‐世界〉のヴィジョン』(岩波書店)が二〇一六年に出版され、グリッサン文学の全体に対する見通しのよい手引きが得られることになりました。現在、世界各地で進行中のグリッサン研究の最前線に同期して書かれた労作です。

生前のグリッサンにこの翻訳書を手にしてもらうことができなかったのは大きな心残りですが、文字に記された作品はやすやすと時を越え、本というオブジェは力強く空間をわたってゆきます。日本語に移されることにより原作の生命は別の方向に芽吹き、新たな読者を巻きこみ、新たな想像域を生み出すことになります。文学作品のそんな流通の仕方自体、彼が考えていた「世界の響き」の一形式であり、たとえば書字の世界からは完全に忘れられた、しかしたしかにかつて存在した、カリブ海の島の逃亡奴隷の心を、文字のみを手がかりとして現代日本に生きる私たちがじっくり追体験しようと試みることは、限りなく奇跡に近い出来事だと思います。

文学と呼ばれる想像力の暴走が初めてむすびつける、時空を隔てた二点間の無根拠な連結。本書がそんな連結を生む、蜘蛛の糸か燕の飛行のようなものであることを、心から願っています。

二〇一九年七月一日、東京

【著者】
Édouard Glissant（エドゥアール・グリッサン）
1928年マルティニック島の山村ブゾダンに生まれる．詩人，小説家，思想家．現代カリブ海文学の第一人者にしてフランス領カリブ海発「クレオール」思想の代表的論客．2011年パリにて没．
小説：*La Lézarde*（1958.『レザルド川』恒川邦夫訳，現代企画室），*Le Quatrième siècle*（1964.『第四世紀』本書），*Malemort*（1975.『マルモール』水声社近刊），*La case du commandeur*（1981.『痕跡』中村隆之訳，水声社），*Mahagony*（1987.『マアゴニー』水声社近刊），*Tout-Monde*（1993.『全＝世界』）他．
評論：*Soleil de la conscience*（1956.『意識の太陽』），*L'Intention poétique*（1969.『詩的意図』），*Le discours antillais*（1981.『カリブ海序説』インスクリプト近刊），*Poétique de la Relation*（1990.『〈関係〉の詩学』管啓次郎訳，インスクリプト），*Faulkner, Mississippi*（1996.『フォークナー、ミシシッピ』中村隆之訳，インスクリプト），*Traité du Tout-Monde*（1997.『全－世界論』恒川邦夫訳，みすず書房），*Introduction à une Poétique du Divers*（『多様なるものの詩学序説』（小野正嗣訳，以文社）他．
詩集：*L'Isles*（1953.『群島』），*Le Sel Noir*（1960.『黒い塩』）*Poèmes complets*（1994.『全詩集』）他多数．

【訳者】
管啓次郎（Keijiro Suga）
1958年生まれ．詩人，比較文学研究者．明治大学大学院理工学研究科「場所，芸術，意識」プログラム教授．
エッセイ：『コロンブスの犬』『狼が連れだって走る月』（以上，河出文庫），『オムニフォン』（岩波書店），『ホノルル，ブラジル』『斜線の旅』（第62回読売文学賞．以上，インスクリプト）他．
詩集：『Agend'Ars』『時制論』『数と夕方』（以上，左右社），*Transit Blues*（英文詩集，University of Canberra），『犬探し／犬のパピルス』（インスクリプト近刊）他．
訳書：マトゥラーナとバレーラ『知恵の樹』（ちくま学芸文庫），マリーズ・コンデ『生命の樹』（平凡社ライブラリー近刊），ルクレジオ『歌の祭り』『ラガ』（以上，岩波書店）他多数．

第四世紀

エドゥアール・グリッサン

訳 者 管 啓次郎

2019年7月25日 初版第1刷発行

発行者 丸山 哲郎
装 幀 間村 俊一
装 画 久保田沙耶

発行所 株式会社インスクリプト
〒101-0051 東京都千代田区神田神保町1-14
tel: 03-5217-4686 fax: 03-5217-4715
info@inscript.co.jp
http://www.inscript.co.jp

印刷・製本 中央精版印刷株式会社
ISBN978-4-900997-52-3
Printed in Japan

落丁・乱丁本はお取り替えいたします。
定価はカバー・帯に表示してあります。

〈関係〉の詩学　2刷

エドゥアール・グリッサン／管啓次郎訳

炸裂するカオスの中に〈関係〉の網状組織を見抜き、あらゆる支配と根づきの暴力を否定する圧倒的な批評。グリッサンの詩学＝世界把握の基底を示す必読書。

四六判上製288頁　定価：本体三七〇〇円＋税

フォークナー、ミシシッピ

エドゥアール・グリッサン／中村隆之訳

グリッサン唯一の作家論。フォークナーを複数のアメリカへ、クレオール世界へと接続し、アメリカスの時空間に新たな作家像を定着する。

四六判上製424頁　定価：本体三八〇〇円＋税

斜線の旅　2刷

管啓次郎

太平洋の大三角形の頂点を踏みしめ、旅について、行くことと留まることについて、こぼれ落ちる時間のなかから思考をすくいあげる生のクロニクル。第62回読売文学賞（随筆・紀行賞）受賞。

四六判上製272頁　定価：本体二四〇〇円＋税

［近刊］

カリブ海序説

エドゥアール・グリッサン／星埜守之、塚本昌則、中村隆之訳

80年代グリッサンの可能性を示す未曾有の大著。混沌の世界を反照するリゾーム的思考。